中外名家经典文丛

徐志摩文集

徐志摩◎著

北京联合出版公司
Beijing United Publishing Co.,Ltd.

图书在版编目（CIP）数据

徐志摩文集 / 徐志摩著 . —北京：北京联合出版公司，2007.3（2007.10 重印）
ISBN 978-7-80724-314-4

Ⅰ. 徐…　Ⅱ. 徐…　Ⅲ. ①徐志摩 (1896 ~ 1931)—文集
②文学—作品综合集—中国—现代　Ⅳ. I216.2

中国版本图书馆 CIP 数据核字（2007）第 029508 号

徐志摩文集

著　　者□徐志摩
出版发行□北京联合出版公司
（北京市朝阳区安华西里一区 13 楼 2 层 100011）
（010）64243832　84241642（发行部）　64258473（传真）
（010）64255036（邮购、零售）
（010）64251790　64258472　64255606（编辑部）
E - mail：jinghuafaxing@sina. com
印　　刷□天津冠豪恒胜业印刷有限公司
开　　本□ 710mm × 1000mm　1/16
字　　数□ 430 千字
印 张 数□ 22 印张
印　　数□ 0001—5000
版　　次□ 2007 年 10 月第 2 版
印　　次□ 2019 年 7 月第 2 次印刷
书　　号□ ISBN 978-7-80724-314-4
定　　价□ 68.00 元

京华版图书，若有质量问题，请与本社联系

导　读

中国是诗的国度，历代诗人名家辈出，灿若群星。在中国现代文学史上，青年诗人徐志摩那电光火石般短促的一生，那充满浪漫激情的新体诗歌，无疑是最引人注目的。

徐志摩（1896—1931），生于浙江省海宁县硖石镇。徐志摩是独生子，从小天性聪慧，学业优异。1915年10月，18岁的徐志摩遵从父命与16岁的张幼仪于家乡结婚。婚后不久，徐志摩北上天津、北京求学，先入天津北洋大学法科预科，后随北洋大学法科并入北京大学法科，拜梁启超为师。赴美英留学，获哥伦比亚大学硕士学位。又入伦敦大学政治经济学院，并结识陈西滢、英国作家韦尔斯，开始对文学感兴趣。转入剑桥大学皇家学院，剑桥优美的自然环境、自由的学术氛围、悠闲的生活方式、流行的政治思想，都对他产生了较大的影响。因为受英国十九世纪浪漫主义诗歌和西洋文学的熏陶，再加上个人感情气质等方面的原因，徐志摩开始了新诗的创作，走上了浪漫主义诗人的道路。

徐志摩的文学才能表现在多方面。他写过散文、小说，与陆小曼合写过剧本，还写过时政评论、文艺专论等。当然，他的主要成就还是新诗。

文学作品中，诗最难读，主要不在于文字而在于思想内容，特别是把握意境等方面难度更大。要知人论世，更要知人论文，知人论诗。要读懂徐志摩的诗，就必须全面地了解徐志摩生平遭际、学识渊源、家庭婚恋、个性特点及时代潮流等。概括起来，徐志摩流星闪电般短促的一生，有两个方面对他生活创作影响最为深远。其一是他学养深厚，学贯中西。徐志摩从小受到良好教育，又先后留学美国和英国，特别是剑桥大学及英国文学对徐志摩影响很大。徐志摩说："就我个人说，我的眼是康桥（今译为剑桥）教我睁的，我的求知欲是康桥给我拨动的，我的自我意识是康桥给我胚胎的。"他结交中外名流学者之众多，在中国现代作家中可以说无出其右。国内如梁启超是其恩师，其他如陈独秀、胡适、瞿秋白、郭沫若、陶行知等。国外如英国学者狄更生、罗素，著名作家托马斯·哈代、曼殊斐儿，印度诗人泰戈尔等。其二是与两位才女——林徽音和陆小曼的感情经历。为了二人，徐志摩奔波于北京、南京和上海之间，最终而付出了年轻的生命。当然，就像巴尔扎克在穷困煎熬中写出了不朽的《人间喜剧》一样，也许正是因为有了这两位非凡的女性，徐志摩才成就了诗人徐志摩。

以徐志摩为代表的新月诗派是中国现代文史上的重要诗歌流派。关于新月派和新月社，要注意两者并不完全是一回事，它们既有联系又有区别。新月社于1923年在北京由徐志摩、胡适、陈西滢等人发起而成立。这并不是一个文学团体，它是由"聚餐会"开始的，后来发展为新月社俱乐部。参与其中的有政客、银行家、民族资本家、军人、文人等，如梁启超、张君劢、张君、王赓等。徐志摩想依靠新月社同人的力量在政治、思想和文艺上闯出一条路。1926年6月以后，徐志摩、胡适、闻一多等相继离开北京，新月社无形之中风流云散，到1927年，新月社事实上已经不复存在。

新月派则是一个比较复杂的涉及面较广的流派，政治、思想、学术、文艺兼而有之。当然，这并不妨碍我们主要从文学角度来研究新月派。新月派的主要成员在政治立场、人生态度、艺术趣味等方面有着很大的差别。如胡适既搞学术又热衷于政治，态度相对平和。而闻一多则不满于新月社的"绅士气味"，他独树一帜，始终保持自己的个性，具有强烈的爱国主义思想。徐志摩对国民党独裁统治表示不满，他自命清高，不愿与国民党政府同流合污，拒绝在其中任职。

徐志摩从二十年代初开始写诗，1925年即出版诗集《志摩的诗》，在诗坛上已占据一定地位。他早期的诗歌表现了同情爱国者，抗议军阀暴行和人道主义精神，充满了诗人的理想主义和乐观精神。1927年9月，徐志摩出版了第二本诗集《翡冷翠的一夜》，共收录诗歌三十六首，译诗五首。这时国民党的独裁专制，击破了徐志摩建立资产阶级民主共和国的梦想。面对着国民党的法西斯统治，他感到"我不能抵抗，我再没有力量"。徐志摩说："我的第二集诗——《翡冷翠的一夜》——可以说是我生活上的又一个较大波折的留痕。我把诗稿送给（闻）一多看，他回信说：‘这比《志摩的诗》似乎是进步了——一个绝大的进步。’他的好话我是最愿意听的，但我在诗的‘技巧’方面还是那楞生生的丝毫没有把握。”1931年8月，诗人自编的最后一本诗集《猛虎集》出版，共收诗三十三首。徐志摩在《猛虎集·序文》中说：“我这次印行这第三集诗没有别的话说，我只要借此告慰我的朋友，让他们知道我还有一口气，还想在实际生活的重重压迫下透出一些声响来。”“你们不能更多的责备。我觉得我已是满头的血水，能不低头已算是好的。”“我再没有别的话说，我只要你们记得天教歌唱的鸟不到呕血不止，它的歌里有它独自知道的别一个世界的愉快，也有它独自知道的悲哀与伤痛的鲜明；诗人也是一种痴鸟，他把他的柔软的心窝紧抵着蔷薇的花刺，口里不住地唱着星月的光辉与人类的希望，非到他的心血滴出来把白花染成大红也不住口。他的痛苦与快乐是浑成的一片。”留下这些肺腑之言的三个月后，诗人就去了天堂。诗人的这些话，对我们深入解读他的诗歌很有帮助。

目录

CONTENTS

志摩的诗

翡冷翠的一夜

猛 虎 集

云　游

散　文

小　　说

书　　信

日　记

志摩的诗

这是一个懦怯的世界

这是一个懦怯的世界:
　容不得恋爱，容不得恋爱!
披散你的满头发，
赤露你的一双脚;
　跟着我来，我的恋爱，
抛弃这个世界
殉我们的恋爱!

我拉着你的手，
爱，你跟着我走;
　听凭荆棘把我们的脚心刺透，
　听凭冰雹劈破我们的头，
你跟着我走，
我拉着你的手，
　逃出了牢笼，恢复我们的自由!

　跟着我来，
　我的恋爱!
人间已经掉落在我们的后背，——
看呀，这不是白茫茫的大海?
白茫茫的大海，
白茫茫的大海，
　无边的自由，我与你与恋爱!

顺着我的指头看，
那天边一小星的蓝——
　那是一座岛，岛上有青草，
　鲜花，美丽的走兽与飞鸟；
快上这轻快的小艇，
去到那理想的天庭——
　恋爱，欢欣，自由——
　辞别了人间，永远！

多谢天！我的心又一度的跳荡

多谢天！我的心又一度的跳荡，
这天蓝与海青与明洁的阳光
驱净了梅雨时期无欢的踪迹，
也散放了我心头的网罗与纽结，
像一朵曼陀罗花英英的露爽，
在空灵与自由中忘却了迷惘：——
迷惘，迷惘！也不知求自何处，
囚禁着我心灵的自然的流露，
可怖的梦魇，黑夜无边的惨酷，
苏醒的盼切，只增剧灵魂的麻木！
曾经有多少的白昼，黄昏，清晨，
嘲讽我这蚕茧似不生产的生存？
也不知有几遭的明月，星群，晴霞，
山岭的高亢与流水的光华……
辜负！辜负自然界叫唤的殷勤，
惊不醒这沉醉的昏迷与顽冥！

如今，多谢这无名的博大的光辉，
在艳色的青波与绿岛间萦洄，
更有那渔船与航影，亭亭的粘附
在天边，唤起辽远的梦景与梦趣：
我不由的惊悚，我不由的感愧
（有时微笑的妩媚是启悟的棒槌！）；
是何来倏忽的神明，为我解脱
忧悉，新竹似的豁裂了外箨，
透露内里的青篁，又为我洗净

障眼的盲翳，重见宇宙间的欢欣。

这或许是我生命重新的机兆；
大自然的精神！容纳我的祈祷，
容许我的不踌躇的注视，容许
我的热情的献致，容许我保持
这显示的神奇，这现在与此地，
这不可比拟的一切间隔的毁灭！
我更不问我的希望，我的惆怅，
未来与过去只是渺茫的幻想，
更不向人间访问幸福的进门，
只求每时分给我不死的印痕，——
变一颗埃尘，一颗无形的埃尘，
追随着造化的车轮，进行，进行，……

一九二五年三月前作

我有一个恋爱

我有一个恋爱；——
我爱天上的明星；
我爱他们的晶莹：
　人间没有这异样的神明。

在冷峭的暮冬的黄昏，
在寂寞的灰色的清晨，
在海上，在风雨后的山顶——
　永远有一颗，万颗的明星！

山涧边小草花的知心，
高楼上小孩童的欢欣，
旅行人的灯亮与南针；——
　万万里外闪烁的精灵！

我有一个破碎的魂灵，
像一堆破碎的水晶，
散布在荒野的枯草里——
　饱啜你一瞬瞬的殷勤。

人生的冰激与柔情，
我也曾尝味，我也曾容忍；
有时阶砌下蟋蟀的秋吟，

　引起我心伤，逼迫我泪零。

我袒露我的坦白的胸襟，
　献爱与一天的明星；
任凭人生是幻是真，
地球存在或是消泯——
　太空中永远有不昧的明星！

一九二五年三月前作

去　罢

去罢，人间，去罢！
　我独立在高山的峰上；
去罢，人间，去罢！
　我面对着无极的穹苍。

去罢，青年，去罢！
　与幽谷的香草同埋；
去罢，青年，去罢！
　悲哀付与暮天的群鸦。

去罢，梦乡，去罢！
　我把幻景的玉杯摔破；
去罢，梦乡，去罢！
　我笑受山风与海涛之贺，

去罢，种种，去罢！
　当前有插天的高峰；
去罢，一切，去罢！
　当前有无穷的无穷！

一九二四年四月作

为要寻一个明星

我骑着一匹拐腿的瞎马，
　　向着黑夜里加鞭；——
　　向着黑夜里加鞭，
我跨着一匹拐腿的瞎马！

我冲入这黑绵绵的昏夜，
　　为要寻一颗明星；——
　　为要寻一颗明星，
我冲入这黑茫茫的荒野。

累坏了，累坏了我胯卜的牲口，
　　那明星还不出现；——
　　那明星还不出现，
累坏了，累坏了马鞍上的身手。

这回天上透出了水晶似的光明，
　　荒野里倒着一只牲口，
　　黑夜里躺着一具尸首。——
这回天上透出了水晶似的光明！

破　庙

慌张的急雨将我
赶入了黑丛丛的山坳，
迫近我头顶在腾拿，
恶狠狠的乌龙巨爪；
枣树兀兀的隐蔽着
一座静悄悄的破庙，
我满身的雨点雨块，
躲进了昏沉沉的破庙；

雷雨越发来得大了：
霍隆隆半天里霹雳，
豁喇喇林叶树根苗，
山谷山石，一齐怒号，
千万条的金剪金蛇，
飞入阴森森的破庙，
我浑身战抖，趁电光
估量这冷冰冰的破庙；

我禁不住大声啸嗷：
电光火把似的照耀，
照出我身旁神龛里
一个青面狞笑的神道，
电光去了，霹雳又到，
不见了狞笑的神道，
硬雨石块似的倒泻——
我独身藏躲在破庙；

千年万年应该过了！
只觉得浑身的毛窍，
只听得骇人的怪叫，
只记得那凶恶的神道，
忘了我现在的破庙；
好容易雨收了，雷休了，
血红的太阳，满天照耀，
照出一个我，一座破庙！

作于一九二五年三月前

自然与人生

风，雨，山岳的震怒：
　猛进，猛进！
显你们的猖獗，暴烈，威武；
　霹雳是你们的酣嗷，
　雷震是你们的军鼓——
万丈的峰峦在涌汹的战阵里
　失色，动摇，颠簸；
　猛进，猛进！
这黑沉沉的下界，是你们的俘虏！

壮观！仿佛跳出了人生的关塞，
凭着智慧的明辉，回看
这伟大的悲惨的趣剧，在时空
无际的舞台上，更番的演着：——
我驻足在岱岳的顶颠，
在阳光朗照着的顶颠，俯看山腰里
蜂起的云潮敛着，叠着，渐缓的
淹没了眼下的青峦与幽壑：
霎时的开始了，骇人的工作。

风，雨，雷霆，山岳的震怒——
　猛进，猛进！
矫捷的，猛烈的：吼着，打击着，咆哮着；
烈情的火焰，在层云中狂窜：
恋爱，嫉妒，咒诅，嘲讽，报复，牺牲，烦闷，
　疯犬似的跳着，追着，嗥着，咬着，

毒蟒似的绞着，翻着，扫着，舐着——
　猛进，猛进！
狂风，暴雨，电闪，雷霆：
　烈情与人生！

静了，静了——
不见了晦盲的云罗与雾锢，
只有轻纱似的浮沤，在透明的晴空，
冉冉的飞升，冉冉的翳隐，
像是白羽的安琪，捷报天庭。

静了，静了——
眼前消失了战阵的幻景，
回复了幽谷与冈峦与森林，
青葱，凝静，芳馨，像一个浴罢的处女，
忸怩的无言，默默的自怜。

变幻的自然，变幻的人生，
瞬息的转变，暴烈与和平，
刿心的惨剧与怡神的宁静：——
谁是主，谁是宾，谁幻复谁真？
莫非是造化儿的诙谐与游戏，
恣意的反覆着涕泪与欢喜，
厄难与幸运，娱乐他的冷酷的心，
与我在云外看雷阵，一般的无情？

地 中 海

海呀！你宏大幽秘的音息，不是无因而来的！
　这风稳日丽，也不是无因而然的！
这些进行不歇的波浪，唤起了思想同情的反应——
涨，落——隐，现——去，来……
无量数的浪花，各各不同，各有奇趣的花样，——
　一树上没有两张相同的叶片
　天上没有两朵相同的云彩。
　地中海呀！你是欧洲文明最老的见证！
　魔大的帝国，曾经一再笼卷你的两岸；
霸业的命运，曾经再三在你酥胸上定夺；
无数的帝王，英雄，诗人，僧侣，寇盗，商贾，
　曾经在你怀抱中得意，失志，灭亡；
无数的财货，牲畜，人命，航队，商船，渔艇，
　曾经沉入你的无底的渊壑；
无数的朝彩晚霞，星光月色，血腥，血糜，
　曾经浸染涂糁你的面庞；
无数的风涛，雷电，炮声，潜艇，曾经扰乱你安
　平的居处；
屈洛安城焚的火光，阿脱洛庵家的惨剧，
沙伦女的歌声，迦太基奴女被掳过海的哭声，
维雪维亚炸裂的彩色，
尼罗河口，铁拉法尔加唱凯的歌音……
都曾经供你耳目刹那的欢娱。

历史来，历史去；
　埃及，波斯，希腊，马其顿，罗马，西班牙——

至多也不过抵你一缕浪花的涨歇，一茎春花
的开落！
但是你呢——
依旧冲洗着欧、非、亚的海岸，
依旧保存着你青年的颜色，
（时间不曾在你面上留痕迹。）
依旧继续着你自在无挂的涨落，
依旧呼啸着你厌世的骚愁，
依旧翻新着你浪花的样式，——
这孤零零的神秘伟大的地中海呀。

毒　药

今天不是我歌唱的日子，我口边涎着狞恶的微笑，不是我说笑的日子，我胸怀间插着发冷光的利刃；

相信我，我的思想是恶毒的因为这世界是恶毒的，我的灵魂是黑暗的因为太阳已经灭绝了光彩，我的声调是像坟堆里的夜鸮因为人间已经杀尽了一切的和谐，我的口音像是冤鬼责问他的仇人因为一切的恩已经让路给一切的怨；

但是相信我，真理是在我的话里虽则我的话像是毒药，真理是永远不含糊的虽则我的话里仿佛有两头蛇的舌，蝎子的尾尖，蜈蚣的触须；只因为我的心里充满着比毒药更强烈，比咒诅更狠毒，比火焰更猖狂，比死更深奥的不忍心与怜悯心与爱心，所以我说的话是毒性的，咒诅的，燎灼的，虚无的；

相信我，我们一切的准绳已经埋没在珊瑚土打紧的墓宫里，最劲冽的祭肴的香味也穿不透这严封的地层：一切的准则是死了的；

我们一切的信心像是顶烂在树枝上的风筝，我们手里擎着这迸断了的鹞线：一切的信心是烂了的；

相信我，猜疑的巨大的黑影，像一块乌云似的，已经笼盖着人间一切的关系：人子不再悲哭他新死的亲娘，兄弟不再来携着他姊妹的手，朋友变成了寇仇，看家的狗回头来咬他主人的腿：是的，猜疑淹没了一切；在路旁坐着啼哭的、在街心里站着的，在你窗前探望的，都是被奸污的处女：池潭里只见烂破的鲜艳的荷花；

在人道恶浊的涧水里流着，浮荇似的，五具残缺的尸体，他们是仁义礼智信，向着时间无尽的海澜里流去；

这海是一个不安靖的海，波涛猖獗的翻着，在每个浪头的小白帽上分明的写着人欲与兽性；

到处是奸淫的现象：贪心搂抱着正义，猜忌逼迫着同情，懦怯狎亵着勇敢，肉欲侮弄着恋爱，暴力侵凌着人道，黑暗践踏着光明；

听呀，这一片淫猥的声音，听呀，这一片残暴的声音；

虎狼在热闹的市街里，强盗在你们妻子的床上，罪恶在你们深奥的灵魂里……

一九二四年九月底作

白　旗

来，跟着我来，拿一面白旗在你们的手里——不是上面写着激动怨毒，鼓励残杀字样的白旗，也不是涂着不洁净血液的标记的白旗，也不是画着忏悔与咒语的白旗（把忏悔画在你们的心里）；

你们排列着，噤声的，严肃的，像送丧的行列，不容许脸上留存一丝的颜色，一毫的笑容，严肃的，噤声的，像一队决死的兵士；

现在时辰到了，一齐举起你们手里的白旗，像举起你们的心一样，仰看着你们头顶的青天，不转瞬的，恐惶的，像看着你们自己的灵魂一样；

现在时辰到了，你们让你们熬着，壅着，迸裂着，滚沸着的眼泪流，直流，狂流，自由的流，痛快的流，尽性的流，像山水出峡似的流，像暴雨倾盆似的流……

现在时辰到了，你们让你们咽着，压迫着，挣扎着，汹涌着的声音嚎，直嚎，狂嚎，放肆的嚎，凶狠的嚎，像飓风在大海波涛间的嚎，像你们丧失了最亲爱的骨肉时的嚎……

现在时辰到了，你们让你们回复了的天性忏悔，让眼泪的滚油煎净了的，让嚎恸的雷霆震醒了的天性忏悔，默默的忏悔，悠久的忏悔，沉彻的忏悔，像冷峭的星光照落在一个寂寞的山谷里，像一个黑衣的尼僧匐伏在一座金漆的神龛前；……

在眼泪的沸腾里，在嚎恸的酣彻里，在忏悔的沉寂里，你们望见了上帝永久的威严。

一九二四年九月底作

婴　儿

我们要盼望一个伟大的事实出现，我们要守候一个馨香的婴儿出世：——

你看他那母亲在她生产的床上受罪！

她那少妇的安详，柔和，端丽，现在在剧烈的阵痛里变形成不可信的丑恶：你看她那遍体的筋络都在她薄嫩的皮肤底里暴涨着，可怕的青色与紫色，像受惊的水青蛇在田沟里急泅似的，汗珠站在她的前额上像一颗颗的黄豆，她的四肢与身体猛烈的抽搐着，畸屈着，奋挺着，纠旋着，仿佛她垫着的席子是用针尖编成的，仿佛她的帐围是用火焰织成的；

一个安详的，镇定的，端庄的，美丽的少妇，现在在绞痛的惨酷里变形成魔鬼似的可怖：她的眼，一时紧紧的阖着，一时巨大的睁着，她那眼，原来像冬夜池潭里反映着的明星，现在吐露着青黄色的凶焰，眼珠像是烧红的炭火，映射出她灵魂最后的奋斗，她的原来朱红色的口唇，现在像是炉底的冷灰，她的口颤着，撅着，扭着，死神的热烈的亲吻不容许她一息的平安，她的发是散披着，横在口边，漫在胸前，像揪乱的麻丝，她的手指间还紧抓着几穗拧下来的乱发；这母亲在她生产的床上受罪：——

但她还不曾绝望，她的生命挣扎着血与肉与骨与肢体的纤微，在危崖的边沿上，抵抗着，搏斗着，死神的逼迫；

她还不曾放手，因为她知道（她的灵魂知道！）这苦痛不是无因的，因为她知道她的胎宫里孕育着一点比她自己更伟大的生命的种子，包涵着一个比一切更永久的婴儿；

因为她知道这苦痛是婴儿要求出世的征候，是种子在泥土里爆裂成美丽的生命的消息，是她完成她自己生命的使命的时机；

因为她知道这忍耐是有结果的，在她剧痛的昏瞀中她仿佛听着上帝准许人间祈祷的声音，她仿佛听着天使们赞美未来的光明的声音；

因此她忍耐着，抵抗着，奋斗着……她抵拼绷断她统体的纤微，她要赎出在她那胎宫里动荡着的生命，在她一个完全，美丽的婴儿出世的盼望中，最锐利，最沉酣的痛感逼成了最锐利，最沉酣的快感……

一九二四年九月底作

盖上几张油纸

一片，一片，半空里
　掉下雪片；
有一个妇人，有一个妇人，
　独坐在阶沿。

虎虎的，虎虎的，风响
　在树林间；
有一个妇人，有一个妇人，
　独自在哽咽。

为什么伤心，妇人，
　这大冷的雪天？
为什么啼哭，莫非是
　失掉了钗钿？

不是的，先生，不是的，
　不是为钗钿；
也是的，也是的，我不见了
　我的心恋。
那边松林里，山脚下，先生。
　有一只小木篋，
装着我的宝贝，我的心，
　三岁儿的嫩骨！

昨夜我梦见我的儿：
　叫一声“娘呀——

天冷了，天冷了，天冷了，

　儿的亲娘呀！”
今天果然下大雪，屋檐前
　望得见冰条，
我在冷冰冰的被窝里摸——
　摸我的宝宝。

方才我买来几张油纸，
　盖在儿的床上；
我唤不醒我熟睡的儿——
　我因此心伤。

一片，一片，半空里
　掉下雪片；
有一个妇人，有一个妇人，
　独坐在阶沿。

虎虎的，虎虎的，风响
　在树林间；
有一个妇人，有一个妇人，
　独自在哽咽。

一九二四年一月二十六日作

残　诗

怨谁？怨谁？这不是青天里打雷？
关着；锁上；赶明儿瓷花砖上堆灰！
别瞧这白石台阶光润，赶明儿，唉，
石缝里长草，石板上青青的全是霉！
那廊下的青玉缸里养着鱼真凤尾，
可还有谁给换水，谁给捞草，谁给喂？
要不了三五天准翻着白肚鼓着眼，
不浮着死，也就让冰分儿压一个扁！
顶可怜是那几个红嘴绿毛的鹦哥，
让娘娘教得顶乖，会跟着洞箫唱歌，
真娇养惯，喂食一迟，就叫人名儿骂，
现在，您叫去！就剩空院子给您答话！……

一九二五年一月作

无　题

原是你的本分，朝山人的胫踝，
这荆刺的伤痛！回看你的来路
看那草丛乱石间斑斑的血迹，
在暮霭里记认你从来的踪迹！
且缓抚摩你的肢体，你的止境
还远在那白云环拱处的山岭！

无声的暮烟，远从那山麓与林边，
渐渐的潮没了这旷野，这荒天，
你渺小的孑影面对这冥盲的前程
像在怒涛间的轻航失去了南针；
更有那黑夜的恐怖，悚骨的狼嗥，
狐鸣，鹰啸，蔓草间有蝮蛇缠绕！

退后？——昏夜一般的吞蚀血染的来踪，
倒地？——这懦怯的累赘问谁去收容？
前冲？阿，前冲！冲破这黑暗的冥凶，
冲破一切的恐怖，迟疑，畏葸，苦痛，
血淋漓的践踏过三角棱的劲刺，
丛莽中伏兽的利爪，蜿蜿的虫豸！
前冲；灵魂的勇是你成功的秘密！
这回你看，在这决心舍命的瞬息，
迷雾已经让路，让给不变的天光，
一弯青玉似的明月在云隙里探望，
依稀窗纱间美人启齿的瓠犀，——
那是灵感的赞许，最恩宠的赠与！

更有那高峰，你那最想望的高峰，
亦已涌现在当前，莲苞似的玲珑，
在蓝天里，在月华中，秾艳，崇高，——
朝山人，这异象便是你跋涉的酬劳！

一九二五年三月前作

一幅小的穷乐图

巷口一大堆新倒的垃圾，
大概是红漆门里倒出来的垃圾，
其中不尽是灰，还有烧不烬的煤，
不尽是残骨，也许骨中有髓，
骨坳里还粘着一丝半缕的肉片，
还有半烂的布条，不破的报纸，
两三梗取灯儿，一半枝的残烟。

这垃圾堆好比是个金山，
山上满偻着寻求黄金者，
一队的褴褛，破烂的布裤蓝袄，
一个两个数不清高掬的臀腰，
有小女孩，有中年妇，有老婆婆，
一手挽着筐子，一手拿着树条，
深深的弯着腰，不咳嗽，不唠叨，
也不争闹，只是向灰堆里寻捞，
向前捞捞，向后捞捞，两边捞捞，
肩挨肩儿，头对头儿，拨拨挑挑，
老婆婆捡了一块布条，上好一块布条！
有人专捡煤渣，满地多的煤渣，
妈呀，一个女孩叫道，我捡了一块鲜肉骨头，
回头熬老豆腐吃，好不好?

一队的褴褛，好比个走马灯儿，
转了过来，又转了过来，又过来了，
有中年妇，有女孩小，有婆婆老，
还有夹在人堆里趁热闹的黄狗几条。

沪杭车中

　匆匆匆！催催催！
一卷烟，一片山，几点云影，
一道水，一条桥，一支橹声，
一林松，一丛竹，红叶纷纷。

　艳色的田野，艳色的秋景，
梦境似的分明，模糊，消隐，——
　催催催！是车轮还是光阴？
催老了秋容，催老了人生！

难　得

难得，夜这般清静，
　难得，炉火这般的温，
更是难得，无言的相对，
　一双寂寞的灵魂！

也不必筹营，也不必评论，
　更没有虚矫，猜忌与嫌憎，
只静静的坐对着一炉火，
　只静静的默数远巷的更。

喝一口白水，朋友，
　滋润你的干裂的口唇；
你添上几块煤，朋友，
　一炉的红焰感念你的殷勤。

在冰冷的冬夜，朋友，
　人们方始珍重难得的炉薪；
在这冰冷的世界，
　方始凝结了少数同情的心！

一九二五年三月前作

先生！先生！

钢丝的车轮
在偏僻的小巷内飞奔——
“先生，我给先生请安您哪，先生。”

迎面一蹲身
一个单布褂的女孩颤动着呼声——
雪白的车轮在冰冷的北风里飞奔。

紧紧的跟，紧紧的跟，
破烂的孩子追赶着铄亮的车轮——
“先生，可怜我一大吧，善心的先生！”

“可怜我的妈，
她又饿又冻又病，躺在道儿边直呻——
您修好，赏给我们一顿窝窝头，您哪，先生！”

“没有带子儿。”
坐车的先生说，车里戴大皮帽的先生——
飞奔，急转的双轮，紧追，小孩的呼声。

一路旋风似的土尘，
土尘里飞转着银晃晃的车轮——
“先生，可是您出门不能不带钱您哪，先生。”

"先生！……先生！"
紫涨的小孩，气喘着，断续的呼声——
飞奔，飞奔，橡皮的车轮不住的飞奔。

飞奔……先生……
飞奔……先生……
先生……先生……先生……

雷峰塔

“那首是白娘娘的古墓
（划船的手指着野草深处）；
客人，你知道西湖上的佳话
白娘娘是个多情的妖魔；”

“她为了多情，反而受苦，
爱了个没出息的许仙，她的情夫；
他听信了一个和尚，一时的胡涂，
拿一个钵盂，把他妻子的原形罩住。”

到如今已有千白年的光景，
可怜她被镇压在雷峰塔底，——
一座残败的古塔，凄凉地，
庄严地，独自在南屏的晚钟声里！

石虎胡同七号

我们的小园庭，有时荡漾着无限温柔：
善笑的藤娘，袒酥怀任团团的柿掌绸缪，
百尺的槐翁，在微风中俯身将棠姑抱搂，
黄狗在篱边，守候睡熟的珀儿，他的小友，
小雀儿新制求婚的艳曲，在媚唱无休——
我们的小园庭，有时荡漾着无限温柔。

我们的小园庭，有时淡描着依稀的梦景；
雨过的苍茫与满庭荫绿，织成无声幽瞑，
小蛙独坐在残兰的胸前，听隔院蚓鸣，
一片化不尽的雨云，倦展在老槐树顶，
掠檐前作圆形的舞旋，是蝙蝠，还是蜻蜓？——
我们的小园庭，有时淡描着依稀的梦景。

我们的小园庭，有时轻喟着一声奈何；
奈何在暴风雨时，雨捶下捣烂鲜红无数，
奈何在新秋时，未凋的青叶惆怅地辞树，
奈何在深夜里，月儿乘云艇归去，西墙已度，
远巷薤露的乐音，一阵阵被冷风吹过——
我们的小园庭，有时轻喟着一声奈何。

我们的小园庭，有时沉浸在快乐之中；
雨后的黄昏，满院只美荫，清香与凉风，
大量的蹇翁，巨樽在手，蹇足直指天空，
一斤，两斤，杯底喝尽，满怀酒欢，满面酒红，
连珠的笑响中，浮沉着神仙似的酒翁——
我们的小园庭，有时沉浸在快乐之中。

一九二三年夏作

古怪的世界

从松江的石湖塘
上车来老妇一双
颤巍巍的承住弓形的老人身，
多谢（我猜是）普渡山的盘龙藤；

青布棉袄，黑布棉套，
头毛半秃，齿牙半耗：
肩挨肩的坐落在阳光暖暖的窗前，
畏葸的，呢喃的，像一对寒天的老燕；

震震的干枯的手背，
震震的皱缩的下颏：
这二老，是妯娌，是姑嫂，是姐妹？——
紧挨着，老眼中有伤悲的眼泪！

怜悯！贫苦不是卑贱，
老衰中有无限庄严；——
老年人有什么悲哀，为什么凄伤？
为什么在这快乐的新年，抛却家乡？

同车里杂沓的人声，
轨道上疾转着车轮；
我独自的，独自的沉思这世界古怪——
是谁吹弄着那不调谐的人道的音籁？

乡村里的音籁

小舟在垂柳荫间缓泛——
　一阵阵初秋的凉风，
　吹生了水面的漪绒，
吹来两岸乡村里的音籁。

我独自凭着船窗闲憩，
　静看着一河的波幻，
　静听着远近的音籁，——
又一度与童年的情景默契！

这是清脆的稚儿的呼唤，
　田场上工作纷纭，
　竹篱边犬吠鸡鸣：
但这无端的悲感与凄惋！

白云在蓝天里飞行：
　我欲把恼人的年岁，
　我欲把恼人的情爱，
托付与无涯的空灵——消泯；

回复我纯朴的，美丽的童心；
　像山谷里的冷泉一汋，
　像晓风里的白头乳鹊，
像池畔的草花，自然的鲜明。

一九二五年三月前作

夜半松风

这是冬夜的山坡，
坡下一座冷落的僧庐，
庐内一个孤独的梦魂：
　在忏悔中祈祷，在绝望中沉沦；——

为什么这怒嗷，这狂啸，
鼍鼓与金钲与虎与豹？
为什么这幽诉，这私慕？
烈情的惨剧与人生的坎坷——
　又一度潮水似的淹没了，
这彷徨的梦魂与冷落的僧庐？

天国的消息

可爱的秋景！无声的落叶，
轻盈的，轻盈的，掉落在这小径，
竹篱内，隐约的，有小儿女的笑声：

呖呖的清音，缭绕着村舍的静谧，
仿佛是幽谷里的小鸟，欢噪着清晨，
驱散了昏夜的晦塞，开始无限光明。

刹那的欢欣，昙花似的涌现，
开豁了我的情绪，忘却了春恋，
人生的惶惑与悲哀，惆怅与短促——
在这稚子的欢笑声里，想见了天国！

晚霞泛滥着金色的枫林，
凉风吹拂着我孤独的身形；
我灵海里啸响着伟大的波涛，
应和更伟大的脉搏，更伟大的灵潮！

一九二五年三月前作

消　　息

雷雨暂时收敛了；
　双龙似的双虹，
　显现在雾霭中，
　夭矫，鲜艳，生动，——
好兆！明天准是好天了。

什么！又是一阵打雷，——
　在云外，在天外，
　又是一片暗淡，
　不见了鲜虹彩，——
希望，不曾站稳，又毁。

一九二四年冬作

谁 知 道

我在深夜里坐着车回家——
一个褴褛的老头他使着劲儿拉；
　　天上不见一个星，
　　街上没有一只灯：
　　那车灯的小火
　　冲着街心里的土——
　　左一个颠簸，右一个颠簸，
　　拉车的走着他的踉跄步，
　　…………

“我说拉车的，这道儿那儿能这么的黑？”
“可不是先生？这道儿真——真黑！”
他拉——拉过了一条街，穿过了一座门，
转一个弯，转一个弯，一般的暗沉沉；——
　　天上不见一个星，
　　街上没有一个灯，
　　那车灯的小火
　　蒙着街心里的土——
　　左一个颠簸，右一个颠簸，
　　拉车的走着他的踉跄步；
　　…………

“我说拉车的，这道儿那儿能这么的静？”
“可不是先生？这道儿真——真静！”
他拉——紧贴着一垛墙，长城似的长，

过一处河沿，转入了黑遥遥的旷野；——
　　天上不露一颗星，
　　道上没有一只灯
　　那车灯的火
　　晃着道儿上的土——
　　左一个颠簸，右一个颠簸，
　　拉车的走着他的踉跄步；
　　…………

“我说拉车的，怎么这儿道上一个人都不见？”
“倒是有先生，就是您不大瞧得见！”
　　我骨髓里一阵子的冷——
　　那边青缭缭的是鬼还是人？
　　仿佛听着呜咽与笑声——
　阿，原来这遍地都是坟！
　　天上不亮一颗星，
　　道上没有一只灯：
　　那车灯的小火
　　缭着道儿上的土
　　左一个颠簸，右一个颠簸，
　　拉车的跨着他的踉跄步；
　　…………

“我说——我说拉车的喂！这道儿哪……
　“哪儿有这么远？”
“可不是先生？这道儿真——真远！”
“可是……你拉我回家……你走错了道儿没有！”
“谁知道先生！谁知道走错了道儿没有！”
…………

我在深夜里坐着车回家，

一堆不相识的褴褛他使着劲儿拉；
　　天上不明一颗星，
　　道上不见一只灯：
　　只那车灯的小火，
　　袅着道儿上的土——
　　左一个颠簸，右一个颠簸，
　　拉车的跨着他的蹒跚步。

哀曼殊斐儿

我昨夜梦入幽谷，
　听子规在百合丛中泣血，
我昨夜梦登高峰，
　见一颗光明泪自天坠落。

古罗马的郊外有座墓园，
　静偃着百年前客殇的诗骸；
百年后悔岱士黑辇的车轮，
　又喧响在芳丹薄罗的青林边。

说宇宙是无情的机械，
　为甚明灯似的理想闪耀在前？
说造化是真善美之表现，
　为甚五彩虹不常住天边？

我与你虽仅一度相见——
　但那二十分不死的时间！
谁能信你那仙姿灵态，
　竟已朝露似的永别人间？

非也！生命只是个实体的幻梦：
　美丽的灵魂，永承上帝的爱宠；
三十年小住，只似昙花之偶现，
　泪花里我想见你笑归仙宫。

你记否伦敦约言，曼殊斐儿！

　今夏再见于琴妮湖之边；
琴妮湖永抱着白朗矶的雪影，
　此日我怅望云天，泪下点点！

我当年初临生命的消息，
　梦觉似的骤感恋爱之庄严；
生命的觉悟是爱之成年，
　我今又因死而感生与恋之涯沿！

因情是掼不破的纯晶，
　爱是实现生命之唯一途径；
死是座伟秘的洪炉，此中
　凝炼万象所从来之神明。

我哀思焉能电花似的飞骋，
　感动你在天日遥远的灵魂？
我洒泪向风中遥送，
　问何时能戡破生死之门？

不再是我的乖乖

一

前天我是一个小孩，
这海滩最是我的爱；
早起的太阳赛如火炉，
趁暖和我来做我的工夫：
捡满一衣兜的贝壳，
在这海砂上起造宫阙：
哦，这浪头来得凶恶，
冲了我得意的建筑——
我喊一声海，海！
你是我小孩儿的乖乖！

二

昨天我是一个“情种”，
到这海滩上来发疯；
西天的晚霞慢慢的死，
血红变成姜黄又变紫，
一颗星在半空里窥伺，
我匐伏在砂堆里画字，
一个字，一个字，又一个字，
谁说不是我心爱的游戏？
我喊一声海，海！
不许你有一点儿的更改！

三

今天！咳，为什么要有今天？
不比从前，没了我的疯癫，
再没有小孩时的新鲜，
这回再不来这大海的边沿！
头顶不见天光的方便，
海上只暗沉沉的一片，
暗潮侵蚀了砂字的痕迹，
却冲不淡我悲惨的颜色——
我喊一声海，海！
你从此不再是我的乖乖！

默　　境

我友，记否那西山的黄昏，
钝氤里透出的紫霭红晕，
漠沉沉，黄沙弥望，恨不能
登山顶，饱餐西陲的菁英，
全仗你吊古殷勤，趋别院，
度边门，惊起了卧犬狰狞——
墓庭的光景，却别是一味
苍凉，别是一番苍凉境地；
我手剔生苔碑碣，看冢里
僧骸是何年何代，你轻踹
生苔庭砖，细数松针几枚；
不期间彼此缄默的相对，
僵立在寂静的墓庭墙外，
同化于自然的宁静，默辨
静里深蕴着普遍的义韵；
我注目在墙畔一穗枯草，
听邻庵经声，听风抱树梢，
听落叶，冻乌零落的音调，
心定如不波的湖，却又教
连珠似的潜思泛破，神凝
如千年僧骸的尘埃，却又
被静的底里的热焰熏点；

我友，感否这柔韧的静里，
蕴有钢似的迷力，满充着
悲哀的况味，阐悟的几微，

此中不分春秋，不辨古今，
生命即寂灭，寂灭即生命，
在这无终始的洪流之中，
难得素心人悄然共游泳；
纵使阐不透这凄伟的静，
我也怀抱了这静中涵濡，
温柔的心灵；我便化野鸟
飞去，翅羽上也永远染了
欢欣的光明，我便向深山
去隐，也难忘你游目云天，
游神象外的transfiguration①

我友！知否你妙目——漆黑的
圆睛——放射的神辉，照彻了
我灵府的奥隐，恍如昏夜
行旅，骤得了明灯，刹那间
周遭转换，涌现了无量数
理想的楼台，更不见墓园
风色，更不闻衰冬吁喟，
但见玫瑰丛中，青春的舞踏
与欢容，只闻歌颂青春的
谐乐与欢悰；——
　　　　　　轻捷的步履，
你永向前领，欢乐的光明，
你永向前引：我是个崇拜
青春，欢乐与光明的灵魂。

一九二三年四月作

① 英语，意为升华。

一个祈祷

请听我悲哽的声音，祈求于我爱的神，
人间那一个的身上，不带些儿创与伤！
那有高洁的灵魂，不经地狱，便登天堂，
我是肉薄过刀山，炮烙，闯度了奈何桥，
方有今日这颗赤裸裸的心，自由高傲！

这颗赤裸裸的心，请收了罢，我的爱神！
因为除了你更无人，给他温慰与生命，
否则，你就将他磨成齑粉，散入西天云，
但他精诚的颜色，却永远点染你春朝的
新思，秋夜的梦境；怜悯罢，我的爱神！

家中的岁月

白杨树上一阵鸦啼，
白杨树上叶落纷披，
白杨树下有荒土一堆：
亦无有青草，亦无有墓碑；

亦无有蛱蝶双飞，
亦无有过客依违，
有时点缀荒野的暮霭，
土堆邻近有青燐闪闪。

埋葬了也不得安逸，
髑髅在坟底叹息；
舍手了也不得静谧，
髑髅在坟底饮泣。

破碎的愿望梗塞我的呼吸，
伤禽似的震悸着他的羽翼；
白骨放射着赤色的火焰——
却烧不尽生前的恋与怨。

白杨在西风里无语，摇曳，
孤魂在墓窟的凄凉里寻味：
“从不享，可怜，祭扫的温慰，
更有谁存念我生平的梗概！”

她是睡着了

　她是睡着了——
星光下一朵斜欹的白莲；
　她入梦境了——
香炉里袅起一缕碧螺烟。

　她是眠熟了——
涧泉幽抑了喧响的琴弦；
　她在梦乡了——
粉蝶儿，翠蝶儿，翻飞的欢恋。

　停匀的呼吸：
清芬渗透了她的周遭的清氛；
　有福的清氛
怀抱着，抚摩着，她纤纤的身形！

　奢侈的光阴！
静，沙沙的尽是闪亮的黄金，
　平铺着无垠，——
波鳞间轻漾着光艳的小艇。

　醉心光景：
给我披一件彩衣，啜一坛芳醴，
　折一枝藤花，
舞，在葡萄丛中，颠倒，昏迷，

　看呀，美丽！

三春的颜色移上了她的香肌，
　是玫瑰，是月季，
是朝阳里的水仙，鲜妍，芳菲！

　梦底的幽秘，
挑逗着她的心——她纯洁的灵魂，
　像一只蜂儿，
在花心，恣意的唐突——温存。

　童真的梦境！
静默；休教惊断了梦神的殷勤；
　抽一丝金络，
抽一丝银络，抽一丝晚霞的紫曛；

　玉腕与金梭，
织缣似的精审，更番的穿度——
　化生了彩霞，
神阙，安琪儿的歌，安琪儿的舞。

　可爱的梨涡，
解释了处女的梦境的欢喜，
　像一颗露珠，
颤动的，在荷盘中闪耀着晨曦！

一九二五年三月前作

为　谁

这几天秋风来得格外的尖厉：
　我怕看我们的庭院，
　树叶伤鸟似的猛旋，
　中着了无形的利箭——
没了，全没了：生命，颜色，美丽！

就剩下西墙上的几道爬山虎：
　它那豹斑似的秋色，
　忍熬着风拳的打击，
　低低的喘一声乌邑——
“我为你耐着！”它仿佛对我声诉。

它为我耐着，那艳色的秋萝，
　但秋风不容情的追，
　追，（摧残是他的恩惠！）
　追尽了生命的余辉——
这回墙上不见了勇敢的秋萝！

今夜那青光的三星在天上
　倾听着秋后的空院，
　悄悄的，更不闻呜咽：
　落叶在泥土里安眠——
只我在这深夜，啊，为谁凄惘？

问　　谁

问谁？呵，这光阴的播弄
　问谁去声诉，
在这冻沉沉的深夜，凄风
　吹拂她的新墓？

“看守，你须用心的看守，
　这活泼的流溪
莫错过，在这清波里优游，
　青脐与红鳍！”

那无声的私语在我的耳边
　似曾幽幽的吹嘘，——
像秋雾里的远山，半化烟，
　在晓风前卷舒。

因此我紧揽着我生命的绳网
　像一个守夜的渔翁，
兢兢的，注视着那无尽流的时光——
　私冀有彩鳞掀涌。

但如今，如今只余这破烂的渔网——
　嘲讽我的希冀，
我喘息的怅望着不复返的时光：
　泪依依的憔悴！

又何况在这黑夜里徘徊：
　黑夜似的痛楚：
一个星芒下的黑影凄迷——
　留恋着一个新墓！

问谁……我不敢怆呼，怕惊扰
　这墓底的清淳；
我俯身，我伸手向她搂抱——
　啊，这半潮润的新坟！

这椮人的旷野无有边沿，
　远处有村火星星，
丛林中有鸱鸮在悍辩——
　此地有伤心，只影！

这黑夜，深沉的，环包着大地：
　笼罩着你与我——
你，静凄凄的安眠在墓底；
　我，在迷醉里摩挲！

正愿天光更不从东方
　按时的泛滥：
我便永远依偎着这墓旁——
　在沉寂里消幻——

但青曦已在那天边吐露，
　苏醒的林鸟，
已在远近间相应的喧呼——
　又是一度清晓。

不久，这严冬过去，东风

又来催促青条：
便妆缀这冷落的墓宫，
亦不无花草飘摇。

但为你，我爱，如今永远封禁
在这无情的地下——
我更不盼天光，更无有春信：
我的是天边的黑夜！

雪花的快乐

假如我是一朵雪花，
翩翩的在半空里潇洒，
　我一定认清我的方向——
　飞扬，飞扬，飞扬，
这地面上有我的方向。

不去那冷寞的幽谷，
不去那凄清的山麓，
　也不上荒街去惆怅——
　飞扬，飞扬，飞扬，——
你看！我有我的方向！

在半空里娟娟的飞舞，
认明了那清幽的住处，
　等着她来花园里探望——
　飞扬，飞扬，飞扬——
啊，她身上有朱砂梅的清香！

那时我凭藉我的身轻，
盈盈的，沾住了她的衣襟，
　贴近她柔波似的心胸——
　消溶，消溶，消溶——
溶入了她柔波似的心胸！

一九二四年十二月三十日作

恋爱到底是什么一回事

恋爱他到底是什么一回事？——
他来的时候我还不曾出世；
太阳为我照上了二十几个年头，
我只是个孩子，认不识半点愁；
忽然有一天——我又爱又恨那一天——
我心坎里痒齐齐的有些不连牵，
那是我这辈子第一次的上当，
有人说是受伤——你摸摸我的胸膛——
他来的时候我还不曾出世，
恋爱他到底是什么一回事？

这来我变了，一只没笼头的马，
跑遍了荒凉的人生的旷野；
又像是那古时间献璞玉的楚人，
手指着心窝，说这里面有真有真，
你不信时一刀拉破我的心头肉，
看那血淋淋的一掬是玉不是玉；
血！那无情的宰割，我的灵魂！
是谁逼迫我发最后的疑问？

疑问！这回我自己幸喜我的梦醒，
上帝，我没有病，再不来对你呻吟！
我再不想成仙，蓬莱不是我的分；
我只要这地面，情愿安分的做人，——
从此再不问恋爱是什么一回事，
反正他来的时候我还不曾出世！

康桥再会罢

康桥，再会罢；
我心头盛满了别离的情绪，
你是我难得的知己，我当年
辞别家乡父母，登太平洋去，
（算来一秋二秋，已过了四度
春秋，浪迹在海外，美土欧洲）
扶桑风色，檀香山芭蕉况味，
平波大海，开拓我心胸神意，
如今都变了梦里的山河，
渺茫明灭，在我灵府的底里；
我母亲临别的泪痕，她弱手
向波轮远去送爱儿的巾色，
海风咸味，海鸟依恋的雅意，
尽是我记忆的珍藏，我每次
摩按，总不免心酸泪落，便想
理箧归家，重向母怀中匐伏，
回复我天伦挚爱的幸福；
我每想人生多少跋涉劳苦，
多少牺牲，都只是枉费无补，
我四载奔波，称名求学，毕竟
在知识道上，采得几茎花草，
在真理山中，爬上几个峰腰，
钧天妙乐，曾否闻得，彩红色，
可仍记得？——但我如何能回答？
我但自喜楼高车快的文明，
不曾将我的心灵污抹，今日

我对此古风古色，桥影藻密，
依然能袒胸相见，惺惺惜别。

康桥，再会罢！
你我相知虽迟，然这一年中
我心灵革命的怒潮，尽冲泻
在你妩媚河身的两岸，此后
清风明月夜，当照见我情热
狂溢的旧痕，尚留草底桥边，
明年燕子归来，当记我幽叹
音节，歌吟声息，缦烂的云纹
霞彩，应反映我的思想情感，
此日撒向天空的恋意诗心，
赞颂穆静腾辉的晚景，清晨
富丽的温柔；听！那和缓的钟声
解释了新秋凉绪，旅人别意，
我精魂腾跃，满想化入音波，
震天彻地，弥盖我爱的康桥，
如慈母之于睡儿，缓抱软吻；
康桥！汝永为我精神依恋之乡！
此去身虽万里，梦魂必常绕
汝左右，任地中海疾风东指，
我亦必纡道西回，瞻望颜色；
归家后我母若问海外交好，
我必首数康桥；在温清冬夜
腊梅前，再细辨此日相与况味；
设如我星明有福，素愿竟酬，
则来春花香时节，当复西航，
重来此地，再检起诗针诗线，
绣我理想生命的鲜花，实现
年来梦境缠绵的销魂踪迹，
散香柔韵节，增媚河上风流；

故我别意虽深，我愿望亦密，
昨宵明月照林，我已向倾吐
心胸的蕴积，今晨雨色凄清，
小鸟无欢，难道也为是怅别
情深，累藤长草茂，涕泪交零！

康桥！山中有黄金，天上有明星，
人生至宝是情爱交感，即使
山中金尽，天上星散，同情还
永远是宇宙间不尽的黄金，
不昧的明星；赖你和悦宁静
的环境，和圣洁欢乐的光阴，
我心我智，方始经爬梳洗涤，
灵苗随春草怒生，沐日月光辉，
听自然音乐，哺啜古今不朽
——强半汝亲栽育——的文艺精英：
恍登万丈高峰，猛回头惊见
真善美浩瀚的光华，覆翼在
人道蠕动的下界，朗然照出
生命的经纬脉络，血赤金黄，
尽是爱主恋神的辛勤手绩；
康桥！你岂非是我生命的泉源？
你惠我珍品，数不胜数；最难忘
骞上德顿桥下的星𬭚坝乐，
弹舞殷勤，我常夜半凭阑干，
倾听牧地黑影中倦牛夜嚼，
水草间鱼跃虫嗤，轻挑静寞；
难忘春阳晚照，泼翻一海纯金，
淹没了寺塔钟楼，长垣短堞，
千百家屋顶烟突，白水青田，
难忘茂林中老树纵横；巨干上
黛薄荼青，却教斜刺的朝霞，

抹上些微胭脂春意，忸怩神色；
难忘七月的黄昏，远树凝寂，
像墨泼的山形，衬出轻柔暝色，
密稠稠，七分鹅黄，三分橘绿，
那妙意只可去秋梦边缘捕捉；
难忘榆荫中深宵清啭的诗禽，
一腔情热，教玫瑰噙泪点首，
满天星环舞幽吟，款住远近
浪漫的梦魂，深深迷恋香境；
难忘村里姑娘的腮红颈白；
难忘屏绣康河的垂柳婆娑，
婀娜的克莱亚[①]，硕美的校友居；
一但我如何能尽数，总之此地
人天妙合，虽微如寸芥残垣，
亦不乏纯美精神；流贯其间，
而此精神，正如宛次宛士[②]所谓
“通我血液，浃我心藏”，有“镇驯
矫饬之功”；我此去虽归乡土，
而临行怫怫，转若离家赴远；
康桥！我故里闻此，能弗怨汝
僭爱，然我自有说言代汝答付；
我今去了，记好明春新杨梅
上市时节，盼望我含笑归来，
再见罢，我爱的康桥！

一九二二年八月十日作

① 英国剑桥大学的Clare学院。
② 英国诗人。

翡冷翠的一夜

翡冷翠[1]的一夜

你真的走了，明天？那我，那我，……
你也不用管，迟早有那一天；
你愿意记着我，就记着我，
要不然趁早忘了这世界上
有我，省得想起时空着恼，
只当是一个梦，一个幻想；
只当是前天我们见的残红，
怯怜怜的在风前抖擞，一瓣，
两瓣，落地，叫人踩，变泥……
唉，叫人踩，变泥——变了泥倒干净，
这半死不活的才叫是受罪，
看着寒伧，累赘，叫人白眼——
天呀！你何苦来，你何苦来……
我可忘不了你，那一天你来，
就比如黑暗的前途见了光彩，
你是我的先生，我爱，我的恩人，
你教给我什么是生命，什么是爱，
你惊醒我的昏迷，偿还我的天真，
没有你我哪知道天是高，草是青？
你摸摸我的心，它这下跳得多快；
再摸我的脸，烧得多焦，亏这夜黑
看不见；爱，我气都喘不过来了，
别亲我了；我受不住这烈火似的活，
这阵子我的灵魂就像是火砖上的

① 一座意大利城市。通译佛罗伦萨（Firenze）。

熟铁，在爱的锤子下，砸，砸，火花
四散的飞洒……我晕了，抱着我，
爱，就让我在这儿清净的园内，
闭着眼，死在你的胸前，多美！
头顶白杨树上的风声，沙沙的，
算是我的丧歌，这一阵清风，
橄榄林里吹来的，带着石榴花香，
就带了我的灵魂走，还有那萤火，
多情的殷勤的萤火，有他们照路，
我到了那三环洞的桥上再停步，
听你在这儿抱着我半暖的身体，
悲声的叫我，亲我，摇我，咂我；……
我就微笔的再跟着清风走，
随他领着我，天堂，地狱，哪儿都成，
反正丢了这可厌的人生，实现这死
在爱里，这爱中心的死，不强如
五百次的投生？……自私，我知道，
可我也管不着……你伴着我死？
什么，不成双就不是完全的“爱死”，
要飞升也得两对翅膀儿打伙，
进了天堂还不一样的要照顾，
我少不了你，你也不能没有我；
要是地狱，我单身去你更不放心，
你说地狱不定比这世界文明
（虽则我不信，）像我这娇嫩的花朵，
难保不再遭风暴，不叫雨打，
那时候我喊你，你也听不分明，——
那不是求解脱反投进了泥坑，
倒叫冷眼的鬼串通了冷心的人，
笑我的命运，笑你懦怯的粗心？
这话也有理，那叫我怎么办呢？
活着难，太难，就死也不得自由，

我又不愿你为我牺牲你的前程……
唉！你说还是活着等，等那一天！
有那一天吗？——你在，就是我的信心；
可是天亮你就得走，你真的忍心
丢了我走？我又不能留你，这是命；
但这花，没有阳光晒，没有甘露浸，
不死也不免瓣尖儿焦萎，多可怜！
你不能忘我，爱，除了在你的心里，
我再没有命；是，我听你的话，我等，
等铁树儿开花我也得耐心等；
爱，你永远是我头顶的一颗明星：
要是不幸死了，我就变一个萤火，
在这园里，挨着草根，暗沉沉的飞，
黄昏飞到半夜，半夜飞到天明，
只愿天空不生云，我望得见天，
天上那颗不变的大星，那是你，
但愿你为我多放光明，隔着夜，
隔着天，通着恋爱的灵犀一点……

一九二五年六月十一日
于意大利翡冷翠山中作

“我 要 你”

《Amoris Victima》第6首，Arthur Symons

我不能没有你，你是我的，这多久，
是我唯一的奴隶，我唯一的女后。
我不能没有你，你早已经变成了
我自身的血肉，比我的更切要。
我要你！随你开口闭口，笑或是嗔，
只要你来伴着我一个小小的时辰，
让我亲吻你，你的手，你的发，你的口
让我在我的手腕上感觉你的指头。
我不能没有你。世上多的是男子们，
他们爱，说一声再会，转身又是昏沉，
我只是知道我要你，我要的就只你，
就为的是我要你。只要你能知道些微
我怎样的要你！假如你一天知道
我心头要你的饿慌，要你的火烧！

珊　瑚

你再不用想我说话，
　我的心早沉在海水底下；
你再不用向我叫唤：
　因为我——我再不能回答！

除非你——除非你也来在
　这珊瑚骨环绕的又一世界；
等海风定时的一刻清静，
　你我来交互你我的幽叹。

偶　然

我是天空里的一片云，
偶尔投影在你的波心——
　　你不必讶异，
　　更无须欢喜——
在转瞬间消灭了踪影。

你我相逢在黑夜的海上，
你有你的，我有我的，方向；
　　你记得也好，
　　最好你忘掉，
在这交会时互放的光亮！

一九二六年五月中旬作

他怕他说出口

（朋友，我懂得那一条骨鲠，
难受不是？——难为你的咽喉；）
“看，那草瓣上蹲着一只蚱蜢，
那松林里的风声像是箜篌。”

（朋友，我明白，你的眼水里
闪动着你真情的泪晶；）
“看，那一只蝴蝶连翩的飞；
你试闻闻这紫兰花馨！”

（朋友，你的心在怦怦的动；
我的也不一定是安宁；）
“看，那一对雌雄的双虹！
在云天里卖弄着娉婷；”

（这不是玩，还是不出口的好，
我顶明白你灵魂里的秘密；）
“那是句致命的话，你得想到，
回头你再来追悔那又何必！”
（我不愿你进火焰里去遭罪，
就我——就我也不情愿受苦！）
“你看那双虹已经完全破碎；
花草里不见了蝴蝶儿飞舞。”

（耐着！美不过这半绽的花蕾；
何必再添深这颊上的薄晕？）
“回走吧，天色已是怕人的昏黑，——
明儿再来看鱼肚色的朝云！”

丁当——清新

檐前的秋雨在说什么？
　它说摔了她，忧郁什么？
我手拿起案上的镜框，
　在平地上摔一个丁当。

檐前的秋雨又在说什么？
　“还有你心里那个留着做什么？”
蓦地里又听见一声清新——
　这回摔破的是我自己的心！

一九二五年秋作

客　中

今晚天上有半轮的下弦月；
　　我想携着她的手，
　　往明月多处走——
一样是清光，我说，圆满或残缺。

园里有一树开剩的玉兰花；
　　她有的是爱花癖，
　　我爱看她的怜惜——
一样是芬芳，她说，满花与残花。

浓阴里有一只过时的夜莺；
　　她受了秋凉，
　　不如从前浏亮——
快死了，她说，但我不悔我的痴情！

但这莺，这一树花，这半轮月——
　　我独自沉吟，
　　对着我的身影——
她在那里，阿，为什么伤悲，凋谢，残缺？

一九二五年冬作

半夜深巷琵琶

又被它从睡梦中惊醒，深夜里的琵琶！
　　是谁的悲思，
　　是谁的手指，
像一阵凄风，像一阵惨雨，像一阵落花，
　　在这夜深深时，
　　在这睡昏昏时，
挑动着紧促的弦索，乱弹着宫商角徵，
　　和着这深夜，荒街，
　　柳梢头有残月挂，
阿，半轮的残月，像是破碎的希望他，他
　　头戴一顶开花帽，
　　身上带着铁链条，
在光阴的道上疯了似的跳，疯了似的笑
　　完了，他说，吹糊你的灯，
　　她在坟墓的那一边等，
等你去亲吻，等你去亲吻，等你去亲吻！

望　月

月：我隔着窗纱，在黑暗中，
望她从巉岩的山肩挣起——
一轮惺忪的不整的光华：
像一个处女，怀抱着贞洁，
惊惶的，挣出强暴的爪牙；

这使我想起你，我爱，当初
也会在噩运的利齿间捱！
但如今，正如蓝天里明月，
你已升起在幸福的前峰，
洒光辉照亮地面的坎坷！

决　　断

我的爱：
再不可迟疑；
误不得
这唯一的时机，

天平秤——
在你自己心里，
那头重——
砝码都不用比！

你我的——
那还用着我提？
下了种，
就得完功到底。

生，爱，死——
三连环的迷谜；
拉动一个，
两个就跟着挤。

老实说，
我不希罕这活，
这皮囊，——
那处不是拘束。

要恋爱，

要自由，要解脱——
这小刀子，
许是你我的天国！

可是不死
就得跑，远远的跑，
谁耐烦
在这猪圈里捞骚？

险——
不用说，总得冒，
不拼命，
那件事拿得着？

看那星，
多勇猛的光明！
看这夜，
多庄严，多澄清！

去罢，甜，
前途不是暗昧；
多谢天，
从此跳出了轮回！

“起造一座墙”

你我千万不可亵渎那一个字，
别忘了在上帝跟前起的誓。
我不仅要你最柔软的柔情，
蕉衣似的永远裹着我的心；
我要你的爱有纯钢似的强，
在这流动的生里起造一座墙；
任凭秋风吹尽满园的黄叶，
任凭白蚁蛀烂千年的画壁；
就使有一天霹雳震翻了宇宙，——
也震不翻你我“爱墙”内的自由！

一九二五年八月作

再休怪我的脸沉

不要着恼，乖乖，不要怪嫌
　　我的脸绷得直长，
　　我的脸绷得是长，
可不是对你，对恋爱生厌。

不要凭空往大坑里盲跳：
　　胡猜是一个大坑，
　　这里面坑得死人；
你听我讲，乖，用不着烦恼。

你，我的恋爱，早就不是你：
　　你我早变成一身，
　　呼吸，命运，灵魂——
再没有力量把你我分离。

你我比是桃花接上竹叶，
　　露水合着嘴唇吃，
　　经脉胶成同命丝，
单等春风到开一个满艳。

谁能怀疑他自创的恋爱？
　　天空有星光耿耿，
　　冰雪压不倒青春，
任凭海有时枯，石有时烂！

不是的，乖，不是对爱生厌！

　　你胡猜我也不怪，
　　我的样儿是太难，
反正我得对你深深道歉。

不错，我恼，恼的是我自己；
　　（山怨土不够高；
　　河对水私下唠叨。）
恨我自己为甚这不争气。

我的心（我信）比似个浅洼：
　　跳动着几条泥鳅，
　　积不住三尺清流，
盼不到天光，映不着彩霞；

又比是个力乏的朝山客，
　　他望见白云缭绕，
　　拥护着山远山高，
但他只能在倦疲中沉默；

也不是不认识上天威力：
　　他何尝甘愿绝望，
　　空对着光阴怅惘——
你到深夜里来听他悲泣！

就说爱，我虽则有了你，爱，
　　不愁在生命道上
　　感受孤立的恐慌，
但天知道我还想往上攀！

恋爱，我要更光明的实现：
　　草堆里一个萤火
　　企慕着天顶星罗：

我要你我的爱高比得天!

我要那洗度灵魂的圣泉,
　　洗掉这皮囊腌臜,
　　解放内裹的囚犯,
化一缕轻烟,化一朵青莲。

这,你看,才叫是烦恼自找;
　　从清晨直到黄昏,
　　从天昏又到天明,
活动着我自剖的一把钢刀!

不是自杀,你得认个分明。
　　劈去生活的余渣,
　　为要生命的精华;
给我勇气,啊,唯一的亲亲!

给我勇气,我要的是力量,
　　快来救我这围城,
　　再休怪我的脸沉,
快来,乖乖,抱住我的思想!

天神似的英雄

这石是一堆粗丑的顽石，
这百合是一丛明媚的秀色；
但当月光将花影描上了石隙，
这粗丑的顽石也化生了媚迹。

我是一团臃肿的凡庸，
她的是人间无比的仙容；
但当恋爱将她偎入我的怀中，
就我也变成了天神似的英雄！

“新婚与旧鬼”

“The Hour and the Ghost”

新娘

郎呀，郎，抱着我，
他要把我们拆散；
我怕这风狂如虎，
与这冷酷的暴烈的海。
看呀，那远远的山边，
松林里有火光炎炎，
那是为我点着的灯台。

新娘

你在我的怀里，我爱，
谁敢来将你侵犯；
那是北极的星芒灿烂。

鬼

跟我来，负心的女，
回我们家去，回家去。
这是我的话，我的声，
我曾经求你的爱，
你也曾答我的情，
来，我们的安乐窝已经落成——
快来同登大海的彼岸。

新娘

紧紧的搂住我，我的爱，
他责问我已往的盟约，
他抓我的手，扼我的腕，
郎呀，休让他将我剽掠。
他要剜去你的心头肉，
我抵抗他的强暴无法，
他指着那阴森的地狱，
我心怯他的恫吓——
呀，我摆不脱曾经的盟约！

新娘

依着我，闭着你的眼，
就只你与我，地与天，
放心，我爱，再没有祸变。

鬼

依着我，跟着我来，
我是你的保护与引导；
我不耐烦等着，快来，
我们的新床已经安好，
是呀，新的房与新的床，
长生不老，我是夫，你是妻，
乐园在眼前，只要你的眼闭，
来呀，实现盟约的风光。

新娘

浇着我，再说一句话，

趁我的心血不曾冷，
趁我的意志不曾败，
趁我的呼吸不曾凉。
不要忘记我，我的郎，
我便负心，你不要无常。
留给我你的心，我的郎君，
永葆着情真与恩缘；
在寂寞冷落的冬夜，
我的魂许再来临，我的郎君。

新娘

定一定心，我爱，安你的神，
休教幻梦纠缠你的心灵；
那有什么变与死，除了安宁？

鬼

罪孽！脆弱的良心，
这是人们无聊的收成！
你将来重复来临，
只见他的恩情改变，冷淡，
也让你知道那苦痛与怨恨，
曾经一度刺戟我的心坎；
只见一个更美丽的新人，
占据你的房栊，你的床棂，
你的恋爱，与他儿女产生，
那时候你与我，
在晦盲的昏暮
颠播，呼号，绷横。

两位太太

她们俩同出去坐船玩，
我的太太与我邻居的太太；
我独自在家里坐着——
来了一个妇人，我的性命她，
我们一起坐着说着话，
不提防天气隐起了变化，
乌云一阵阵的涌起，
我不由的担心——害怕。

果然报来了消息，
说那船已经沉没，
淹死了一个太太，
哪一位可不明白，
我心想这是谁呢，
是我的邻居还是她?
淹死在无情的水底，
永远再不得回家。
第二次消息又传到，
说死的是我朋友的她。
我不由的失声叹息，
“这回自由了的，是他！”
但他可不能乐意，

松放了我不更佳!
“可是又何尝不合式呢?”
冷冷的插话，我爱的她，
“这怎么讲，”我逼着问。
因为他爱我也与你一般深，
因此——你看——可不是一样，
管她死的是谁的夫人?

十一月四日

涡堤孩新婚歌

小溪在碧冷冷，笑盈盈讲新闻，
青草地里打滚，不负半点儿责任；
砂块儿疏松，石砾儿轻灵，
小溪儿一跳一跳的向前飞行，
流到了河，暖溶溶流波，
闪亮的银波，阳光里微酡，
小溪儿笑呷呷的跳入了河，
闹嚷嚷的合唱一曲新婚歌，
“开门，水晶的龙宫，
涡堤孩已经成功，
她嫁了一个美丽的丈夫，
取得了她的灵魂整个。”
小涟儿喜孜孜的窜近了河岸，
手挽着水草，紧靠着芦苇，
凑近他们的耳朵，把新闻讲一回，
“这是个秘密，但是秘密也无害，
小涧儿流入河，河水儿流到海，
我们的消息，几个转身就传遍。”
青湛湛的河水，曲玲玲的流转，
绕一个梅花岛，画几个美人涡，
流出了山峡口，流入了大海波，
笑呼呼的轻唱一回新婚歌，
“开门，水晶的龙宫，
涡堤孩已经成功，
她嫁了一个美丽的丈夫，
取得了她的灵魂整个。”

运命的逻辑

一

前天她在水晶宫似照亮的大厅里跳舞——
多么亮她的袜!
多么滑她的发!
她那牙齿笑痕叫全堂的男子们疯魔。

二

昨来她短了资本,
变卖了她的灵魂;
那戴喇叭帽的魔鬼在她的耳边传授了秘诀,
她起了皱纹的脸又搽上不少男子们的心血。

三

今天在城隍庙前阶沿上坐着的这个老丑,
她胸前挂着一串,不是珍珠,是男子们的骷髅;
神道见了她摇头,
魔鬼见了她哆嗦!

罪与罚

“你——你问我为什么对你脸红?
这是天良，朋友，天良的火烧，
好，交给你了，记下我的口供，
满铺着谎的床上哪睡得着? ”

“你先不用问她们那都是谁，
回头你——（你有水不? 我喝一口。
单这一提，我的天良就直追。
逼得我一口气直顶着咽喉。）”

“冤孽! 天给我这样儿，毒的香，
造孽的根，假温柔的野兽!
什么意识，什么天理，什么思想，
那敌得住那肉鲜鲜的引诱! ”

“先是她家那嫂子，风流，当然，
逼嫁了个丈夫不是个男人;
这干烤着的木柴早够危险，
再来一星星的火花——不就成! ”

“那一星的火花正轮着我——该!
才一面，够干脆的，魔鬼的得意;
一瞟眼，一条线，半个黑夜，
十七岁的童贞，一个活寡的急! ”

“堕落是一个进了出不得的坑，

可不是个陷坑，越陷越没有底；
咒他的！一桩桩更鲜艳的沉沦，
挂彩似的扮得我全没了主意！”

“现吃亏的当然是女人，也可怜，
一步的孽报追着一步的孽因，
她又不能往阉子身上推，活罪——
一包药粉换着了一身的毒鳞！”

这还是引子，下文才真是孽债，
她家里有一双并蒂的白莲，
透水的鲜，上帝禁阻闲蜂来采，
但运命偏不容这白玉的贞坚。

“那西湖上一宿的猖狂，又是我，
你知道，捣毁了那并蒂的莲苞——
单只一度，但这一度！谁能饶恕，
天这蹂躏，这色情狂的恶屠刀！”

“那大的叫铃的偏对浪子情痴，
她对我矢贞，你说这事情多瘪！
我本没自由，又不能伴她死，
眼看她疯，丢丑，喔！雷砸我的脸！”

“这事情说来你也该早明白，
我见着你眼内一阵阵的冒火；
本来！今儿我是你的囚犯，听凭
你发落，你裁判，杀了我，绞了我！”

“我半点儿不生怨意，我再不能
不自首，天良逼得我没缝儿躲；
年轻人谁免得了有时候朦混，

但是天，我的分儿不有点太酷？”

“谁料到这造孽的网兜着了你，
你，我的长兄，我的唯一的好友！
你爱箕，箕也爱你；箕是无罪的，
有罪是我，天罚那离奇的引诱！”

“她的忠顺你知道，这六七年里，
她哪一事不为你牺牲，你不说，
女人再没有箕的自苦，她为你
甘心自苦，为要洗净那一点错。”

“这错又不是她的，你不能怪她，
话说完了，我放下了我的重负，
我唯一的祈求是保全你的家，
她是无罪的，我再说，我的朋友！”

再不见雷峰

再不见雷峰，雷峰坍成了一座大荒冢，
顶上有不少交抱的青葱；
顶上有不少交抱的青葱，
再不见雷峰，雷峰坍成了一座大荒冢。

为什么感慨，对着这光阴应分的摧残?
世上多的是不应分的变态，
世上多的是不应分的变态；
为什么感慨，对着这光阴应分的摧残?

为什么感慨，这塔是镇压，这坟是掩埋，
镇压还不如掩埋来得痛快!
镇压还不如掩埋来得痛快!
为什么感慨，这塔是镇压，这坟是掩埋。

再没有雷峰，雷峰从此掩埋在人的记忆中，
像曾经的幻梦，曾经的爱宠；
像曾经的幻梦，曾经的爱宠；
再没有雷峰，雷峰从此掩埋在人的记忆中。

九月，西湖

新催妆曲

一

新娘，你为什么紧锁你的眉尖，
　（听掌声如春雷吼，
　鼓乐暴雨似的流！）
在缤纷的花雨中步慵慵的向前：
　（向前，向前，
　到礼台边，
　见新郎面！）
莫非这嘉礼惊醒了你的忧愁：
　一针针的忧愁，
　你的芳心刺透，
　逼近你热泪流——
新娘，为什么你紧锁你的眉尖？

二

新娘，这礼堂不是杀人的屠场，
　（听掌声如震天雷，
　闹乐暴雨似的催！）
那台上站着的不是吃人的魔王：
　他是新郎，
　他是新郎，
　你的新郎；
新娘，美满的幸福等在你的前面：
　你快向前，

　　到礼台边，
　　见新郎面——
新娘，这礼堂不是杀人的屠场！

三

新娘，有谁猜得你的心头怨？
　　（听掌声如劈山雷，
　　鼓乐暴雨似的催了！）
催花巍巍的新人快步的向前，
　　（向前，向前，
　　到礼台边，
　　见新郎面。）
莫非你到今朝，这定运的一天，
　　又想起那时候，
　　他热烈的抱搂，
　　那颤栗，那绸缪——
新娘，有谁猜得你的心头怨？

四

新娘，把钩消的墓门压着你的心上：
　　（这礼堂是你的坟场，
　　你的生命从此埋葬！）
让伤心的热血添浓你颊上的红光；
　　（你快向前，
　　到礼台边，
　　见新郎面！）
忘却了，永远忘却了人间有一个他：
　　让时间的灰烬，
掩埋了他的心、他的爱、他的影——
　　新娘，谁不艳羡你的幸福，你的荣华！

苏　苏

苏苏是一个痴心的女子：
　　像一朵野蔷薇，她的丰姿；
　　像一朵野蔷薇，她的丰姿——
来一阵暴风雨，摧残了她的身世。

这荒草地里有她的墓碑：
　　淹没在蔓草里，她的伤悲；
　　淹没在蔓草里，她的伤悲——
啊，这荒土里化生了血染的蔷薇！

那蔷薇是痴心女的灵魂，
　　在清早上受清露的滋润，
　　到黄昏时有晚风来温存，
更有那长夜的慰安，看星斗纵横。

你说这应分是她的平安？
　　但命运又叫无情的手来攀，
　　攀，攀尽了青条上的灿烂，——
可怜啊，苏苏她又遭一度的摧残！

一九二五年五月作

海　韵

一

“女郎，单身的女郎，
你为什么留恋
这黄昏的海边?
女郎，回家吧，女郎！”
“啊不；回家我不回，
我爱这晚风吹；”——
在沙滩上，在暮霭里，
有一个散发的女郎——
徘徊，徘徊。

二

“女郎，散发的女郎，
你为什么彷徨
在这冷清的海上?
女郎，回家吧，女郎！”
“啊不；你听我唱歌，
大海，我唱，你来和；”——
在星光下，在凉风里，
轻荡着少女的清音——
高吟，低哦。

三

“女郎，胆大的女郎！

那天边扯起了黑幕，
这顷刻间有恶风波，
女郎，回家吧，女郎！”
“啊不；你看我凌空舞，
学一个海鸥没海波；”——
　在夜色里，在沙滩上，
急旋着一个苗条的身影——
　　　婆娑，婆娑。

四

“听呀，那大海的震怒，
女郎回家吧，女郎！
看呀，那猛兽似的海波，
女郎，回家吧，女郎！”
“啊不；海波他不来吞我，
我爱这大海的颠簸！”
　在潮声里，在波光里，
啊，一个慌张的少女在海沫里，
　　　蹉跎，蹉跎。

五

“女郎，在那里，女郎？
在那里，你嘹亮的歌声？
在那里，你窈窕的身影？
在那里啊，勇敢的女郎？”
黑夜吞没了星辉，
　这海边再没有光芒；
海潮吞没了沙滩，
　沙滩上再不见女郎，——
　　　再不见女郎！

两地相思

一

他——

今晚的月亮像她的眉毛，
　这弯弯的够多俏！
今晚的天空像她的爱情，
　这蓝蓝的够多深！
那样多是你的，我听她说，
　你再也不用多疑惑；
给你这一团火，她的香唇，
　还有她更热的腰身！
谁说做人不该多吃点苦？——
　吃到了底才有数。
这来可苦了她，盼死了我，
　半年不是容易过！
她这时候，我想，正靠着窗
　手托着俊俏脸庞，
在想，一滴泪正挂在腮旁，
　像露珠沾上草尖：
在半忧愁半欢喜的预计，
　计算着我的归期：
啊，一颗纯洁的爱我的心，
　那样的专！那样的真！
还不催快你的胯下的牲口，

　趁月光清水如流，
趁月光清水似流，赶回家
　去亲你唯一的她！

二

　　她——

今晚的月色又使我想起
　我半年前的昏迷，
那晚我不该喝那三杯酒，
　添了我一世的愁；
我不该把自由随手给扔，——
　活该我今儿的闷！
他待我倒真是一片至诚，
　像竹园里的新笋，
不怕风吹，不怕雨打，一样
　他还是往上滋长；
他为我吃尽受了苦，就为我
　他今天还在奔波；——
我又没有勇气对他明讲
　我改变了的心肠！
今晚月儿弓样，到月圆时
　我，我如何能躲避！
我怕，我爱，这来我真是难，
　恨不能往地底钻：
可是你，爱，永远有我的心，
　听凭我是浮是沉：
他来时要抱，我就让他抱，
　（这葫芦不破的好，）
但每回我让他亲——我的唇，
　爱，亲的是你的吻！

梅雪争春

南方新年里有一天下大雪，
我到灵峰去探春梅的消息；
残落的梅萼瓣瓣在雪里腌，
我笑说这颜色还欠三分艳！

运命说：你赶花朝节前回京，
我替你备下真鲜艳的春景；
白的还是那冷翩翩的飞雪，
但梅花是十三龄童的热血！

一九二六年三月底作

西伯利亚道中忆西湖秋雪庵芦色作歌

我捡起一枝肥圆的芦梗，
　　在这秋月下的芦田；
我试一试芦笛的新声，
　　在月下的秋雪庵前。

这秋月是纷飞的碎玉，
　　芦田是神仙的别殿；
我弄一弄芦管的幽乐——
　　我映影在秋雪庵前。

我先吹我心中的欢喜——
　　清风吹露芦雪的酥胸；
我再弄我欢喜的心机——
　　芦田中见万点的飞萤。

我记起了我生平的惆怅，
　　中怀不禁一阵的凄迷，
笛韵中也听出了新来凄凉——
　　近水间有断续的蛙啼。

这时候芦雪在明月下翻舞，
　　我暗地思量人生的奥妙，
我正想谱一折人生的新歌，
　　阿，那芦笛（碎了）再不成音调！

这秋月是缤纷的碎玉，

　　芦田是仙家的别殿；
我弄一弄芦管的幽乐——
　　我映影在秋雪庵前。

我捡起一枝肥圆的芦梗，
　　在这秋月下的芦田；
我试一试芦笛的新声，
　　在月下的秋雪庵前。

一九二五年三月作

图下的老江

John of tours（Old French）
到了家了，图下的老江，
他身体可老大的不爽。
“您好，我的妈，您好，我的儿；
媳妇给您生了个小孩儿。”
“妈，那您先去，到地板上
替我去铺一张床；
轻轻儿的，妈，您小心走道，
别让我的媳妇听到。”
那晚到半夜的光景，
老江睡着了，从此不醒。
“啊我的好妈，您告诉我
下面有人哭为什么？”
“媳妇，那是小孩儿们
为牙疼哭得你烦心。”
“可是您得告诉我，我的妈，
谁在那儿钉板似的打？”
“媳妇，那是叫来的木工，
收拾那楼梯上的破缝。”
“那又是什么，我的亲娘，
是谁吹得那样的凄凉？”
“儿呀，那是游街的教士，
在我们门前，唱赞美诗。”
“那么你说，我的婆婆，
我今天衣服该穿什么？”
“蓝的也好，儿呀，红的也成，

可是我说穿黑，倒顶时新。”
“可是我妈，您得明白说，
为什么您掉眼泪，直哭？”
“喔！事情要亮总得亮，
他死了，你知道——老江。”
“娘，那你关照做坟的，
做大些，放两个人的；
咳，还得放大点儿尺寸，
反正这小孩儿也活不成。”

猛虎集

献　词

那天你翩翩的在空际云游，
自在，轻盈，你本不想停留；
在天的哪方或地的哪角，
你的愉快是无拦阻的逍遥。

你更不经意在卑微的地面，
有一流涧水，虽则你的明艳；
在过路时点染了他的空灵，
使他惊醒，将你的倩影抱紧。

他抱紧的只是绵密的忧愁，
因为美不能在风光中静止；
他要，你已飞波万重的山头，
去更阔的湖海投射影子！

他在为你消瘦，那一流涧水，
在无能的盼望，盼望你飞回。

我等候你

我等候你。
我望着户外的黄昏
如同望着将来，
我的心震盲了我的听。
你怎还不来？希望
在每一秒钟上允许开花。
我守候着你的步履，
你的笑语，你的脸，
你的柔软的发丝，
守候着你的一切；
希望在每一秒钟上
枯死——你在那里？
我要你，要得我心里生痛，
我要你的火焰似的笑，
要你的灵活的腰身，
你的发上眼角的飞星；
我陷落在迷醉的氛围中，
像一座岛，
在蟒绿的海涛间，不自主的在浮沉……
喔，我迫切的想望
你的来临，想望
那一朵神奇的优昙
开上时间的顶尖！
你为什么不来，忍心的？
你明知道，我知道你知道，
你这不来于我是致命的一击，

打死我生命中乍放的阳春，
教坚实如矿里的铁的黑暗，
压迫我的思想与呼吸；
打死可怜的希冀的嫩芽，
把我，囚犯似的，交付给
妒与愁苦，生的羞惭
与绝望的惨酷。
这也许是痴。竟许是痴。
我信我确然是痴；
但我不能转拨一支已然定向的舵，
万方的风息都不容许我犹豫——
我不能回头，运命驱策着我！
我也知道这多半是走向
毁灭的路；但
为了你，为了你，
我什么也都甘愿；
这不仅我的热情，
我的仅有的理性亦如此说。
痴！想磔碎一个生命的纤维
为要感动一个女人的心！
想博得的，能博得的，至多是
她的一滴泪，
她的一阵心酸，
竟许一半声漠然的冷笑；
但我也甘愿，即使
我粉身的消息传到
她的心里如同传给
一块顽石，她把我看作
一只地穴里的鼠，一条虫，
我还是甘愿！
痴到了真，是无条件的，
上帝他也无法调回一个

痴定了的心如同一个将军
有时调回已上死线的士兵。
枉然，一切都是枉然，
你的不来是不容否认的实在，
虽则我心里烧着泼旺的火，
饥渴着你的一切，
你的发，你的笑，你的手脚；
任何的痴想与祈祷
不能缩短一小寸
你我间的距离！
户外的黄昏已然
凝聚成夜的乌黑，
树枝上挂着冰雪，
鸟雀们典去了它们的啁啾，
沉默是这一致穿孝的宇宙。
钟上的针不断的比着
玄妙的手势，像是指点，
像是同情，像是嘲讽，
每一次到点的打动，我听来是
我自己的心的
活埋的丧钟。

一九二九年秋作

渺　　小

我仰望群山的苍老，
　他们不说一句话。
阳光描出我的渺小，
　小草在我的脚下。

我一人停步在路隅，
　倾听空谷的松籁；
青天里有白云盘踞，
　转眼间忽又不在。

拜　献

山，我不赞美你的壮健，
海，我不歌咏你的阔大，
风波，我不颂扬你威力的无边；
但那在雪地里挣扎的小草花，
路旁冥盲中无告的孤寡，
烧死在沙漠里想归去的雏燕，——
给他们，给宇宙间一切无名的不幸，
我拜献，拜献我胸胁间的热，
管里的血，灵性里的光明；
我的诗歌——在歌声嘹亮的一俄顷，
天外的云彩为你们织造快乐，
　　起一座虹桥，
　　指点着永恒的逍遥，
在嘹亮的歌声里消纳了无穷的苦厄！

一九二九年初春作

再别康桥

轻轻的我走了，
　正如我轻轻的来；
我轻轻的招手，
　作别西天的云彩。

那河畔的金柳，
　是夕阳中的新娘；
波光里的艳影，
　在我的心头荡漾。

软泥生的青荇，
　油油的在水底招摇；
在康河的柔波里，
　我甘心做一条水草！

那榆荫下的一潭，
　不是清泉，是天上虹；
揉碎在浮藻间，
　沉淀着彩虹似的梦。

寻梦？撑一支长篙，
　向青草更青处漫溯，
满载一船星辉，
　在星辉斑斓里放歌。

但我不能放歌，

　悄悄是别离的笙箫；
夏虫也为我沉默，
　沉默是今晚的康桥！

悄悄的我走了，
　正如我悄悄的来；
我挥一挥衣袖，
　不带走一片云彩。

一九二八年十一月六日作

泰　山

山！
你的阔大的巉岩，
像是绝海的惊涛，
忽地飞来，
　凌空
　不动，
在沉默的承受
日月与云霞拥戴的光豪：
更有万千星斗
　错落
在你的胸怀，
向诉说
隐奥，
蕴藏在
岩石的核心与崔嵬的天外！

猛虎“The tiger”

猛虎，猛虎，火焰似的烧红
在深夜的莽丛，
何等神明的巨眼或是手，
能擘画你的骇人的雄厚?

在何等遥远的海底还是天顶
烧着你眼火的纯晶?
跨什么翅膀他胆敢飞腾?
凭什么手敢擒住那威棱?

是何等肩腕，是何等神通，
能雕镂你的藏府的系统?
等到你的心开始了活跳。
何等震惊的手，何等震惊的脚?

椎是什么锤? 使的什么练?
在什么洪炉里熬炼你的脑液?
什么砧座? 什么骇异的拿把，
胆敢它的凶恶的惊怕擒抓?

当群星放射它们的金芒，
满天上泛滥着它们的泪光，
见到他的工程，他露不露笑容?
造你的不就是那造小羊的神工?

猛虎，猛虎，火焰似的烧红
在深夜的莽丛，
何等神明的巨眼或是手
胆敢擘画你的惊人的雄厚?

俘 虏 颂

我说朋友，你见了没有，那俘虏，
拼了命也不知为谁，
提着杀人的凶麇，
带着杀人的恶计，
趁天没有亮，堵着嘴，
望长江的浓雾里悄悄的飞渡。

趁太阳还在崇明岛外打盹，
满江心只是一片阴，
破着褴褛的江水，
不提防冤死的鬼，
爬在时间背上讨命，
挨着这“一”船船替死来了接吻。

他们摸着了岸就比到了天堂，
顾不得险，顾不得潮，
一耸身就落了地
（梦里的青蛙惊起，）
踹烂了六朝的青草，
燕子矶的嶙峋都变成了康庄！

干什么来了，这“大无畏"的精神?
算是好男子不怕死？——
为一个人的荒唐，
为几块钱的奖赏，
闯进了魔鬼的圈子，

供献了身体，在乌龙山下变粪?

看他们今儿个做俘虏的光荣!
身上脸上全挂着彩，
眉眼糊成了玫瑰，
口鼻裂成了山水，
脑袋顶着朵大牡丹，
在夫子庙前，在秦河边寻梦!

九月四日

西　　窗

一

这西窗，
这不知趣的西窗放进
四月天时下午三点钟的阳光，
一条条直的斜的羼躺在我的床上。

放进一团捣乱的风片，
搂住了难免处女羞的花窗帘，
呵她痒，腰弯里，脖子上，
羞得她直扬在半空里，刮破了脸。

放进下面走道上洗被单，
衬衣大小毛巾的胰子味，
厨房里饭焦鱼腥蒜苗是腐乳的沁芳南，
还有弄堂里的人声比狗叫更显得松脆。

二

当然不知趣也不止是这西窗，
但这西窗是够顽皮的，
它何尝不知道这是人们打中觉的好时光！
拿一件衣服，不，拿这条绣外国花的毛毯，
堵死了它，给闷死了它，
耶稣死了我们也好睡觉！

直着身子，不好，弯着来，
学一只卖弄风骚的大龙虾，
在清浅的水滩上引诱水波的荡意！
对呀，叫迷离的梦意像浪丝似的
爬上你的胡须，你的衣袖，你的呼吸……

你对着你脚上又新破了一个大窟窿的袜子发愣或
是忙着送玲巧的手指到神秘的胳肢窝搔痒——可不
是搔痒的时候，
你的思想不见得会长上那拿把不住的大翅膀。

谢谢天，这是烟士披里纯来到的刹那间，
因为有窟窿的破袜是绝对的理性，
胳肢窝里虱类的痒是不可怀疑的实在。

三

香炉里的烟，远山上的雾，人的贪嗔和心机，
经络里的风湿，话里的刺，笑脸上的毒，
谁说这宇宙这人生不够富丽的？

你看那市场上的盘算，比那矗着大烟筒，
走大海洋的船的肚子里的机轮更来得复杂，
血管里疙瘩着几两几钱，几钱几两，
脑子里也不知哪来这许多尖嘴的耗子爷？
还有那些比柱石重实的大人们，他们也有他们
的盘算；
他们手指间夹着的雪茄虽则也冒着一卷卷成云彩
的烟，
但更曲折，更奥妙，更像长虫的翻戏，
是他们心里的算计，怎样到意大利喀辣辣矿山里
去搬运一个大石座来站他一个
足够与灵龟比赛的年岁，

何况还有波斯兵的长枪，匈奴的暗箭……

再有从上帝的创造里单独创造出来曾向农商部呈
请创造专利的文学先生们，这是个奇迹的奇迹，
正如狐狸精对着月光吞吐她的命珠，他们也是在
月光勾引潮汐时学得他们的职业秘密。
青年的血，尤其是滚沸过的心血，是可口的——
他们借用普罗列塔里亚的瓢匙在彼此请呀请的舀
着喝，
他们将来铜像的地位一定望得见朱湿张献忠的。

锈着大红花的俄罗斯毛毯方才拿来蒙住西窗的也
不知怎的滑溜了下来，不容做梦人继续他的冒险，
但这些滑腻的梦意钻软了我的心，
像春雨的细脚踹软了道上的春泥，
西窗还是不挡着的好，虽则弄堂里的人声有时比
狗叫更显得松脆。
这是谁说的：拿手擦你的嘴，
这人世间在洪荒中不住的转，
像老妇人在空地里捡可以当柴烧的材料？

季　候

一

他俩初起的日子，
像春风吹着春花。
花对风说：“我要，”
风不回话：他给！

二

但春花早变了泥，
春风也不知去向。
她怨，说天时太冷，
“不久就冻冰，”他说。

杜鹃

杜鹃，多情的鸟，他终宵唱，
在夏荫深处，仰望着流云，
飞蛾似围绕亮月的明灯，
星光疏散如海滨的渔火，
甜美的夜在露湛里休憩，
他唱，他唱一声“割麦插禾”
——农夫们在天放晓时惊起。

多情的鹃鸟，他终宵声诉，
是怨，是慕，他心头满是爱，
满是苦，化成缠绵的新歌，
柔情的静夜的怀中颤动；
他唱，口滴着鲜血，斑斑的，
染红露盈盈的草尖，晨光
轻摇着园林的迷梦；他叫，
他叫，他叫一声，“我爱哥哥！”

给——

我记不得维也纳，
除了你，阿丽思；
我想不起佛兰克府，
除了你，桃乐斯；
尼司，佛洛伦司，巴黎，
也都没有意味，
要不是你们的艳丽——
玫思，麦蒂特，腊妹，
翩翩的，盈盈的，
孜孜的，婷婷的，
照亮着我记忆的幽黑，
像冬夜的明星，
像暑夜的游萤，——
怎教我不倾颓！
怎教我不迷醉！

歌

我死了的时候，亲爱的，
别为我唱悲伤的歌；
我坟上不必安插蔷薇，
也无须浓荫的柏树；
让盖着我的青青的草
淋着雨，也沾着露珠；
假如你愿意，请记着我，
要是你甘心，忘了我。

我再不见地面的青荫，
觉不到雨露的甜蜜；
再听不见夜莺的歌喉
在黑夜里倾吐悲啼；
在悠久的昏暮中迷惘，
阳光不升起，也不消翳；
我也许，也许我记得你，
我也许，我也许忘记。

诔　词

散上玫瑰花，散上玫瑰花，
休搀什一小枝的水松！
在寂静中她寂静的解化；
啊！但愿我亦永终。

她是个稀有的欢欣，人间
曾经她喜笑的洗净，
但倦了是她的心，倦了，可怜，
这回她安眠了，不再苏醒。

在火热与扰攘的迷阵中
旋转，旋转着她的一生；
但和平是她灵魂的想望——
和平是她的了，如今。

局促在人间，她博大的神魂，
何曾享受呼吸的自由。
今夜，在这静夜，她独自的攀登
那死的插天的高楼。

枉　然

你枉然用手锁着我的手，
女人，用口噙住我的口，
枉然用鲜血注入我的心，
火烫的泪珠见证你的真；

迟了，你再不能叫死的复活，
从灰土里唤起原来神奇：
纵然上帝怜念你的过错，
他也不能拿爱再交给你！

残　　春

昨天我瓶子里斜插着的桃花，
是朵朵媚笑在美人的腮边挂；
今儿它们全低了头，全变了相——
红的白的尸体倒悬在青条上。

窗外的风雨报告残春的运命，
丧钟似的音响在黑夜里叮咛：
“你那生命的瓶子里的鲜花也
变了样：艳丽的尸体，谁给收殓？”

活　　该

活该你早不来!
热情已变死灰。

提什么已往? ——
骷髅的磷光!

将来? ——各走各的道,
长庚管不着“黄昏晓”。

爱是痴, 恨也是傻,
谁点得清恒河的沙?

不论你梦有多么圆,
周围是黑暗没有边。

比是消散了的诗意,
趁早掩埋你的旧忆。

这苦脸也不用装,
到头儿总是个忘!

得! 我就再亲你一口,
热热的! 去, 再不许停留。

“我不知道风是在那一个方向吹”

我不知道风
是在那一个方向吹——
我是在梦中，
在梦的轻波里依洄。

我不知道风
是在那一个方向吹——
我是在梦中，
她的温存，我的迷醉。

我不知道风
是在那一个方向吹——
我是在梦中，
甜美是梦里的光辉。

我不知道风
是在那一个方向吹——
我是在梦中，
她的负心，我的伤悲。

我不知道风
是在那一个方向吹——
我是在梦中，
在梦的悲哀里心碎！

我不知道风
是在那一个方向吹——
我是在梦中，
黯淡是梦里的光辉。

哈　　代

哈代，厌世的，不爱活的，
　这回再不用怨言，
一个黑影蒙住他的眼?
　去了，他再不漏脸。

八十七年不是容易过，
　老头活该他的受，
抗着一肩思想的重负，
　早晚都不得放手。

为什么放着甜的不尝，
　暖和的座儿不坐，
偏挑那阴凄的调儿唱，
　辣味儿辣得口破:

他是天生那老骨头僵，
　一对眼拖着看人，
他看着了谁谁就遭殃，
　你不用跟他讲情!

他就爱把世界剖着瞧，
　是玫瑰也给拆坏;
他没有那画眉的纤巧，
　他有夜鸮的古怪!

古怪，他争的就只一点——

一点灵魂的自由，
也不是成心跟谁翻脸，
认真就得认个透。

他可不是没有他的爱——
他爱真诚，爱慈悲：
人生就说是一场梦幻，
也不能没有安慰。

这日子你怪得他惆怅，
怪得他话里有刺；
他说乐观是“死尸脸上
抹着粉，搽着胭脂！”

这不是完全放弃希冀，
宇宙还得往下延，
但如果前途还有生机，
思想先不能随便。

为了维护这思想的尊严，
诗人他不敢怠惰，
高擎着理想，睁大着眼
抉剔人生的错误。

现在他去了，再不说话。
（你听这四野的静，）
你爱忘了他就忘了他，
（天吊明哲的凋零！）

旧历元旦

一个星期

星一那晚上我关上了我的门，
心想你满不是我心里的人，
此后见不见面都不关要紧。

到了星期二那晚上我又想到
你的思想；你的心肠，你的面貌，
到底不比得平常，有点儿妙。

星三那晚上我又想起了你，
想你我要合成一体总是不易，
就说机会又叫你我凑在一起。

星四晚上我思想又换了样；
我还是喜欢你，我俩正不妨
亲近的住着，管它是短是长。

星五那天我感到一阵心震，
当我望着你住的那个乡村，
说来你还是我亲爱的，我自认。

到了星期六你充满了我的思想，
整个的你在我的心里发亮，
女性的美哪样不在你的身上？

像是只顺风的海鸥向着海飞，
到星期晚上我简直的发了迷，
还做什么人这辈子要没有你！

死尸“Une Clarogne”

我爱，记得那一天好天气，
你我在路旁见着那东西；
横躺在乱石与蔓草里，
一具溃烂的尸体。

它直开着腿，荡妇似的放肆，
泄漏着秽气，沾恶腥的粘味，
它那痈溃的胸腹也无有遮盖，
没忌惮的淫秽。

火热的阳光照临着这腐溃，
化验似的蒸发，煎煮，消毁，
解化着原来组成整体的成份
 重向自然返归。

青天微粲的俯看着这变态，
仿佛是眷注一茎向阳的朝卉；
那空气里却满是秽息，难堪，
多亏你不曾昏醉。

大群的蝇蚋在烂肉间喧哄，
酝酿着细蛆，黑水似的汹涌，
他们吞噬着生命的遗蜕，
啊，报仇似的凶猛。

那蛆群潮澜似的起落，
无餍的飞虫仓皇的争夺；

转像是无形中有生命的吹息，
巨量的微生滋育。

丑恶的尸体，从这繁生的世界，
仿佛有风与水似的异乐纵泻。
又像是在风车旋动的和音中，
谷衣急雨似的四射。

眼前的万象迟早不免消翳，
梦幻似的，只模糊的轮廓存遗
有时在美术师的腕底，不期的，
掩映着辽远的回忆。

在那磐石的后背躲着一只野狗，
它那火赤的眼睛向着你我守候
它也撕下了一块烂肉，愤愤的，
等我们过后来享受。

就是我爱，也不免一般的腐朽，
这样恶腥的传染，谁能忍受——
你，我愿望的明星！照我的光明！
这般的纯洁，温柔！

是呀，就你也难免，美丽的后，
等到那最后的祈祷为你诵咒
这美妙的丰姿也不免到泥草里，
与陈死人共朽。

因此，我爱呀，吩咐那趑趄的虫蠕，
他来亲吻你的聋命，吞噬你的体肤，
说我的心枣摹奢你的妙影，
即使你的肉化群蛆！

十一月十三日

云　游

云　　游

那天你翩翩的在空际云游，
自在，轻盈，你本不想停留
在天的那方或地的那角，
你的愉快是无拦阻的逍遥。
你更不经意在卑微的地面
有一流涧水，虽则你的明艳
在过路时点染了他的空灵，
使他惊醒，将你的倩影抱紧。

他抱紧的只是绵密的忧愁，
因为美不能在风光中静止；
他要，你已飞渡万重的山头，
去更阔大的湖海投射影子！
他在为你消瘦，那一流涧水，
在无能的盼望，盼望你飞回！

一九三〇年夏作

你 去

你去，我也走，我们在此分手；
你上那一条大路，你放心走，
你看那街灯一直亮到天边，
你只消跟从这光明的直线！
你先走，我站在此地望着你：
放轻些脚步，别教灰土扬起，
我要认清你的远去的身影，
直到距离使我认你不分明。
再不然，我就叫响你的名字，
不断的提醒你，有我在这里，
为消解荒街与深晚的荒凉，
目送你归去……
　　　　　　不，我自有主张，
你不必为我忧虑；你走大路，
我进这条小巷。你看那株树，
高抵着天，我走到那边转弯，
再过去是一片荒野的凌乱；
有深潭，有浅洼，半亮着止水，
在夜芒中像是纷披的眼泪；
有乱石，有钩刺胫踝的蔓草，
在期待过路人疏神时绊倒！
但你不必焦心，我有的是胆，
凶险的途程不能使我心寒。
等你走远，我就大步的向前，
这荒野有的是夜露的清鲜；
也不愁愁云深裹，但求风动，
云海里便波涌星斗的流汞；
更何况永远照彻我的心底，
有那颗不夜的明珠，我爱——你！

在 病 中

我是在病中，这恹恹的倦卧，
看窗外云天，听木叶在风中……
是鸟语吗？院中有阳光暖和，
一地的衰草，墙上爬着藤萝，
有三五斑猩的，苍的，在颤动。
一半天也成泥……
　　　　　　城外，啊西山！
太辜负了，今年，翠微的秋容！
那山中的明月，有弯，也有环：
黄昏时谁在听白杨的哀怨？
谁在寒风里赏归鸟的群喧？
有谁上山去漫步，静悄悄的，
去落叶林中捡三两瓣菩提？
有谁去佛殿上披拂着尘封，
在夜色里辨认金碧的神容？

这病中心情：一瞬瞬的回忆，
如同天空，在碧水潭中过路，
透映在水纹间斑驳的云翳；
又如阴影闪过虚白的墙隅，
瞥见时似有，转眼又复消散；
又如缕缕炊烟，才袅袅，又断……
又如暮天里不成字的寒雁，

飞远，更远，化入远山，化作烟！
又如在暑夜看飞星，一道光
碧银银的抹过，更不许端详。
又如兰蕊的清芬偶尔飘过，
谁能留住这没影踪的婀娜？
又如远寺的钟声，随风吹送，
在春宵，轻摇你半残的春梦！

二十年五月续成七年前残稿

雁 儿 们

雁儿们在云空里飞，
　　看她们的翅膀，
　　看她们的翅膀，
有时候纡回，
　　有时候匆忙。

雁儿们在云空里飞，
　　晚霞在她们身上，
　　晚霞在她们身上，
有时候银辉，
　　有时候金芒。

雁儿们在云空里飞，
　　听她们的歌唱！
　　听她们的歌唱！
有时候伤悲，
　　有时候欢畅。

雁儿们在云空里飞，
　　为什么翱翔？
　　为什么翱翔？
她们少不少旅伴？
他们有没有家乡？

雁儿们在云空里彷徨，
　　天地就快昏黑！

　　天地就快昏黑！
前途再没有天光，
孩子们往那儿飞？

天地在昏黑里安睡，
　　昏黑迷住了山林，
　　昏黑催眠了海水；
这时候有谁在倾听，
昏黑里泛起的伤悲。

鲤　跳

那天你我走近一道小溪，
我说“我抱你过去”，你说“不”；
“那我总得搀你”，你又说“不”。
“你先过去”，你说，“这水多丽！”

“我愿意做一尾鱼，一支草，
在风光里长，在风光里睡，
收拾起烦恼，再不用流泪；
现在看！我这锦鲤似的跳！”

一闪光艳，你已纵过了水，
脚点地时那轻！一身的笑，
像柳丝，腰还在俏丽的摇；
水波里满是鲤鳞的霞绮！

七月九日

领 罪

这也许是个最好的时刻。
不是静。听对面园里的鸟，
从杜鹃到麻雀，已在叫晓。
我也再不能抵抗我的困，
它压着我像霜压着树根；
断片的梦也在我的眼前，
飘拂，像在晓风中的树尖。
也不是有什么非常的事，
逼着我决定一人否与是。
但我非得留着我的清醒，
用手推着黑甜乡的诱引。
因为这是我唯一的机会，
自己到自己跟前来领罪。
领罪，我说不是罪是什么?
这日子过得有什么话说!

难　忘

这日子——从天亮到昏黄，
虽则有时花般的阳光，
从郊外的麦田，
半空中的飞燕，
照亮到我劳倦的眼前，
给我刹那间的舒爽，
我还是不能忘——
不忘旧时的积累，
也不分是恼是愁是悔，
在心头，在思潮的起伏间，
像是迷雾，像是诅咒的凶险。
它们包围，它们缠绕，
它们狞露着牙，它们咬，
它们烈火般的煎熬，
它们伸拓着巨灵的掌，
把所有的忻快拦挡……

一九三〇年春

霹雳的一声笑，
从云空直透到地，
刮它的脸扎它的心，
说：“醒吧，老睡着干么？”
……
……

三日，沪宁车上

罗米欧与朱丽叶

（第二幕第二景）
罗……
啊，轻些！什么光在那边窗前透亮？
那是东方，朱丽叶是东方的太阳。
升起来呀，美丽的太阳，快来盖倒
那有忌心的月；她因为你，她的侍女，
远比她美，已然忧愁得满面苍白。
再别做她的侍女，既然她的心眼不大，
她的处女的衣裳都是绿阴阴的病态，
除了唱丑角的再没有人穿；快脱了去。
那是我的小姐，啊，那是我的恋爱！
啊，但愿她自己承认她已是我的！
她开口了，可又没有话，那是怎么的？
她的眼在做文章；让我来答复她。
可不要太莽撞了，她不是向我说话。
全天上最明艳的一双星，为了有事
请求她的媚眼去升登她们的星座，
替代她们在太空照耀，直到她们回来。
果然她们两下里交换了地位便怎样？
那双星光就敌不住她颊上的明霞，
如同灯光在白天里羞缩；同时她的眼
在天上就会在虚空中放出异样清光，
亮得鸟雀们开始歌唱，只当不是黑夜。
看，她怎样把她的香腮托在她的手上！
啊，我只想做她那只手上的一只手套，
那我就是满温她的香腮！

朱 啊呀！
罗 她说话了。
啊，再说呀，光艳的安琪，因为你是灵光
一脉，正好临照在我头上，这夜望着你
正如人间的凡夫翻白着讶异的肉眼，
在惊喜中瞻仰天上羽生动的使者，
看他偎傍倦飞的行云，在海空里振翮。
朱 啊罗米欧，罗米欧！为什么你是罗米欧？
你怎不否认你的生父，放弃你的姓名？
再不然，你如果不愿，只要你起誓爱我，
真心的爱我，那我立时就不是高家人。
罗 我还是往下听，还是就在这时候接口？
朱 说来我的仇敌还不就只是你那门第；
你还是你自己，就说不是一个孟泰谷。
什么是孟泰谷？那既不是手，也不是脚，
不是臂膀，不是脸；不是一个人身上的
任何一部分。啊，你何妨另姓了一个姓！
一个名字有什么道理？我们叫作玫瑰
那东西如果别样称呼那香还是一样；
罗米欧即使不叫罗米欧也能一样的，
保留他那可爱的完美，那是天给他的
不是他的门第。罗米欧，不要你的姓吧，
只要你舍得放弃那满不关你事的姓，
你就有整个的我。
罗 那我准照你的话办，
只要你叫我一声爱，我就再世投生；
从此起我再不是罗米欧的了。
朱 你是个什么人胆敢藏躲在黑夜里，
这样胡乱的对我说话？
罗 我有我的名姓，
但我不知道怎样来告诉你说我是谁。
我的名姓，亲爱的天人，我自己都厌恶，

因为它不幸是你的仇敌，如果我已经
把它写下来，我要一把扯碎那个字。
朱　我的耳朵还不为曾听到那嗓子发出的
满一百个字，但我已辨认那个声音，
你不是罗米欧，不是孟泰谷家的人吗？
罗　都不是，美丽的天人，如果你都不喜欢。
朱　你怎样到这里来的，不是容易爬过，
况且这地方是死，说到你是个什么人，
如果我的本家，不论谁在这里碰见你。
罗　凭着爱的轻翅我安然飞渡这些高墙，
因为顽石的拦阻不能限止爱的飞翔，
爱有胆量来尝试所能做到的一切，
说什么你的本家，他们不是我的阻碍。
朱　他们果真见到你，他们一定要将你害死，
罗　啊哈！说到危险，现成在你的眼里的就
凶过他们的二十把刀剑，只要你对我有情，他们
的仇孽就害不到我的分毫。
朱　我可是再也不愿他们在这里见。
罗　我穿着黑夜的袍服，他们再不能见我，
况且只要你爱我，他们找到我又何妨？
我的命，有了你的爱，送给他们的仇恨
还不强如死期的延展，空想着你的爱。
朱　是谁指点了你来找到我这里的住处？
罗　爱指点我的，他打起始就鼓动我来根究，
他给我高明的主意，我借给他一双眼，
我没有航海的能耐，可是如果你远得
如同那最远的海所冲洗的阔大边岸，
我为了这样的宝物也得忘命去冒险。
朱　你知道夜的幕纱是笼罩在我的脸上，
要不然，知道你听到我今夜说过的话，
一个处女的羞红就得涂上我的脸庞。
我何尝不想顾着体面，何尝不想否认，

我说过的话，但是够了，够了你的恭维！
你爱不爱我？我知道你一定急口说“爱”，
我也愿意信你的话，但如果你一起誓，
你也许结果会变心，听到情人的说谎，
他们说，觉巫大声笑，啊温柔的罗米欧！
你爱我如果是真心，请你忠诚的说出口
再说如果你想我是被征服得太轻易，
我就来皱起眉头，给你背扭，说我不干，
这样你再来求情，但除此，我再不刁难。
说实话，秀美的孟泰谷，我心头满是爱，
因此你也许以为我的举止未免轻狂。
但是信任我，先生，信任我这一份真心，
正比一般装腔作样的更要来得晶莹。
论理我该这样直白，这不是我始愿，
但我自己不曾知觉，你已然全盘听得，
我的真诚的爱恋的热情，所以宽恕我，
请你不要把我降服认作轻飘的爱，
要不是黑夜这份心事怎能轻易透漏？
罗　小姐，请指那边圣净的月色我来起誓
那月把纯银涂上了全园果树的树尖——
朱　啊！不要指着月儿起誓，那不恒定的月，
她每晚上按着她的天轨亮她的满阙，
正怕你的爱到将来也是一样的易变。
罗　那叫我凭什么起誓？
朱　简直的不用起誓，
不然，如果非得要，就凭你温雅的自身。
那是我的偶像崇拜的一尊唯一天神，
我准定相信你。
罗　如果我的心里的爱恋——
朱　得，不要起誓了，虽则我见到你我欢喜，
今晚上我可不欢喜什么契约的缔合，
那是太卤莽了，太不慎重了，也太快了；

太像那天边的闪电了，一掣亮，就完事，
等不及你说“天在闪电”。甜蜜的，夜安吧！
这个爱的蓓蕾，受了夏的催熟的呼吸，
许会在我们再见时开成艳异的花朵。
夜安，夜安！我祝望一般甜蜜的安息与
舒适降临到你的心胸如同我有我的！
罗　啊，难道你就这样丢下我不给我满足？
朱　哪一类的满足你想在今晚上向我要？
罗　相爱的忠贞的誓言来交换我的。
朱　我早已给了你那时你还不曾问我要，
可是我也愿意我就重来给过一次。
罗　你要收回那先给的吗？为什么了，亲爱？
朱　无非为表示我的爽直，我再给你一次。
可是我想要的也无非是我自己有的。
我的恩情是如同大海一样无有边沿，
我的爱也有海样深；更多的我施给你，
更多的我自有，因为两样都是无限的。
（奶妈在幕后叫唤）
我听得里面有人叫我，亲爱的再会吧！
来了，好奶妈！甜蜜的孟泰谷，你得真心！
你再等我一会儿，我就回来，还有话说。
罗　啊神圣的神圣的夜！我怕，怕因为是夜，
这一切，这一切难说竟是一场的梦幻，
这是甜蜜得叫人心痒，如何能是真实？
（朱丽叶重上）
朱　再说三句话，亲爱的罗米欧，你非得走，
如果你的情爱的倾向是完全光明的，
如果你志愿是婚姻，你明天给我回话，
我会派人到你那里去，你有话交给他，
说清白了在哪儿什么时候举行大礼，
我就把我一切的命运放在你的跟前，
从此跟从你，我的主，任凭你是上天下地。

奶 （内）姑娘！

朱 我就来了，一忽儿。——但是如果你本无意，

那我求你——

奶 姑娘！

朱 稍微等一等我就来了，——

立即收起你的心肠，

让我独自悲伤，

明天我就派人。

罗 让我的灵魂借此惊醒——

朱 一千次的夜安！

一千次的夜不安，没了

你的光亮。爱向着爱如同童学们离别

他们的书本，但相离，便如同抱着重书上学，

朱 吁！罗米欧，吁！一个养鹰人在呼啸，

为要从天上招回这“流苏温驯”的苍鹰！

束缚的嗓子是嘶哑的，它不能说响；

否则我就会打开“爱姑”藏匿着的岩穴，

使他震动大空的妙舌也帮着我叫唤，

叫我的罗米欧，直到她的嗓子哑过我的。

罗 是我自己的灵魂在叫响我的名字，

夜晚情侣们的喉舌够多么银样鲜甜，

错落在倾听的耳鼓上如同最柔媚的音乐！

朱 罗米欧！

罗 我的爱？

朱 明早上什么钟点

你让我派人上你那里去？

罗 正九点钟。

朱 我准不耽误，从现在到明早中间相差

足有二十个春秋。我忘了为什么叫你

回来。

罗 让我站在这里等你记起什么事。

朱 我记不起不更好，你就得站着等我想。

你知道有你在跟前我是怎样的心喜。
罗　我也甘愿这样耽下去，任凭你想不起，
忘了你别的家除了我俩共同的月夜。
朱　真的都快天亮了，我知道你早该回去，
可是我放你如同放一头供把玩的鸟；
纵容它跳，三步两步的，不离人的掌心，
正像一个可怜的囚犯带着一身镣铐，
只要轻轻的抽动一根丝他就回来，
因为爱，所以便妒忌他的高飞的自由。
罗　我愿意我是你的鸟。
朱　蜜甜的，我也愿意，
但正怕我爱过了分我可以把你爱死。
夜安，夜安！分别是这样甜蜜的忧愁。
（下）
罗　让睡眠祝福你的明眸，平安你的心地！
愿我是你的睡眠和平安，接近你的芳躯！
现在我得赶向我那鬼样神父的僧房，
去求他的帮助，告诉他这意外的佳遇。
（下）

散　文

巴黎的鳞爪

咳巴黎！到过巴黎的一定不会再希罕天堂；尝过巴黎的，老实说，连地狱都不想去了。整个的巴黎就像是一床野鸭绒的垫褥，衬得你通体舒泰，硬骨头都给熏酥了的——有时许太热一些。那也不碍事，只要你受得住。赞美是多余的，正如赞美天堂是多余的；咒诅也是多余的，正如咒诅地狱是多余的。巴黎，软绵绵的巴黎，只在你临别的时候轻轻地嘱咐一声“别忘了，再来！”其实连这都是多余的。谁不想再去？谁忘得了？

香草在你的脚下，春风在你的脸上，微笑在你的周遭。不拘束你，不责备你，不督饬你，不窘你，不恼你，不揉你。它搂着你，可不缚住你：是一条温存的臂膀，不是根绳子。它不是不让你跑，但它那招逗的指尖却永远在你的记忆里晃着。多轻盈的步履，罗袜的丝光随时可以沾上你记忆的颜色！

但巴黎却不是单调的喜剧。赛因河的柔波里掩映着罗浮宫的倩影，它也收藏着不少失意人最后的呼吸。流着，温驯的水波；流着，缠绵的恩怨。咖啡馆：和着交颈的软语，开怀的笑响，有踞坐在屋隅里蓬头少年计较自毁的哀思。跳舞场：和着翻飞的乐调，迷醇的酒香，有独自支颐的少妇思量着往迹的怆心。浮动在上一层的许是光明，是欢畅，是快乐，是甜蜜，是和谐；但沉淀在底里阳光照不到的才是人事经验的本质：说重一点是悲哀，说轻一点是惆怅：谁不愿意永远在轻快的流波里漾着，可得留神了你往深处去时的发见！

一天，一个从巴黎来的朋友找我闲谈，谈起了劲，茶也没喝，烟也没吸，一直从黄昏谈到天亮，才各自上床去躺了一歇，我一合眼就回到了巴黎，方才朋友讲的情境惝怳的把我自己也缠了进去；这巴黎的梦真醇人，醇你的心，醇你的意志，醇你的四肢百体，那味儿除是亲尝过的谁能想象！——我醒过来时还是迷糊的忘了我在那儿，刚巧一个小朋友进房来站在我的床前笑吟吟喊我“你做什么梦来了，朋友，为什么两眼潮潮的像哭似的？”我伸手一摸，果然眼里有水，不觉也失笑了——可是朝来的梦，一个诗人说的，同是这悲凉滋味，正不知这泪是为那一个梦流的呢！

下面写下的不成文章，不是小说，不是写实，也不是写梦，——在我写的人只当是随口曲，南边人说的“出门不认货”，随你们宽容的读者们怎样看罢。

出门人也不能太小心了，走道总得带些探险的意味。生活的趣味大半就在不预期的发见，要是所有的明天全是今天刻板的化身，那我们活什么来了？正如小孩子上山就得采花，到海边就得捡贝壳，书呆子进图书馆想捞新智慧——出门人到了巴黎就想……

你的批评也不能过分严正不是？少年老成——什么话！老成是老年人的特权，也是他们的本分；说来也不是他们甘愿，他们是到了年纪不得不。少年人如何能老成？老成了才是怪那！

放宽一点说，人生只是个机缘巧合；别瞧日常生活河水似的流得平顺，它那里面多的是潜流，多的是漩涡——轮着的时候谁躲得了给卷了进去？那就是你发愁的时候，是你登仙的时候，是你辨着酸的时候，是你尝着甜的时候。

巴黎也不定比别的地方怎样不同：不同就在那边生活流波里的潜流更猛，漩涡更急，因此你叫给卷进去的机会就更多。

我赶快得声明我是没有叫巴黎的漩涡给淹了去——虽则也就够险。多半的时候我只是站在赛因河岸边看热闹，下水去的时候也不能说没有，但至多也不过在靠岸清浅处溜着，从没敢往深处跑——这来漩涡的纹螺，势道，力量，可比远在岸上时认清楚多了。

一　九小时的萍水缘

我忘不了她。她是在人生的急流里转着的一张萍叶，我见着了它，掬在手里把玩了一晌，依旧交还给它的命运，任它飘流去——它以前的飘泊我不曾见来，它以后的飘泊，我也见不着，但就这曾经相识匆匆的恩缘——实际上我与她相处不过九小时——已在我心泥上印下踪迹，我如何能忘，在忆起时如何能不感须臾的惆怅?

那天我坐在那热闹的饭店里瞥眼看着她，她独坐在灯光最暗漆的屋角里，这屋内那一个男子不带媚态，那一个女子的胭脂口上不沾笑容，就只她：穿一身淡素衣裳，戴一顶宽边的黑帽，在鬈密在睫毛上隐隐闪亮着深思的目光——我几乎疑心她是修道院的女僧偶尔到红尘里随喜来了。我不能不接着注意她，她的别样的支颐的倦态，她的曼长的手指，她的落寞的神情，有意无意间的叹息，都激发我的好奇——虽则我那时左边已经坐下了一个瘦的，右边来了肥的，四条光滑的手臂不住的在我面前晃着酒杯。但更使我奇异的是她不等跳舞开始就匆匆的出去了，好像害怕或是厌恶似的。第一晚这样，第二晚又是这样：独自默默的坐着，到时候又匆匆的离去。到了第三晚她再来的时候我再也忍不住，想法接近她。第一次得着的回音，虽则是“多谢好意，我再不愿交友”的一个拒绝，只是加深了我的同情的好奇。我再不能放过她。巴黎的好处就在处处近人情；爱慕的自由是永远容许的。你见谁爱慕谁想接近谁，绝不是犯罪，除非你在经程中泄漏了你的尘气暴气，陋相或是贫相，那不是文明的巴黎人所能容忍的。只要你“识相”，上海人说的，什么可能的机会你都可以利用。对方人理你不理你，当然又是一回事；但只要你的步骤对，文明的巴黎人决不让你难堪。

我不能放过她。第二次我大胆写了个字条付中间人——店主人——交去。我心里直怔怔的怕讨没趣。可是回话来了——她就走了，你跟着去吧。

她果然在饭店门口等着我。

你为什么一定要找我说话，先生，像我这再不愿意有朋友的人?

她张着大眼看我，口唇微微的颤着。

我的冒昧是不望恕的，但是我看了你忧郁的神情我足足难受了三天，也不知怎的我就想接近你，和你谈一次话，如其你许我，那就是我的想望，再没有别的意思。

真的她那眼内绽出了泪来，我话还没说完。

想不到我的心事又叫一个异邦人看透了……她声音都哑了。

我们在路灯的灯光下默默的互注了一晌，并着肩沿马路走去，走不到多远她说不能走，我就问了她的允许雇车坐上，直望波龙尼大林园清凉的暑夜里兜去。

原来如此，难怪你听了跳舞的音乐像是厌恶似的，但既然不愿意何以每晚还去?

那是我的感情作用；我有些舍不得不去，我在巴黎一天，那是我最初遇见——他的地方，但那时候的我……可是你真的同情我的际遇吗，先生? 我快有两个月不开口了，不瞒你说，今晚见了你我再也不能制止，我爽性说给你我的生平始末吧，只要你不嫌。我们还是回那饭庄去罢。

你不是厌烦跳舞的音乐吗?

她初次笑了。多齐整洁白的牙齿，在道上的幽光里亮着！有了你我的生气就回复了不少，我还怕什么音乐?

我们俩重进饭庄去选一个基角坐下，喝完了两瓶香槟，从十一时舞影最凌乱时谈起，直到早三时客人散尽侍役打扫屋子时才起身走，我在她的可怜身世的演述中遗忘了一切，当前的歌舞再不能分我丝毫的注意。

下面是她的自述。

我是在巴黎生长的。我从小就爱读天方夜谭的故事，以及当代描写东方的文学；阿东方，我的童真的梦魂那一刻不在它的玫瑰园中留恋？十四岁那年我的姊姊带我上北京去住，她在那边开一个时式的帽铺，有一天我看见一个小身材的中国人来买帽子，我就觉着奇怪，一来他长得异样的清秀，二来他为什么要来买那样时式的女帽；到了下午一个女太太拿了方才买去的帽子来换了，我姊姊就问她那中国人是谁？她说是她的丈夫，说开了头她就讲她当初怎样为爱她触怒了自己的父母，结果断绝了家庭和他结婚，但她一点也不追悔因为她的中国丈夫待她怎样好法，她不信西方人会像他那样体贴，那样温存。我再也忘不了她说话时满心怡悦的笑容。从此我仰慕东方的私衷又添了一层颜色。

我再回巴黎的时候已经长成了，我父亲是最宠爱我的，我要什么他就给我什么。我那时就爱跳舞，阿，那些迷醉轻易的时光，巴黎那一处舞场上不见我的舞影。我的妙龄，我的颜色，我的体态，我的聪慧，尤其是我那媚人的大眼——阿，如今你见的只是悲惨的余生再不留当时的丰韵——制定了我初期的堕落。我说堕落不是？是的，堕落，人生那处不是堕落，这社会那里容得一个有姿色的女人保全她的清洁？我正快走入险路的时候，我那慈爱的老父早已看出我的倾向，私下安排了一个机会，叫我与一个有爵位的英国人接近。一个十七岁的女子那有什么主意，在两个月内我就做了新娘。

说起那四年结婚的生活，我也不应得过分的抱怨，但我们欧洲的势利的社会实在是树心里生了蠹，我怕再没有回复健康的希望。我到伦敦去做贵妇人时我还是个天真的孩子，那有什么机心，那懂得虚伪的卑鄙的人间的底里，我又是个外国人，到处遭受嫉忌与批评。还有我那叫名的丈夫。他娶我究竟为什么动机我始终不明白，许贪我年轻贪我貌美带回家去广告他自己的手段，因为真的我不曾感着他一息的真情；新婚不到几时他就对我冷淡了，其实他就没有热过，碰巧我是个傻孩子，一天不听着一半句软语，不受些温柔的怜惜，到晚上我就不自制的悲伤。他有的是钱，有的是趋奉谄媚，成天在外打猎作乐，我愁了不来慰我，我病了不来问我，连着三年抑郁的生涯完全消灭了我原来活泼快乐的天机，到第四年实在耽不住了，我与他吵一场回巴黎再见我父亲的时候，他几乎不认识我了。我自此就永别了我的英国丈夫。因为虽则实际的离婚手续在他方面到前年方始办理，他从我走了后也就不再来顾问我——这算是欧洲人夫妻的情分！

我从伦敦回到巴黎；就比久困的雀儿重复飞回了林中，眼内又有了笑，脸上又添了春色，不但身体好多，就连童年时的种种想望又在我心头活了回来。三四年结婚的经验更叫我厌恶西欧，更叫我神往东方。东方，阿，浪漫的多情的东方！我心里常常的怀念着。有一晚，那一个运定的晚上，我就在这屋子内见着了他，与今晚一样的歌声，一样的舞影，想起还不就是昨天，多飞快的光阴，就可怜我一个单薄的女子，无端叫运神摆布，在情网里颠连，在经验的苦海里沉沦，朋友，我自分是已经埋葬了的活人，你何苦又来逼着我把往事崛起，我的话是简短的，但我身受的苦恼，朋友，你信我，是不可量的；你望我的眼里看，凭着你的同情你可以在刹那间领会我灵魂的真际！

他是菲利滨人。也不知怎的我初次见面就迷了他。他肤色是深黄的，但他的性情是不可信的温柔；他身材是短的，但他的私语有多叫人魂销的魔力？阿，我到如今还不能怨他；我爱他太深，我爱他太真，我如何能一刻忘他，虽则他到后来也是一样的薄情，一样的冷酷。你不倦么，朋友，等我讲给你听？

我自从认识了他我便倾注给他我满怀的柔情，我想他，那负心的他，也够他的享受，那三个月神仙似的生活！我们差不多每晚在此聚会的。秘谈是他与我，欢舞是他与我，人间再没有更甜美的经验吗？朋友你知道痴心人赤心爱恋的疯狂吗？因为不仅满足了我私心的想望，我十多年梦魂缭绕的东方理想的实现。有他我什么都有了，此外我更有什么沾恋？因此等到我家里为这事情与我开始交涉的时候，我更不踌躇的与我生身的父母根本决绝。我此时又想起我垂髫时在比京见着的那个嫁中国人的女子，她与我一样也为了痴情牺牲一切，我只希冀她这时还能保持着她那纯爱的生活，不比我这失运人成天在幻灭的辛辣中回味。

我爱定了他。他是在巴黎求学的，不是贵族，也不是富人，那更使我放心，因为我早年的经验使我迷信真爱情是穷人才能供给的。谁知他骗了我——他家里也是有钱的，那时我在热恋中抛弃了家，牺牲了名誉，跟了这黄脸人离却巴黎，辞别欧洲，经过一个月的海程，我就到了我理想的灿烂的东方。阿，我那时的希望与快乐！但才出了红海，他就上了心事，经我再三的逼，他才告诉他家里的实情，他父亲是菲利滨最有钱的土著，性情是极严厉的，他怕轻易不能收受我进他们的家庭。我真不愿意把此后可怜的身世烦你的听，朋友，但那才是我痴心人的结果，你耐心听着吧！

东方，东方才是我的烦恼！我这回投进了一个更陌生的社会，呼吸更沉闷的空气；他们自己中间也许有他们温软的人情，但轮着我的却一样还只是猜忌与讥刻，更不容情的刺袭我的孤独的性灵。果然他的家庭不容我进门，把我看作一个"巴黎淌来的可疑的妇人"。我为爱他也不知忍受了多少不可忍的侮辱，吞了多少悲泪，但我自慰的是他对我不变的恩情。因为在初到的一时他还是不时来慰我——我独自赁屋住着。但慢慢的也不知是人言浸润还是他原来爱我不深，他竟然表示割绝我的意思。朋友，试想我这孤身女子牺牲了一切为的还不是他的爱，如今连他都离了我，那我更有什么生机？我怎的始终不曾自毁，我至今还不信，因为我那时真的是没路走了。我又没有钱，他狠心丢了我，我如何能再去缠他，这也许是我们白种人的倔强，我不久便揩乾了眼泪，出门去自寻活路。我在一个菲美合种人的家里寻得了一个保姆的职务；天幸我生性是耐烦领小孩的——我在伦敦的日子没孩子管，我就养猫弄狗——救活我的是那三五个活灵的孩子，黑头发短手指的乖乖。在那炎热的岛上我是过了两年没颜色的生活，得了一次凶险的热病，从此我面上再不存青年期的光彩。我的心境正稍稍回复平衡的时候两件不幸的事情又临着了我：一件是我那他与另一女子的结婚，这消息使我昏绝了过去，一件是被我弃绝的慈父也不知怎的问得了我的踪迹，来电说他老病快死要我回去。阿，天罚我！等我赶回巴黎的时候正好赶着与老人诀别，忏悔我先前的造孽！

从此我在人间还有什么意趣？我只是个实体的鬼影，活动的尸体；我的心也早就死了，再也不起波澜；在初次失望的时候我想象中还有个辽远的东方，但如今东方只在我的心上留下一个鲜明的新伤，我更有什么希冀，更有什么心情？但我每晚还是不自主的到这饭店里来小坐，正如死去的鬼魂忘不了他的老家！我这一生的经验本不想再向人前吐露的，谁知又碰着了你，苦苦的追着我，逼我再一度撩拨死尽的火灰，这来你够明白了，为什么我老是这落寞的神情，我猜你也是过路的客人，我深深自幸又接近一次人情的温慰，但我不敢希望什么，我的心是死定了的，时候也不早了，你看方才舞影凌乱的地板上现在只剩一片冷淡的灯光，侍役们已经收拾干净，我们也该走了，再会吧，多情的朋友！

二 “先生，你见过艳丽的肉没有？”

我在巴黎时常去看一个朋友，他是一个画家，住在一条老闻着鱼腥的小街底头一所老屋子的顶上一个A字式的尖阁里，光线暗惨得怕人，白天就靠两块日光胰子大小的玻璃窗给装装幌，反正住的人不嫌就得，他是照例不过正午不起身，不近天亮不上床的一位先生，下午他也不居家，起码总得上灯的时候他才脱下了他的开褂露出两条破烂的臂膀埋身在他那艳丽的垃圾窝里开始他的工作。

艳丽的垃圾窝——它本身就是一幅妙画！我说给你听听。贴墙有精窄的一条上面盖着黑毛毡的算是他的床，在这上面就准你规规矩矩的躺着，不说起坐一定扎脑袋，就连翻身也不免冒犯斜着下来永远不退让的屋顶先生的身份！承着顶尖全屋子顶宽舒的部分放着他的书桌——我捏着一把汗叫它书桌，其实还用提吗，上边什么法宝都有，画册子，稿本，黑炭，颜色盘子，烂袜子，领结，软领子，热水瓶子压瘪了的，烧干了的酒精灯，电筒，各色的药瓶，彩油瓶，脏手绢，断头的笔杆，没有盖的墨水瓶子，一柄手枪，那是瞒不过我化七法郎在密歇耳大街路旁旧货摊上换来的，照相镜子，小手镜，断齿的梳子，蜜膏，晚上喝不完的咖啡杯，详梦的小书，还有——还有可疑的小纸盒儿，凡士林一类的油膏，……一只破木板箱一头漆着名字上面蒙着一块灰色布的是他的梳妆台兼书架，一个洋瓷面盆半盆的胰子水似乎都叫一部旧板的卢骚集子给饕了去，一顶便帽套在洋瓷长提壶的耳柄上，从袋底里倒出来的小铜钱错落的散着像是土耳其人的符咒，几只稀小的烂苹果围着一条破香蕉像是一群大学教授们围着一个教育次长索薪……

壁上看得更斑烂了：这是我顶得意的一张庞那的底稿当废纸买来的，这是我临蒙内的裸体，不十分行，我来撩起灯罩你可以看清楚一点，草色太浓了，那膝部画坏了，这一小幅更名贵，你认是谁，罗丹的！那是我前年最大的运气，也算是借来的，老巴黎就是这点子便宜，挨了半年八个月的饿不要紧，只要有机会捞着真东西，这还不值得！那边一张挤在两幅油画缝里的，你见了没有，也是有来历的，那是我前年趁马克倒霉路过佛兰克福德时夹手抢来的，是真的孟察尔都难说，就差糊了一点，现在你给三千法郎我都不卖，加倍再加倍都值，你信不信？再看那一长条……在他那手指东点西的卖弄他的家珍的时候，你竟会忘了你站着的地方是不够六尺阔的一间阁楼，倒像跨在你头顶那两爿斜着下来的屋顶也顺着他那艺术谈法术似的隐了去，露出一个爽恺的高天，壁上的疙瘩，壁蟢窠，霉块，钉疤，全化成了哥罗画帧中“飘飘欲化烟”的最美丽林树与轻快的流涧；桌上的破领带及手绢烂香蕉臭袜子等等也全变形成戴大阔边稻草帽的牧童们，偎着树打盹的，牵着牛在涧里喝水的，手反衬着脑袋放平在青草地上瞪眼看天的，斜眼溜着那边走进来的娘们手按着音腔吹横笛的——可不是那边来了一群娘们，全是年岁青青的，露着胸膛，散着头发，还有光着白腿的在青草地上跳着来了？……唵！小心扎脑袋，这屋子真扁纽，你出什么神来了？想着你的Bel Ami[①] 对不对？你到巴黎快半个月，该早有落儿了，这年头收成真容易——呒，太容易了！谁说巴黎不是理想的地狱？你吸烟斗吗？这儿有自来火。对不起，屋子里除了床，就是那张弹簧早经追悼过了的沙发，你坐坐吧，给你一个垫子，这是全屋子顶温柔的一样东西。

不错，那沙发，这阁楼上要没有那张沙发，主人的风格就落了一个极重要的元素。说它肚子里的弹簧完全没了劲，在主人说是太谦，在我说是简直污蔑了

① 法语，意思为好朋友。

它。因为分明有一部分内簧是不曾死透的，那在正中间，看来倒像是一座分水岭，左右都是往下倾的，我初坐下时不提防它还有弹力，倒叫我骇了一下；靠手的套布可真是全霉了，露着黑黑黄黄不知是什么货色，活像主人衬衫的袖子。我正落了坐，他咬了咬嘴唇翻一翻眼珠微微的笑了。笑什么了你？我笑——你坐上沙发那样儿叫我想起爱菱。爱菱是谁？她呀——她是我第一个模特儿。模特儿？你的？你的破房子还有模特儿，你这穷鬼化得起……别急，究竟是中国初来的，听了模特儿就这样的起劲，看你那脖子都上了红印了！本来不算事，当然，可是我说像你这样的破鸡棚……破鸡棚便怎么样，耶稣生在马号里的，安琪儿们都在马矢里跪着礼拜哪！别忙，好朋友，我讲你听。如其巴黎人有一个好处，他就是不势利！中国人顶糟了，这一点；穷人有穷人的势利，阔人有阔人的势利，半不阑珊的有半不阑珊的势利——那才是半开化，才是野蛮！你看像我这样子，头发像刺猬，八九天不刮的破胡子，半年不收拾的脏衣服，鞋带扣不上的皮鞋——要在中国，谁不叫我外国叫化子，那配进北京饭店一类的势利场；可是在巴黎，我就这样儿随便问那一个衣服顶漂亮脖子搽得顶香的娘们跳舞，十回就有九回成，你信不信？至于模特儿，那更不成话，那有在巴黎学美术的，不论多穷，一年里不换十来个眼珠亮亮的来坐样儿？屋子破更算什么？波希民的生活就是这样，按你说模特儿就不该坐坏沙发，你得准备杏黄贡缎绣丹凤朝阳做垫的太师椅请她坐你才安心对不对？再说……

别再说了！算我少见世面，算我是乡下老戆，得了；可是说起模特儿，我倒有点好奇，你何妨讲些经验给我长长见识？有真好的没有？我们在美术院里见着的什么维纳丝得米罗，维纳丝梅第妻，还有铁青的，鲁班师的，鲍第千里的，丁稻来笃的，箕奥其安内的裸体实在是太美，太理想，太不可能，太不可思议；反面说，新派的比如雪尼约克的，玛提斯的，塞尚的，高耿的，弗朗刺马克的，又是太丑，太损，太不像人，一样的太不可能，太不可思议。人体美，究竟怎么一回事？我们不幸生长在中国女人衣服一直穿到下巴底下腰身与后部看不出多大分别的世界里，实在是太蒙昧无知，太不开眼。可是再说呢，东方人也许根本就不该叫人开眼的，你看过约翰巴里士那本沙扬娜拉没有，他那一段形容一个日本裸体舞女——就是一张脸子粉搽得像棺材里爬起来的颜色，此外耳朵以后下巴以下就比如一节蒸不透的珍珠米！——看了真叫人恶心。你们学美术的才有第一手的经验，我倒是……

你倒是真有点羡慕，对不对？不怪你，人总是人。不瞒你说，我学画画原来的动机也就是这点子对人体秘密的好奇。你说我穷相，不错，我真是穷，饭都吃不出，衣都穿不全，可是模特儿——我怎么也省不了。这对人体美的欣赏在我已经成了一种生理的要求，必要的奢侈，不可摆脱的嗜好；我宁可少吃俭穿，省下几个法郎来多雇几个模特儿。你简直可以说我是着了迷，成了病，发了疯，爱说什么就什么，我都承认——我就不能一天没有一个精光的女人耽在我的面前供养，安慰，喂饱我的“眼淫”。当初罗丹我猜也一定与我一样的狼狈，据说他那房子里老是有剥光了的女人，也不为坐样儿，单看她们日常生活“实际的”多变化的姿态——他是一个牧羊人，成天看着一群剥了毛皮的驯羊！鲁班师那位穷凶极恶的大手笔，说是常难为他太太做模特儿，结果因为他成天不断的画他太太竟许连穿裤子的空儿都难得有！但如果这话是真的鲁班师还是太傻，难怪他那画里的女人都是这剥白猪似的单调，少变化；美的分配在人体上是极神秘的一个现象，我不信有理想的全才，不论男女我想几乎是不可能的；上帝拿着一把颜色望地面上撒，玫瑰，罗兰，石榴，玉簪，剪秋罗，各样都沾到了一种或几种的彩泽，但绝没有一种花包涵所有可能的色调的，那如其有，按理论讲，岂不是又得回复了没颜色的本相？人体美也是这样的，有的美在胸部，有的腰部，有的下部，有的头发，有的手，有的脚踝，那不可理解的骨骼，筋肉，肌理的会合，形成各个不同的线条，色调的变化，皮面的胀度，毛管的分配，天然的姿态，不可制止的表情——也得你不怕麻烦细心体会发见去，上帝没有这样便宜你的事情，他绝不给你一个具体的绝对美，如果有我们所有艺术的努力就没了意义；巧妙就在你明知这山里有金子，可是在那一点你得自己下工夫去找。阿！说起这艺术家审美的本能，我真要闭着眼感谢上帝——要不是它，岂不是所有人体的美，说窄一点，都变了古长安道上历代帝王的墓窟，全叫一层或几层薄薄的衣服给埋没了！回头我给你看我那张破床底下有一本宝贝，我这十年血汗辛苦的成绩——千把张的人体临摹，而且十分之九是在这间破鸡棚里勾下的，别看低我这张弹簧早经追悼了的沙发，这上面落坐过至少一二百个当得起美字的女人！别提专门做模特儿的，巴黎那一个不知道俺家黄脸什么，那不算稀奇，我自负的是我独到的发见：一半因为看多了缘故，女人肉的引诱在我差不多完全消灭在美的欣赏里面，结果在我这双“淫眼”看来，一丝不挂的女人就同紫霞宫里翻出来的尸首穿得重重密密的摇不动我的性欲，反而说当真穿着得极整齐的女人，不论她在人堆里站着，在路上走着，只要我的眼到，她的衣服的障碍就无形的消灭，正如老练的矿师一瞥就认出矿苗，我这美术本能也是一瞥就认出“美苗”，一百次里错不了一次；每回发见了可能的时候，我就非想法找到她剥光了她叫我看个满意不成，上帝保佑这文明的巴黎，我失望的时候真难得有！我记得有一次在戏园子看着了一个贵妇人，实在没法想（我当然试来）我那难受就不用提了，比发疟疾还难受——她那特长分明是在小腹与……

够了够了！我倒叫你说得心痒痒的。人体美！这门学问，这门福气，我们不幸生长在东方谁有机会研究享受过来？可是我既然到了巴黎，又幸气碰着你，我倒真想叨你的光开开我的眼，你得替我想法，要找在你这宏富的经验中比较最贴近理想的一个看看……

你又错了！什么，你意思花就许巴黎的花香，人体就许巴黎的美吗？太灭自己的威风了！别信那巴理士什么沙扬娜拉的胡说；听我说，正如东方的玫瑰不比西方的玫瑰差什么香味，东方的人体在得到相当的栽培以后，也同样不能比西方的人体差什么美——除了天然的限度，比如骨骼的大小，皮肤的色彩。同时顶要紧的当然要你自己性灵里有审美的活动，你得有眼睛，要不然这宇宙不论它本身多美多神奇在你还是白来的。我在巴黎苦过这十年，就为前途有一个宏愿：我要张大了我这经过训练的"淫眼"到东方去发见人体美——谁说我没有大文章做出来？至于你要借我的光开开眼，那是最容易不过的事情，可是我想想——可惜了！有个马达姆[1]朗洒，原先在巴黎大学当物理讲师的，你看了准忘不了，现在可不在了，到伦敦去了；还有一个马达姆薛托漾，她是远在南边乡下开面包铺子的，她就够打倒你所有的丁稻来笃，所有的铁青，所有的箕奥其安内——尤其是给你这末入流看，长得太美了，她通体就看不出一根骨头的影子，全叫匀匀的肉给隐住的，圆的，润的，有一致节奏的，那妙是一百千哥蒂蔼也形容不全的，尤其是她那腰以下的结构，真是奇迹！你从意大利来该见过西龙尼维纳丝的残像，就那也只能仿佛，你不知道那活的气息的神奇，什么大艺术天才都没法移植到画布上或是石塑上去的（因此我常常自己心里辩论究竟是艺术高出自然还是自然高出艺术，我怕上帝僭先的机会毕竟比凡人多些）；不提别的单就她站在那里你看，从小腹接怪上股那两条交荟的弧线起直往下贯到脚着地处止，那肉的浪纹就比是——实在是无可比——你梦里听着的音乐：不可信的轻柔，不可信的匀净，不可信的韵味——说粗一点，那两股相并处的一条线直贯到底，不漏一屑的破绽，你想通过一根发丝或是吹度一丝风息都是绝对不可能的——但同时又绝不是肥肉的粘着，那就呆了。真是梦！唉，就可惜多美一个天才偏叫一个身高六尺三寸长红胡子的面包师给糟蹋了；真的这世上的因缘说来真怪，我很少看见美妇人不嫁给猴子类牛类水马类的丑男人！但这是支话。眼前我招得到的，够资格的也就不少——有了，方才你坐上这沙发的时候叫我想起了爱菱，也许你与她有缘

① 英语，Madam（女士）的译音。

分，我就为你招她去吧，我想应该可以容易招到的。可是上那儿呢？这屋子终究不是欣赏美妇人的理想背景，第一不够开展，第二光线不够——至少为外行人像你一类着想……我有了一个顶好的主意，你远来客我也该独出心裁招待你一次，好在爱菱与我特别的熟，我要她怎么她就怎么；暂且约定后天吧，你上午十二点到我这里来，我们一同到芳丹薄罗的大森林里去，那是我常游的地方，尤其是阿房奇石相近一带，那边有的是天然的地毯，这一时是自然最妖艳的日子，草青得滴得出翠来，树绿得涨得出油来，松鼠满地满树都是，也不很怕人，顶好玩的，我们决计到那一带去秘密野餐吧——至于“开眼”的话，我包你一个百二十分的满足，将来一定是你从欧洲带回家最不易磨灭的一个印象！一切有我布置去，你要是愿意贡献的话，也不用别的，就要你多买大杨梅，再带一瓶橘子酒，一瓶绿酒，我们享半天闲福去。现在我讲得也累了，我得躺一会儿，我拿我床底下那本秘本给你先揣摹揣摹……

隔一天我们从芳丹薄罗林子里回巴黎的时候，我仿佛刚做了一个最荒唐，最艳丽，最秘密的梦。

一九二五年冬作

我所知道的康桥

一

我这一生的周折，大都寻得出感情的线索。不论别的，单说求学。我到英国是为要从罗素。罗素来中国时，我已经在美国。他那不确的死耗传到的时候，我真的出眼泪不够，还做悼诗来了。他没有死，我自然高兴。我摆脱了哥仑比亚大博士衔的引诱，买船票过大西洋，想跟这位二十世纪的福禄泰尔[①]认真念一点书去。谁知一到英国才知道事情变样了：一为他在战时主张和平，二为他离婚，罗素叫康桥[②]给除名了，他原来是Trinity College[③]的Fellow[④]，这来他的Fellowship[⑤]也给取消了。他回英国后就在伦敦住下，夫妻两人卖文章过日子。因此我也不曾遂我从学的始愿。我在伦敦政治经济学院里混了半年，正感着闷想换路走的时候，我认识了狄更生先生。狄更生（Galsworthy Lowes Dickinson）是一个有名的作者，他的《一个中国人通信》（Lettérs From John Chinaman）与《一个现代聚餐谈话》（A Modern Symposium）两本小册子早得了我的景仰。我第一次会着他是在伦敦国际联盟协会席上，那天林宗孟先生演说，他做主席；第二次是宗孟寓里吃茶，有他。以后我常到他家里去。他看出我的烦闷，劝我到康桥去，他自己是王家学院（Kings College）的Fellow。我就写信去问两个学院，回信都说学额早满了，随后还是狄更生先生替我去在他的学院里说好了，给我一个特别生的资格，随意选科听讲。从此黑方巾黑披袍的风光也被我占着了。初起我在离康桥六英里的乡下叫沙士顿地方租了几间小屋住下，同居的有我从前的夫人张幼仪女士与郭虞裳君。每天一早我坐街车（有时骑自行车）上学，到晚回家。这样的生活过了一个春，但我在康桥还只是个陌生人，谁都不认识，康桥的生活，可以说完全不

① 通译伏尔泰，法国启蒙思想家、哲学家、作家。

② 即英国剑桥大学。

③ 英国剑桥大学的三一学院。

④ 英语，意为院务委员。

⑤ 英语，意为院务委员资格。

曾尝着，我知道的只是一个图书馆，几个课室，和三两个吃便宜饭的茶食铺子。狄更生常在伦敦或是大陆上，所以也不常见他。那年的秋季我一个人回到康桥，整整有一学年，那时我才有机会接近真正的康桥生活，同时我也慢慢的“发见”了康桥。我不曾知道过更大的愉快。

二

“单独”是一个耐寻味的现象。我有时想它是任何发见的第一个条件。你要发见你的朋友的“真”，你得有与他单独的机会。你要发见你自己的真，你得给你自己一个单独的机会。你要发见一个地方（地方一样有灵性），你也得有单独玩的机会。我们这一辈子，认真说，能认识几个人？能认识几个地方？我们都是太匆忙，太没有单独的机会。说实话，我连我的本乡都没有什么了解。康桥我要算是有相当交情的，再次许只有新认识的翡冷翠了。阿，那些清晨，那些黄昏，我一个人发痴似的在康桥！绝对的单独。

但一个人要写他最心爱的对象，不论是人是地，是多么使他为难的一个工作？你怕，你怕描坏了它，你怕说过分了恼了它，你怕说太谨慎了辜负了它。我现在想写康桥，也正是这样的心理，我不曾写，我就知道这回是写不好的——况且又是临时逼出来的事情。但我却不能不写，上期预告已经出去了。我想勉强分两节写，一是我所知道的康桥的天然景色，一是我所知道的康桥的学生生活。我今晚只能极简的写些，等以后有兴会时再补。

三

康桥的灵性全在一条河上；康河，我敢说，是全世界最秀丽的一条水。河的名字是葛兰大（Granta），也有叫康河（River Cam）的，许有上下流的区别，我不甚清楚。河身多的是曲折，上游是有名的拜伦潭（“Byron’s Pool”），当年拜伦常在那里玩的；有一个老村子叫格兰骞斯德，有一个果子园，你可以躺在累累的桃李树荫下吃茶，花果会掉入你的茶杯，小雀子会到你桌上来啄食，那真是别有一番天地。这是上游；下游是从骞斯德顿下去，河面展开，那是春夏间竞舟的场所。上下河分界处有一个坝筑，水流急得很，在星光下听水声，听近村晚钟声，听河畔倦牛刍草声，是我康桥经验中最神秘的一种：大自然的优美，宁静，调谐在这星光与波光的默契中不期然的淹入了你的性灵。

但康河的精华是在它的中权，著名的“Backs”[①]，这两岸是几个最蜚声的学院的建筑。从上面下来是Pembroke[②]，St. Katharine's[③]，King's[④]，Clare[⑤]，Trinity[⑥]，St. John's[⑦]。最令人留连的一节是克莱亚与王家学院的毗连处，克莱亚的秀丽紧邻着王家教堂（King's Chapel）的闳伟。别的地方尽有更美更庄严的建筑，例如巴黎赛因河的罗浮宫一带，威尼斯的利阿尔多大桥的两岸，翡冷翠维基乌大桥的周遭；但康桥的“Backs”自有它的特长，这不容易用一二个状词来概括，它那脱尽尘埃气的一种清澈秀逸的意境可说是超出了画图而化生了音乐的神味。再没有比这一群建筑更调谐更匀称的了！论画，可比的许只有柯罗（Corot）的田野；论音乐，可比的许只有萧班（Chopin）的夜曲。就这也不能给你依稀的印象，它给你的美感简直是神灵性的一种。

假如你站在王家学院桥边的那棵大椈树荫下眺望，右侧面，隔着一大方浅草坪，是我们的校友居（Fellows Building），那年代并不早，但它的妩媚也是不可掩的，它那苍白的石壁上春夏间满缀着艳色的蔷薇在和风中摇头，更移左是那教堂，森林似的尖阁不可浼的永远直指着天空；更左是克莱亚，阿！那不可信的玲珑的方庭，谁说这不是圣克莱亚（St.Clare）的化身，那一块石上不闪耀着她当年圣洁的精神？在克莱亚后背隐约可辨的是康橱最潢贵最骄纵的三清学院（Trinity），它那临河的图书楼上坐镇着拜伦神采惊人的雕像。

但这时你的注意早已叫克莱亚的三环洞桥魔术似的摄住。你见过西湖白堤上的西泠断桥不是（可怜它们早已叫代表近代丑恶精神的汽车公司给踩平了，现在它们跟着苍凉的雷峰永远辞别了人间）？你忘不了那桥上斑驳的苍苔，木栅的古色，与那桥拱下泄露的湖光与山色不是？克莱亚并没有那样体面的衬托，它也不比庐山栖贤寺旁的观音桥，上瞰五老的奇峰，下临深潭与飞瀑；它只是怯怜怜的一座三环洞的小桥，它那桥洞间也只掩映着细纹的波鳞与婆娑的树影，它那桥上栉比的小穿阑与阑节顶上双双的白石球，也只是村姑子头上不夸张的香草与野花一类的装饰；但你凝神的看着，更凝神的看着，你再反省你的心境，看还有一丝屑的俗念沾滞不？只要你审美的本能不曾汩灭时，这是你的机会实现纯粹美感的

① 英语，意为后院。
② 译为培姆布罗克。
③ 译为圣凯瑟琳。
④ 译为王家。
⑤ 译为克莱亚。
⑥ 译为三一学院。
⑦ 译为圣约翰。

神奇!

但你还得选你赏鉴的时辰。英国的天时与气候是走极端的。冬天是荒谬的坏，逢着连绵的雾盲天你一定不迟疑的甘愿进地狱本身去试试；春天（英国是几乎没有夏天的）是更荒谬的可爱，尤其是它那四五月间最渐缓最艳丽的黄昏，那才真是寸寸黄金。在康河边上过一个黄昏是一服灵魂的补剂。阿！我那时蜜甜的单独，那时蜜甜的闲暇。一晚又一晚的，只见我出神似的倚在桥阑上向西天凝望：——

看一回凝静的桥影，
数一数螺细的波纹：
我倚暖了石阑的青苔，
青苔凉透了我的心坎；……
还有几句更笨重的怎能仿佛那游丝似轻妙的情景：
难忘七月的黄昏，远树凝寂，
像墨泼的山形，衬出轻柔暝色，
密稠稠，七分鹅黄，三分橘绿，
那妙意只可去秋梦边缘捕捉；……

四

这河身的两岸都是四季常青最葱翠的草坪。从校友居的楼上望去，对岸草场上，不论早晚，永远有十数匹黄牛与白马，胫蹄没在恣蔓的草丛中，从容的在咬嚼，星星的黄花在风中动荡，应和着它们尾鬃的扫拂。桥的两端有斜倚的垂柳与掬荫护住。水是澈底的清澄，深不足四尺，匀匀的长着长条的水草。这岸边的草坪又是我的爱宠，在清朝，在傍晚，我常去这天然的织锦上坐地，有时读书，有时看水；有时仰卧着看天空的行云，有时反仆着搂抱大地的温软。

但河上的风流还不止两岸的秀丽。你得买船去玩。船不止一种：有普通的双桨划船，有轻快的薄皮舟（Canoe），有最别致的长形撑篙船（Punt）。最末的一种是别处不常有的：约莫有二丈长，三尺宽，你站直在船艄上用长竿撑着走的。这撑是一种技术。我手脚太蠢，始终不曾学会。你初起手尝试时，容易把船身横住在河中，东颠西撞的狼狈。英国人是不轻易开口笑人的，但是小心他们不出声的皱眉！也不知有多少次河中本来悠闲的秩序叫我这莽撞的外行给捣乱了。我真的始终不曾学会；每回我不服输跑去租船再试的时候，有一个白胡子的船家往往带讥讽的对我说："先生，这撑船费劲，天热累人，还是拿个薄皮舟溜溜吧！"我那里肯听话，长篙子一点就把船撑了开去，结果还是把河身一段段的腰斩了去！

你站在桥上去看人家撑，那多不费劲，多美！尤其在礼拜天有几个专家的女郎，穿一身缟素衣服，裙裾在风前悠悠的飘着，戴一顶宽边的薄纱帽，帽影在水草间颤动，你看她们出桥洞时的姿态，捻起一根竟像没分量的长竿，只轻轻的，不经心的往波心里一点，身子微微的一蹲，这船身便波的转出了桥影，翠条鱼似的向前滑了去。她们那敏捷，那闲暇，那轻盈，真是值得歌咏的。

在初夏阳光渐暖时你去买一支小船，划去桥边荫下躺着念你的书或是做你的梦，槐花香在水面上飘浮，鱼群的唼喋声在你的耳边挑逗。或是在初秋的黄昏，近着新月的寒光，望上流僻静处远去。爱热闹的少年们携着他们的女友，在船沿上支着双双的东洋彩纸灯，带着话匣子，船心里用软垫铺着，也开向无人迹处去享他们的野福——谁不爱听那水底翻的音乐在静定的河上描写梦意与春光！

住惯城市的人不易知道季候的变迁。看见叶子掉知道是秋，看见叶子绿知道是春；天冷了装炉子，天热了拆炉子；脱下棉袍，换上夹袍，脱下夹袍，穿上单袍；不过如此罢了。天上星斗的消息，地下泥土里的消息，空中风吹的消息，都不关我们的事。忙着哪，这样那样事情多着，谁耐烦管星星的移转，花草的消长，风云的变幻？同时我们抱怨我们的生活，苦痛，烦闷，拘束，枯燥，谁肯承认做人是快乐？谁不多少间咒诅人生？

但不满意的生活大都是由于自取的。我是一个生命的信仰者，我信生活绝不是我们大多数人仅仅从自身经验推得的那样暗惨。我们的病根是在"忘本"。人是自然的产儿，就比枝头的花与鸟是自然的产儿；但我们不幸是文明人，人世深似一天，离自然远似一天。离开了泥土的花草，离开了水的鱼，能快活吗？能生存吗？从大自然，我们取得我们的生命；从大自然，我们应分取得我们继续的滋养。那一株婆娑的大木没有盘错的根柢深入在无尽藏的地里？我们是永远不能独立的。有幸福是永远不离母亲抚育的孩子，有健康是永远接近自然的人们。不必一定与鹿豕游，不必一定回"洞府"去；为医治我们当前生活的枯窘，只要"不完全遗忘自然"一张轻淡的药方我们的病象就有缓和的希望。在青草里打几个滚，到海水里洗几次浴，到高处去看几次朝霞与晚照——你肩背上的负担就会轻松了去的。

这是极肤浅的道理，当然。但我要没有过过康桥的日子，我就不会有这样的自信。我这一辈子就只那一春，说也可怜，算是不曾虚度。就只那一春，我的生活是自然的，是真愉快的！（虽则碰巧那也是我最感受人生痛苦的时期。）我那时有的是闲暇，有的是自由，有的是绝对单独的机会。说也奇怪，竟像是第一次，我辨认了星月的光明，草的青，花的香，流水的殷勤。我能忘记那初春的睥睨吗？曾经有多少个清晨我独自冒着冷去薄霜铺地的林子里闲步——为听鸟语，为盼朝阳，为寻泥土里渐次苏醒的花草，为体会最微细最神妙的春信。阿，那是新来的画眉在那边凋不尽的青枝上试它的新声！阿，这是第一朵小雪球花挣出了半冻的地面！阿，这不是新来的潮润沾上了寂寞的柳条？

静极了，这朝来水溶溶的大道，只远处牛奶车的铃声，点缀这周遭的沉默。顺着这大道走去，走到尽头，再转入林子里的小径，往烟雾浓密处走去，头顶是交枝的榆荫，透露着漠楞楞的曙色；再往前走去，走尽这林子，当前是平坦的原野，望见了村舍，初青的麦田，更远三两个馒形的小山掩住了一条通道。天边是雾茫茫的，尖尖的黑影是近村的教寺。听，那晓钟和缓的清音。这一带是此邦中部的平原，地形像是海里的轻波，默沉沉的起伏；山岭是望不见的，有的是常青的草原与沃腴的田壤。登那土阜上望去，康桥只是一带茂林，拥戴着几处娉婷的尖阁。妩媚的康河也望不见踪迹，你只能循着那锦带似的林木想象那一流清浅。村舍与树林是这地盘上的棋子，有村舍处有佳荫，有佳荫处有村舍。这早起是看炊烟的时辰：朝雾渐渐的升起，揭开了这灰苍苍的天幕（最好是微霰后的光景），远近的炊烟，成丝的，成缕的，成卷的，轻快的，迟重的，浓灰的，淡青的，惨白的，在静定的朝气里渐渐的上腾，渐渐的不见，仿佛是朝来人们的祈祷，参差的翳入了天厅。朝阳是难得见的，这初春的天气。但它来时是起早人莫大的愉快。顷刻间这田野添深了颜色，一层轻纱似的金粉糁上了这草，这树，这通道，这庄舍。顷刻间这周遭弥漫了清晨富丽的温柔。顷刻间你的心怀也分润了白天诞生的光荣。“春”！这胜利的晴空仿佛在你的耳边私语。“春”！你那快活的灵魂也仿佛在那里回响。

…………

伺候着河上的风光，这春来一天有一天的消息。关心石上的苔痕，关心败草里的花鲜，关心这水流的缓急，关心水草的滋长，关心天上的云霞，关心新来的鸟语。怯怜怜的小雪球是探春信的小使。铃兰与香草是欢喜的初声。窈窕的莲馨，玲珑的石水仙，爱热闹的克罗克斯，耐辛苦的蒲公英与雏菊——这时候春光已是缦烂在人间，更不须殷勤问讯。

瑰丽的春放。这是你野游的时期。可爱的路政，这里不比中国，那一处不是坦荡荡的大道？徒步是一个愉快，但骑自转车是一个更大的愉快。在康桥骑车是普遍的技术；妇人，稚子，老翁，一致享受这双轮舞的快乐。（在康桥听说自转车是不怕人偷的，就是为人人都自己有车，没人要偷。）任你选一个方向，任你上一条通道，顺着这带草味的和风，放轮远去，保管你这半天的逍遥是你的性灵的补剂。这道上有的是清荫与美草，随地都可以供你休憩。你如爱花，这里多的是锦绣似的草原。你如爱鸟，这里多的是巧啭的鸣禽。你如爱儿童，这乡间到处是可亲的稚子。你如爱人情，这里多的是不嫌远客的乡人，你到处可以“挂单”借宿，在酪浆与嫩薯供你饱餐，有夺目果鲜恣你尝新。你如爱酒，这乡间每“望”都为你储好的新酿，黑啤如太浓，苹果酒姜酒都是供你解渴润肺的。……带一卷书，走十里路，选一块清静地，看天，听鸟，读书，倦了时，和身在草绵绵处寻梦去——你能想象更适情更适性的消遣吗？

陆放翁有一联诗句：“传呼快马迎新月，却上轻舆趁晚凉；”这是做地方官的风流。我在康桥时虽没有马骑，没有轿子坐，却也有我的风流：我常常在夕阳西晒时骑了车迎着天边扁大的日头直追。日头是追不到的，我没有夸父的荒诞，但晚景的温存却被我这样偷尝了不少。有三两幅画图似的经验至今还是栩栩的留着。只说看夕阳，我们平常只知道登山或是临海，但实际只须辽阔的天际，平地上的晚霞有时也是一样的神奇。有一次我赶到一个地方，手把着一家村庄的篱笆，隔着一大田的麦浪，看西天的变幻。有一次是正冲着一条宽广的大道，过来一群羊，放草归来的，偌大的太阳在它们后背放射着万缕的金辉，天上却是乌青青的，只剩这不可逼视的威光中的一条大路，一群生物！我心头顿时感着神异性的压迫，我真的跪下了，对着冉冉渐翳的金光。再有一次是更不可忘的奇景，那是临着一大片望不到头的草原，满开着艳红的罂粟，在青草里亭亭的像是万盏的金灯，阳光从褐色云里斜着过来，幻成一种异样的紫色，透明似的不可逼视，刹那间在我迷眩了的视觉中，这草田变成了……不说也罢，说来你们也是不信的！

一别二年多了，康桥，谁知我这思乡的隐忧？也不想别的，我只要那晚钟撼动的黄昏，没遮拦的田野，独自斜倚在软草里，看第一个大星在天边出现！

一九二六年一月十四日至一月二十三日作

北戴河海滨的幻想

他们都到海边去了。我为左眼发炎不曾去。我独坐在前廊，偎坐在一张安适的大椅内，袒着胸怀，赤着脚，一头的散发，不时有风来撩拂。清晨的晴爽，不曾消醒我初起时睡态；但梦思却半被晓风吹断。我阖紧眼帘内视，只见一斑斑消残的颜色，一似晚霞的余赭，留恋地胶附在天边。廊前的马樱，紫荆，藤萝，青翠的叶与鲜红的花，都将他们的妙影映印在水汀上，幻出幽媚的情态无数；我的臂上与胸前，亦满缀了绿阴的斜纹。从树荫的间隙平望，正见海湾：海波亦似被晨曦唤醒，黄蓝相间的波光，在欣然的舞蹈。滩边不时见白涛涌起，迸射着雪样的水花。浴线内点点的小舟与浴客，水禽似的浮着；幼童的欢叫，与水波拍岸声，与潜涛呜咽声，相间的起伏，竟报一滩的生趣与乐意。但我独坐的廊前，却只是静静的，静静的无甚声响。妩媚的马樱，只是幽幽的微辗着，蝇虫也敛翅不飞。只有远近树里的秋蝉在纺纱似的缍引他们不尽的长吟。

在这不尽的长吟中，我独坐在冥想。难得是寂寞的环境，难得是静定的意境；寂寞中有不可言传的和谐，静默中有无限的创造。我的心灵，比如海滨，生平初度的怒潮，已经渐次的消翳，只剩有疏松的海砂中偶尔的回响，更有残缺的贝壳，反映星月的辉芒。此时摸索潮余的斑痕，追想当时汹涌的情景，是梦或是真，再亦不须辨问，只此眉梢的轻皱，唇边的微哂，已足解释无穷奥绪，深深的蕴伏在灵魂的微纤之中。

青年永远趋向反叛，爱好冒险；永远如初渡航诲者，幻想黄金机缘于浩淼的烟波之外；想割断系岸的缆绳，扯起风帆，欣欣的投入无垠的怀抱。他厌恶的是平安，自喜的是放纵与豪迈。无颜色的生涯，是他目中的荆棘；绝海与凶巘，是他爱自由的途径。他爱折玫瑰：为她的色香，亦为她冷酷的刺毒。他爱搏狂澜：为他的庄严与伟大，亦为他吞噬一切的天才，最是激发他探险与好奇的动机。他崇拜冲动：不可测，不可节，不可预逆，起，动，消歇皆在无形中，狂飙似的倏忽与猛烈与神秘。他崇拜斗争：从斗争中求剧烈的生命之意义，从斗争中求绝对的实在，在血染的战阵中，呼嗷胜利之狂欢或歌败丧的哀曲。

幻象消灭是人生里命定的悲剧；青年的幻灭，更是悲剧中的悲剧，夜一般的沉黑，死一般的凶恶。纯粹的，猖狂的热情之火，不同阿拉亭的神灯，只能放射一时的异彩，不能永久的朗照；转瞬间，或许，便已敛熄了最后的焰舌，只留存有限的余烬与残灰，在未灭的余温里自伤与自慰。

流水之光，星之光，露珠之光，电之光，在青年的妙目中闪耀，我们不能不惊讶造化者艺术之神奇；然可怖的黑影，倦与衰与饱餍的黑影，同时亦紧紧的跟着时日进行，仿佛是烦恼，痛苦，失败，或庸俗的尾曳，亦在转瞬间，彗星似的扫灭了我们最自傲的神辉——流水涸，明星没，露珠散灭，电闪不再!

在这艳丽的日辉中，只见愉悦与欢舞与生趣，希望，闪烁的希望，在荡漾，在无穷的碧空中，在绿叶的光泽里，在虫鸟的歌吟中，在青草的摇曳中——夏之荣华，春之成功。春光与希望，是长驻的；自然与人生，是调谐的。

在远处有福的山谷内，莲馨花在坡前微笑，稚羊在乱石间跳跃，牧童们，有的吹着芦笛，有的平卧在草地上，仰看变幻的浮游的白云，放射下的青影在初黄的稻田中缥缈地移过。在远处安乐的村中，有妙龄的村姑，在流涧边照映她自制的春裙；口衔烟斗的农夫三四，在预度秋收的丰盈，老妇人们坐在家门外阳光中取暖，她们的周围有不少的儿童，手擎着黄白的钱花在环舞与欢呼。

在远——远处的人间，有无限的平安与快乐，无限的春光……

在此暂时可以忘却无数的落蕊与残红；亦可以忘却花荫中掉下的枯叶，私语地预告三秋的情意；亦可以忘却苦恼的僵瘪的人间，阳光与雨露的殷勤，不能再恢复他们腮颊上生命的微笑．亦可以忘却纷争的互杀的人间，阳光与雨露的仁慈，不能感化他们凶恶的兽性；亦可以忘却庸俗的卑琐的人间，行云与朝露的丰姿，不能引逗他们刹那间的凝视；亦可以忘却自觉的失望的人间，绚烂的春时与媚草，只能反激他们悲伤的意绪。

我亦可以暂时忘却我自身的种种；忘却我童年期清风白水似的天真；忘却我少年期种种虚荣的希冀；忘却我渐次的生命的觉悟；忘却我热烈的理想的寻求；忘却我心灵中乐观与悲观的斗争；忘却我攀登文艺高峰的艰辛；忘却刹那的启示与澈悟之神奇；忘却我生命潮流之骤转；忘却我陷落在危险的漩涡中之幸与不幸；忘却我追忆不完全的梦境；忘却我大海底里埋着的秘密；忘却曾经刳割我灵魂的利刃，炮烙我灵魂的烈焰，摧毁我灵魂的狂飙与暴雨；忘却我的深刻的怨与艾；忘却我的冀与愿；忘却我的恩泽与惠感；忘却我的过去与现在……

过去的实在，渐渐的膨胀，渐渐的模糊，渐渐的不可辨认；现在的实在，渐渐的收缩，逼成了意识的一线，细极狭极的一线，又裂成了无数不相联续的黑点……黑点亦渐次的隐翳？幻术似的灭了，灭了，一个可怕的黑暗的空虚……

一九二三年八月中旬作

泰山日出

振铎来信要我在小说月报的泰戈尔号上说几句话。我也曾答应了，但这一时游济南游泰山游孔陵，太乐了，一时竟拉不拢心思来做整篇的文字，一直挨到现在期限快到，只得勉强坐下来，把我想得到的话不整齐的写出。

我们在泰山顶上看出太阳。在航过海的人，看太阳从地平线下爬上来，本不是奇事；而且我个人是曾饱饫过江海与印度洋无比的日彩的。但在高山顶上看日出，尤其在泰山顶上，我们无餍的好奇心，当然盼望一种特异的境界，与平原或海上不同的。果然，我们初起时，天还暗沉沉的，西方是一片的铁青，东方些微有些白意，宇宙只是——如用旧词形容——一体莽莽苍苍的。但这时我一面感觉劲烈的晓寒，一面睡眼不曾十分醒豁时约略的印象。等到留心回览时，我不由得大声的狂叫——因为眼前只是一个见所未见的境界。原来昨夜整夜暴风的工程，却砌成一座普遍的云海。除了日观峰与我们所在的玉皇顶以外，东西南北只是平铺着弥漫的云气，在朝旭未露前，宛似无量数厚毛长绒的绵羊，交颈接背的眠着，卷耳与弯角都依稀辨认得出。那时候在这茫茫的云海中，我独自站在雾霭溟濛的小岛上，发生了奇异幻想——

我躯体无限的长大，脚下的山峦比例我的身量，只是一块拳石；这巨人披着散发，长发在风里像一面墨色的大旗，飒飒的在飘荡。这巨人竖立在大地的顶尖上，仰面向着东方，平拓着一双长臂，在盼望，在迎接，在催促，在默默的叫唤；在崇拜，在祈祷，在流泪——在流久慕未见而将见悲喜交互的热泪……

这泪不是空流的，这默祷不是不生显应的。

巨人的手，指向着东方——

东方有的，在展露的，是什么?

东方有的是瑰丽荣华的色彩，东方有的是伟大普照的光明——出现了，到了，在这里了……

玫瑰汁，葡萄浆、紫荆液、玛瑙精、霜枫叶——大量的染工，在层累的云底工作；无数蜿蜒的鱼龙，爬进了苍白色的云堆。

一方的异彩，揭去了满天的睡意，唤醒了四隅的明霞——光明的神驹，在热奋地驰骋……

云海也活了；眠热了兽形的涛渊，又回复了伟大的呼啸，昂头摇尾的向着我们朝露染青馒形的小岛冲洗，激起了四岸的水沫浪花，震荡着这生命的浮礁，似在报告光明与欢欣之临在……

再看东方——海句力士已经扫荡了他的阻碍，雀屏似的金霞，从无垠的肩上产生，展在大地的边沿。……起……用力，用力。纯焰的圆颅，一探再探的跃出了地平，翻登了云背，临照在天空……

歌唱呀，赞美呀，这是东方之复活，这是光明的胜利……

散发祷祝的巨人，他的身影横亘在无边的云海上，已经渐渐的消翳在普遍的欢欣里；现在他雄浑的颂美的歌声；也已在霞彩变幻中，普彻了四方八隅……

听呀，这普彻的欢声；看呀，这普照的光明！

这是我此时回忆泰山日出时的幻想，亦是我想望泰戈尔来华的颂词。

翡冷翠山居闲话

在这里出门散步去，上山或是下山，在一个晴好的五月的向晚，正像是去赴一个美的宴会，比如去一果子园，那边每株树上都是满挂着诗情最秀逸的果实，假如你单是站着看还不满意时，只要你一伸手就可以采取，可以恣尝鲜味，足够你性灵的迷醉。阳光正好暖和，决不过暖；风息是温驯的，而且往往因为他是从繁花的山林里吹度过来他带来一股幽远的澹香，连着一息滋润的水汽，摩挲着你的颜面，轻绕着你的肩腰，就这单纯的呼吸已是无穷的愉快；空气总是明净的，近谷内不生烟，远山上不起霭，那美秀风景的全部正像画片似的展露在你的眼前，供你闲暇的鉴赏。

作客山中的妙处，尤在你永不须踌躇你的服色与体态；你不妨摇曳着一头的蓬草，不妨纵容你满腮的苔藓；你爱穿什么就穿什么；扮一个牧童，扮一个渔翁，装一个农夫，装一个走江湖的桀卜闪，装一个猎户；你再不必提心整理你的领结，你尽可以不用领结，给你的颈根与胸膛一半日的自由，你可以拿一条这边艳色的长巾包在你的头上，学一个太平军的头目，或是拜伦那埃及装的姿态；但最要紧的是穿上你最旧的旧鞋，别管他模样不佳，他们是顶可爱的好友，他们承着你的体重却不叫你记起你还有一双脚在你的底下。

这样的玩顶好是不要约伴，我竟想严格的取缔，只许你独身；因为有了伴多少总得叫你分心，尤其是年轻的女伴，那是最危险最专制不过的旅伴，你应得躲避她像你躲避青草里一条美丽的花蛇！平常我们从自己家里走到朋友的家里，或是我们执事的地方，那无非是在同一个大牢里从一间狱室移到另一间狱室去，拘束永远跟着我们，自由永远寻不到我们；但在这春夏间美秀的山中或乡间你要是有机会独身闲逛时，那才是你福星高照的时候，那才是你实际领受，亲口尝味，自由与自在的时候，那才是你肉体与灵魂行动一致的时候。朋友们，我们多长一岁年纪往往只是加重我们头上的枷，加紧我们脚胫上的链，我们见小孩子在草里在沙堆里在浅水里打滚作乐，或是看见小猫追他自己的尾巴，何尝没有羡慕的时候，但我们的枷，我们的链永远是制定我们行动的上司！所以只有你单身奔赴大自然的怀抱时，像一个裸体的小孩扑入他母亲的怀抱时，你才知道灵魂的愉快是怎样的，单是活着的快乐是怎样的，单就呼吸单就走道单就张眼看耸耳听的幸福是怎样的。因此你得严格的为己，极端的自私，只许你，体魄与性灵，与自然同在一个脉搏里跳动，同在一个音波里起伏，同在一个神奇的宇宙里自得。我们浑朴的天真是像含羞草似的娇柔，一经同伴的抵触，他就卷了起来，但在澄静的日光下，和风中，他的姿态是自然的，他的生活是无阻碍的。

你一个人漫游的时候，你就会在青草里坐地仰卧，甚至有时打滚，因为草的和暖的颜色自然的唤起你童稚的活泼；在静僻的道上你就会不自主的狂舞，看着你自己的身影幻出种种诡异的变相，因为道旁树木的阴影在他们迂徐的婆娑里暗示你舞蹈的快乐；你也会得信口的歌唱，偶尔记起断片的音调，与你自己随口的小曲，因为树林中的莺燕告诉你春光是应得赞美的；更不必况你的胸襟自然会跟着曼长的山径开拓，你的心地会看着澄蓝的天空静定，你的思想和着山壑间的水声，山罅里的泉响，有时一澄到底的清澈，有时激起成章的波动，流，流，流入凉爽的橄榄林中，流入妩媚的阿诺河去……

并且你不但不须应伴，每逢这样的游行，你也不必带书。书是理想的伴侣，但你应得带书，是在火车上，在你住处的客室里，不是在你独身漫步的时候。什么伟大的深沉的鼓舞的清明的优美的思想的根源不是可以在风籁中，云彩里，山势与地形的起伏里，花草的颜色与香息里寻得？自然是最伟大的一部书，葛德说，在他每一页的字句里我们读得最深奥的消息。并且这书上的文字是人人懂得的；阿尔帕斯[①]与五老峰，雪西里与普陀山，莱茵河与扬子江，梨梦湖与西子湖，建兰与琼花，杭州西溪的芦雪与威尼市夕照的红潮，百灵与夜莺，更不提一般黄的黄麦，一般紫的紫藤，一般青的青草同在大地上生长，同在和风中波动——他们应用的符号是永远一致的，他们的意义是永远明显的，只要你自己性灵上不长疮瘢，眼不盲，耳不塞，这无形迹的最高等教育便永远是你的名分，这不取费的最珍贵的补剂便永远供你的受用；只要你认识了这一部书，你在这世界上寂寞时便不寂寞，穷困时不穷困，苦恼时有安慰，挫折时有鼓励，软弱时有督责，迷失时有南针。

一九二五年六月作

---

① 通译阿尔卑斯。

泰 戈 尔

我有几句话想趁这个机会对诸君讲，不知道你们有没有耐心听。泰戈尔先生快走了，在几天内他就离别北京，在一两个星期内他就告辞中国。他这一去大约是不会再来的了。也许他永远不能再到中国。

他是六七十岁的老人，他非但身体不强健，他并且是有病的。所以他要到中国来，不但他的家属，他的亲戚朋友，他的医生，都不愿意他冒险，就是他欧洲的朋友，比如法国的罗曼罗兰，也都有信去劝阻他。他自己曾经踌躇了好久，他心里常常盘算他如其到中国来，他究竟能不能够给我们好处，他想中国人自有他们的诗人、思想家、教育家，他们有他们的智慧、天才、心智的财富与营养，他们更用不着外来的补助与戟刺，我只是一个诗人，我没有宗教家的福音，没有哲学家的理论，更没有科学家实利的效用，或是工程师建设的才能，他们要我去做什么，我自己又为什么要去，我有什么礼物带去满足他们的盼望。他真的很觉得迟疑，所以他延迟了他的行期。但是他也对我们说到冬天完了春风吹动的时候（印度的春风比我们的吹得早），他不由的感觉了一种内迫的冲动，他面对着逐渐滋长的青草与鲜花，不由的抛弃了，忘却了他应尽的职务，不由的解放了他的歌唱的本部，和着新来的鸣雀，在柔软的南风中开怀的讴吟。同时他收到我们催请的信，我们青年盼望他的诚意与热心，唤起了老人的勇气。他立即定夺了他东来的决心。他说趁我暮年的肢体不曾僵透，趁我衰老的心灵还能感受，决不可错过这最后唯一的机会，这博大、从容、礼让的民族，我幼年时便发心朝拜，与其将来在黄昏寂静的境界中萎衰的惆怅，毋宁利用这夕阳未暝时的光芒，了却我晋香人的心愿?

他所以决意的东来，他不顾亲友的劝阻，医生的警告，不顾自身的高年与病体，他也撇开了在本国一切的任务，跋涉了万里的海程，他来到了中国。

自从四月十二日在上海登岸以来，可怜老人不曾有过一半天完整的休息，旅行的劳顿不必说，单就公开的演讲以及较小集会时的谈话，至少也有了三四十次！他的，我们知道，不是教授们的讲义，不是教士们的讲道，他的心府不是堆积货品的栈房，他的辞令不是教科书的喇叭。他是灵活的泉水，一颗颗颤动的圆珠从他心里兢兢的泛登水面都是生命的精液；他是瀑布的吼声，在白云间，青林中，石罅里，不住的啸响；他是百灵的歌声，他的欢欣、愤慨、响亮的谐音，弥漫在无际的晴空。但是他是倦了。终夜的狂歌已经耗尽了子规的精力，东方的曙色亦照出他点点的心血染红了蔷薇枝上的白露。

老人是疲乏了。这几天他睡眠也不得安宁，他已经透支了他有限的精力。他差不多是靠散拿吐瑾过日的。他不由的不感觉风尘的厌倦，他时常想念他少年时在恒河边沿拍浮的清福，他想望椰树的清荫与曼果的甜瓜。

但他还不仅是身体的惫劳，他也感觉心境的不舒畅。这是很不幸的。我们做主人的只是深深的负歉。他这次来华，不为游历，不为政治，更不为私人的利益，他熬着高年，冒着病体，抛弃自身的事业，备尝行旅的辛苦，他究竟为的是什么？他为的只是一点看不见的情感，说远一点，他的使命是在修补中国与印度两民族间中断千余年的桥梁。说近一点，他只想感召我们青年真挚的同情。因为他是信仰生命的，他是尊崇青年的，他是歌颂青春与清晨的，他永远指点着前途的光明。悲悯是当初释迦牟尼证果的动机，悲悯也是泰戈尔先生不辞艰苦的动机。现代的文明只是骇人的浪费，贪淫与残暴，自私与自大，相猜与相忌，飏风似的倾覆了人道的平衡，产生了巨大的毁灭。芜秽的心田里只是误解的蔓草，毒害同情的种子，更没有收成的希冀。在这个荒惨的境地里，难得有少数的丈夫，不怕阻难，不自馁怯，肩上扛着铲除误解的大锄，口袋里满装着新鲜人道的种子，不问天时是阴是雨是晴，不问是早晨是黄昏是黑夜，他只是努力的工作，清理一方泥土，施殖一方生命，同时口唱着嘹亮的新歌，鼓舞在黑暗中将次透露的萌芽。泰戈尔先生就是这少数中的一个。他是来广布同情的，他是来消除成见的。我们亲眼见过他慈祥的阳春似的表情，亲耳听过他从心灵底里迸裂出的大声，我想只要我们的良心不会受恶毒的烟煤熏黑，或是被恶浊的偏见污抹，谁不曾感觉他至诚的力量，魔术似的，为我们生命前途开辟了一个神奇境界，燃点了理想的光明？所以我们也懂得他的深刻的懊怅与失望，如其他知道部分的青年不但不能容纳他的灵感，并且存心的诬毁他的热忱。我们固然奖励思想的独立，但我们决不敢附和误解的自由。他生平最满意的成绩就在他永远能得青年的同情，不论在德国，在丹麦，在美国，在日本，青年永远是他最忠心的朋友。他也曾经遭受种种的误解与攻击，政府的猜疑与报纸的诬捏与守旧派的讥评，不论如何的谬妄与剧烈，从不会扰动他优容的大量，他的希望，他的信仰，他的爱心，他的至诚，完全的托付青年。我的须，我的发是白的，但我的心却永远是青的，他常常的对我们说，只要青年是我的知己，我理想的将来就有着落，我乐观的明灯永远不致暗淡。他不能相信纯洁的青年也会坠落在怀疑、猜忌、卑琐的泥溷，他更不能信中国的青年也会沾染不幸的污点。他真不预备在中国遭受意外的待遇。他很不自在，他很感觉异样的怆心。

因此精神的懊丧更加重他躯体的倦劳。他差不多是病了。我们当然很焦急的期望他的健康，但他再没有心境继续他的讲演。我们恐怕今天就是他在北京公开讲演最后的一个机会。他有休养的必要。我们也决不忍再使他耗费有限的精力。他不久又有长途的跋涉，他不能不有三四天完全的养息。所以从今天起，所有已经约定的集会，公开与私人的，一概撤销，他今天就出城去静养。

我们关切他的一定可以原谅，就是一小部分不愿意他来作客的诸君也可以自喜战略的成功。他是病了，他在北京不再开口了，他快走了，他从此不再来了。但是同学们，我们也得平心的想想，老人到底有什么罪，他有什么负心，他有什么不可容赦的犯案？公道是死了吗，为什么听不见你的声音？

他们说他是守旧，说他是顽固。我们能相信吗？他们说他是“太迟”，说他是“不合时宜”，我们能相信吗？他自己是不能信，真的不能信。他说这一定是滑稽家的反调。他一生所遭逢的批评只是太新，太早，太急进，太激烈，太革命的，太理想的，他六十年的生涯只是不断的奋斗与冲锋，他现在还只是冲锋与奋斗。但是他们说他是守旧，太迟，太老。他顽固奋斗的对象只是暴烈主义、资本主义、帝国主义、武力主义、杀灭性灵的物质主义；他主张的只是创造的生活，心灵的自由，国际的和平，教育的改造，普爱的实现。但他们说他是帝国政策的间谍，资本主义的助力，亡国奴族的流民，提倡裹脚的狂人！肮脏是在我们的政客与暴徒的心里，与我们的诗人又有什么关系？昏乱是在我们冒名的学者与文人的脑里，与我们的诗人又有什么亲属？我们何妨说太阳是黑的，我们何妨说苍蝇是真理？同学们，听信我的话，像他的这样伟大的声音我们也许一辈子再不会听着的了。留神目前的机会，预防将来的惆怅！他的人格我们只能到历史上去搜寻比拟。他的博大的温柔的灵魂我敢说永远是人类记忆里的一次灵迹。他的无边际的想象是辽阔的同情使人们想起惠德曼；他的博爱的福音与宣传的热心使人们记起托尔斯泰；他的坚忍的意志与艺术的天才使我们想起造摩西像的密仡朗其罗；他的诙谐与智慧使我们想象当年的苏格拉底与老聃！他的人格的和谐与优美使我们想念暮年的葛德；他的慈祥的纯爱的抚摩，他的为人道不厌的努力，他的磅礴的大声，有时竟使我们唤起救主的心象，他的光彩，他的音乐，他的雄伟，使我们想念奥林必克山顶的大神。他是不可侵凌的，不可逾越的，他是自然界的一个神秘的现象。他是三春和暖的南风，惊醒树枝上的新芽，增添处女颊上的红晕。

他是普照的阳光。他是一派浩瀚的大水，来从不可追寻的渊源，在大地的怀抱中终古的流着，不息的流着，我们只是两岸的居民，凭借这慈恩的天赋，灌溉我们的田稻，苏解我们的消渴，洗净我们的污垢。他是喜马拉雅积雪的山峰，一般的崇高，一般的纯洁，一般的壮丽，一般的高傲，只有无限的青天枕藉他银白的头颅。

人格是一个不可错误的实在，荒歉是一件大事，但我们是饿惯了的，只认鸠形与鹄面是人生本来的面目，永远忘却了真健康的颜色与彩泽。标准的低降是一种可耻的堕落：我们只是踞坐在井底青蛙，但我们更没有怀疑的余地。我们也许揣详东方的初白，却不能非议中天的太阳。我们也许见惯了阴霾的天时，不耐这热烈的光焰，消散天空的云雾，暴露地面的荒芜，但同时在我们心灵的深处，我们岂不也感觉一个新鲜的影响，催促我们生命的跳动，唤醒潜在的想望，仿佛是武士望见了前峰烽烟的信号，更不踌躇的奋勇向前？只有接近了这样超轶的纯粹的丈夫，这样不可错误的实在，我们方始相形的自愧我们的口不够阔大，我们的嗓音不够响亮，我们的呼吸不够深长，我们的信仰不够坚定，我们的理想不够莹澈，我们的自由不够磅礴，我们的语言不够明白，我们的情感不够热烈，我们的努力不够勇猛，我们的资本不够充实……

我自信我不是恣滥不切事理的崇拜，我如其曾经应用浓烈的文字，这是因为我不能自制我浓烈的感想。但是我最急切要声明的是，我们的诗人，虽则常常招受神秘的徽号，在事实上却最清明，最有趣，最诙谐，最不神秘的生灵。他是最通达人情，最近人情的。我盼望有机会追写他日常的生活与谈话。如其我是犯嫌疑的，如其我也是性近神秘的（有好多朋友这么说），你们还有适之先生的见证，他也说他是最可爱最可亲的个人：我们可以相信适之先生绝对没有“性近神秘”的嫌疑！所以无论他怎样的伟大与深厚，我们的诗人还只是有骨有血的人，不是野人，也不是天神。惟其是人，尤其是最富情感的人，所以他到处要求人道和温暖与安慰，他尤其要我们中国青年的同情与情爱。他已经为我们尽了责任，我们不应，更不忍辜负他的期望。同学们！爱你的爱，崇拜你的崇拜，是人情不是罪孽，是勇敢不是懦怯！

十二日在真光讲

我的彼得

新近有一天晚上，我在一个地方听音乐，一个不相识的小孩，约莫八九岁光景，过来坐在我的身边，他说的话我不懂，我也不易使他懂我的话，那可并不妨事，因为在几分钟内我们已经是很好的朋友，他拉着我的手，我拉着他的手，一同听台上的音乐。他年纪虽则小，他音乐的兴趣已经很深：他比着手势告我他也有一张提琴，他会拉，并且说那几个是他已经学会的调子，他那资质的敏慧，性情的柔和，体态的秀美，不能使人不爱；而况我本来是欢喜小孩们的。

但那晚虽则结识了一个可爱的小友，我心里却并不快爽；因为不仅见着他使我想起你，我的小彼得，并且在他活泼的神情里我想见了你，彼得，假如你长大的话，与他同年龄的影子。你在时，与他一样，也是爱音乐的；虽则你回去的时候刚满三岁，你爱好音乐的故事，从你襁褓时起，我屡次听你妈与你的“大大”讲，不但是十分的有趣可爱，竟可说是你有天赋的凭证，在你最初开口学话的日子，你妈已经写信给我，说你听着了音乐便异常的快活，说你在坐车里常常伸出你的小手在车栏上跟着音乐按拍；你稍大些懂得淘气的时候，你妈说，只要把话匣开上，你便在旁边乖乖的坐着静听，再也不出声不闹；——并且你有的是可惊的口味，是贝德芬是槐格纳你就爱，要是中国的戏片，你便盖没了你的小耳，决意不让无意味的锣鼓，打搅你的清听！你的大大（她多疼你！）讲给我听你得小提琴的故事：怎样那晚上买琴来的时候，你已经在你的小床上睡好，怎样她们为怕你起来闹赶快灭了灯亮把琴放在你的床边。怎样你这小机灵早已看见，却偏不做声，等你妈与大大都上了床，你才偷偷的爬起来摸着了你的宝贝，再也忍不住的你技痒，站在漆黑的床边，就开始你“截桑柴”的本领，后来怎样她们干涉了你，你便乖乖的把琴抱进你的床去，一起安眠。她们又讲你怎样欢喜拿着一根短棍站在桌上摹仿音乐会的导师，你那认真的神情常常叫在座人大笑。此外还有不少趣话，大大记得最清楚，她都讲给我听过；但这几件故事已够见证你小小的灵性里早长着音乐的慧根。实际我与你妈早经同意想叫你长大时留在德国学习音乐；——谁知道在你的早殇里我们不失去了一个可能的莫扎特（Mozart）：在中国音乐最饥荒的日子，难得见这一点希冀的青芽，又教运命无情的脚根踏倒，想起怎不可伤？

彼得，可爱的小彼得，我“算是”你的父亲，但想起我做父亲的往迹，我心头便涌起了不少的感想；我的话你是永远听不着了，但我想借这悼念你的机会，稍稍疏泄我的积愫，在这不自然的世界上，与我境遇相似或更不如的当不在少数，因此我想说的话或许还有人听，竟许有人同情。就是你妈，彼得，她也何尝有一天接近过快乐与幸福，但她在她同样不幸的境遇中证明她的智断，她的忍耐，尤其是她的勇敢与胆量；所以至少她，我敢相信，可以懂得我话里意味的深浅，也只有她，我敢说，最有资格指证或相诠释，在她的机会时，我的情感的真际。

但我的情愫！是怨，是恨，是忏悔，是怅惘？对着这不完全，不如意的人生，谁没有怨，谁没有恨，谁没有怅惘？除了天生颟顸的，谁不曾在他生命的经途中——葛德说的——和着悲哀吞他的饭，谁不曾拥着半夜的孤衾饮泣？我们应得感谢上苍的是他不可度量的心裁，不但在生物的境界中他创造了不可计数的种类，就这悲哀的人生也是因人差异，各个不同，——同是一个碎心，却没有同样的碎痕，同是一滴眼泪，却难寻同样的泪晶。

彼得我爱你，我说过我是你的父亲，但我最后见你的时候你才不满四月，这次我再来欧洲你已经早一个星期回去，我见着的只你的遗像，那太可爱，与你一撮的遗灰，那太可惨。你生前日常把弄的玩具——小车，小马，小鹅，小琴，小书——你妈曾经件件的指给我看，你在时穿着的衣，褂，鞋，帽，你妈与你大大也曾含着眼泪从箱里理出来给我抚摩，同时她们讲你生前的故事，直到你的影像活现在我的眼前，你的脚踪仿佛在楼板上踹响。你是不认识你父亲的，彼得，虽则我听说他的名字常在你的口边，他的肖像也常受你小口的亲吻，多谢你妈与你大大的慈爱与真挚，她们不仅永远把你放在她们心坎的底里，她们也使我，没福见着你的父亲，知道你，认识你，爱你，也把你的影像，活泼，美慧可爱，永远镂上了我的心版。那天在柏林的会馆里，我手捧着那收存你遗灰的锡瓶，你妈与你七舅站在旁边止不住滴泪，你的大大哽咽着，把一个小花圈挂上你的门前——那时间我，你的父亲，觉着心里有一个尖锐的刺痛，这才初次明白曾经有一点血肉从我自己的生命里分出，这才觉着父性的爱像泉眼似的在性灵里汩汩的流出；

只可惜是迟了，这慈爱的甘液不能救活已经萎折了的鲜花，只能在他纪念日的周遭永远无声的流转。

彼得，我说我要借这机会稍稍爬梳我年来的郁积，但那也不见得容易；要说的话仿佛就在口边。但你要它们的时候，它们又不在口边；像是长在大块岩石底下的嫩草，你得有力量翻起那岩石才能把它不伤损的连根起出——谁知道那根长的多深！是恨，是怨，是忏悔，是怅惘？许是恨，许是怨，许是忏悔，许是怅惘。荆棘刺入了行路人的胫踝，他才知道这路的难走；但为什么有荆棘？是它们自己长着，还是有人存心种着的？也许是你自己种下的？至少你不能完全抱怨荆棘，一则：因为这道是你自愿才来走的；再则因为那刺伤是你自己的脚踏上了荆棘的结果，不是荆棘自动来刺你。——但又谁知道？因此我有时想，彼得，像你倒真是聪明：你来时是一团活泼，光亮的天真，你去时也还是一个光亮，活泼的灵魂；你来人间真像是短期的作客，你知道的是慈母的爱，阳光的和暖与花草的美丽，你离开了妈的怀抱，你回到了天父的怀抱，我想他听你欣欣的回报这番作客——只尝甜浆，不吞苦水——的经验，他尚年经的脸上一定满布着笑容——你的小脚踝上不曾碰着过无情的荆棘，你穿来的白衣不会沾着一斑的泥污。

但我们，比你住久的，彼得，却不是来作客；我们是遭放逐，无形的解差永远在后背催逼着我们赶道：为什么受罪，前途是那里，我们始终不曾明白，我们明白的只是底下流血的胫踝，只是这无恩的长路，这时候想回头已经太迟，想中止也不可能，我们真的羡慕，彼得，像你那谪期的简净。

在这道上遭受的，彼得，还不止是难，不止是苦，最难堪的是逐步相追的嘲讽，身影似的不可解脱。我既是你的父亲，彼得，比方说，为什么我不能在你的生前，日子虽短，给你应得的慈爱，为什么要到这时候，你已经去了不再回来，我才觉着骨肉的关连：并且假如我这番不到欧洲，假如我在万里外接到你的死耗，我怕我只能看作水面上的云影，来时自来，去时自去：正如你生前我不知欣喜，你在时我不知爱惜，你去时也不能过分动我的情感，我自分不是无情，不是寡恩，为什么我对自身的血肉，反是这般不近情的冷漠？彼得，我问为什么，这问的后身便是无限的隐痛；我不能怨，我不能恨，更无从悔。我只是怅惘，我只能问！明知是自苦的揶揄，但我只能忍受。而况揶揄还不止此，我自身的父母，何尝不赤心的爱我；但他们的爱却正是造成我痛苦的原因：我自己何尝不笃爱我的双亲，但我不仅不能尽我的责任，不仅不曾给他们想望的快乐，我，他们的独子，也不免加添他们的烦愁，造作他们的痛苦，这又是为什么？在这里，我也是一般的不能恨，不能怨，更无从悔，我只是怅惘——我只能问，昨天我是个孩子，今天已是壮年：昨天腮边还带着圆润的笑涡，今天头上已见星星的白发：光阴带走的往迹，再也不容追赎，留下在我们心头的只是些揶揄的鬼影；我们在这道上偶尔停步回想的时候，只能投一个虚圈的“假使当初”，解嘲已往的一切，但已往的教训，即使有，也不能给我们利益，因为前途还是不减启程时的渺茫，我们还是不能选择自由的途径——到那天我们无形的解差喝住的时候，我们唯一的权利，我猜想，也只是再丢一个虚圈更大的“假使”，圆满这全程的寂寞，那就是止境了。

罗曼罗兰

罗曼罗兰（Romain Rolland），这个美丽的音乐的名字，究竟代表些什么？他为什么值得国际的敬仰，他的生日为什么值得国际的庆祝？他的名字，在我们多少知道他的几个人的心里，唤起些个什么？他是否值得我们已经认识他思想与景仰他人格的更亲切的认识他，更亲切的景仰他；从不曾接近他的赶快从他的作品里去接近他？

一个伟大的作者如罗曼罗兰或托尔斯泰，正像是一条大河，它那波澜，它那曲折，它那气象，随处不同，我们不能划出它的一湾一角来代表它那全流。我们有幸在书本上结识他们的正比是尼罗河或扬子江沿岸的泥坷，各按我们的受量分沾他们的润泽的恩惠罢了。说起这两位作者——托尔斯泰与罗曼罗兰：他们灵感的泉源是同一的，他们的使命是同一的，他们在精神上有相互的默契（详后），仿佛上天从不教他的灵光在世上完全灭迹，所以在这普遍的混沌与黑暗的世界内往往有这类禀承灵智的大天才在我们中间指点迷途，启示光明。但他们也自有他们不同的地方；如其我们还是引申上面这个比喻，托尔斯泰、罗曼罗兰的前人，就更像是尼罗河的流域，它那两岸是浩瀚的沙碛，古埃及的墓宫，三角金字塔的映影，高矗的棕榈类的林木，间或有帐幕的游行队，天顶永远有异样的明星；罗曼罗兰、托尔斯泰的后人，像是扬子江的流域，更近人间，更近人情的大河，它那两岸是青绿的桑麻，是连栉的房屋，在波鳞里泅着的是鱼是虾，不是长牙齿的鳄鱼，岸边听得见的也不是神秘的驼铃，是随处的鸡犬声。这也许是斯拉夫与拉丁民族各有的异禀，在这两位大师的身上得到更集中的表现，但他们润泽这苦旱的人间的使命是一致的。

十五年前的一个下午，在巴黎的大街上，有一个穿马路的叫汽车给碰了，差一点没有死，他就是罗曼罗兰，那天他要是死了，巴黎也不会怎样的注意，至多报纸上本地新闻栏里登一条小字："汽车肇祸，撞死了一个走路的，叫罗曼罗兰，年四十五岁，在大学里当过音乐史教授，曾经办过一种不出名的杂志叫 Cahiers de la Ouinzaine（《半月丛刊》）的。"

但罗兰不死，他不能死；他还得完成他分定的使命。在欧战爆裂的那一年，罗兰的天才，五十年来在无名的黑暗里埋着的，忽然取得了普遍的认识。从此他不仅是全欧心智与精神的领袖，他也是全世界一个灵感的泉源。他的声音仿佛是最高峰上的崩雪，回响在远近的万壑间，五年的大战毁了无数的生命与文化的成绩，但毁不了的是人类几个基本的信念与理想，在这无形的精神价值的战场上，罗兰永远是一个不仆的英雄。对着在恶斗的漩涡里挣扎着的全欧，罗兰喊一声彼此是弟兄，放手！对着蜘网似密布，疫疠似蔓延的怨恨，仇毒，虚妄，疯癫，罗兰集中他孤独的理智与情感的力量作战。对着普遍破坏的现象；罗兰伸出他单独的臂膀开始组织人道势力。对着叫褊浅的国家主义与恶毒的报复本能迷惑住的知识阶级，他大声唤醒他们应负的责任，要他们恢复思想的独立，救济盲目的群众，“在战场的空中”——“Above the Battle Field”——不是在战场上，在各民族共同的天空，不是在一国的领土内，我们听得罗兰的呼声，也就是人道的呼声，像一阵光明的骤雨，激斗着地面上互杀的烈焰。罗兰的作战是有结果的，他联合了国际间自由的心灵，替未来的和平筑一层有力的基础。这是他自己的话：——

“我们从战争得到一个付重价的利益，它替我们联合了各民族中不甘受流行的种族怨毒支配的心灵。这次的教训益发激励他们的精力，强固他们的意志。谁说人类友爱是一个绝望的理想？我再不怀疑未来的全欧一致的结合。我们不久可以实现那精神的统一。这战争只是它的热血的洗礼。”

这是罗兰，勇敢的人道的战士！ 当全国的刀锋一致向着德人的时候，他敢说不，真正的敌人是你们自己心怀里的仇毒。当全欧破碎成不可收拾的断片时，他想象到人类更完美的精神的统一。友爱与同情，他相信，永远是打倒仇恨与怨毒的利器；他永远不怀疑他的理想是最后的胜利者，在他的前面有托尔斯泰与道施滔奄夫斯基（虽则思想的形式不同），他同时有泰戈尔与甘地（他们的思想形式也不同），他们的立场是在高山的项上，他们的视域在时间上是历史的全部，在空间里是人类的全体，他们的声音是天空里的雷震，他们的赠与是精神的慰安，我们都是牢狱里的囚犯，镣铐压住的，铁栏锢住的，难得有一丝雪亮暖和的阳光照上我们黝黑的脸面，难得有喜雀过路的欢声清醒我们昏沉的头脑。“重浊”，罗兰开始他的《贝德芬传》：

“重浊是我们周围的空气，这世界是叫一种凝厚的污浊的秽息给闷住了……

一种卑琐的物质压在我们的心里，压在我们的头上，叫所有民族与个人失却了自由工作的机会。我们会让掐住了转不过气来。来，让我们打开窗子好叫天空自由的空气进来，好叫我们呼吸古英雄们的呼吸。”

打破固执的偏见来认识精神的统一；打破国界的偏见来认识人道的统一。这是罗兰与他同理想者的教训。解脱怨毒的束缚来实现思想的自由；反抗时代的压迫来恢复性灵的尊严。这是罗兰与他同理想者的教训。人生原是与苦俱来的；我们来做人的名分不是诅咒人生因为它给我们苦痛，我们正应在苦痛中学习，修养，觉悟，在苦痛中发现我们内蕴的宝藏，在苦痛中领会人生的真谛。英雄，罗兰最崇拜如密仡朗其罗与贝德芬一类人道的英雄，不是别的，只是伟大的耐苦者，那些不朽的艺术家，谁不曾在苦痛中实现生命，实现艺术，实现宗教，实现一切的奥义？自己是个深感苦痛者，他推致他的同情给世上所有的受苦痛者；在他这受苦，这耐苦，是一种伟大，比事业的伟大更深沉的伟大。他要寻求的是地面上感悲哀感孤独的灵魂。“人生是艰难的，谁不甘愿承受庸俗，他这辈子就得不断的奋斗。并且这往往是苦痛的奋斗，没有光彩，没有幸福，独自在孤单与沉默中挣扎，穷困压着你，家累累着你，无意味的沉闷的工作消耗你的精力，没有欢欣，没有希冀，没有同伴，你在这黑暗的道上甚至连一个在不幸中伸手给你的骨肉的机会都没有。”这受苦的概念便是罗兰人生哲学的起点，在这上面他要筑起一座强固的人道寓所，因此在他有名的传记里他用力传述先贤的苦难生涯，使我们憬悟至少在我们的苦痛里，我们不是孤独的，在我们切己的苦痛里隐藏着人道的消息与线索。“不快活的朋友们，不要过分的自伤，因为最伟大的人们也曾分尝你们的苦味，我们正应得跟着他们的努奋自勉，假如我们觉得软弱，让我们靠着他们喘息，他们有安慰给我们，从他们的精神里放射着精力与仁慈。即使我们不研究他们的作品，即使我们听不到他们的声音，单从他们面上的光彩，单从他们曾经生活过的事实里，我们应得感悟到生命最伟大，最生产——甚至最快乐——的时候是在受苦痛的时候。”

我们不知道罗曼罗兰先生想象中的新中国是怎样的；我们不知道为什么他特别示意要听他的思想在新中国的回响，但如其他能知道新中国像我们自己知道它一样，他一定感觉与我们更密切的同情，更贴近的关系，也一定更急急的伸手给我们握着——因为你们知道，我也知道，什么是新中国只是新发现的深沉的悲哀与苦痛深深的盘伏在人生的底里！这也许是我个人对新中国的解释；但如其有人拿一些时行的口号，什么打倒帝国主义等等，或是分裂与猜忌的现象，去报告罗兰先生说这是新中国，我再也不能预料他的感想了。

我已经没有时间与地位叙述罗兰的生平与著述；我只能匆匆的略说梗概。他是一个音乐的天才，在幼年音乐便是他的生命。他妈教他琴，在谐音的波动中他的童心便发现了不可言喻的快乐。莫扎特与贝德芬是他最早发现的英雄。所以在法国经受普鲁士战争爱国主义最高昂的时候，这位年轻的圣人正在“敌人”的作品中尝味最高的艺术。他在自传里写道：“我们家里有好多旧的德国音乐书。德国？我懂得那个字的意义？在我们这一带我相信德国人从没有人见过的。我翻着那一堆旧书，爬在琴上拼出一个个的音符。这些流动的乐音，谐调的细流，灌溉着我的童心，像雨水漫入泥土似的淹了进去。莫扎特与贝德芬的快乐与苦痛，想望的幻梦，渐渐的变成了我的肉的肉，我的骨的骨，我是它们，它们是我。要没有它们我怎过得了我的日子？我小时生病危殆的时候，莫扎特的一个调子就像爱人似的贴近我的枕衾看着我。长大的时候，每回逢着怀疑与懊丧，贝德芬的音乐又在我的心里拨旺了永久生命的火星。每回我精神疲倦了，或是心上有不如意事，我就找我的琴去，在音乐中洗净我的烦愁。”

要认识罗兰的不仅应得读他神光焕发的传记，还得读他十卷的Jean Christophe（《约翰·克利斯朵夫》），在这书里他描写他的音乐的经验。

他在学堂里结识了莎士比亚，发现了诗与戏剧的神奇。他的哲学的灵感，与葛德一样，是泛神主义的斯宾诺塞。他早年的朋友是近代法国三大诗人：克洛岱尔（Paul Claudel法国驻日大使），Ande Suares，与Charles Peguy（后来与他同办Cahiers de al Quinzaine）。那时槐格纳是压倒一时的天才，也是罗兰与他少年朋友们的英雄，但在他个人更重要的一个影响是托尔斯泰。他早就读他的著作，十分的爱慕他，后来他念了他的《艺术论》，那只俄国的老象——用一个偷来的比喻——走进了艺术的花园里去，左一脚踩倒了一盆花，那是莎士比亚，右一脚又踩倒了一盆花，那是贝德芬，这时候少年的罗曼罗兰走到了他的思想的歧路了。莎氏、贝氏、托氏，同是他的英雄，但托氏愤愤的申斥莎、贝一流的作者，说他们的艺术都是要不得，不相干的，不是真的人道的艺术——他早年的自己也是要不得不相干的。在罗兰一个热烈的寻求真理者，这来就好似晴天里一个霹雳；他再也忍为住他的疑虑。他写了一封信给托尔斯泰，陈述他的冲突心理，他那年二十二岁，过了几个星期罗兰差不多把那信都忘了，一天忽然接到一封邮件：三十八满页写的一封长信，伟大的托尔斯泰亲笔给这不知名的法国少年写的！“亲爱的兄弟，”那六十老人称呼他，“我接到你的第一封信，我深深的受感在心，我念你的信，泪水在我的眼里。”下面说他艺术的见解：我们投入人生的动机不应是为艺术的爱，而应是为人类的爱，只有经受这样灵感的人才可以希望在他的一生实现一些值得一做的事业。这还是他的老话，但少年的罗兰受深切感动的地方是在这一时代的圣人竟然这样恳切的同情他，安慰他，指示他，一个无名的异邦人，他那时的感奋我们可以约略想象。因此罗兰这几十年来每逢少年人有信给他，他没有不亲笔作复，用一样慈爱诚挚的心对待他的后辈。这来受他的灵感的少年人更不知多少了。这是一件含奖励性的事实，我们从此可以知道凡是一件不勉强的善事就比如春天的薰风，它一路来散布着生命的种子，唤醒活泼的世界。

但罗兰那时离着成名的日子还远，虽则他从幼年起只是不懈的努力。他还得经受身世的失望（他的结婚是不幸的，近三十年来他几乎是完全隐士的生涯，他现在瑞士的鲁山，听说与他妹子同居），种种精神的苦痛，才能享受他的劳力的报酬——他的天才的认识与接受。他写了十二部长篇剧本，三部最著名的传记（密仡朗其罗，贝德芬，托尔斯泰），十大篇Jean Christophe，算是这时代里最重要的作品的一部，还有他与他的朋友办了十五年灰色的杂志，但他的名字还是在晦塞的炭堆里掩着——直到他将近五十岁那年，这世界方才开始惊讶他的异彩。贝德芬有几句话，我想可以一样适用到一生劳悴不怠的罗兰身上：

“我没有朋友，我必得单独过活；但是我知道在我心灵的底里上帝是近着我，比别人更近，我走近他我心里不害怕，我一向认识他的。我从不着急我自己的音乐，那不是坏运所能颠仆的，谁要能懂得它，它就有力量使他解除折磨旁人的苦恼。”

曼殊斐儿

这心灵深处的欢畅，
这情绪境界的壮旷；
任天堂沉沦，地狱开放，
毁不了我内府的宝藏！
——《康河晚照即景》

美感的记忆，是人生最可珍的产业。认识美的本能，是上帝给我们进天堂的一把秘钥。

有人的性情，例如我自己的，如以气候作喻，不但是阴晴相间，而且常有狂风暴雨，也有最艳丽蓬勃的春光，有时遭逢幻灭，引起厌世的悲观，铅船的重压在心上，比如冬令阴霾，到处冰结，莫有些微生气；那时便怀疑一切：宇宙、人生、自我，都只是幻的妄的；人情、希望、理想，也只妄的幻的。

Ah，human nature，how,
If utterly frail thou at and vile,
If dust thou an and ashes，is thy heart so great?
if thou art noble in part,
How are thy loftiest and impulses and thoughts
By so ignoble causes kindled and put out?
"Sopra un ritratto di una bella donna."

这几行是最深入的悲观派诗人理巴第（Leopardi）的诗；一座荒坟的墓碑上，刻着冢中人生前美丽的肖像，激起了他这根本的疑问——若说人生是有理可寻的，何以到处只是矛盾的现象，若说美是幻的，何以引起的心灵反动能有如此之深刻，若说美是真的，何以也与常物同归腐朽，但理巴第探海灯似的智力虽则把人间种种事物虚幻的外象，一一给褫剥了，连宗教都剥成了个赤裸的梦，他却没有力量来否认美！美的创现他只能认为神奇的；他也不能否认高洁的精神恋，虽则他不信女子也能有同样的境界。在感美感恋最纯粹的一刹那间，理巴第不能不承认是极乐天国的消息，不能不承认是生命中最宝贵的经验。所以我每次无聊到极点的时候，在层水般严封的心河底里，突然涌起一股消融一切的热流，顷刻间消融了厌世的凝晶，消融了烦恼的苦冻：那热流便是感美感恋最纯粹的一俄顷之回忆。

To see a world in a grain of sand,	从一颗沙里看出世界，
And a Heaven in a wild flower,	天堂的消息在一朵野花，
Hold infinity in the palm of your hand,	将无限存在你的掌上，
and eternity in an hour……	刹那间涵有无穷的边涯……
Auguries of lnnocence：William Glabe	

这类神秘性的感觉，当然不是普遍的经验，也不是常有的经验。凡事只讲实际的人，当然嘲讽神秘主义，当然不能相信科学可解释的神经作用，会发生科学所不能解释的神秘感觉。但世上“可为知者道不可与不知者言”的事正多着哩！

从前在十六世纪，有一次有一个意大利的牧师学者到英国乡下去，见了一大片盛开的苜蓿在阳光中竟同一湖欢舞的黄金，他只惊喜得手足无措，慌忙跪在地上，仰天祷告，感谢上帝的恩典，使他得见这样的美，这样的神景。他这样发疯似的举动，当时一定招起在旁乡下人的哗笑。我这篇要讲的经历，恐怕也有些那牧师狂喜的疯态，但我也深信读者里自有同情的人，所以我也不怕遭乡下人的笑话！

去年七月中有一天晚上，天雨地湿，我独自冒着雨在伦敦的海姆司堆特问路警，问行人，在寻彭德街第十号的屋子。那就是我初次，不幸也是末次，会见曼殊斐儿——“那二十分不死的时间！”——的一晚。

我先认识麦雷君（John Middleton Murry），他是Atheneaum的总主笔，诗人，著名评衡家，也是曼殊斐儿一生最后十余年间最密切的伴侣。

他和她自一九一三年起，即夫妇相处，但曼殊斐儿却始终用她到英国以后的“笔名”Kathearine Mansfield，她生长于纽新兰（New Zealand），原名是Kathleen Beanchamp，是纽新兰银行经理Harold Beanchamp的女儿。她十五年前离开了本乡，同着三个小妹子到英国，进伦敦大学皇后学院读书。她从小就以美慧著名，但身体也从小即很怯弱。她曾在德国住过，那时她写她的第一本小说“In a German Pension”，大战期内她在法国的时候多。近几年她也常在瑞士、意大利及法国南部。她所以常住外国，就为她身体太弱，禁不得英伦雾迷雨苦的天时，麦雷为了伴她，也只得把一部分的事业放弃，（“Atheneaum”之所以并入“London Nation”就为此。）跟着他安琪儿似的爱妻，寻求健康。据说可怜的曼殊斐儿后得了肺病证明以后，医生明说她不过两三年的寿限，所以麦雷和她相处有限的光阴，真是分秒可数。多见一次夕照，多经一次朝旭，她优昙似的余荣，便也消灭了如许的活力，这颇使人想起茶花女一面吐血一面纵酒恣欢时的名句：

“You know I have not long to live，therefore I will live fast！”——你知道我是活不久长的，所以我存心活他一个痛快！

我不知道多情的麦雷，眼看这艳丽无双的夕阳，渐渐消翳，心里“爱莫能助”的悲感，浓烈到何等田地！

但曼殊斐儿的“活他一个痛快”的方法，却不是像茶花女的纵酒恣欢，而是在文艺中努力；她像夏夜榆林中的鹃鸟，呕出缕缕的心血来制成无双的情曲，便唱到血枯音嘶，也还不忘她的责任是牺牲自己有限的精力，替自然界多增几分的美，给苦闷的人间几分艺术化精神的安慰。

她心血所凝成的便是两本小说集，一本是“Bliss”，一本是去年出版的“Garden Party”。凭这两部书里的二三十篇小说，她已经在英国的文学界里占了一个很稳固的位置。一般的小说只是小说，她的小说是纯粹的文字，真的艺术；平常的作者只求暂时的流行，博群众的欢迎，她却只想留下几小块“时灰”掩不暗的真晶，只要得少数知音者的赞赏。

但惟其是纯粹的文学，她的著作的光彩是深蕴于内而不是显露于外的，其趣味也须读者用心咀嚼，方能充分的理会。我承作者当面许可选译她的精品，如今她去世，我更应当珍重实行我翻译的特权，虽则我颇怀疑我自己的胜任。我的好友陈通伯他所知道的欧洲文学恐怕在北京比谁都更渊博些，他在北大教短篇小说，曾经讲过曼殊斐儿的，这很使我欢喜，他现在也答应也来选译几篇，我更要感谢他了。关于她短篇艺术的长处，我也希望通伯能有机会说一点。

现在让我讲那晚怎样的会晤曼殊斐儿。早几天我和麦雷在Charing Cross背后一家嘈杂的A．B．C茶店里，讨论英法文坛的状况，我乘便说起近几年中国文艺复兴的趋向，在小说里感受俄国作者的影响最深，他喜得几乎跳了起来，因为他们夫妻最崇拜俄国的几位大作家，他曾经特别研究过道施滔奄夫斯基，著有一本

"Dostoievsky：A Critical Study"，曼殊斐儿又是私淑契诃夫Chekhov的，他们常在抱憾俄国文学始终不曾受英国人相当的注意，因之小说的质与式，还脱不尽维多利亚时期的philistinism。我又乘便问起曼殊斐儿的近况，他说她一时身体颇过得去，所以此次敢伴着她回伦敦住两个星期，他就给了我他们的住址，请我星期四晚上去会她和他们的朋友。

所以我会见曼殊斐儿，真算是凑巧的凑巧。星期三那天我到惠尔斯（H.G.Wells）乡里的家去了（Easten Glebe），下一天和他的夫人一同回伦敦，那天雨下得很大，我记得回寓时浑身全淋湿了。

他们在彭德街的寓处，很不容易找（伦敦寻地方总是麻烦的，我恨极了那回街曲巷的伦敦），后来居然寻着了，一家小小一楼一底的屋子，麦雷出来替我开门，我颇狼狈的拿着雨伞，还拿着一个朋友还我的几卷中国字画。进了门，我脱了雨具，他让我进右首一间屋子，我那时为止对于曼殊斐儿只是对于一个有名的年轻女作家的景仰与期望；至于她的"仙姿灵态"我那时绝对没有想到，我以为她只是与Rose Macaulay，Verginia Woolf，Roma Wilon，Venessa Bell几位女文学家的同流人物。平常男子文学家与美术家，已经尽够怪僻，近代女子文学家更似乎故意养成怪僻的习惯，最显著的一个通习是装饰之务淡朴，务不入时，"背女性"：头发是剪了的，又不好好的收拾，一团和糟的散在肩上；袜子永远是粗纱的；鞋上不是沾有泥就带有灰，并且大都是最难看的样式；裙子不是异样的短就是过分的长，眉目间也许有一两圈"天才的黄晕"，或是带着最可厌的美国式龟壳大眼镜，但她们的脸上却从不见脂粉的痕迹，手上装饰亦是永远没有的，至多无非是多烧了香烟的焦痕；哗笑的声音，十次有九次半盖过同座男子；走起路来也是挺脸凸肚的，再也辨不出是夏娃的后身；开起口来大半是男子不敢出口的话：当然最喜欢讨论是Freudian Complex，Birth Control，或是George Moore与James Joyce私人印行的新书，例如"A Story teller s Holiday"与"Ulysses"。总之她们的全人格只是一幅妇女解放的讽刺画；（Amy Lowell听说整天的抽大雪茄！）和这一班立意反对上帝造人的本意的"唯智"的女子在一起，当然也有许多有趣味的地方，但有时总不免感觉她们矫揉造作的痕迹过深，引起一种性的憎忌。

我当时未见曼殊斐儿以前，固然没有想她是这样一流的Futuristic，但也绝对没有梦想到她是女性的理想化。

所以我推进那门时我就盼望她——一个将近中年和蔼的妇人——笑盈盈的从

壁炉前沙发上站起来和我握手问安。

但房里——一间狭长的壁炉对门的房——只见鹅黄色恬静的灯光，壁上炉架上杂色的美术的陈设和画件，几张有彩色画套的沙发围列在炉前，却没有半个人影。麦雷让我在一张椅上坐了，伴着我谈天，谈的是东方的观音和耶教的圣母，希腊的Virgin Diana，埃及的Isis，波斯的Mithraism里的Virgin 等等之相仿佛，似乎处女的圣母是所有宗教里一个不可少的象征……我们正讲着，只听门上一声剥啄，接着进来了一位年轻的女郎，含笑着站在门口，“难道她就是曼殊斐儿——这样的年轻……”，我心里在疑惑，她一头的褐色卷发，盖着一张小圆脸，眼极活泼，口也很灵动，配着一身极鲜艳的衣裳——漆鞋，绿丝长袜，银红绸的上衣，酱紫的丝绒围裙，——亭亭的立着，像一棵临风的郁金香。

麦雷起来替我介绍，我才知道她不是曼殊斐儿，而是屋主人，不知是密司Beir还是Beek，我记不清了，麦雷是暂寓在她家的；她是个画家，壁上挂的画，大都是她自己的作品。她在我对面的椅子上坐了。她从炉架上取下一个小发电机似的东西拿在手里，头上又戴了一个接电话生戴的听箍，向我凑得很近的说话，我先还当是无线电的玩具，随后方知这位秀美的女郎听觉是有缺陷的。

她正坐定，外面的门铃大响——我疑心她的门铃是特别响些。来的是我在法兰先生（Roger Fry）家里会过的Sydney Waterloo，极诙谐的一位先生，有一次他从巨大的口袋里一连掏出了七八枝的烟斗，大的小的长的短的，各种颜色的，叫我们好笑。他进来就问麦雷，迦赛琳今天怎样，我耸了耳朵听他的回答。麦雷说：“她今天不下楼了，天气太坏，谁都不受用……”华德鲁先生就问他可否上楼去看她，麦说可以的。华又问了密司B的允许站了起来，他正要走出门，麦雷又赶过去轻轻地说：“Sydney，don　t talk too much！”

楼上微微听得步响，W已在迦赛琳房中了。一面又来了两个客，一个短的M才从游希腊回来，一个轩昂的美丈夫，就是London Nation and Atheneaum里每周做科学文章著名的S（Sullivan），M就讲他游历希腊的情形，尽背着古希腊的史迹名胜，Parnassus长，Mycenae短，讲个不住。S也问麦雷迦赛琳如何，麦雷说今晚不下楼，W现在楼上。过了半点钟模样W笨重的足音下来了，S问他迦赛琳倦了没有，W说：“不，不像倦，可是我也说不上，我怕她累，所以我下来了。”再等一歇，S也问了麦雷的允许上楼去了，麦也照样叮咛他不要让她乏了。麦问我中国的书画，我乘便就拿那晚带去的一幅赵之谦的“草书法画梅”，一幅王觉斯的草书，一幅梁山舟的行书，打开给他们看，讲了些书法大意，密司B听得高兴，手捧着她的听盘，挨近我身旁坐着。

但我那时心里却颇有些失望，因为冒着雨存心要来一会Bliss的作者，偏偏她又不下楼，同时W，S，麦雷的烘云托月，又增加我对她的好奇心。我想运气不好，迦赛琳在楼上，老朋友还有进房去谈的特权，我外国人的生客：一定是没有份的了。时已十时过半了，我只得起身告别，走出房门，麦雷陪出来帮我穿雨衣。我一面穿衣，一面说我很抱歉，今晚密司曼殊斐儿不能下来，否则我是很想望会她的，不意麦雷竟很诚恳的说，“如其你不介意，不妨请上楼去一见。”我听了这话喜出望外，立即将雨衣脱下，跟着麦雷一步一步地走上楼梯……

上了楼梯，扣门，进房，介绍，S告辞，和M一同出房，关门，她请我坐下，我坐下，她也坐下……这么一大串繁复的手续我只觉得是像电火似的一扯过，其实我只推想应有这么些逻辑的经过，却并不曾觉得：当时只觉一阵模糊。事后每次回想也只觉得是一阵模糊，我们平常从黑暗的街上走进一间灯烛辉煌的屋子，或是从光薄的屋子里出来骤然对着盛烈的阳光，往往觉得耀光太强，头晕目眩的，得定一定神，方能辨认眼前的事物。用英文说就是Senses overwhelmed by excessive light;不仅是光，浓烈的颜色有时也有“潮没”官觉的效能。我想我那时，虽不定是被曼殊斐儿人格的烈光所潮没，她房里的灯光陈设以及她自身衣饰种种各品浓艳璨烂的颜色，已够使我不预防的神经，感觉刹那间的淆惑，那是很可理解的。

她的房给我的印象并不清切，因为她和我谈话时，不容我分心去认记房中的布置，我只知道房是很小，一张大床差不多就占了全房大部分的地位，壁是用画纸表的，挂着好几幅油画大概是主人画的。她和我同坐在床左贴壁一张沙发榻上，因为我斜倚她正坐的缘故，她似乎比我高得多。（在她面前哪一个不是低的，真是！）我疑心那两盏电灯是用红色罩的，否则何以我想起那房，便联想起“红烛高烧”的景象？但背景究竟不甚重要，重要的是给我最纯粹的美感——The purest aesthetic feeling——她；是使我使用上帝给我那管进天国的秘钥的——她；是使我灵魂内府里，又增加了一部宝藏的——她。但要用不驯服的文字来描写那晚的她！不要说显示她人格的精华，就是忠实地表现我当时的单纯感象，恐怕就够难的了。从前有一个人一次做梦，进天堂去玩了，他异样的欢喜，明天一起身就到他朋友那里去，想描摹他神妙不过的梦境。但是！他站在朋友面前，结住舌头，一个字都说不出来，因为他要说的时候，才觉得他所学的在人间适用的字句，绝对不能表现他梦里所见天堂的景色，他气得从此不开口，后来抑郁而死。我此时妄想用字来活现出一个曼殊斐儿，也差不多有同样的感觉，但我却宁可冒猥亵神灵的罪，免得像那位诚实君子活活的闷死。她的打扮与她的朋友B女士相像：也是铄亮的漆皮鞋，闪色的绿丝袜，束红丝绒的围裙，嫩黄薄绸的上衣，领口是尖开的，胸前挂着一串细珍珠，袖口只齐及肘弯。她的发是黑的，也同密司B一样剪短的。但她栉发的样式，却是我在欧美从没有见过的。我疑心她是有心仿效中国式，因为她的发不但纯黑，而且直而不卷，整整齐齐的一圈，前面像我们十余年前的“刘海”梳得光滑异常；我虽则说不出所以然，但觉得她发之美也是生平所仅见。

至于她眉目口鼻之清之秀之明净，我其实不能传神于万一；仿佛你对着自然界的杰作，不论是秋水洗净的湖山，霞彩纷披的夕照，或是南洋莹彻的星空，或是艺术界的杰作，贝德芬的沁芳南，槐格纳的奥配拉，密佐朗其罗的雕像，卫师德拉（Whistler）或是柯罗（Corot）的画；你只觉得它们整体的美，纯粹的美，完全的美，不能分析的美，可感不可说的美；你仿佛直接无碍地领会了造化最高明的意志，你在最伟大深刻的戟刺中经验了无限的欢喜，在更大的人格中解化了你的性灵。我看了曼殊斐儿像印度最纯彻的碧玉似的容貌，受着她充满了灵魂的电流的凝视，感着她最和软的春风似的神态，所得的总量我只能称之为一整个的美感。她仿佛是个透明体。你只感讶她粹极的灵彻性，却看不见一些杂质。就是她一身的艳服，如其别人穿着，也许会引起琐碎的批评，但在她身上，你只是觉得妥帖，像牡丹的绿叶，只是不可少的衬托，汤林生她生前的一个好友，以阿尔帕斯山岭万古不融的雪，来比拟她清极超俗的美，我以为很有意味的；他说：

曼殊斐儿以美称，然关固未足以状其真，世以可人为美，曼殊斐儿固可人矣，然何其脱尽尘寰气，一若高山琼雪，清澈重霄，其美可惊，而其凉亦可感。艳阳被雪，幻成异彩，亦明明可识，然亦似神境在远，不隶人间。曼殊斐儿肌肤明皙如纯牙，其官之秀，其目之黑，其颊之腴，其约发环整如髹，其神态之闲静，有华族粲者之明粹，而无西艳伉杰之容；其躯体尤苗约，绰如也，若明蜡之静焰，若晨星之澹妙，就语者未尝不自讶其吐息之重浊，而虑是静且澹者之且神化……

汤林生又说她锐敏的目光，似乎直接透入你的灵府深处，将你所蕴藏的秘密，一齐照彻。所以他说她有鬼气，有仙气；她对着你看，不是见你的面之表，而是见你心之底，但她却不是侦刺你的内蕴，不是有目的搜罗，而只是同情的体贴。你在她面前，自然会感觉对她无慎密的必要；你不说她也有数，你说了她不会惊讶。她不会责备，她不会纵恿，她不会奖赞，她不会代你出什么物质利益的主意，她只是默默的听，听完了然后对你讲她自己超于善恶的见解——真理。

这一段从长期的交谊中出来深入的话，我与她仅仅一二十分钟的接近当然不曾体会到，但我敢说从她神灵的目光里推测起来，这几句话不但是可能，而且是极近情的。

所以我那晚和她同坐在蓝丝绒的榻上，幽静的灯光，轻笼住她美妙的全体，我像受了催眠似的，只是痴对她神灵的妙眼，一任她利剑似的光波，妙乐似的音浪，狂潮骤雨似的向我灵府泼淹。我那时即使有自觉的感觉，也只似开茨（Keats）听鹃啼时的：

My heart aches,and a drowsy numbness pains
My Sense,as though of homlock had drunk.……
It is not through envy of thy happy lot.
But being too happy in thy happiness.

曼殊斐儿的声音之美，又是一个Miracle，一个个音符从她脆弱的声带里颤动出来，都在我习于尘俗的耳中，启示着一种神奇的异境，仿佛蔚蓝的天空中一颗一颗的明星先后涌现。像听音乐似的，虽则明明你一生从不曾听过，但你总觉得好像曾经闻到过的，也许在梦里，也许在前生。她的，不仅引起你听觉的美感，而竟似直达你的心灵底里，抚摩你蕴而不宣的苦痛，温和你半冷半僵的希望，洗涤你窒碍性灵的俗累，增加你精神快乐的情调，仿佛凑住你灵魂的耳畔私语你平日所冥想不得的仙界消息。我便此时回想，还不禁内动感激的悲慨，几乎零泪；她是去了，她的音声笑貌也似蜃彩似的一翳不再，我只能学Aft Vogler之自慰，虔信——

Whose voice has gone forth，but each survines for the melodies when eternity affirms the conception of an hour.

……

Enough that he heard it once；we shall hear it by and by.

曼殊斐儿，我前面说过，是患肺痨病的，我见她时正离她死不过半年，她那晚说话时，声音稍高，肺管中便如吹荻管似的呼呼作响，她每句语尾收顿时，总有些气促，颧颊间便也多添一层红润，我当时听出了她肺弱的声息，便觉得切心的难过，而同时她天才的兴奋，偏是逼迫她音度的提高，音愈高，肺嘶亦更呖呖，胸间的起伏，亦隐约可辨，可怜！我无奈何，只得将自己的声音特别的放低，希冀她也跟着放低些。果然很灵效，她也放低了不少。但不久她又似内感思想的戟刺，重复节节的高引。最后我再也不忍因我而多耗她珍贵的精力，并且也记得麦雷再三叮嘱W和S的话，就辞了出来，总计我进房至出房——她站在房口送我——不过二十分的时间。

我与她所讲的话也很有意味，但大部分是她对于英国当时最风行的几个小说家的批评——例如Riberea West ，Romer Wilson , Hatchingson,Swinnerton等——恐怕因为一般人不稔悉，那类简约的评语不能引起相当的兴味所以从略。麦雷自己是现在英国中年的评衡家最有学有识的一人——他去年在牛津大学讲的“The Problem of Style”有人誉为安诺德（Mathew Arnold）以后评衡界最重要的一部贡献——而他总常常推尊曼殊斐儿，说她是评衡的天才，有言必中肯的本能。所以我此刻要把她简评的珠沫，略过不讲，很觉得有些可惜。她说她方才从瑞士回来，在那边和罗素夫妇的寓所相距颇近，常常谈起东方的好处，所以她原来对中国景仰，更一进而为爱慕的热忱。她说她最爱读Arthur Waley所审的中国诗，她说那样的艺术在西方真是一个Wonderful revelation，她说新近Amy lowell译的很使她失望，她这里又用她爱用的短句，That s not the thing！她问我译过没有，她再三劝我应当试试，她以为中国诗只有中国人能译得好的。

她又问我是否也是写小说的，她又殷勤问中国顶喜欢契诃夫的哪几篇，译得怎么样，此外谁最有影响。

她问我最喜欢读哪几家小说，我说哈代，康德拉，她的眉梢耸一耸笑道！

“Isn't it！ We have to go back to the masters for good literature—the real thing！”

她问我回中国去打算怎么样，她希望我不进政治，她愤愤地说现代政治的世界，不论哪一国，只是一乱堆的残暴和罪恶。

后来说起她自己的著作。我说她的太是纯粹的艺术，恐怕一般人反而不认识，她说：

That's just it，Then of course，popularity is never the thing for us .

我说我以后也许有机会试翻译她的小说，愿意先得作者本人的许可。她高兴的说她当然愿意，就怕她的著作不值得翻译的劳力。

她盼望我早日回欧洲，将来如到瑞士再去找她，她说怎样的爱瑞士风景，琴妮湖怎样的妩媚，我那时就仿佛在湖心柔波间与她荡舟玩景。

Clear，placid leman！…………Thy soft murmuring sounds sweet as if asister's voice reproved.

That l with stern delights should ever have been so moved………Lord Byron

我当时就满口的答应，说将来回欧一定到瑞士去访她。

未了我说恐怕她已经倦了，深恨与她相见之晚，但盼望将来还有再见的机会。她送我到房门口，与我很诚挚地握别。

将近一月前我得到曼殊斐儿已经在法国的芳丹薄罗去世。这一篇文字，我早已想写出来，但始终为笔懒，延到如今，岂知如今却变了她的祭文了！

译曼殊斐儿诗三首前言

曼殊斐儿，她只是不同，她的诗，正如她的散文，都有她独有的气息与韵味。一种单纯的神秘的美永远在她的笔尖上颤动着。她一生所想望，所追求的是一种晶莹的境界；在人格上，在思想上，在表达的艺术上，她永远凝视着那一个憧憬。

她有一个弟弟，她最爱他。他是夭死的，这于她是莫大的打击，她感到的是不可言宣的悲哀。同时这件大事也使她更透深一层观察人生，在她的作品里留有深刻的痕迹。

这三首小诗，我疑心都是为她弟弟写的。我的审译当然是粗率到一个亵渎的程度，但你们或许可以由此感到曼殊斐儿，低着声音像孩子似的说话的风趣。她的思想是一群在雪夜里过路的羊；你们能让它们走进你们的心窝中同羊归它们的圈不?

关于女子

苏州！谁能想象第二个地名有同样清脆的声音，能唤起同样美丽的联想，除是南欧的威尼市或翡冷翠，那是远在异邦，要不然我们就得追想到六朝时代的金陵广陵或许可以仿佛？当然不是杭州，虽则苏杭是常联着说到的；杭州即使有几分美秀，不幸都教山水给占了去，更不幸就那一点儿也成了问题：你们不听说雷峰塔已经教什么国术大力士给打个粉粹，西湖的一汪水也教大什么会的电灯给照干了吗？不，不是杭州；说到杭州我们不由的觉得舌尖上有些儿发锈。所以只剩了一个苏州准许我们放胆的说出口，放心的拿上手。比是乐器中的笙箫，有的是袅袅的余韵。比是青青的柏子，有的是沁人心脾的留香。在这里，不比别的地处，人与地是相对无愧的；是交相辉映的；寒山寺的钟声与吴侬的软语一般的令人神往；虎丘的衰草与玄妙观的香烟同样的勾人留恋。

但是苏州——说也惭愧，我这还是第二次到，初次来时只匆匆地过了一宵，带走的只有采芝斋的几罐糖果和一些模糊的印象。就这次来也不得容易。要不是陈淑先生相请的殷勤。——聪明的陈淑先生，她知道一个诗人的软弱，她来信只淡淡的说你再不来时天平山经霜的枫叶都要凋谢了——要不是她的相请的殷勤，我说，我真不知道几时才得偷闲到此地来，虽则我这半年来因为往返沪宁间每星期得经过两次，每星期都得感到可望而不可即的惆怅。为再到苏州来我得感谢她。但陈先生的来信却不单单提到天平山的霜枫，她的下文是我这半月来的忧愁：她要我来说话——到苏州来向女同学说话！我如何能不忧愁？当然不是愁见诸位同学，我愁的我现在这相儿，一个人孤伶伶地站在台上说话！我们这坐惯冷板凳日常说废话的所谓教授们最厌烦的，不瞒诸位说，就是我们自己这无可奈何的职务——说话（我再不敢说讲演，那样粗蠢的字样在苏州地方是说不出口的）。

就说谈话吧，再让一步，说随便谈话吧，我不能想象更使人窘的事情！要你说话，可不指定要你说什么，“随便说些什么都行”，那天陈先生在电话里说。你拿艳丽的朝阳给一只芙蓉或是一只百灵，它就对你说一番极美丽动听的话；即使它说过了，你冒失的恭维它说你这“讲演”真不错，它也不会生气，也不会惭愧，但不幸我不是芙蓉更不是百灵。我们乡里有一句俗话说宁愿听苏州人吵架，不愿听杭州人谈话。我的家乡又不幸是在浙江，距着杭州近，离着苏州远的地处。随便说话，随你说什么，果然我依了陈先生扯上我的乡谈，恐怕要不到三分钟你们都得想念你们房里备着的八卦丹或是别的止头痛的药片了！

但先生非得逼我到，逼我献丑，写了信不够，还亲自到上海来邀。我不能不答应来。“但是我去说些什么呢，苏州，又是女同学们？”那天我放下陈先生的电话心头就开始踌躇。不要忙，我自己安慰自己说，在上海不得空闲，到南京去有一个下午可以想一想。那天在车上倒是有福气看到镇江以西，尤其是栖霞山一带的雪叶。虽则那草上是雾茫茫的，但雪总是好东西，它盖住地面的不平和丑陋，它也拓开你心头更清凉的境界，山变了银山，树成了玉树，窗以外是彻骨的凉，彻骨的静，不见一个生物，鸟雀们不知藏躲在哪里，雪花密团团的在半空里转。栖霞那一带的大石狮子，雄踞在草田里张着大口向着天的怪东西，在雪地里更显得白，更显得壮，更见得精神。在那边相近还有一座塔，建筑雕刻，都是第一流的美术，最使人想见六朝的风流，六朝的闲暇。在那时政治上没有统一的野心家，江以南，江以北，各自成家，汉也有，胡也有，各造各的文化。且不说龙门，且不说云冈，就这栖霞的一些遗迹，就这雄踞在草田里的大石狮，已够使我们想见当时生活的从容，气魄的伟大，情绪的俊秀。

我们在现代感到的只是局促与匆忙。我们真是忙，谁都是忙。忙到倦，忙到厌。但忙的是什么？为什么忙？我们的子孙在一千年后，如其我们的民族再活得到一千年，回看我们的时代，他们能不能了解我们的匆忙？我们有什么东西遗留给他们可以使他们骄傲，宝贵，值得他们保存，证见我们的存在，认识我们的价值，可以使他们永久停留他们爱慕的纪念——如同那一只雄踞在草田里的大石狮？我们诗人文人贡献了些什么伟大的诗篇与文章？我们的建筑与雕刻，且不说别的，有哪样可以留存到一百年乃至十年五年而还值得一看的？我们的画家怎样描写宇宙的神奇？我们哪一个音乐家是在解释我们民族的性灵的奥妙？但这时候我眼望着的江边的雪地已经戏幕似的变形成为北方赤地几千里的灾区，黄沙天与黄土地的中间只有惨淡的风云，不见人烟的村庄以及这里那里枝条上不留一张枯叶的林木，我也望得见几千万已死的将死的未死的人民，在不可名状的苦难中为造物主的地面上留下永久的羞耻。在他们迟钝的眼光中，他们分明说他们的心脏即使还在跳动他们已经失去感觉乃至知觉的能力，求生或将死的呼号早已逼死在他们枯竭的咽喉里；他们分明说生活、生命，乃至单纯的生存已经到了绝对的绝境，前途只是沙漠似的浩瀚的虚无与寂灭，期待着他们，引诱着他们，如同春光，如同微笑，如同美。我也望见勾结在连环战祸中的区域与民生；为了谁都不明白的高深的主义或什么的相互的屠杀，我也望见那少数的妖魔，踞坐在跸卫森严的魔窟中计较下一幕的布景与情节，为表现他们的贪，他们的毒，他们的野心，他们的威灵，他们手擎着全体民族的命运当作一掷的孤注。我也望见这时代的烦闷毒气似的在半空里没遮拦的往下盖，被牺牲的是无量数春花似的青年。这憧憬中的种种都指点着一个归宿，一个结局——沙漠似的浩瀚的虚无与寂灭，不分疆界永不见光明的死。

我方才不还在眷恋着文化的消沉吗？文化，文化，这呼声在这可怖的憧憬前，正如灾民苦痛的呼声，早已逼死在枯竭的咽喉里，再也透不了声响，但就这无声的叫喊已经在我的周围引起异怪的回响，像是哭，像是笑，像是鸱鸮，像是鬼……

但这声响来源是我座位邻近一位肥胖的旅伴的雄伟的呵欠。在这呵欠声中消失了我重叠的幻梦似的憧憬，我又见到了窗外的雪，听到车轮的响动。下关的车站已经到了。

我能把我这一路的感想拉杂来充当我去苏州的谈话资料吗？我在从下关进城时心里计较。秀丽的苏州，天真的女同学们，能容受这类荒伧，即使不至怪诞的思想吗？她们许因为我是教文学的想从我听一些文学掌故或文学常识。但教书是无可奈何，我最厌烦的是说本行话。他们又许因为我曾经写过一些诗是在期望一个诗人的谈话，那就得满缀着明月和明星的光彩，透着鲜花与鲜草的馨香，要不然她们竟许期待着雪莱的云雀或是济慈的夜莺。我的倒像是鸱鸮的夜鸮，不是太煞尽了风景？这，我又转念，或许是我的过虑，他们等着我去谈话正如他们每月或每星期等着别人去谈话一样，无非想听几句可乐的插科与诙谐，（如其有的话，那算是好的。）一篇，长或是短，勉励或训诲的陈腐（那是你们打呵欠乃至瞌睡的机会），或是关于某项专门知识的讲解（那你们先生们示意你们应得掏出铅笔在小本子上记下的），写了几句自己谦让道歉不曾预备得好的话，在这末尾与他鞠躬下台时你们多少酬报他一些鼓掌，就算完事一宗，但事实上他讲的话，正如讲的人，不能希望（他自己也不希望）在你们的脑筋里留有仅仅隔夜的印象，某人不是到你们这里来讲过的吗，隔几天许有人问，嗄，不错是有的，他讲些什么了？谁知道他讲什么来了，我一句也没有听进去，不是你提起，我忘都忘了我听过他讲哪！

这是一班到处应酬讲演人的下场头，他们事实上只配得这样的下场头。穷、窘、枯、干，同学们，是现代人们的生活。干、枯、窘、穷，同学们，是现代人们的思想。不要把上年纪的人们，占有名气或地位的人们看太高了，他们的苦衷只有他们自家得知，这年头的荒歉是一般的。

也不知怎的我想起来说些关于女子的杂话。不是女子问题。我不懂得科学，没有方法来解剖“女子”这个不可思议的现象。我也不是一个社会学家，搬弄一套现成的名词来清理恋爱，改良婚姻或是家庭。我也没有一个道学家的权威，来督责女子们去做良妻贤母，或奖励她们去做不良的妻不贤的母。我没有任何解决或解答的能力。我自己所知道的只是我的意识的流动，就那个我也没有支配的力量。就比是隔着雨雾望远山的景物，你只能辨认一个大概。也不知是哪里来的光照亮了我意识的一角，给我一个辨认的机会，我的困难是在想用粗笨的语言来传达原来极微纤的印象，像是想用粗笨的织针来绘描细致的图案。我今天所要查考的，所以不是女子，更不是什么女子问题，而是我自己的意识的一个片段。

我说也不知怎的我的思想转上了关于女子的一路。最显浅的原由，我想，当然是为我到一个女子学校里来说话。但此外的也还有别的给我暗示的机会。有一天我在一家书店门首见着某某女士的一本新书的广告，书名是《蠹鱼生活》。这倒是新鲜，我想，这年头有甘心做书虫的女子。三百年来女子中多的是良妻贤母，多的是诗人词人，但出名的书虫不就是一位郝夫人王照圆女士吗？这是一件事，再有是我看到一篇文章英国一位名小说家做的她说妇女们想从事著述至少得有两个条件；一是她得有她自己的一间屋子，这她随时有关上或锁上的自由；二是她得有五百一年（那合华银有六千元）的进益。她说的是外国情形，当然和我们的相差得远，但原则还不一样是相通的？你们或许要说外国女人当然比我们强，我们怎好跟她们比；她们的环境要比我们的好多少，她们的自由要比我们的大多少；好，外国女人，先让我们的男人比上了外国的男人再说女人吧！

可是你们先别气馁，你们来听听外国女人的苦处。在Queen Anne的时候，不说更早，那就是我们清朝乾隆的时候，有天才的贵族女子们（平民更不必说了）实在忍不住写下了些诗文就许往抽屉里堆着给蛀虫们享受，哪敢拿著作公开给庄严伟大的男子们看，那不让他们笑掉了牙。男人是女人的“反对党”，Lady Winchilsea说。趁早，女人，谁敢卖弄谁活该遭殃，才学哪是你们的份！一个女人拿起笔就像是在做贼，谁受得了男人们的讥笑。别看英国人开通，他们中间多的是写《妇学篇》的章实斋。倒是章先生那板起道学面孔公然反对女人弄笔墨还好受些。他们的浦伯，他们的John Gray，他们管爱文学有才情的女人叫做蓝袜子，说她们放着家务不管，“痒痒的就爱乱涂”。Margaret of New-castle另一位才学的女子，也愤愤的说：“女人像蝙蝠或猫头鹰似的活着，牲口似的工作，虫子似的死……”且不说男人的态度，女性自己的谦卑也是可以的。Dorothy Osbume那位清丽的书翰家一写到那位有文才的伯爵夫人就生气，她说：“那可怜的女人准是有点儿偏心的，她什么傻事不做倒来写什么书，又况是诗，那不太可笑了，要是我就算我半个月不睡觉我也到不了那个。”奥斯朋自己可没有想到自己的书翰在千百年后还有人当作宝贵的文学作品念着，反比那“有点儿偏心胆敢写书的女人”风头出得更大，更久！

再说近一点，一百年前英国出一位女小说家，她的地位，有一个批评家说，是离着莎士比亚不远的Jane Austen ——她的环境也不见得比你们的强。实际上她更不如我们现代的女子。再说她也没有一间她自己可以开关的屋子，也没有每年多少固定的收入。她从不出门，也见不到什么有学问的人；她是一位在家里养老的姑娘，看到有限几本书，每天就在一间永远不得清静的公共起坐间里装作写信似的起草她的不朽的作品。“女人从没有半个钟头”，Florence Nightingale说：“女人从没有半个钟头可以说是她们自己的。”再说近一点，白龙德（Bronti）姊妹们，也何尝有什么安逸的生活。在乡间，在一个牧师家里，她们生，她们长，她们死。她们至多站在露台上望望野景，在雾茫茫的天边幻想大千世界的形形色色，幻想她们无颜色无波浪的生活中所不能的经验。要不是她们卓绝的天才，蓬勃的热情与超越的想象，逼着她们不得不写，她们也无非是三个平常的乡间女子，都死在无欢的家里，有谁想得到她们——光明的十九世纪于她们有什么相干，她们得到了些什么好处?

说起来还是我们的情形比他们的见强哪。清朝的大文人王渔洋、袁子才、毕秋帆、陈碧城都是提倡妇女文学最大的功臣。要不是他们几位间接与直接的女弟子的贡献，清朝一代的妇女文学还有什么可述的？要不是他们那时对于女子做诗文做学问的铺张扬厉，我们那位文史通义先生也不至于破口大骂自失身份到这样可笑的地步。他在妇学篇里说——

近有无耻文人，以风流自命，蛊惑士女，大率以优伶杂剧所演才子佳人惑人，大江以南名门大家闺阁，多为所诱，征诗刻稿，标榜声名，无复男女之嫌，殆忘其身之雌矣。此等闺娃，妇学不修，岂有真才可取，而为邪人播弄，浸成风俗，人心世道，大可忧也。

章先生要是活到今天看见女子上学堂，甚至和男子同学，上衙门公司店铺工作和男子同事，进这个那个的党和男子同志，还不把他老人家活活的给气瘪了！

所以你们得记得就在英国，女权最发达的一个民族，女子的解放，不论哪一方面，都还是近时的事情。女子教育算不上一百年的历史。女子的财产权是五十年来才有法律保障的。女子的政治权还不到十年。但这百年来女性方面的努力与成绩不能不说是惊人的。在百年以前的人类的文化可说完全是男性的成绩，女性即使有贡献是极有限的或至多是间接的，女子中当然也不少奇才异能，历史上不少出名的女子，尤其是文艺方面。希腊的沙浮至今还是个奇迹。中世纪的Hypatia，Heloise是无可比的。英国的依利萨伯，唐朝的武则天，她们的雄才大略，哪一个男子敢不低头？十八世纪法国的沙龙夫人们是多少天才和名著的保姆。在中国，我们只要记起曹大家的汉书，苏若兰的回文，徐淑、蔡文姬、左九嫔的词藻，武钌的升仙太子碑，李若兰、鱼玄机的诗，李清照、朱淑真的词，明文氏的九骚——哪一个不是照耀百世的奇才异禀。

这固然是，但就人类更宽更大的活动方面看，女性有什么可以自傲的？有女莎士比亚女司马迁吗？有女牛顿女培根吗？有女柏拉图女但丁吗？就说到狭义的文艺，女性的成绩比到男性的还不是培缕比泰山吗？你怪得男性傲慢，女性气馁吗？

在英国乃至全欧洲，奥斯丁以前的可以说女性没有一个成家的作者。从依利萨伯至法国革命查考得到的女子作品只是小诗与故事。就中国论，清朝一代相近三百年间的女作家，按新近钱单夫人的《清闺秀艺文略》看，可查考的有两千三百十二人之多，但这数目，按胡适之先生的统计，只有百分之一的作品是关于学问，例如考据历史、算学、医术，就那也说不上有什么重要的贡献，此外百分之九十九都是诗词一类的文学，而且妙的地方是这些诗集诗卷的题名，除了风花雪月一类的风雅，都是带着虚心道歉的意味，仿佛她们都不敢自信女子有公然著作成书的特权似的，都得声明这是她们正业以外的闲情，本算不上什么似的，因之不是绣余，就是爨余，不是红余，就是针余，不是脂余梭余，就是织余绮余（陈圆圆的职业特别些，她的词集叫舞余词），要不然就是焚余烬余未焚未烧未定一类的通套，再不然就是断肠泪稿一流的悲苦字样。（除了秋瑾的口气那是不同些。）情形是如此，你怪得男性的自美，女性的气短吗？

但这文化史上女性远不如男性的情形自有种种的解释，自然的趋势，女性当然不能藉此来证明女子的能力根本不如男子，女性也不能完全推托到男性有意的压迫。谁要奇怪女性迟缓，要问何以女权论要等到玛丽乌尔夫顿克辣夫德方有具体的陈词，只须记得人权论要本身也要到相差不远的日子才出世。人的思想的能力是奇怪的，有时他连窜带跳的在短时期内发现了很多，例如希腊黄金时代与近一百五十年来的欧洲，有时睡梦迷糊的在长时期一无新鲜，例如欧洲的中世纪或中国的明代。它不动的时候就像是冬天，一切都是静定的无生气的，就像是生命再不会回来，但它一动的时候那就比是春雷的一震，转眼间就是蓬勃绚烂的春时。在欧洲从亚理斯多德直到卢梭乃至叔本华，没有一个思想家不承认男女的不平等是当然的，绝对不值得并且也无从研究的；即使偶有几个天才不容自掩的女子，在中国我们叫作才女，那还是客气的，如同叫长花毛的鸭作锦鸡，在欧洲百年前叫做袜子，那就不免有嘲笑的意思。但自从约翰弥勒纯正通达论妇女论的大文出世以来，在理论上所有女性不如男性或是女性不能和男性享受平等机会以及共同负责文化社会的生存与进步的种种谬见、偏见与迷信一齐从此失去了根据，在事实上在这百年来女性自强的努力也已经明显的证明，女性只要有同等的机会不论在哪样事情上都不能比男性不如；人类的前途展开了一个伟大的新的希望，就是此后文化的发展是两性共同的企业，不再是以前似的单性的活动。在这百年来虽则在别的方面人类依然不免继续他们的谬误、愚蠢、固执、迷信，但这百余年是可纪念的因为这至少是一个女性开始光荣的世纪。在政治上，在社会上，在法律与道德上，在理论方面，至少女性已经争得与男性完全平等的地位。在事实上，女子的职业一天增多一天，我们现在不易想象一种职业男性可以胜任而女性不能的——也许除了实际的上战场去打仗，但这项职业我们都希望将来有完全的淘汰的一天，我们决不希望温柔的女性在任何情形下转变成善斗杀的凶恶。文学与艺术不用说，女子是早就占有地位的，但近百年来的扩大也是够惊人的。诗人就说白朗宁夫人、罗刹蒂小姐、梅耐儿夫人三个名字已经是够辉煌的。小说更不用说，英美的出版界已有女作家超过男作家的趋势，在品质方面一如数量。I.A，George Eliot，George Sand，Bronte Sisters，近时如曼殊斐儿、薇金娜吴尔夫等都是卓然成家为文字史上增加光彩的作者。演剧方面如沙拉贝娜Duse，Ellen Terry，都是人类永久不可磨灭的记忆。论跳舞，女子的贡献更分明的超过男子，我们不能想象一个男性的Isadora Duncan。音乐、画、雕刻，女子的出人头地也在天天的加多，科学与哲学，向来是男性的专业，但跟着教育的发展女子的贡献也在日渐的继长增高。你们只记得Madame Gurie就可以无愧。讲到学问，现在有哪一门女子提不起来的。

但这情形，就按最先进几国说，至多也不过百年来的事，然而成绩已有如此的可观。再过了两千年，我想，男子多半再不敢对女子表示性的傲慢。将来的女子自会有她们的莎士比亚、培根、亚理斯多德、卢梭，正如她们在帝王中有过依利萨伯、武则天，在诗人中有过白朗宁、罗刹蒂，在小说家中有过奥斯丁与白龙德姊妹。我们虽则不敢预言女性竟可以有完全超越男性的一天，但我们很可以放心的相信此后女性对文化的贡献比现在总可以超过无量倍数，倒男子要担心到他的权威有摇动的危险的一天。

但这当然是说得很远的话。按目前情形，尤其是中国的，我们一方面固然感到女子在学问事业日渐进步的兴奋与快慰，但同时我们也深刻的感觉到种种阻碍的势力，还是很活动的在着。我们在东方几乎事事是落后的，尤其是女子，因为历史长，所以习惯深，习惯深所以解放更觉费力。不说别的，中国女子先就忍就了几千年身体方面绝无理性可说的束缚，所以人家的解放是从思想作起点，我们先得从身体解放起。我们的脚还是昨天放开的，我们的胸还是正在开放中。事实上固然这一代的青年已经不至感受身体方面的束缚，但不幸长时期的压迫或束缚是要影响到血液与神经的组织的本体的。即如说脚，你们现有的固然是极秀美的天足，但你们的血液与纤维中，难免还留有几十代缠足的鬼影。又如你们的胸部虽已在解放中，但我知道有的年轻姑娘们还不免感到这解放是一种可羞的不便。所以单说身体，恐怕也得至少到你们的再下去三四代才能完全实现解放，恢复自然发长的愉快与美。身体方面已然如此，别的更不用说了。再说一个女子当然还不免做妻做母，单就生产一件事说，男性就可以无忌惮的对女性说“这你总逃不了，总不能叫我来替代你吧”！事实上的确有无数本来在学问或事业上已经走上路的女子为了做妻做母的不可避免临了只能自愿或不自愿的牺牲光荣的成就的希望。这层的阻碍说要能完全去除，当然是不可能，但按现今种种的发明与社会组织与制度逐渐趋向合理的情形看，我们很可以设想这天然阻碍的不方便性消解到最低限度的一天。有了节育的方法，比如说，你就不必有生育除了你自愿，如此一个女子很容易在她十年的生活中匀出几个短期间来尽她对人类的责任。还有将来家庭的组织也一定与现在的不同，趋势是在去除种种不必要精力的消耗（如同美国就有新法的合作家庭，女子管家的担负不定比男子的重，彼此一样可以进行各人的事业）。所以问题倒不在这方面。成问题的是女子心理上母性的牢不可破，那与男子的父性是相差得太远了。我来举一个例。近代最有名的跳舞家Isadora Duncan在她的自传里说她初次生产时的心理，我觉得她说得非常的真。在初怀孕时她觉得处处的不方便，她本是把她的艺术——舞——看得比她的生命都更重要的，她觉得这生产的牺牲是太无谓了。尤其是在生产时感到极度的痛苦时（她的是难产）她是恨极了上帝叫女人担负这惨毒的义务；她差一点死了。但等到她的孩子一下地，等到看护把一个稀小的喷香的小东西偎到她身旁去吃奶时，她的快乐，她的感激，她的兴奋，她的母爱的激发，她说，简直是不可名状。在那时间她觉得生命的神奇与意义——这无上的创造——是绝对盖倒一切的，这一相比她原来看作比生命更重要的艺术顿时显得又小又浅，几于是无所谓的了。在那时间把性的意识完全盖没了后天的艺术家的意识。上帝得了胜了！这，我说，才真是成问题，倒不在事实上三两个月的身体的不便这根蒂深而力道强的母性当然是人生的神秘与美的一个重要成分，但它多少总不免阻碍女子个人事业的进展。

所以按理论说男女的机会是实在不易说成完全平等的，天生不是一个样子你有什么办法？但我们也只能说到此，因为在一女子，母性的人格，母性的实现，按理是不应得与她个人的人格，个性的实现相冲突的。除了在不合理的或迷信打底的社会组织里，一个女子做了妻母再不能兼顾别的，她尽可以同时兼顾两种以上的资格，正如一个男子的父性并不妨害他的个性。就说Duncan，她不能不说是一个母性特强（因为情感富强）的女子，但她事实上并不曾为恋爱与生育而至放弃她的艺术的追求。她一样完成了她的艺术。此外做女子的不方便当然比男子的多，但那些都是比较不重要的。

我们国内的新女子是在一天天可辨认的长成，从数千年来有形与无形的束缚与压迫中渐次透出性灵与身体的美与力，像一支在箨中透露着的新笋。有形的阻碍虽则多，虽则强有力，还是比较容易克除的，无形的阻碍，心理上，意识与潜意识的阻碍，倒反需要更长时间与努力方有解脱的可能。分析的说，现社会的种种都还是不适宜于我们新女子的长成的。我再说一个例，比如演戏，你认识戏的重要，知道它的力量。你也知道你有舞台表演的天赋。那为你自己，为社会，你就得上舞台演戏去不是？这时候你就逢到了阻力。积极的或许你家庭的守旧与固执。消极的或许你见不到相当的同志与机会。这些就算都让你过去，你现在到了另一个难关。有一个戏非你充不可，比如说，那碰巧是演坏人，那是说按人事上习惯的评判，在表现艺术上是没有这种区分的，艺术须要你做，但你开始踌躇了。说一个实例，新近南国社演的《沙乐美》，那不是一个贞女，也不是一个节妇。有一位俞女士她是名门世家的一位小姐，去担任主角。她只知道她当前表现的责任。事实上她居然排除了不少的阻难而登台演那戏了。有一晚她正演到要热慕的叫着“约翰我要亲你的嘴”，她瞥见她的母亲坐在池子里前排瞪着眼望着她，她顿时萎了，原来有热有力的声音与诗句几于嗫嚅的勉强说过了算完事。她觉得她再也鼓不住她为艺术的一往的勇气，在她母亲怒目的一视中，艺术家的她又萎成了名门世家事事依傍爱母的小姐——艺术失败了！习惯胜利了！

所以我说这类无形的阻碍力量有时更比有形的大。方才说的无非是现成的一个例。在今日一个女子向前走一个步都得有极大的决心和用力，要不然你非但不上前，你难说还向后退——根性、习惯、环境的势力，种种都牵制着你，阻搁着你。但你们各个人的成或败于未来完全性的新女子的实现都有关联。你多用一分力，多打破一个阻碍，你就多帮助一分，多便利一分新女子的产生。简单说，新女子与旧女子的不同是一个程度，不定是种类的不同。要做一个新女子，做一个艺术家或事业家，要充分发展你的天赋，实现你的个性，你并没有必要不做你父母的好女儿，你丈夫的好妻子，或是你儿女的好母亲——这并不一定相冲突的（我说不一定因为在这发轫时期难免有各种牺牲的必要，那全在你自己判清了利弊来下决断）。分别在旧观念是要求你做一个扁人，纸剪似的没有厚度没有血脉流通的活性，新观念是要你做一个真的活人，有血有气有肌肉有完全性的！这有完全性要紧——的一个个人。这分别是够大的，虽则话听来不出奇。旧观念叫你准备做妻做母，新观念并非不叫你准备做妻做母，但在此外先要你准备做人，做你自己。从这个观点出发，别的事情当然都换了透视。我看古代留传下来的女作家有一个有趣味的现象。她们多半会写诗，这是说拿她们的心思写成可诵的文句。按传说说，至少一个女子的文才多半是有一种防身作用，比如现在上海有钱人穿的铁马甲。从周南的蔡人妻作的“芣苢三章”《召南》申人女“行露三章”《卫》共姜“柏舟诗”《陈风》“墓门”陶婴“黄鹄歌”宋韩凭妻“南山有乌”句乃至罗敷女“陌上桑”都是全凭编了几句诗歌而得幸免男性的侵凌的。还有卓文君写了“白头吟”，司马相如即不娶姨太太，苏若兰制了回文诗，扶风窦滔也就送掉他的宠妾。唐朝有几个宫妃在红叶上题了诗（“一入深宫里，无由得见春。题诗花叶上，寄与接流人。”）从御沟里放流出外因而得到夫婿的。此外更有多少女子作品不是慕就是怨。如是看来文学之于古代妇女多少都是于她们婚姻问题发生密切关系的。这本来是，有人或许说，就现在女子念书的还不是都为写情书的准备，许多人家把女孩送进学校的意思还不无非是为了抬高她在婚姻市场上的卖价？这类情形当然应得书篇似的翻阅过去，如其我们盼望新女子及早可以出世。

这态度与目标的转变是重要的。旧女子的弄文墨多少是一种不必要的装饰；新女子的求学问应是一种发现个性必要的过程。旧女子的写诗词多少是抒写她们私人遭际与偶尔的情感；新女子的志向应分是与男子共同继承并且继续生产人类全部的文化产业。旧女子的字业是承认女子无才便是德的大条件而后红着脸做的事情，因而绣余炊余一流的道歉；新女子的志愿是要为报复那一句促狭的造孽格言而努力给男性一个不容否认的反证。旧女子有才学的理想是李易安的早年的生涯——当然不一定指她的“被翻红浪，起来慵自梳头”一类的艳思——嫁一个风流跌宕一如赵明诚公子的夫婿（“赖有闺房如学舍，一编横放两人看”），这一些风流而兼风雅的日子；新女子——我们当然不能不许她私下期望一个风流的有情郎（“易求无价宝，难得有情郎”），但我们却同时期望她虽则身体与心肠的温柔都给了她的郎，她的天才她的能力却得贡献给社会与人类。

吸烟与文化

一

牛津是世界上名声压得倒人的一个学府。牛津的秘密是它的导师制。导师的秘密，按利卡克教授说，是“对准了他的徒弟们抽烟”。真的，在牛津或康桥地方要找一个不吸烟的学生是很费事的——先生更不用提。学会抽烟，学会沙发上古怪的坐法，学会半吞半吐的谈话——大学教育就够格儿了。“牛津人”、“康桥人”，还不彀中吗？我如其有钱办学堂的话，利卡克说，第一件事情我要做的是造一间吸烟室，其次造宿舍，再次造图书馆；真要到了有钱没地方花的时候再来造课堂。

二

怪不得有人就会说，原来英国学生就会吃烟，就会懒惰。臭绅士的架子！臭架子的绅士！难怪我们这年头背心上刺刺的老不舒服，原来我们中间也来了几个叫土巴菰烟臭熏出来的破绅士！

这年头说话得谨慎些。提起英国就犯嫌疑。贵族主义！帝国主义！走狗！挖个坑埋了他！

实际上事情可不这么简单。侵略，压迫，该咒是一件事，别的事情可不跟着走。至少我们得承认英国，就它本身说，是一个站得住的国家，英国人是有出息的民族。它有的是组织的生活，它有的是活气的文化。我们也得承认牛津或是康桥至少是一个十分可羡慕的学府，它们是英国文化生活的娘胎。多少伟大的政治家、学者、诗人、艺术家、科学家，是这两个学府的产儿——烟味儿给熏出来的。

三

利卡克的话不完全是俏皮话。“抽烟主义”是值得研究的。但吸烟室究竟是怎么一回事？烟斗里如何抽得出文化真髓来？对准了学生抽烟怎样是英国教育的秘密？利卡克先生没有描写牛津、康桥生活的真相；他只这么说他不曾说出一个所以然来。许有人愿意听听的，我想。我也叫名在英国念过两年书，大部分的时间在康桥。便严格的说，我还是不够资格的。我当初并不是像我的朋友温源宁先生似的出了大金磅正式去请教薰烟的；我只是一个，比方说，烤小半熟的白薯，离着焦味儿透香还正远哪。但我在康桥的日子可真是享福，深怕这辈子再也得不到那样蜜甜的机会了。我不敢说康桥给了我多少学问或是教会了我什么。我不敢说受了康桥的洗礼，一个人就会变气息，脱凡胎。我敢说的只是——就我个人说，我的眼是康桥教我睁的，我的求知欲是康桥给我拨动的，我的自我的意识是康桥给我胚胎的。我在美国有整两年，在英国也算是整两年。在美国我忙的是上课，听讲，写考卷，啃橡皮糖，看电影，赌咒。在康桥我忙的是散步，划船，骑自转车，抽烟，闲谈，吃五点钟茶牛油烤饼，看闲书。如其我到美国的时候是一个不含糊的草包，我离开自由神的时候也还是那原封没有动。但如其我在美国时候不曾通窍，我在康桥的日子至少自己明白了原先只是一肚子颟顸。这分别不能算小。

我早想谈谈康桥，对它我有的是无限的柔情。但我又怕亵渎了它似的始终不曾出口。这年头！只要贵族教育一个无意识的口号就可以把牛顿、达尔文、米尔顿、拜伦、华茨华斯、阿诺尔德、纽门、罗刹蒂、格兰士顿等等所从来的母校一下抹煞。再说这些年来交通便利了，各式各种日新月异的教育原理教育新制翩翩的从各方向的外洋飞到中华，那还容得厨房老过四百年墙壁上爬满骚胡髭一类藤萝的老书院一起来上讲坛？

四

但另换一个方向看法，我们也见到少数有见地的人再也看不过国内高等教育的混沌现象，想跳开了蹂烂的道儿，回头另寻新路走去。向外望去，现成有牛津、康桥青藤缭绕的学院招着你微笑；回头望去，五老峰下飞泉声中白鹿洞一类的书院瞅着你惆怅。这浪漫的思乡病跟着现代教育丑化的程度在少数人的心中一天深似一天。这机械性、买卖性的教育够腻烦了，我们说。我们也要几间满沿着爬山虎的高雪克屋子来安息我们的灵性，我们说。我们也要一个绝对闲暇的环境好容我们的心智自由的发展去，我们说。

林语堂先生在《现代评论》登过一篇文章谈他的教育的理想。新近任叔永先生与他的夫人陈衡哲女士也发表了他们的教育的理想。林先生的意思约莫记得是想仿效牛津一类学府；陈、任两位是要恢复书院制的精神。这两篇文章我认为是很重要的，尤其是陈、任两位的具体提议，但因为开倒车走回头路分明是不合时宜，他们几位的意思并不曾得到期望的回响。想来现在的学者们太忙了，寻饭吃的，做官的，当革命领袖的，谁都不得闲，谁都不愿闲，结果当然没有人来关心什么纯粹教育（不含任何动机的学问）或是人格教育。这是个遗憾的现象。

我自己也是深感这浪漫的思乡病的一个；我只要

单青人远，一流冷涧。

但我们这想望的境界有容我们达到的一天吗？

民国十五年一月十四日

自　剖

我是个好动的人：每回我身体行动的时候，我的思想也仿佛就跟着跳荡。我做的诗，不论它们是怎样的“无聊”，有不少是在行旅期中想起的。我爱动，爱看动的事物，爱活泼的人，爱水，爱空中的飞鸟，爱车窗外掣过的田野山水。星光的闪动，草叶上露珠的颤动，花须在微风中的摇动，雷雨时云空的变动，大海中波涛的汹涌，都是在触动我感兴的情景。是动，不论是什么性质，就是我的兴趣，我的灵感。是动就会催快我的呼吸，加添我的生命。

近来却大大的变样了。第一我自身的肢体，已不如原先灵活；我的心也同样的感受了不知是年岁还是什么的拘絷。动的现象再不能给我欢喜，给我启示。先前我看着在阳光中闪烁的金波，就仿佛看见了神仙宫阙——什么荒诞美丽的幻觉，不在我的脑中一闪闪的掠过；现在不同了，阳光只是阳光，流波只是流波，任凭景色怎样的灿烂，再也照不化我的呆木的心灵。我的思想，如其偶尔有，也只似岩石上的藤萝，贴着枯干的粗糙的石面，极困难的蜒着；颜色是苍黑的，姿态是倔强的。

我自己也不懂得何以这变迁来得这样的突兀，这样的深彻。原先我在人前自觉竟是一注的流泉，时时有飞沫，时时有闪光；现在这泉眼，如其还在，仿佛是叫一块石板不留余隙的给镇住了。我在没有先前那样蓬勃的情趣，每回我想说话的时候，就觉着那石块的重压，怎么也掀不动，怎么也推不开，结果只能自安沉默！“你再不用想什么了，你再没有什么可想的了”；“你再不用开口了，你再没有什么话可说的了”，我常觉得我沉闷的心府里有这样半嘲讽半吊唁的谆嘱。

说来我思想上或经验上也并不曾经受什么过分剧烈的戟刺。我处境是向来顺的，现在，如其有不同，只是更顺了的。那么为什么这变迁？远的不说，就比如我年前到欧洲去时的心境：啊！我那时还不是一只初长毛角的野鹿？什么颜色不激动我的视觉，什么香味不兴奋我的嗅觉？我记得我在意大利写游记的时候，情绪是何等的活泼，兴趣何等的醇厚，一路来眼见耳听心感的种种，那一样不活栩栩的丛集在我的笔端，争求充分的表现！如今呢？我这次到南方去，来回也有一个多月的光景，这期内眼见耳听心感的事物也该有不少。我未动身前，又何尝不自喜此去又可以有机会饱餐西湖的风色，邓尉的梅香——单提一两件最合我脾胃的事。有好多朋友也曾期望我在这闲暇的假期中采集一点江南风趣，归来时，至少也该带回一两篇爽口的诗文，给在北京泥土的空气中活命的朋友们一些清醒的消遣。但在事实上不但在南方时我白瞪着大眼，看天亮换天昏，又闭上了眼，拼天昏换天亮，一枝秃笔跟着我涉海去，又跟着我涉海回来，正如岩洞里的一根石笋，压根儿就没一点摇动的消息；就在我回京后这十来天，任凭朋友们怎样的催促，自己良心怎样的责备，我的笔尖上还是滴不出一点墨来。我也曾勉强想想，勉强想写，但到底还是白费！可怕是这心灵骤然的呆顿。完全死了不成？我自己在疑惑。

说来是时局也许有关系。我到京几天就逢着空前的血案。五卅事件发生时我正在意大利山中，采茉莉花编花篮儿玩，翡冷翠山中只见明星与流萤的交唤，花香与山色的温存，俗氛是吹不到的。直到七月间到了伦敦，我才理会国内风光的惨淡，等得我赶回来时，设想中的激昂，又早变成了明日黄花，看得见的痕迹只有满城黄墙上墨彩斑斓的“泣告”！

这回却不同。屠杀的事实不仅是在我住的城子里发见，我有时竟觉得是我自己的灵府里的一个惨象。杀死的不仅是青年们的生命，我自己的思想也仿佛遭着了致命的打击，好比是国务院前的断腹残肢，再也不能回复生动与连贯。但这深刻的难受在我是无名的，是不能完全解释的。这回事变的奇惨性引起愤慨与悲切是一件事，但同时我们也知道在这根本起变态作用的社会里，什么怪诞的情形都是可能的。屠杀无辜，远不是年来最平常的现象。自从内战纠结以来，在受战祸的区域内，那一处村落不曾分到过遭奸污的女性，屠残的骨肉，供牺牲的生命财产？这无非是给冤氛团结的地面上多添一团更集中更鲜艳的怨毒。再说那一个民族的解放史能不浓浓的染着Martyrs①的腔血？俄国革命的开幕就是二十年前冬宫的血景。只要我们有识力认定，有胆量实行，我们理想中的革命，这回羔羊的血就不会是白涂的。所以我个人的沉闷决不完全是这回惨案引起的感情作用。

爱和平是我的生性。在怨毒，猜忌，残杀的空气中，我的神经每每感受一种不可名状的压迫。记得前年奉直战争时我过的那日子简直是一团黑漆，每晚更深时，独自抱着脑壳伏在书桌上受罪，仿佛整个时代的沉闷盖在我的头顶——直到写下了《毒药》那几首不成形的咒诅诗以后，我心头的紧张才渐渐的缓和下去。这回又有同样的情形；只觉着烦，只觉着闷，感想来时只是破碎，笔头只是笨滞。结果身体也不舒畅，像是蜡油涂抹住了全身毛窍似的难过，一天过去了又是

① 英语，意为烈士。

一天，我这里又在重演更深独坐箍紧脑壳的姿势，窗外皎洁的月光，分明是在嘲讽我内心的枯窘！

不，我还得往更深处按。我不能叫这时局来替我思想骤然的呆顿负责，我得往我自己生活的底里找去。

平常有几种原因可以影响我们的心灵活动。实际生活的牵掣可以劫去我们心灵所需要的闲暇，积成一种压迫。在某种热烈的想望不曾得满足时，我们感觉精神上的烦闷与焦躁，失望更是颠覆内心平衡的一个大原因；较剧烈的种类可以麻痹我们的灵智，淹没我们的理性。但这些都合不上我的病源；因为我在实际生活里已经得到十分的幸运，我的潜在意识里，我敢说不该有什么压着的欲望在作怪。

但是在实际上反过来看，另有一种情形可以阻塞或是减少你心灵的活动。我们知道舒服，健康，幸福，是人生的目标，我们因此推想我们痛苦的起点是在望见那些目标而得不到的时候。我们常听人说“假如我像某人那样生活无忧我一定可以好好的做事，不比现在整天的精神全化在琐碎的烦恼上”。我们又听说“我不能做事就为身体太坏，若是精神来得，那就……”我们又常常设想幸福的境界，我们想“只要有一个意中人在跟前那我一定奋发，什么事做不到”？但是不，在事实上，舒服，健康，幸福，不但不一定是帮助或奖励心灵生活的条件，它们有时正得相反的效果。我们看不起有钱人，在社会上得意的人，肌肉过分发展的运动家，也正在此；至于年少人幻想中的美满幸福，我敢说等得当真有了红袖添香，你的书也就读不出所以然来，且不说什么在学问上或艺术上更认真的工作。

那么生活的满足是我的病源吗？

“在先前的日子，”一个真知我的朋友，就说，“正为是你生活不得平衡，正为你有欲望不得满足，你的压在内里的Libido[①]就形成一种升华的现象，结果你就借文学来发泄你生理上的郁结（你不常说你从事文学是一件不预期的事吗？）；这情形又容易在你的意识里形成一种虚幻的希望，因为你写作得到一部分赞许，你就自以为确有相当创作的天赋以及独立思想的能力。但你只是自冤自，实在你并没有什么超人一等的天赋，你的设想多半是虚荣，你的以前的成绩只是升华的结果。所以现在等得你生活换了样，感情上有了安顿，你就发见你向来写作的来源顿呈萎缩甚至枯竭的现象；而你又不愿意承认这情形的实在，妄想到你身子以外去找你思想枯窘的原因，所以你就不由的感到深刻的烦闷。你只是

① 英语，意为性欲。

对你自己生气，不甘心承认你自己的本相。不，你原来并没有三头六臂的！

“你对文艺并没有真兴趣，对学问并没有真热心。你本来没有什么更高的志愿，除了相当合理的生活，你只配安分做一个平常人，享你命里铸定的‘幸福’；在事业界，在文艺创作界，在学问界内，全没有你的位置，你真的没有那能耐。不信你只要自问在你心里的心里有没有那无形的‘推力’，整天整夜的恼着你，逼着你，督着你，放开实际生活的全部，单望着不可捉摸的创作境界里去冒险？是的，顶明显的关键就是那无形的推力或是冲动，没有它人类就没有科学，没有文学，没有艺术，没有一切超越功利实用性质的创作。你知道在国外（国内当然也有，许没那样多）有多少人被这无形的推力驱使着，在实际生活上变成一种离魂病性质的变态动物，不但人间所有的虚荣永远沾不上他们的思想，就连维持生命的睡眠饮食，在他们都失了重要，他们全部的心力只是在他们那无形的推力所指示的特殊方向上集中应用。怪不得有人说天才是疯癫；我们在巴黎、伦敦不就到处碰得着这类怪人？如其他是一个美术家，恼着他的就是怎样可以完全表现他那理想中的形体；一个线条的准确，某种色彩的调谐，在他会得比他生身父母的生死与国家的存亡更重要，更迫切，更要求注意。我们知道专门学者有终身掘坟墓的，研究蚊虫生理的，观察亿万万里外一个星的动定的。并且他们决不问社会对于他们的劳力有否任何的认识，那就是虚荣的进路；他们是被一点无形的推力的魔鬼盅定了的。

“这是关于文艺创作的话。你自问有没有这种情形。你也许经验过什么‘灵感’，那也许有，但你却不要把刹那误认作永久，虚幻认作真实。至于说思想与真实学问的话，那也得背后有一种推力，方向许不同，性质还是不变。做学问你得有原动的好奇心，得有天然热情的态度去做求知识的工夫。真思想家的准备，除了特强的理智，还得有一种原动的信仰；信仰或寻求信仰，是一切思想的出发点：极端的怀疑派思想也只是期望重新位置信仰的一种努力。从古来没有一个思想家不是宗教性的。在他们，各按各的倾向，一切人生的和理智的问题是实在有的；神的有无，善与恶，本体问题，认识问题，意志自由问题，在他们看来都是含逼迫性的现象，要求合理的解答——比山岭的崇高，水的流动，爱的甜蜜更真，更实在，更耸动。他们的一点心灵，就永远在他们设想的一种或多种问题的周围飞舞，旋绕，正如灯蛾之于火焰：牺牲自身来贯彻火焰中心的秘密，是他们共有的决心。

“这种惨烈的情形，你怕也没有吧？我不说你的心幕上就没有思想的影子；但它们怕只是虚影，像水面上的云影，云过影子就跟着消散，不是石上的溜痕越日久越深刻。

这样说下来，你倒可以安心了！因为个人最大的悲剧是设想一个虚无的境界来谎骗你自己；骗不到底的时候你就得忍受‘幻灭’的莫大的苦痛。与其那样，还不如及早认清自己的深浅，不要把不必要的负担，放上支撑不住的肩背，压坏你自己，还难免旁人的笑话！朋友，不要迷了，定下心来享你现成的福份吧；思想不是你的份，文艺创作不是你的份，独立的事业更不是你的份！天生扛了重担来的那也没法想（那一个天才不是活受罪！），你是原来轻松的，这是多可羡慕，多可贺喜的一个发见！算了吧，朋友！”

一九二六年三月二十五日至四月一日作

再 剖

你们知道喝醉了想吐吐不出或是吐不爽快的难受不是？这就是我现在的苦恼；肠胃里一阵阵的作恶，腥腻从食道里往上泛，但这喉关偏跟你别扭，它捏住你，逼住你，逗着你——不，它且不给你痛快哪！前天那篇《自剖》，就比是哇出来的几口苦水，过后只是更难受，更觉着往上冒。我告你我想要怎么样。我要孤寂：要一个静极了的地方——森林的中心，山洞里，牢狱的暗室里——再没有外界的影响来逼迫或引诱你的分心，再不须计较旁人的意见，喝彩或是嘲笑；当前唯一的对象是你自己：你的思想，你的感情，你的本性。那时它们再不会躲避，不会隐遁，不会装作；赤裸裸的听凭你察看，检验，审问。你可以放胆解去你最后的一缕遮盖，袒露你最自怜的创伤，最掩讳的私亵。那才是你痛快一吐的机会。

但我现在的生活情形不容我有那样一个时机。白天太忙（在人前一个人的灵性永远是蜷缩在壳内的蜗牛），到夜间，比如此刻，静是静了，人可又倦了，惦着明天的事情又不得不早些休息。啊，我真羡慕我台上放着那块唐砖上的佛像，他在他的莲台上瞑目坐着，什么都摇不动他那入定的圆澄。我们只是在烦恼网里过日子的众生，怎敢企望那光明无碍的境界！有鞭子下来，我们躲；见好吃的，我们垂涎；听声响，我们着忙；逢着痛痒，我们着恼。我们是鼠，是狗，是刺猬，是天上星星与地上泥土间爬着的虫。那里有工夫，即使你有心想亲近你自己？那里有机会，即使你想痛快的一吐？

前几天也不知无形中经过几度挣扎，才呕出那几口苦水，这在我虽则难受还是照旧，但多少总算是发泄。事后我私下觉着愧悔，因为我不该拿我一己苦闷的骨鲠，强读者们陪着我吞咽。是苦水就不免熏蒸的恶味。我承认这完全是我自私的行为，不敢望恕的。我唯一的解嘲是这几口苦水的确是从我自己的肠胃里呕出——不是去脏水桶里舀来的。我不曾期望同情，我只要朋友们认识我的深浅——（我的浅？）我最怕朋友们的容宠容易形成一种虚拟的期望；我这操刀自剖的一个目的，就在及早解卸我本不该扛上的负担。

是的，我还得往底里按，往更深处剖。

最初我来编辑副刊，我有一个心愿。我想把我自己整个儿交给能容纳我的读者们，我心目中的读者们，说实话，就只这时代的青年。我觉着只有青年们的心窝里有容我的空隙，我要偎着他们的热血，听他们的脉搏。我要在我自己的情感里发见他们的情感，在我自己的思想里反映他们的思想。假如编辑的意义只是选稿，配版，付印，拉稿，那还不如去做银行的伙计——有出息得多。我接受编辑晨副的机会，就为这不单是机械性的一种任务。（感谢《晨报》主人的信任与容忍，）晨副变了我的喇叭，从这管口里我有自由吹弄我古怪的不调谐的音调，它是我的镜子，在这平面上描画出我古怪的不调谐的形状。我也决不掩讳我的原形：我就是我。记得我第一次与读者们相见，就是一篇供状。我的经过，我的深浅，我的偏见，我的希望，我都曾经再三的声明，怕是你们早听厌了。但初起我有一种期望是真的——期望我自己。也不知那时间为什么原因我竟有那活棱棱的一副勇气。我宣言我自己跳进了这现实的世界，存心想来对准人生的面目认他一个仔细。我信我自己的热心（不是知识）多少可以给我一些对敌力量的。我想拼这一天，把我的血肉与灵魂，放进这现实世界的磨盘里去挨，锯齿下去拉，——我就要尝那味儿！只有这样，我想，才可以期望我主办的刊物多少是一个有生命气息的东西；才可以期望在作者与读者间发生一种活的关系；才可以期望读者们觉着这一长条报纸与黑的字印的背后，的确至少有一个活着的人与一个动着的心，他的把握是在你的腕上，他的呼吸吹在你的脸上，他的欢喜，他的惆怅，他的迷惑，他的伤悲，就比是你自己的，的确是从一个可认识的主体上发出来的变化——是站在台上人的姿态，——不是投射在白幕上的虚影。

并且我当初也并不是没有我的信念与理想。有我崇拜的德性，有我信仰的原则。有我爱护的事物，也有我痛疾的事物。往理性的方向走，往爱心与同情的方向走，往光明的方向走，往真的方向走，往健康快乐的方向走，往生命，更多更大更高的生命方向走——这是我那时的一点“赤子之心”。我恨的是这时代的病象，什么都是病象：猜忌，诡诈，小巧，倾轧，挑拨，残杀，互杀，自杀，忧愁，作伪，肮脏。我不是医生，不会治病；我就有一双手，趁它们活灵的时候，我想，或许可以替这时代打开几扇窗，多少让空气流通些，浊的毒性的出去，清醒的洁净的进来。

但紧接着我的狂妄的招摇，我最敬畏的一个前辈（看了我的吊刘叔和文）就给我当头一棒：——

“……既立意来办报而且郑重宣言‘决意改变我对人的态度’，那么自己的思想就得先磨治一番，不能单凭主觉，随便说了就算完事。迎上前去，不要又退了回来！一时的兴奋，是无用的，说话越觉得响亮起劲，跳踯有力，其实即是内心的虚弱，何况说出衰颓懊丧的语气，教一般青年看了，更给他们以可怕的影响，似乎不是志摩这番挺身出马的本意！……”

迎上前去，不要又退了回来！这一喝这几个月来就没有一天不在我“虚弱的内心”里回响。实际上自从我喊出“迎上前去”以后，即使不曾撑开了往后退，至少我自己觉不得我的脚步曾经向前挪动。今天我再不能容我自己这梦下去。算清亏欠，在还算得清的时候，总比窝着浑着强。我不能不自剖。冒着“说出衰颓懊丧的语气”的危险，我不能不利用这反省的锋刃，劈去纠着我心身的累赘淤积，或许这来倒有自我真得解放的希望！

想来这做人真是奥妙。我信我们的生活至少是复性的。看得见，觉得着的生活是我们的显明的生活，但同时另有一种生活，跟着知识的开豁逐渐胚胎、成形、活动，最后支配前一种的生活，比是我们投在地上的身影，跟着光亮的增加渐渐由模糊化成清晰，形体是不可捉的，但它自有它的奥妙的存在。你动它跟着动，你不动它跟着不动。在实际生活的匆遽中，我们不易辨认另一种无形的生活的并存，正如我们在阴地里不见我们的影子；但到了某时候某境地忽的发见了它，不容否认的接踵着你的脚跟，比如你晚间步月时发见你自己的身影。它是你的性灵的或精神的生活。你觉到你有超实际生活的性灵生活的俄顷，是你一生的一个大关键！你许到极迟才觉悟（有人一辈子不得机会），但你实际生活中的经验、动作、思想，没有一丝一屑不同时在你那跟着长成的性灵生活中留着“对号的存根”，正如你的影子不放过你的一举一动，虽则你不注意到或看不见。

我这时候就比是一个人初次发见他有影子的情形。惊骇、讶异、迷惑、耸悚、猜疑、恍惚同时并起，在这辨认你自身另有一个存在的时候。我这辈子只是在生活的道上盲目的前冲，一时踹入一个泥潭，一时踏折一枝草花，只是这无目的的奔驰；从那里来，向那里去，现在在那里，该怎么走，这些根本的问题却从不曾到我的心上。但这时候突然的，恍然的我惊觉了。仿佛是一向跟着我形体奔波的影子忽然阻住了我的前路，责问我这匆匆的究竟是为什么！

一种新意识的诞生。这来我再不能盲冲，我至少得认明来踪与去迹，该怎样走法如其有目的地，该怎样准备如其前程还在遥远?

阿，我何尝愿意吞这果子，早知有这多的麻烦！现在我第一要考查明白的是这“我”究竟是怎么一回事；然后再决定掉落在这生活道上的“我”的赶路方法。以前种种动作是没有这新意识作主宰的；此后，什么都得由它。

一九二六年四月五日作

想 飞

假如这时候窗子外有雪——街上，城墙上，屋脊上，都是雪，胡同口一家屋檐下偎着一个戴黑兜帽的巡警，半拢着睡眼，看棉团似的雪花在半空中跳着玩……假如这夜是一个深极了的啊，不是壁上挂钟的时针指示给我们看的深夜，这深就比是一个山洞的深，一个往下钻螺旋形的山洞的深……

假如我能有这样一个深夜，它那无底的阴森捻起我遍体的毫管；再能有窗子外不住往下筛的雪，筛淡了远近间飏动的市谣，筛泯了在泥道上挣扎的车轮。筛灭了脑壳中不妥协的潜流……

我要那深，我要那静。那在树荫浓密处躲着的夜鹰轻易不敢在天光还在照亮时出来睁眼。思想，它也得等。

青天里有一点子黑的。正冲着太阳耀眼，望不真，你把手遮着眼，对着那两株树缝里瞧，黑的，有榧子来大，不，有桃子来大——嘿，又移着往西了！

我们吃了中饭出来到海边去。（这是英国康槐尔极南的一角，三面是大西洋。）勗丽丽的叫响从我们的脚底下匀匀的往上颤，齐着腰，到了肩高，过了头顶，高入了云，高出了云。啊，你能不能把一种急震的乐音想象成一阵光明的细雨，从蓝天里冲着这平铺着青绿的地面不住的下？不，那雨点都是跳舞的小脚，安琪儿的。云雀们也吃过了饭，离开了它们卑微的地巢飞往高处做工去。上帝给它们的工作，替上帝做的工作。瞧着，这儿一只，那边又起了两只！一起就冲着天顶飞，小翅膀动活的多快活，圆圆的，不踌躇的飞，——它们就认识青天。一起就开口唱，小嗓子动活的多快活，一颗颗小精圆珠子直往外唾，亮亮的唾，脆脆的唾，——它们赞美的是青天。瞧着，这飞得多高，有豆子大，有芝麻大，黑刺刺的一屑，直顶着无底的天顶细细的摇，——这全看不见了，影子都没了！但这光明的细雨还是不住的下着……

飞。“其翼若垂天之云……背负苍天，而莫之夭阏者”；那不容易见着。我们镇上东关厢外有一座黄泥山，山顶上有一座七层的塔，塔尖顶着天。塔院里常常打钟，锤声响动时，那在太阳西晒的时候多，一枝艳艳的大红花贴在西山的鬓边回照着塔山上的云彩，——钟声响动时，绕着塔顶尖，摩着塔顶天，穿着塔顶云，有一只两只有时三只四只有时五只六只蜷着爪往地面瞧的“饿老鹰”，撑开了它们灰苍苍的大翅膀没挂恋似的在盘旋，在半空中浮着，在晚风中泅着，仿佛是按着塔院钟的波荡来练习圆舞似的。那是我做孩子时的“大鹏”。有时好天抬头不见一瓣云的时候听着虢忧忧的叫响，我们就知道那是宝塔上的饿老鹰寻食吃来了，这一想象半天里秃顶圆睛的英雄，我们背上的小翅膀骨上就仿佛豁出了一锉锉铁刷似的羽毛，摇起来呼呼响的，只一摆就冲出了书房门，钻入了玳瑁镶边的白云里玩儿去，谁耐烦站在先生书桌前晃着身子背早上的多难背的书！啊，飞！不是那在树枝上矮矮的跳着的麻雀儿的飞；不是那凑天黑从堂扁后背冲出来赶蚊子吃的蝙蝠的飞；也不是那软尾巴软嗓子做窠在堂檐上的燕子的飞。要飞就得满天飞，风拦不住云挡不住的飞，一翅膀就跳过一座山头，影子下来遮得阴二十亩稻田的飞，到天晚飞倦了就来绕着那塔顶尖顺着风向打圆圈做梦……听说饿老鹰会抓小鸡!

飞。人们原来都是会飞的。天使们有翅膀，会飞，我们初来时也有翅膀，会飞。我们最初来就是飞了来的，有的做完了事还是飞了去，他们是可羡慕的。但大多数人是忘了飞的，有的翅膀上吊了毛不长再也飞不起来，有的翅膀叫胶水给胶住了再也拉不开，有的羽毛叫人给修短了像鸽子似的只会在地上跳，有的拿背上一对翅膀上当铺去典钱使过了期再也赎不回……真的，我们一过了做孩子的日子就掉了飞的本领。但没了翅膀或是翅膀坏了不能用是一件可怕的事。因为你再也飞不回去，你蹲在地上呆望着飞不上去的天，看旁人有福气的一程一程的在青云里逍遥，那多可怜。而且翅膀又不比是你脚上的鞋，穿烂了可以再问妈要一双去，翅膀可不成，折了一根毛就是一根，没法给补的。还有，单顾着你翅膀也还不定规到时候能飞，你这身子要是不谨慎养太肥了，翅膀力量小再也拖不起，也是一样难不是？一对小翅膀驮不起一个胖肚子，那情形多可笑！到时候你听人家高声的招呼说，朋友，回去罢，趁这天还有紫色的光，你听他们的翅膀在半空中沙沙的摇响，朵朵的春云跳过来拥着他们的肩背，望着最光明的来处翩翩的，冉冉的，轻烟似的化出了你的视域，像云雀似的只留下一泻光明的骤雨——“Thou art unseen，but yet l hear thy shrill delight”①——那你，独自在泥涂里淹着，够多难

① 摘自于英国诗人雪莱的《致云雀》：“你虽然无法看见，但我可听见你尖声的欢愉。”

受，够多懊恼，够多寒伧！趁早留神你的翅膀，朋友。

是人没有不想飞的。老是在这地面上爬着够多厌烦，不说别的。飞出这圈子，飞出这圈子！到云端里去，到云端里去！那个心里不成天千百遍的这么想？飞上天空去浮着，看地球这弹丸在太空里滚着，从陆地看到海，从海再看回陆地。凌空去看一个明白——这才是做人的趣味，做人的权威，做人的交代。这皮囊要是太重挪不动，就掷了它，可能的话，飞出这圈子，飞出这圈子！

人类初发明用石器的时候，已经想长翅膀。想飞。原人洞壁上画的四不像，它的背上掮着翅膀；拿着弓箭赶野兽的，他那肩背上也给安了翅膀。小爱神是有一对粉嫩的肉翅的。挨开拉斯（Icarus）[①]是人类飞行史上第一个英雄，第一次牺牲。安琪儿（那是理想化的人）第一个标记是帮助他们飞行的翅膀。那也有沿革——你看西洋画上的表现。最初像是一对小精致的令旗，蝴蝶似的粘在安琪儿们的背上，像真的，不灵动的。渐渐的翅膀长大了，地位安准了，毛羽丰满了。画图上的天使们长上了真的可能的翅膀。人类初次实现了翅膀的观念，彻悟了飞行的意义。挨开拉斯闪不死的灵魂，回来投生又投生。人类最大的使命，是制造翅膀；最大的成功是飞！理想的极度，想象的止境，从人到神！诗是翅膀上出世的；哲理是在空中盘旋的。飞：超脱一切，笼盖一切，扫荡一切，吞吐一切。

你上那边山峰顶上试去，要是渡不到这边山峰上，你就得到这万丈的深渊里去找你的葬身地！“这人形的鸟会有一天试他第一次的飞行，给这世界惊骇，使所有的著作赞美，给他所从来的栖息处永久的光荣。”啊，达文謇！

但是飞？自从挨开拉斯以来，人类的工作是制造翅膀，还是束缚翅膀？这翅膀，承上了文明的重量，还能飞吗？都是飞了来的，还都能飞了回去吗？钳住了，烙住了，压住了，——这人形的鸟会有试他第一次飞行的一天吗？……

同时天上那一点子黑的已经迫近在我的头顶，形成了一架鸟形的机器，忽的机沿一侧，一球光直往下注，硼的一声炸响，——炸碎了我在飞行中的幻想，青天里平添了几堆破碎的浮云。

一九二六年四月十四日至十六日作

---

① 是古希腊神话中的著名人物，他逃亡时飞近太阳，装在身上的蜡翼融化，从而坠海而死。

青年运动

我这几天是一个活现的Don Quixote[①]，虽则前胸不曾装起护心镜，头顶不曾插上雉鸡毛，我的一顶阔边的“面盆帽”，与一根漆黑铄亮的手棍，乡下人看了已经觉得新奇可笑；我也有我的Sancho Panza[②]，他是一个角色，会憨笑，会说疯话，会赌咒，会爬树，会爬绝壁，会背《大学》，会骑牛，每回一到了乡下或山上，他就卖弄他的可惊的学问，他什么树都认识，什么草都有名儿，种稻种豆，养蚕栽桑，更不用说，他全知道，一讲着就乐，一乐就开讲，一开讲就像他们田里的瓜蔓，又细又长又曲折又绵延（他姓陆名字叫炳生或是丙申，但是人家都叫他鲁滨孙）；这几天我到四乡去冒险，前面是我，后面就是他，我折了花枝，采了红叶，或是捡了石块（我们山上有浮石，掷在水里会浮的石块，你说奇不奇！）就让他扛着，问路是他的份儿，他叫一声大叔，乡下人谁都愿意与他答话；轰狗也是他的份儿，到乡下去最怕是狗，他们全是不躲懒的保卫团，一见穿大褂子的他们就起疑心，迎着你嗥还算是文明的盘问，顶英雄的满不开口望着你的身上直攻，那才麻烦，但是他有办法，他会念降狗咒，据他说一念狗子就丧胆，事实上并不见得灵验，或许狗子有秘密的破法也说不定，所以每回见了劲敌，他也免不了慌忙。他的长处就在与狗子对嗥，或是对骂，居然有的是王郎种，有时他骂上了劲，狗子倒软化了。但是我终不成，望见了狗影子就心虚，我是淝水战后的苻坚，稻草塍儿、竹篱笆，就够我的恐慌，有时我也学Don Quixote那劲儿，舞起我手里的梨花棒，喝一声孽畜好大胆，看棒！果然有几处大难让我顶潇洒的蒙过了。

我相信我们平常的脸子都是太像骡子——拉得太长；忧愁，想望，计算，猜忌，怨恨，懊怅，怕惧，都像魇魔似的压在我们原来活泼自然的心灵上，我们在人丛中的笑脸大半是装的，笑声大半是空的，这真是何苦来。所以每回我们脱离了烦恼打底的生活，接近了自然，对着那宽阔的天空，活动的流水，我们就觉得轻松得多，舒服得多。每回我见路旁的息凉亭中，挑重担的乡下人，放下他的担

① 堂吉诃德。塞万提斯的小说《堂吉诃德》中的主人公。

② 桑丘·潘沙。是《堂吉诃德》中的一个人物。

子，坐在石凳上，从腰包里掏出火刀、火石来，打出几簇火星，点旺一杆老烟，绿田里豆苗香的风一阵阵的吹过来，吹散他的烟氛，也吹燥了他眉额间汗渍；我就感想到大自然调剂人生的影响：我自己就不知道曾经有多少自杀类的思想，消灭在青天里，白云间，或是像挑担人热汗，都让凉风吹散了。这是大家都承认的，但实际没有这样容易。即使你有机会在息凉亭子里抽一杆潮烟，你抽完了烟，重担子还是要挑的，前面谁也不知道还有多少路，谁也不知道还有没有现成的息凉亭子，也许走不到第二个凉亭，你的精力已经到了止境，同时担子的重量是刻刻加增的，你那时再懊悔你当初不应该尝试这样压得死人的一个负担，也就太迟了！

我这一时在乡下，时常揣摩农民的生活，他们表面看来虽则是继续的劳瘁，但内里却有一种涵蓄的乐趣，生活是原始的，朴素的，但这原始性就是他们的健康，朴素是他们幸福的保障，现代所谓文明人的文明与他们隔着一个不相传达的气圈，我们的争竞、烦恼、问题、消耗，等等，他们梦里也不曾做着过，我们的堕落、隐疾、罪恶、危险，等等，他们听了也是不了解的，像是听一个外国人的谈话。上帝保佑世上再没有懵懂的呆子想去改良，救渡，教育他们，那是间接的摧残他们的平安，扰乱他们的平衡，抑塞他们的生机！

需要改良与教育与救渡的是我们过分文明的文明人，不是他们。需要急救，也需要根本调理的是我们的文明，二十世纪的文明，不是洪荒太古的风俗，人生从没有受过现代这样普遍的咒诅，从不曾经历过现代这样荒凉的恐怖，从不曾尝味过现代这样恶毒的痛苦，从不曾发现过现代这样的厌世与怀疑。这是一个重候，医生说的。

人生真是变了一个压得死人的负担，习惯与良心冲突，责任与个性冲突，教育与本能冲突，肉体与灵魂冲突，现实与理想冲突，此外，社会、政治、宗教、道德、买卖、外交，都只是混沌，更不必说。这分明不是一块青天，一阵凉风，一流清水，或是几片白云的影响所能治疗与调剂的；更不是宗教式的训道、教育式的讲演、政治式的宣传所能补救与济渡的。我们在这促狭的芜秽的狴犴中，也许有时望得见一两丝的阳光，或是像拜伦在Chilion那首诗里描写的，听着清新的鸟歌；但这是嘲讽，不是慰安，是丹得拉士（Tantalus）的苦痛，不是上帝的恩宠；人生不一定是苦恼的地狱，我们的是例外的例外，，在葡萄丛中高歌欢舞的一种提昂尼辛的癫狂（Dionysian madness），已经在时间的灰烬里埋着，真生命活泼的血液的循环，已经被文明的毒质瘀住，我们仿佛是孤儿在黑夜的森林里呼号生身的爹娘，光明与安慰都没有丝毫的踪迹。所以我们要求的——如其我们还有胆气来要求——绝不是部分的，片面的补苴。绝不是消极的慰藉，绝不是怔夫的改革，绝不是傀儡的把戏……我们要求的是，“彻底的来过”；我们要为我们新的洁净的灵魂造一个新的洁净的躯体，要为我们新的洁净的躯体造一个新的洁净的灵魂；我们也要为这新的洁净的灵魂与肉体造一个新的洁净的生活——我们要求一个“完全的再生”。

我们不承认已成的一切，不承认一切的现实；不承认现有的社会、政治、法律、家庭、宗教、娱乐、教育；不承认一切的主权与势力。我们要一切都重新来过：不是在书桌上整理国故，或是在空枵的理论上重估价值，我们是要在生活上实行重新来过，我们是要回到自然的胎宫里去重新吸收一番滋养。但我们说不承认已成的一切是不受一切的束缚的意思，并不是与现实宣战，那是最不经济也太琐碎的办法；我们相信无限的青天与广大的山林尽有我们青年男女翱翔自在的地域；我们不是要求篡取已成的世界，那是我们认为不可医治的。我们也不是想来试验新村或新社会，预备感化或是替旧社会做改良标本，那是十九世纪的迂儒的梦想，我们也不打算进去空费时间的；并且那是训练童子军的性质，牺牲了多数人供一个人的幻想的试验的。我们的如其是一个运动，这绝不是为青年的运动，而是青年自动的运动，青年自己的运动，只是一个自寻救渡的运动。

你说什么，朋友，这就是怪诞的幻想，荒谬的梦不是？不错，这也许是现代青年反抗物质文明的理想，而且我说多数的青年在理论上多表同情的；但是不忙，朋友，现有一个实例，我要顺便说给你听听，——如其你有耐心。

十一年前一个冬天在德国Hanover相近一个地方，叫做Casse1，有两千多人开了一个大会，讨论他们运动的宗旨与对社会、政治、宗教问题的态度，自从那次大会以后这运动的势力逐渐张大，现在已经有一百多万的青年男女加入——这就叫做Jegendbewegung“青年运动”，虽则德国以外很少人明白他们的性质。我想这不仅是德国人，也许是全欧洲的一个新生机，我们应得特别的注意。“西方文明的堕落只有一法可以挽救，就在继起的时代产生新的精神的与生命的势力。”这是福士德博士说的话，他是这青年运动里的一个领袖，他著一本书叫做《Jugendseele》，专论这运动的。

现在德国乡间常有一大群的少年男子与女子，排着队伍，弹着六弦琵琶唱歌，他们从这一镇游行到那一镇，晚上就唱歌跳舞来交换他们的住宿，他们就是青年运动的游行队，外国人见了只当是童子军性质的组织，或是一种新式的吉婆西（Gipsy），但这是仅见外表的话。

德国的青年运动是健康的年轻男女反抗现代的堕落与物质主义的革命运动，

初起只是反抗家庭与学校的专权，但以后取得更哲理的涵义，更扩大反叛的范围，简直决破了一切人为的限制，要赤裸裸的造成一种新生活。最初发起的是加尔菲暄（Karl Fischer of Steglitz），但不久便野火似的烧了开去，现在单是杂志已有十多种，最初出的叫作《Wandervogel》。

这运动最主要的意义，是要青年人在生命里寻得一个精神的中心（the spiritual center of life），一九一三年大会的铭语是“救渡在于自己教育”（Salvationlies in Self-Education）、“让我们重新做人，让我们脱离狭窄的腐败的政治组织，让我们抛弃近代科学专门的物质主义的小径，让我们抛弃无灵魂的知识钻研，让我们重新做活着的男子与女子”。他们并没有改良什么的方案，他们禁止一切有具体目的的运动；他们代表一种新发现的思路，他们旨意在于规复人生原有的精神的价值。“我们的大旨是在离却堕落的文明，回向自然的单纯，离却一切的外骛，回向内心的自由，离却空虚的娱乐，回向真纯的欢欣，离却自私主义，回向友爱的精神，离却一切懈弛的行为，回向郑重的自我的实现。我们寻求我们灵魂的安顿，要不愧于上帝，不愧于己，不愧于人，不愧于自然。”“我们即使存心救世，我们也得自己重新做人。”

这运动最显著亦最可惊的结果是确实的产生了真的新青年，在人群中很容易指出，他们显示一种生存的欢欣，自然的热心，爱自然与朴素，爱田野生活。他们不饮酒（德国人原来差不多没有不饮酒的），不吸烟，不沾城市的恶习。他们的娱乐是弹着琵琶或是拉着梵和玲唱歌，踏步游行跳舞或集会讨论宗教与哲理问题。跳舞最是他们的特色，往往有大群的游行队，徒步游历全省，到处歌舞，有时也邀本地人参加同乐——他们复活了可赞美的提昂尼辛的精神！

这样伟大的运动不能不说是这黑魆魆的世界里的一泻清辉，不能不说是现代苟且的厌世的生活（你们不曾到过柏林与维也纳的不易想象）一个庄严的警告，不能不说是旧式社会已经蛀烂的根上重新爆出来的新生机、新萌芽；不能不说是全人类理想的青年的一个安慰，一个兴奋，为他们开辟了一条新鲜的愉快的路径；不能不说是一个新的洁净的人生观的产生。我们要知道在德国有几十万的青年男女，原来似乎命定做机械性的社会的终身奴隶，现在却做了大自然的宠儿，在宽广的天地间感觉新鲜的生命的跳动，原来只是屈伏在蠢拙的家庭与教育的桎梏下，现在却从自然与生活本体接受直接的灵感，像小鹿似的活泼，野鸟似的欢欣，自然的教训是洁净与朴素与率真，这真是近代文明最缺乏的元素。他们不仅开发了各个人的个性，他们也恢复了德意志民族的古风，在他们的歌曲、舞蹈、游戏、故事与礼貌中，在青年们的性灵中，古德意志的优美，自然的精神又取得了真纯的解释与标准。所以城市的生活的堕落，淫纵，耗费，奢侈，饰伪，以及危险与恐怖，不论他们传染性怎样的剧烈，再也沾不着洁净的青年，道德家与宗教家的教训只是消极的勉强的，他们的觉悟是自动的、自然的、根本的，这运动也产生了一种真纯的友爱的情谊，在年轻的男子女子间，一种新来的大同的情感，不是原因于主义的刺激或党规的强迫，而是健康的生活里自然流露的乳酪，洁净是他们的生活的纤维，愉快是营养。

我这一篇感想写完了，从我自己的野游蔓延到德国的青年运动，我想我再没有加案语的必要，我只要重复一句滥语——民族的希望就在自觉的青年。

志摩，正月二十四日

给新月[①]

新月的朋友，这时候你们在那里？太阳还不曾下山，我料想你们各有各的职务，在学堂的，上衙门的，有在公园散步的，也有弄笔墨的凋颜色的，我亲爱的朋友们，我在这里想念着你们！

我现在的地方是你们大多数不曾到过的。你们知道西伯利亚有一个贝加尔湖；这半天，我们的车就绕着那湖的沿岸走。我现在靠窗口震震的写字，左首只是巉岩与绝壁，右面就是那大湖，什么湖简直是一个云海，上帝知道这底下冰结的多深，对岸是重峦叠嶂的山岭，无数戴雪帽的高峰在晚霞中傲着他们的高洁。这里的天光也好像是格外的澄清，方才下午的天真是一青到底，一屑云气都没有，这时候沿湖蒸起了薄霭，也有三两条古铜色的冻云在对岸的山峰间横亘着。方才我写信给一个朋友说这雪地里的静是一种特有的意境，最使人发生遐想。我面对着这伟大的自然，不由我不内动了感兴；我的身体虽只是这冰天雪地里一个微蚁，但我内心顿时扩大了，思想与情感却仿佛要冲破这渺小的躯体，向没遮拦的天空飞去。朋友们，你们有我的想念；我早已想写信给你们，要你们知道我是随时记着你们的，我不曾早著笔也有我的打算；这一路来忙着转车不曾有一半天的安逸；长白山边，松花江畔，都叫利欲的人间熏改了气味，那时我便提笔亦只有厌恶与愤慨；今天难得有贝加尔湖的晴爽，难得有我自己心怀的舒畅，所以我抖擞精神，决意来开始这番漫游的通信。

今天我不仅想念我的朋友，我也想念我的新月。

我快离京的时候有几位朋友，听说我要到欧洲去，就很替新月社担忧；他们说你这一去新月社一定受影响，即使不至于关门恐怕难免狼狈。这话我听了很不愿意，因为在这话里可以看出一般人对于新月社究竟是什么一回事并没有应有的了解。但这也不能深怪，因为我们志愿虽则有，到现在为止却并不曾有相当的事迹来证实我们的志愿，所以外界如其不甚了解乃至误解新月社的旨趣的，我们除了自己还怨谁去？我是发起这志愿最早的一个人。凭这个资格我想来说几句关于

① 新月，是一个以留学欧美的知识分子为主体的新文化团体，于1923年3月成立于北京。新月之名取自泰戈尔《新月集》。

新月的话。

组织是有形的，理想是看不见的，新月初起时只是少数人共同的一个想望，那时的新月社只是个口头的名称，与现在松树胡同七号那个新月社俱乐部可以说并没有怎样密切的血统关系。我们当初想望的是什么呢？当然只是书呆子们的梦想！我们想做戏，我们想集合几个人的力量，自编戏自演，要得的请人来看，要不得的反正自己好玩。说也可惨，去年四月里演的契玦腊要算我们这一年来唯一的成绩，而且还得多谢泰戈尔老先生的生日逼出来的！去年年底也曾忙了两三个星期想排演西林先生的几个小戏，也不知怎的始终没有排成。随时产生的主意尽有，想做这样，想做那样，但结果还是一事无成。

同时新月社的俱乐部，多谢黄子美先生的能干与劳力，居然有了着落。房子不错，布置不坏，橱子合式，什么都好，就是一件事为难——经费。开办费是徐申如先生（我的父亲）与黄子美先生垫在那里的，据我所知，分文都没有归清。经常费当然单靠社员的月费，照现在社员的名单计算，假如社员一个个都能按月交费，收支勉强可以相抵。但实际上社费不易收齐，支出却不能减少，单就一二两月看，已经不免有百数以外的亏空——但这情形是决不可以为常的。黄先生替我们大家当差，做总管事，社里大小的事情那一样能免得了烦他，他不向我们要酬劳已是我们的便宜，再要他每月自掏腰包贴钱，实在是太说不过去了。所以怪不得他最初听说我要到欧洲去，他真的眼睛都瞪红了。他说你这不是存心拆台，我非给你拚命不可！固然黄先生把我与新月社的关系看得太过分些，但在他的确有他的苦衷，这里也不必细说，反正我住在里面，碰着缓急时他总还可以抓着一个，如果我要是一溜烟走了，跟着大爹们爱不交费就不交费，爱不上门就不上门。这一来黄爹岂不吃饱了黄连，含着一口的苦水叫他怎么办？原先他贴钱赔工夫费心思原想博大家一个高兴，如果要是大家一翻脸说办什么俱乐部这不是你自个儿活该，那可不是随便开的玩笑？黄爹一灰心，不用提第一个就咒徐志摩，他真会拿手枪来找我都难说哩！所以我就为预防我个人的安全起见也得奉求诸位朋友们协力帮忙，维持这俱乐部的生命。

这当然是笑话，认真说，假如大多数的社员的进社都是为敷衍交情来的，实际上对于新月社的旨趣及他的前途并没有多大的同情，那事情倒好办。新月社有的是现成的设备，也不能算恶劣，我们尽可以趁早不拍卖，好在西交民巷就在间壁，不怕没有主顾，有余利可赚都说不定哩！搭台难坍台还不容易，要好难，下流还不容易。银行家要不出相当的价钱，政客先生们那里也可以想法，反正只要开办费有了着落，大家散伙就完事。

但那是顶凄惨的末路，不必要的一个设想；我们尽可以向着光亮处寻路。我们现在不必问社员们究竟要不要这俱乐部，俱乐部已经在那儿，只要大家尽一分子的力量，事情就好办。问题是在我们这一群人，在这新月的名义下结成一体。宽紧不论，究竟想做些什么？我们几个创始人得承认在这两个月内我们并没有露我们的棱角。在现今的社会里，做事不是平庸便是下流，做人不是懦夫便是乡愚。这露棱角（在有棱角可露的）几乎是我们对人对己两负的一种义务。有一个要得的俱乐部，有舒服沙发躺，有可口的饭菜吃，有相当的书报看，也就不坏；但这躺沙发绝不是结社的宗旨，吃好菜也不是我们的目的。不错，我们曾经开过会来，新年有年会，元宵有灯会，还有什么古琴会、书画会、读书会，但这许多会也只能算是时令的点缀，社友偶尔的兴致，绝不是真正新月的清光，绝不是我们想象中的棱角。假如我们的设备止是书画琴棋外加茶酒，假如我们举措的目标止是有产有业阶级的先生太太们的娱乐消遣，那我们新月社岂不变了一个古式的新世界或是新式的旧世界了吗？这petty borbgeois的味儿我第一个就受不了。同时神经敏锐的先生们对我们新月社已经生了不少奇妙的揣详。因为我们社友里有在银行里做事的就有人说我们是资本家的机关；因为我们社友有一两位出名的政治家就有人说我们是某党某系的机关；因为我们社友里有不少北大的同事就有人说我们是北大学阀的机关。因为我们社友里有男有女就有人说我们是过激派。这类的闲话多着哩；但这类的脑筋正仿佛那位躺在床上喊救命的先生，他睡梦中见一只车轮大的怪物张着血盆大的口要来吃他，其实只是他夫人那里的一个跳蚤爬上了他的腹部！

跳蚤我们是不怕的，但露不出棱角来是可耻的。这时候，我一个人在西伯利亚大雪地里空吹也没有用，将来要有事情做，也得大家协力帮忙才行。几个爱做梦的人，一点子创作的能力，一点子不服输的傻气，合在一起什么朝代推不翻，什么事业做不成？当初罗刹蒂一家几个兄妹合起莫利思朋琼司几个朋友在艺术界里就打开了一条新路，萧伯纳夫妇合一起在政治思想界里也就开辟了一条新道。新月新月，难道我们这新月便是用纸板剪的不成？朋友们等着，兄弟上阿尔帕斯的时候再与你们谈天。

三月十四日西伯利亚

白郎宁夫人[1]的情诗

（一）

“伟大的灵魂们是永远孤单的”。不是他们甘愿孤单，他们是不能不孤单。他们的要求与需要不是寻常人的要求与需要；他们评价的标准也不是寻常的标准。他们到人间来一样的要爱、要安慰、要认识、要了解。但不幸他们的组织有时是太复杂太深奥太曲折了，这浅薄的人生不能担保他们的满足。只有生物性生活的人们，比方说，只要有饭吃；有衣穿，有相当的异性配对，他们就可以平安的过去，再不来抱怨什么，惆怅什么。一个诗人，一个艺术家，却往往不能这样容易对付。天才是不容易伺候的。在别的事情方面还可以迁就，配偶这件事最是问题。想象你做一个大诗人或大画家的太太（或是丈夫，在男女享受平等权利的时候！），你做到一个贤字，他不定见你情，你做到一个良字，他不定说你对，他们不定要生活上的满足，那他们有时尽可随便，他们却想象一种超生活的满足，因为他们的生活不是生根在这现象的世界上。你忙着替他补袜子，端整点心，他说你这是白忙，他破的不是袜子，他饿的不是肚子！这样的男人（或是女人）真是够别扭的，叫你摸不着他（或她）的脾胃。他快活的时候简直是发疯，也许当着人前就搂住了你亲吻，也不知是为些什么。他发愁的时候一张脸绷得老长，成天可以不开口，整晚可以不睡，像是跟谁不共天日的过不去，也不知是又为些什么。一百个女人里有九十九喜欢她们的丈夫是明白晓畅一流，说什么是什么，顾室家，体惜太太，到晚上睡着了就开着嘴甜甜的打呼。谁受得了一个诗人，他

“……wants to know
What one has felt from earliest days,
Why one thought not in other ways
And one's loves of long ago”[2]

---

① 十九世纪英国著名女诗人。

② “……真想知道，什么才是最初的感受，想知道为什么从未有另外的想法，还想知道很久以前的浓浓爱意。”

因此室家这件事在有天才的人们十九是没有幸福的。“我不能想象一个有太太的思想家”，尼采说。怎怪得很多的大艺术家，比如达文塞与密仡朗其罗，终身不曾想到过成家？他们是为艺术活着的，再没有余力来敷衍一个家。就是在成家的中间：在全部思想文艺史上，你举得出几个人在结婚这件事上说得到圆满的。拜伦的离婚，他一生颠沛的张本，就为得他那太太只顾替他补袜子端整点心。葛德一生只是浮沉在无定的恋爱的浪花间，但他的结婚是没有多大光彩的。卢骚先生捡到了一个客寓里扫地的下女就算完事一宗。哈哀内的玛蒂尔代又是一个不识字的姑娘，虽则她的颜色足够我们诗人的倾倒。史文庞孤独了一生，济慈为了一个娶不着的女人呕血。喀莱尔蒙着了一个又俊又慧的洁痕韦尔许，但他的怪僻只酿成了一个历史上有名不快活的家庭。这一麓的人真难得知道幸福的。

（二）

本来恋爱是一件事，夫妻又是一件事。拿破仑说结婚是恋爱的埋葬。这话的意思是说这两件事儿是不相容的。这不是说夫妻间就没有爱。世上尽有十分相爱的夫妻。但“浪漫的爱”，它那热度不是寻常温度的表所能测量的，却是提另一回事。比如罗米欧与朱丽叶那故事。它那动人，它那美，它那力量，就在一个惨死。死是有恩惠的。它成全了真有情人热情的永恒，朱丽叶要是做了罗米欧太太，过天发了福，走道都显累赘，再带着一大群的儿女，那还有什么意味？剧烈的东西是不能久长的：这是物理。由恋爱而结婚的人当然多的是，但谁能维持那初恋时一股子又泼辣又猖獗像是狂风像是暴雨的热情？结婚是成家。家本身就包涵有长久。即使不是永久的意义。有家就免不了家务，家累，尤其免不了小安琪儿们的降生。所以全看你怎样看法。如其现代多的是新发明的种种人生观，恋爱观的种类也不得简单。最发挥狭义的恋爱观的要算是哥谛霭的马斑小姐，她只准她的情人一整宵透明的浓艳的快乐，算是彼此尽情的还愿，不到天晚她就偷偷的告别，一辈子再不许他会面，她的唯一的理由就是要保全那“浪漫的热恋”的晶莹的印象。一往下拖就毁！但是话说回来，这类的见解，虽则美，当然是窄，有时竟有害，为人类繁衍的大目标计，是不应得听凭蔓延的。爱是不能没有的，但不能太热了。情感不能不受理性的相当节制与调剂。浪漫的爱虽则是纯粹的吕律格，但结婚的爱不一定是宽弛的散文。靠着在月光中泛滥的白石栏杆，散披着一头金黄的发丝，在夜莺的歌声中吸呼情致的缠绵，固然是好玩，但带上老棉帽披着睡衣看尊夫人忙着招呼小儿女的鞋袜同时得照料你的早餐的冷热，也未始没有一种可寻味的幽默。露水甜，雨水也不定是酸。

假如更进一步说，一对夫妻的结合不但是渊源于纯粹的相爱，不是肤浅的颠倒，而是意识的心性的相知，而且能使这部纯粹感情建筑成一个永久的共同生活的基础，在一个结婚的事实里阐发了不止一宗美的与高尚的德性，那一对夫妻怕还不是人类社会一个永久的榜样与灵感?

（三）

但不幸这类完全的夫妻在人类社会上实在是难得，虽则这与结婚同是普遍而且普通的一回事。好夫妻，贤孟梁，才子佳人，福寿双全子孙满堂的老伉俪，当然是有，多的是，但要一对完全创造性的配偶，在人类进化史上划高一道水平线，同时给厌世主义者一个积极的答复，那里有？男子间常有伟大的友谊，例如葛德与席勒的，他们彼此相互的启发与共同擎举的事业是一个永远不可磨灭的灵感。夫妻呢?

女子在教育上不曾得到完全的解放，在社会不得到与男子平等的地位，我们不能得到一个正确的夫妇的观念。在一个时候女性是战利品。在又一个时候女性是玩物。在一个时候女性是装饰，是奢侈品。在又一个时候女性是家奴。在所有的时候女性是“母畜”，它的唯一的使命与用处是为人类传种。因此人类的历史是男性的光荣，它的机会是男性的专利。直到最近的百年前，跟着一般思想的解放，女性身上的压迫方始有松放的希冀又跟着女权的运动，婚姻的观念方始得到了根本的修正，原先的谬误渐次在事实的显著中消失。

这是一件大事，因为女性的解放不仅给我们文化努力一宗新添的力量，它是我们理想中合理生活的实现的一个必要条件。夫妻是两个个性自由的化合；这是最密切的伙伴，最富创造性的一宗冒险。

（四）

诗人白郎宁与衣里查白裴雷德的结合是人类一个永久的纪念。如其他们结婚以前的经过是一叶薰香的恋迹；他们结婚以后的生活一样是值得我们的赞美。如其他们彼此感情的交流是不涉丝毫强勉，他们各自的忍耐与节制同样是一宗理性的胜利。如其这婚姻使他们二人完全实现这地面上可能的幸福，他们同时为蹒跚的人类立下了一个健全的榜样。他们使我们艳羡，也使我们崇仰，他们的不是那猥琐的局促的一流。如其白郎宁在这段情史中所表现的品格是男性的高尚与华贵，白夫人的是女性的坚贞与优美与灵感。他们完全实现了配偶的理想，他们是一对理想的夫妻。

白郎宁是一个比较晚成的诗人，在他同时期的谭宜孙诗名炫耀全国的时候，认识他的天才只有少数的几个人，例如穆勒约翰与诗人画家罗刹蒂，他在大英博物院中亲手抄缮白郎宁的第一首长诗。但他的诗，虽则不曾入时，已经有幸运得着了衣里查白裴雷德在深闺中的认识与同情。同时白郎宁也看到了裴雷德的诗，发现她引用自己的诗句，这给了他莫大的愉快。这是第一步。经由一个父执的介绍，裴雷德是他的表妹，白郎宁开始与她未来的夫人通信。裴雷德早年是极活泼的一个女孩，但不幸为骑马闪损了脊骨，终年困守在她楼上的静室里，在一只沙发上过生活，莎士比亚与古希腊的诗人是她唯一的慰藉。她有一个严厉的经商的父亲，但她的姊妹是与她同情并且随后给她帮助的。她有一个忠心的女仆叫威尔逊，一只更忠心的狗叫佛露喜。她比白郎宁大至六岁，与他开始通信的那年已是三十九岁。

你们见过她的画像的不能忘记她那凝注的悲怆的一双眼，与那蓬松的厚重的两鬓垂髻。她的本来是无欢的生活。一个废人，一个病人，空怀着一腔火热的情感与稀有的天才，她的日子是在生死的边界上黯然的消散着，在这些黯惨的中间造化又给她一下无情的打击，她的一个爱弟，无端做了水鬼，这惨酷的意外几于把她震成一种失心的狂痫，正如近时曼殊斐儿也有同样的悲伤。她是一个可怜人，哀愁与绝望是人生给她的礼物。

但这哀愁与绝望是运定不久长的。当代她最崇拜的一个诗人开始对她谦卑的表示敬意，她不能不为他的至诚所感动。在病榻上每日展读矫健敦笃的来书，从病榻上每日邮送郑重绰约的去缄，彼此贡献早晚的灵感，彼此许诺忠实的批评。由文学到人生，由兴会到性情，彼此发现彼此开始在是一致的同心。在不曾会面以先，他俩已经听熟了彼此的声音——不可错误的性灵的声音。

这初期五个月密接的通信，在她感到一种新来的光明驱散了她生活上的暗塞，在他却是更深一层的认识。这远不是她理想中的伴侣？没有她人生是一个伟大的虚无，有了她人生是一个实现的奇迹，他再不能怀疑，这是造化恩赐给他的唯一的机缘。她准许他去见她，在她的病房中，他见着了她，可怜的瘦小的病模样，蜷伏在她的沙发上，贵客来都不能欠身让坐！他知道这是不治的病，但他只感到无限的悲怜。他爱她，他不能不爱她。在第一次会见以后，伟大的白郎宁再不能克制他的热情。他要她，他的尽情倾吐的一封信给了温坡尔街五十号的病人一次不预期的心震，一宵不眠的踌躇。到早上她写回信，警告他再要如此她就不再见他。伟大的白郎宁这次当真红了脸，顾不得说谎，立即写信谢罪，解释前信只是感激话说过了分，请求退还原函（他生平就这一次不说真话）。信果然退了回来，他又带着脸红立即给毁了去，（他们的通信单缺了这一封，这使白夫人事后颇感到懊怅的。）这风险过去，他们重复回到原先平稳的文字的因缘，裴雷德准许他的朋友过时去看她，同时邮梭的投织更显得殷勤，他讲他的意大利忻快的游踪，但她酬答他的只有她的悲惨的余生——这不使他感到单调吗？他们每周会面的一天是他俩最光亮的日子。他那时住在伦敦的近郊。这正是花香的季候，乡间的清芬，黄的玫瑰，紫的铃兰，相继在函缄侵入温坡尔街五十号的楼房。裴雷德的感情也随着初秋的阳光渐渐的成熟。她不能不把她心里的郁积——她的悲哀，她的烦闷——缓缓的流向唯一朋友的心里。他的感激又是一度的过分，但他还记得他三月前的冒昧，既然已经忍何妨忍耐到底。他现在早已认定，无上的幸福是他的了。她不能一天不接他的信，她不能定心，她求他“一行的慈善”，她的心已经为他跳着了。但她还不能全放开她的踌躇。她能承受他的爱吗？这是公平吗？这是公平吗？他，一个完全的丈夫。她：一个颓废的病人。他能不白费他的黄金吗？这砂留得住这清泉吗？她是一个对生命完全放弃的人，幸福，又是这样的幸福，这念头使她忖着时都觉得眩晕。但这些不是阻难。在他只求每天在她的身旁坐一小时，承受她的灵感，写他的诗，由此救全他的灵魂，他还有什么可求的？不，她即使是永远残废都不成问题，他要的只是性灵的化合。她再不能固执，再不能坚持，她只求他不要为她过分迁就，她如其有命，这命完全是他一手救活的，对他她只有无穷的感恩。她准许他用她的乳名称呼！

（五）

现在唯一的困难就是裴雷德的家庭，她的父亲。他不想像他女儿除了对上帝和他自己忠贞还有能有别的什么感情的活动。他是一个无可通融的。他唯一的德性是他每天非得到下午六点不得回家，这一点他的女儿们都是知感的。裴雷德想到南方去，地中海的边沿，阳光暖和处去养息身体，因为她现在的生命是贵重的了。从死的黑影里劫出来，幸福已经不是不可能的梦想了。但她的父亲如何能容她有这种思想。她只要一开口这狮子就会叫吼得一屋子发震。她空怀着希望，却完全没有主意。她的朋友是永远主张抵御恶的势力的，他贡献他的勇敢，他建议积极的动作。裴雷德不能不信任他那雄健的膀臂与更雄健的意志。同时他俩的感情也已经到了无可再容忍的程度。至少在文字上他们再不能防御真情的泛滥。纯粹的爱在了解的深处流溢着。他们这时期的通信不再是书柬，不再是文字，是——“一对搏动的心”。从黑暗转到光明，从死转到爱，从残废的绝望转到健康的欢欣，爱的力量是一个奇迹。等到第二个春天回来的时候，裴雷德已经恢复她步履的愉快，走出病室的囚困，重享呼吸的清新。在阳光下，在草青与花香间，在禽鸟的歌声中，不能不讶异生活的神秘，不能不膜拜造化的慈恩。他给她的庄严的爱在她的心中像是一盘发异香的仙花，她是在这香息中迷醉了。正如他的玫瑰，他的铃兰曾经从乡间输入她的深闺，她这时也在和风中为他亲手采撷浓蕊的蝴蝶花。在这些甜蜜的时光的流转中，她的家庭的困难一天严重似一天，她的父亲的颟顸是无法可想的，这使情人们不得不立即商量一条干脆的出路，他们决意走。到意大利去，他俩的精神的故乡。他们先结了婚，在一个隐僻的教堂里，在上帝的跟前永远合成了一体，再过了几天他俩悄悄的离别了岛国，携着忠心的威尔逊与更忠心的佛露喜，投向自由的大陆，攀度了阿尔帕斯，在阿诺河入海处玲珑的皮萨城中小住，随后又迁去翡冷翠，在那有名的Casa Euidi中过他们无上的幸福的生活。

（六）

这无上的幸福有十五年的生命，在这十五年中他俩不知道一天的分离。他们是爱游历的，在罗马与巴黎与伦敦间他们流转着他们按季候的踪迹。白夫人，本来一个沙发上的废人。如今是一个健游者，巴黎是她的“软弱”，意大利是她的“热情”，她也能登山，也能涉水。她的创作的成绩也不弱于她的“劳勃脱”，虽则她是常病，有时还得收拾她的“盆”儿的嘴脸与袜鞋。他俩的幸福正是英国文学的幸福。劳勃脱在他的“巴”的天才的跟前，只是低头，他自己即使有什么成就，那都是她的灵感。“盆”儿是他们最大的欢欣，忠心的佛露喜也给他们不少的快乐。在交友上他们也是十分幸运的。白郎宁的刚健与博大，他夫人的率真与温驯，使得凡是接近他们的没有不感到深彻的愉快。出名坏脾气的喀莱尔，“狂窜的火焰”似的老诗人兰道（Savage Landor），长厚的谭尼孙，伟大的罗斯金，美秀的罗刹蒂弟兄，都一致的倾倒这一双无双的佳偶。罗刹蒂最说得妙，他说他就奇怪“那两个小小的人儿（指白氏夫妇）何以会得包容真实世界的那么多的一部分，他们在舟车上占不到多大的位置，在客寓里用不到一只双人床？”他们所知道的唯一的悲伤与遗憾就只白郎宁的母亲的死和白夫人父亲的倔强，他们的幸福始终得不到他的宽恕。白夫人对意大利的自由奋斗有最热烈的同情，也正当意大利得到完全的解放的那一年——一八六一——白夫人和她的劳勃脱永诀。如其她在生时实现了人生的美满，她的死更是一个美满的纪录。她并没有什么病痛，只是觉得倦，临终的那一晚她正和白郎宁商量消夏的计划。“她和他说着话，说着笑话，用最温存的话表示她的爱情；在半夜的时候，她觉着倦，她就偎倚在白郎宁的手背上假寐着。在几分钟内，她的头垂了下来。他以为她是暂时的昏晕，但她是去了，再不回来。”那临时一些温存的话是白郎宁终身的神圣的纪念。她最后的一句话，白郎宁问她觉到怎么样，是一单个无价的字——“Beautifal[①]”，“微笑的，快活的，容貌似少女一般”，她在她情人的怀抱中瞑目。

（七）

美！苦闷的人生难得有这样完全的美满！这不仅是文艺史的一段佳话，这是人类史上一次光明的纪录。这是不可磨灭的。这是值得永久流传的。但这段恋史本身固然是可贵，更可贵的是白夫人留给我们那四十四首十四行诗（The Sonnets from the Portuguese）。在这四十四首情诗里白夫人的天才凝成了最透明的纯晶。这在文学史上是第一次一个女子澈透的供承她对一个男子的爱情，她的情绪是热烈而搏聚的，她的声音是在感激与快乐中颤震着，她的精神是一团无私的光明。我们读她的情诗，正如我们读她的情书，我们不觉得是窥探一种不应得探窥的秘密，在这里正如在别的地方，真诚是解释一切，辩护一切，洁化一切的。她的是一种纯粹的热情，它的来源是一切人道与美德的来源，她的是不灭的神圣的火焰。只有白夫人才能感受这些伟大的情绪，也只有她才能不辜负这些伟大的情绪。这样伟大的内心的表现是稀有的。

关于那四十四首诗也还有一小段的佳话。白夫人发心写这一束情诗大约是在她秘密结婚以前，也许大半还是在她那楼房里写的。她不让白郎宁知道她的工作，她只在一次通信上隐隐的提过，“将来到了皮萨，”她说，“我再让你看我现在不给你看的东西。”他们夫妇俩写诗的工作是划清疆界的。在一首诗完成以前，谁都不能要求看谁的。在皮萨那时候，白夫人的书房是在楼上，照例每天在楼下吃过早饭，她就上楼做工，让他在楼下做他的。有一天早上白夫人已经上楼去，白郎宁正站在窗前看街，他忽然觉得屋子里有人偷偷的走着，他正要回头，他的身子已经叫他夫人给推住了，叫他不许动，一面拿一卷纸塞在他的口袋里。她要他看一遍，要是不喜欢就把它撕了，话说完就逃上了楼去。这卷纸就是她那一束的情诗。白郎宁看过了就直跳了起来，说：她不但是给了他一份无价的礼物，她是给人类创造了一种独一的至宝。因此他坚持她有公开这些诗的必要。最

① 英文，意为美丽的。

早的单印本是一八四七年在宝亭地方印的送本，书面上写着——Sonnets by E. B. B.[①]一八五〇年的印本才改称“Sonnets from the Portuguese”[②]，那是白郎宁的主意。他特别挑葡萄牙因为她有过一首诗“Cotarina to Camoens”[③]，是讲葡萄牙的一段故事，他又常把夫人叫作“我的小葡萄牙人”。这四十四首情诗现在已经闻一多先生用语体文译出。这是一件可纪念的工作。因为“商籁体”（一多译）那诗格是抒情诗体例中最美最庄严，最严密亦最有弹性的一格，在英国文学史上从汤麦斯槐哀德爵士（Sir Thomas Wyatt）到阿塞沙孟士（Arthur Symons）这四百年间经过不少名手的应用还不曾穷尽它变化的可能。这本是意大利的诗体，彼屈阿克（Petrach）的情诗多是商籁体。在英国槐哀德与石垒伯爵（Ear of Sarrey）最初试用时是完全仿效彼屈阿克的体裁与音韵的组织，这就叫作彼屈阿克商籁体。后来莎士比亚也用商籁体写他的情诗，但他又另创一格，韵的排列与意大利式不同，虽则规模还是相仿的，这叫做莎士比亚商籁体。写商籁体最有名的，除了莎士比亚自己与史本塞，近代有华茨华士与罗刹蒂，与阿麓思梅纳儿夫人，最近有沙孟士。白夫人当然是最显著的一个。她的地位是在莎士比亚与罗刹蒂的中间。初学诗的很多起首就试商籁体，正如我们学做诗先学律诗，但很少人写得出色，即在最大的诗人中；有的：例如雪莱与白郎宁自己，简直是不会使用的（如同我们的李白不会写律诗）。商籁体是西洋诗式中格律最谨严的，最适宜于表现深沉的盘旋的情绪。像是山风，像是海潮，它的是圆浑的有回响的音声。在能手中它是一只完全的弦琴，它有最激昂的高音，也有最呜咽的幽声。一多这次试验也不是轻率的，他那耐心先就不易，至少有好几首是朗然可诵的。当初槐哀德与石垒伯爵既然能把这原种从意大利移植到英国，后来果然开结成异样的花果，我们现在，在解放与建设我们文字的大运动中，为什么就没有希望再把它从英国移植到我们这边来？开端都是至微细的，什么事都得人们一半凭纯粹的耐心去做。为要一来宣传白夫人的情诗，二来引起我们文学界对于新诗体的注意，我自告奋勇在一多已经锻炼的译作的后面加上这一篇多少不免蛇足的散文。

第 一 首

我们已经知道在白郎宁还不曾发现她的时候，白夫人是怎样一个在绝望中沉沦着的病人。她简直是一个残废。年纪将近四十，在病房中不见天日，白夫人自

① 白朗宁夫人的十四行诗。

② 葡萄牙十四行诗。

③ 卡塔瑞娜致卡蒙斯。

分与幸福的人生是永远断绝缘分了。但她不是寻常女子，她的天赋是丰厚的，她的感情是热烈的。像她这样人偏叫命运给“活埋”在病房中，够多么惨！白郎宁对她的知遇之感从初起就不是平常的，但在白夫人，这不仅使她惊奇，并且使她苦痛。这个心理是自然的，就比是一个瞎眼的忽然开眼，阳光的激刺是十分难受的。

在这第一首诗里她说她自己万不料想的叫“爱”给找到时的情形，她说的那位希腊诗人是梯奥克立德斯（Theocritus）。他是古希腊文化最迟开的一朵鲜花。他是雪腊古市人，但他的生活多半是西西利岛上过的。他是一个真纯乐观的诗人。在他的诗里永远映照着和暖的阳光，回响着健康的笑声。所以白夫人在这诗里说她最初想起那位乐观诗人，在他光阴不是一个警告因为他随时随地都可以发现轻松的快活的人生。春风是永远怡荡的。果子永远在秋阳中结实。少也好，老也好，人生何处不是快乐。但她一转念想着她自己。既然按那位诗人说光阴是有恩有惠的，她自己的年头又是怎样过的呢。她先想起她的幼年，那时她是多活泼的一个孩子，那些年头在回忆中还是甜的，但自从她因骑马闪成病废以来她的时光不再是可爱，她的一个爱弟又叫无情的水波给吞了去，在这打击下她的日子益发显得暗惨，到现在在想象中她只见她自己的生命道上重重的盖着那些怆心的年份的黑影，她不由的悲不自制了。但正在这悲伤的时候她忽然觉到在她的身后晃动着一个神秘的形象，它过来一把拧住了她的头发直往后拉。在挣扎中她听着一个有权威的声音——“你猜猜，这是谁揪住你？”是“死吧”。她说，因为她只能想到死。但是“银钟似”的声音的答话更使她奇特了，那声音说——“不是死，是爱。”

第二首

这一声银钟似的震荡顿时使她从悲惋的迷醉中惊醒。她不信吗？不，她不能不信，这声音的充实与响亮不能使她怀疑。那么她信吗？这又使她踌躇。正如一个瞎眼的重见天日，她轻易还不能信任她的感觉。她的理性立时告诉她：“这即使是真，也还是枉然的。你想你有这样的造化吗？运命，一向待你苛刻的运命，能骤然的改变吗？”“枉然的”，她想不错，虽则爱乔装了死侵入了她的深闳，他还是不能留的。爱不能留，因为运命不许——造物不许，所以在这首诗里她说在爱开口的时候只有三个人听见，说话的你，听话的我，再就是无所不在的上帝。在她还不曾从初起的惊疑中苏醒，她似乎听到在她与他中间的上帝已经为他们下了案语。他说“你配吗”？她顿时觉得这句刺心的话黑暗似的障住了她的眼，这使她连睁眼对爱一看的机会都给夺去了。她巴望她自己还是死了的好，死倒也罢了：这活着受罪，已然见到光明还得回向黑暗的可怖是太难受了。但上帝的是无上的权威，他喝一声“不行”，比别的什么阻难更没有办法。人间的阻隔是分不了我们的，海洋的阔大不能使我们变异，风雨的暴戾也不能使我们软弱。任凭地面上的山岭有多么高，我们还得到天空里去携手。即使无际的天空也来妨碍我们的结合，我们也还得超出天空到更辽远的星海中去实现我们的情爱。

第 三 首

所以不是阻碍，那不是情人们所怕的，但我还得凭理性来忖忖这句话“你配吗”？我配吗？我现在已然见到了你，我不能不把事实的真相认一个清切。你爱我，不错，但是；我的贵人，我俩实在不是一路上的人！我们的生活，我们的归宿都不是一致的，即使我们曾经彼此相会，呵护你的与我的两个安琪儿们彼此是不相认的，在他们的翅膀相与交错时，他俩都显着诧异，因为我们本来是走不到一起的。你想，你自己是何等样人，我如何能攀附得着你的高贵？你是王后们的上宾，在她们的盛大的筵会上，你是一个崇仰与爱慕的目标，几百双的妙眼都望着你（它们要比我的泪眼更显得光亮），要求你施展你的吟咏的天才。这样的你与我又有什么相关，我是一个穷苦的，疲倦的，流浪的唱唱儿的，偎倚着一棵苍劲的翠柏，在黑暗中歌唱着凄凉的音调，你站在那，灯光明艳的窗子里边望着我，你是什么意思，能有什么意思？在你前额上涂着的是祝福的圣油，——在我就有冰凉的露水。那样的你，这样的我，还有什么说的？在生前是无望的了，除非到了死，那平等一切的死，我们才有会合的希望。

第 四 首

你是一个诗人，一个高雅的歌者，只有华丽的宫院才配款留你的踪迹。你是人中的凤，为要看着你从腴满的口唇吐露异样的清商，舞女们不由的翘企着她们的脚踪。这些才是你的去处，你为什么偏要到我的门外来徘徊？我的是卑陋的门庭，怎当得起大驾的枉顾？你难道当真舍得漫不经心的让你的妙乐掉落在我的门前，浪费你黄金比价的诗才？你不信时抬头来看这是一个什么的所在。屋子是破烂的，窗户是都叫风雨侵蚀坏了的，小心这屋椽间飞袭出怪状的蝙蝠与鸱鸮，因为它们是在这里做家的。你有你的琵琶，我这里，可怜，只有慰情长夜的秋虫。请你再不要弹唱了，因为响应你的就只一些荒凉的回音，你唱你的去罢，我的心灵处有一个声音在悲泣着，孤独的，寂寞的。

第五首

到上首为止诗的音调是沉郁与凄怆。一份炫耀的至礼已经献致在她的跟前，但她能接受吗？她的半墓穴似的病室的能霎时间容受这多的光辉与温暖吗？她已经忍着心痛低喊了一声“挡驾”，但那位拜门的贵人还是耐心的等候着。他这份礼是送定了的。他的坚决，他的忍耐，尤其是他的诚意，不能不使她踌躇。从这首诗起我们可以看出她的情绪，像一弯玲珑的新月，渐渐的在灰色的背幕里透露出来。但她还得逼紧一步。这回她声音放大了，她仿佛说：“你再不躲开，将来要有什么懊悔，你可赖不了我！我的话是说完了的。”最初她是万想不到爱会得找着她，她想到的只有死，她第一个念头以为这只是运命的一种嘲讽，她如何再能接近爱，但爱的迫切再不能使她疑惑，那么是真的，非但不曾走入死道，在她跟前站着的的确是爱。她非但听清了它的声音，她还认清了它的面目。她又一转念这还是白费，她如何能收受它，她与他什么都是悬殊的。但爱只当没有听见她的话，一双手还是对她伸着。她有点儿动了。她还得把话说明白了。爱如果一定要她，她也未始不知道感激，她可不能让他误会，她不是不回他的爱，她是怕害他，所以在这首里她说：——我严肃的捧起我的心来，如同古代的绮雷克拉捧着她那死尸灰坛，我一见眼内的神情，不由的失手倒翻了我的心坛，把所有的灰一起泼在你的跟前。这回我再不然隐瞒了，我的心已经一起倒了出来。你看看这是些什么？就是些死灰，中间隐隐还夹着些血红的火星在灰堆里透着光亮。你这一看出我的寒伧，要是你鄙蔑的一脚踹灭了这些余烬给它们一个永远的黑暗，那倒也完事一宗，再没有麻烦了。但如其你站着不动，回头风一吹动重新把这堆死灰吹活了过来，那可危险了，亲爱的，这火要是在风前一旺，就难保不会烧着你的发肤，纵然你头上戴着桂冠，怕也不能保护你吧。因此我警告你还是站远些的好，你去你的吧。

第六首

在这五六两首的中间，评衡家高士（Edmund Gosse）很有见地的指出白夫人另有一首绝美的短诗叫作《问与答》的应得放在一起读。那首诗与商籁体第五首（即上一首）表现同一种情调，但这是宛转的清丽的，不同上一诗的激昂嘹亮。意思是说你心目中所要的爱当然是热烈蓬勃一流，你怎么来找着我？你错了罢？你有见过在雪地里发芽开花的玫瑰没有？它不但不能长，就有也叫雪给冻死了。我的身世只是一片的冬景，满地的雪，那有什么鲜艳的生命？你一定是走错了，到这雪地里来寻花！你看你脚上不是已经踏着了雪，快洒脱吧，回头让你也给冻了。（第一段）我又好比是一处残破的古迹，几叠乱石子，长着些个冷落的青藤，你到这边来又是为什么了？你倒是要寻葡萄苹果呢，还是就为了这些可怜的绿叶？如果你是为了绿叶来的，那么好吧，既然承你情，你就不妨顺手摘三两张带回去做一个纪念也好！

但这时候白夫人心里的雪早就化了。叫白郎宁火热的爱给烫化了！所以在第六首里，她虽则开口还是“躲着我去吧”，接着就是她的“软化”的招承。

趁早躲开我吧。但我从今后再不是原先的我，我此后永远在你的阴影下站着。我再不能在我单独的身世的门前呼吸我的思想，也不能在阳光里静定的举起我的手掌，而不感觉到你给我的深邃的影响。我的掌心永远存记着你的抚摩。你的心已经交互在我的心里，我的脉搏里跳荡着你的脉搏。我的思想里有你，行动里有你，梦里也有你。正如在葡萄酒里尝出葡萄的滋味，我的新来的生命里也处处按得出你造成它的原素。每回我为我自己对上帝祈求，他在我的声音里听出你的名字，在我的眼睛里他看出两个人的眼泪。

第七首

自从听得你灵魂的脚步走近我的身畔，仿佛这整个的世界都为我改变了面目。我本来只是在死的边沿上逗留着，自分早晚都在往下吊，谁想到爱来救了我，抱住了我，教给我生命的整体，在一种新的节奏里波动着。有了你近在我的身边，我的悲苦的已往都取得了意味，多甜的意味，那是上帝为我特定下了灵魂的浸礼。有了你这地面这天都变了样，我还能怨吗？就说我现在弹着的琴，唱着的歌，它们的可爱也就为有你的名字在歌声与琴韵里回响着。

第八首

这一弯眉月似的情绪已经渐渐的开展。在每一个字里跳跃着欢喜与感激，在每一个字里预映着圆满的光明。但她还得踌躇。一层浅色的游云暂时又掩住了亮月的清光。初起“我配吗”那一个动机又浮现了上来。她说：——

你待我当然是再好没有的了，我的慷慨大量的恩人。你送我这份礼是再重也没有了。你带了你的无价的纯洁的心来，放在我的破屋子的墙外，听凭我收受或是鄙弃，我要是收了你这份厚礼，我又有什么东西来回敬你呢？不受太负了你，受了我又实在说不过去，人家能不骂我冷心肠说我无情义吗？但不是的，我不是冷，也不是狠，说实话，我是穷。上帝知道，不信你问他。日常的涕泪冲淡了我生命的颜色，剩下的就只这奄奄的惨白的躯体。我怎么能不自惭形秽，这是不配用作你的枕头的，实在是不配。你还是去你的吧！我这样的身世是只配供人践踏的。

第九首

但是话说回来，我也并不是完全没有东西给你，最使我迟疑的就在这“事情的对不对”。我能给你些什么？什么也没有，除了眼泪，除了悲伤，因为我一辈子是这样过来的。我虽则有时也会笑，但这些笑都是不能长驻的。你劝我，你开导我，也是枉然。我实在的担忧，这是不对的！我不能让你为我这么受罪。你我不是同等人，如何能说到相爱。你待我那么厚，我待你这么寒伧，这如何能说得过去？去吧，可叹，我不能让我的灰土玷污你的袍服，我不能让我的悲苦连累你的爽恺的心胸，我也不能给你什么爱——这事情是不公平的呀！我就只爱你！再没有什么说的了。

第十首

在这首诗那一道云又扯了过去，更显得亮月的光明。她说：——

我不说我是穷得什么东西都不能给你除了我的涕泪与悲伤吗？但是我爱你是真的。我初起只是放心不下这该不该：像我这样人该不该爱你？我总觉得有些不公平，拿我这寒伧的来交换你那高贵的。但我转念一想这事情也不能执着一边看，也许在上帝的眼里，凭我的血诚，我这份回敬的礼物不至于完全没有它的价值。爱，只要是爱，不沾染什么的纯粹的爱，就不丑，就美，这份礼是值得收受的。你没有看见火吗？不论烧着的是圣庙或是贱麻，火总是明亮的。不论烧着的是松柏或是芜草，光焰是一般的。爱就是火。即如我的现在，感着内心的驱使再不能隐匿我灵魂的秘密，朗声的对你供承“我爱你”——听呀，我爱你——我就觉得我是在爱的光焰里站着，形貌都变化了，神明的异彩从我的颜面对着你的放射。说到爱高卑的分别是没有的；最渺小的生灵们也献爱给上帝，上帝还不一样接受他们的爱并且还爱它们。相信我，爱的灵感是神奇的，我又何尝不明白我自己的本真，但盘旋在我心里的那一团圣火照亮了我的思想，也照亮了我的眉目。这不是爱的伟大的力量可以“升华”造物的工程的一个凭证吗？

小　说

春　痕

一　瑞香花——春

逸清早起来，已经洗过澡，站在白漆的镜台前，整理他的领结。窗纱里漏进来的晨曦，正落在他梳栉齐整漆黑的发上，像一流灵活的乌金。他清癯的颊上，轻沾着春晓初起的嫩红，他一双睫绒密绣的细长妙目，依然含漾着朝来梦里的无限春意，益发激动了他Narcissus[①]自怜的惯习，痴痴地尽向着镜里端详。他圆小锐敏的睛珠，也同他头发一般的漆黑光亮，在一泻清利之中，泄漏着几分忧郁凝滞，泄漏着精神的饥渴，像青翠的秋山轻罩着几痕雾紫。

他今年二十三岁，他来日本方满三月，他迁入这省花家，方只三日。

他凭着他天赋的才调生活风姿，从幼年便想肩上长出一对洁白蛴嫩的羽翮，望着精焰斑斓的晚霞里，望着出岫倦展的春云里，望着层晶叠翠的秋天里，插翅飞去，飞上云端，飞出天外，去听云雀的欢歌，听天河的水乐，看群星的联舞，看宇宙的奇光，从此加入神仙班籍，凭着九天的白的玉阑干，于天朗气清的晨夕，俯看下界的烦恼尘俗，微笑地生怜，怜悯地微笑。那是他的幻想，也是多数未经生命严酷教训的少年们的幻想。但现实粗狠的大槌，早已把他理想的晶球击破，现实卑琐的尘埃，早已将他洁白的希望掩染。他的头还不曾从云外收回，他的脚早已在污泥里泞住。

他走到窗前，把窗子打开，只觉得一层浓而且劲的香气，直刺及灵府深处，原来楼下院子里满地都是盛开的瑞香花，那些紫衣白发的小姑子们，受了清露的涵濡，春阳的温慰，便不能放声曼歌，也把她们襟底怀中脑边蕴积着的清香，迎着缓拂的和风，欣欣摇舞，深深吐泄，只是满院的芬芳，只勾引无数的小蜂，迷醉地环舞。

三里外的桑抱群峰也只在和暖的朝阳里欣然沉浸。

逸独立在窗前，估量这些春情春意，双手插在裤袋里，微曲着左膝，紧啮住

① 英语，意为水仙花似的。

浅绛的下唇，呼出一声幽喟，旋转身掩面低吟道：可怜这万种风情无地着！

紧跟着他的吟声，只听得竹篱上的门铃，喧然大震，接着邮差迟重的嗓音唤道：“邮便！”

一时篱上各色的藤花藤叶，轻波似颤动，白果树上的新燕呢喃也被这铃声喝住。

省花夫人手拿着一张美丽的邮片笑吟吟走上楼来对逸说道：“好福气的先生，你天天有这样美丽的礼物到手。”说着把信递入他手。

果然是件美丽的礼物：这张比昨天的更觉精雅，上面写的字句也更妩媚，逸看到她别致的签名，像燕尾的瘦，梅花的疏，立刻想起她亭亭的影像，悦耳的清音，接着一阵复凑的感想，不禁四肢的神经里，迸出一味酸情，迸出一些凉意。他想出了神，无意地把手里的香迹，送向唇边，只觉得兰馨满口，也不知香在片上，也不知香在字里，——他神魂迷荡了。

一条不甚宽广但很整洁的乡村道上，两旁种着各式的树木，地上青草里，夹缀着点点金色、银色的钱花。这道上在这初夏的清晨除了牛奶车、菜担以外，行人极少。但此时铃声响处，从桑抱山那方向转出一辆新式的自行车，上面坐着一个西装的少女，二十岁光景。她黯黄的发，临风蓬松着，用一条浅蓝色丝带络住，她穿着一身白纱花边的夏服，鞋袜也一体白色；她丰满的肌肉，健康的颜色，捷灵的肢体，愉快的表情，恰好与初夏自然的蓬勃气象和合一致。

她在这清静平坦的道上，在榆柳浓馥的阴下，像飞燕穿帘似的，疾扫而过；有时俯偻在前枢上，有时撒开手试她新发明的姿态，恰不明用手去理整她的外裳，因为孟浪的风尖常常挑翻她的裙序，像荷叶反卷似的，泄露内衬的秘密。一路的草香花味，树色水声，云光鸟语，都在她原来欣快的心境里，更增加了不少欢畅的景色——她同山中的梅花小鹿，一般的美，一般的活泼。

自行车到藤花杂生的篱门前停了，她把车倚在篱旁，扑去了身上的尘埃，掠齐了鬓发，将门铃轻轻一按，把门推开，站在门口低声唤道：“省花夫人，逸先生在家吗？”

说着心头跳个不住，颊上也是点点桃花，染人冰肌深浅。

那时房东太太不在家，但逸在楼上闲着临帖，早听见了，就探首窗外，一见是她，也似感了电流一般，立刻想飞奔下去。但她接着喊道，她也看见了：“逸先生，早安，请恕我打扰，你不必下楼，我也不打算进来，今天因为天时好，我一早就出来骑车，便道到了你们这里，你不是看我说话还喘不过气来，你今天好吗？啊，乘便，今天可以提早一些，你饭后就能来吗？”

她话不曾说完，忽然觉得她鞋带散了，就俯身下去收拾，阳光正从她背后照过来，将她描成一个长圆的黑影，两支腰带，被风动着，也只在影里摇颤，恰像一个大蜗牛，放出他的触须侦探意外的消息。

“好极了，春痕姑娘！……我一定早来……但你何不进来坐一歇呢？……你不是骑车很累了吗？……”

春痕已经缚紧了鞋带，倚着竹篱，仰着头，笑答道：“很多谢你，逸先生，我就回去了。你温你的书吧，小心答不出书，先生打你的手心；”格支地一阵憨笑，她的眼本来秀小，此时连缝儿都莫有了。

她一欠身，把篱门带上，重复推开，将头探入；一支高出的藤花，正贴住她白净的腮边，将眼瞟着窗口看呆了的逸笑道：“再会罢，逸！”

车铃一响，她果然去了。

逸飞也似驰下楼去出门望时，只见榆荫错落的黄土道上，明明镂着她香轮的踪迹，远远一簇白衫，断片铃声，她，她去了。

逸在门外留恋了一会，转身进屋，顺手把方才在她腮边撩拂那支乔出的藤花，折了下来恭敬地吻上几吻；他耳边还只荡漾着她那“再会罢，逸！”的那个单独“逸”字的蜜甜音调：他又神魂迷荡了。

二　红玫瑰——夏

“是逸先生吗？”春痕在楼上喊道，“这里没有旁人，请上楼来。”

春痕的母亲是旧金山人，所以她家的布置，也参酌西式。楼上正中一间就是春痕的书室，地板上铺着匀净的台湾细席，疏疏的摆着些几案榻椅，窗口一大盆的南洋大榈，正对着她凹字式的书案。

逸以前上课，只在楼下的客堂里，此时进了她素雅的书屋，说不出有一种甜美愉快的感觉。春痕穿一件浅蓝色纱衫，发上的缎带也换了亮蓝色，更显得妩媚绝俗。她拿着一管斑竹毛笔，正在绘画，案上放着各品的色碟和水盂。逸进了房门，她才缓缓地起身，笑道：“你果然能早来，我很欢喜。”

逸一面打量屋内的设备，一面打量他青年美丽的教师，连着午后步行二里许的微喘，颇露出些局促的神情，一时连话也说不连贯。春痕让他一张椅上坐了，替他倒了一杯茶，口里还不住地说她精巧的寒暄。逸喝了口茶，心头的跳动才缓缓的平了下来，他瞥眼见了春痕桌上那张鲜艳的画，就站起来笑道：“原来你又是美术家，真失敬，春痕姑娘，可以准我赏鉴吗？”

她画的是一大朵红的玫瑰，真是一枝浓艳露凝香，一瓣有一瓣的精神，充满了画者的情感，仿佛是多情的杜鹃，在月下将心窝抵入荆刺沥出的鲜红心血，点染而成，几百阕的情词哀曲，凝化此中。

“那是我的涂鸦，那里配称美术，”说着她脸上也泛起几丝红晕，把那张水彩趑趄地递入逸手。

逸又称赞了几句，忽然想起西方人用花来作恋爱情感的象征，记得红玫瑰是“我爱你”的符记，不禁脱口问道：“但不知那一位有福的，能够享受这幅精品，你不是预备送人的吗？”

春痕不答；逸举头看时，只见她倚在凹字案左角，双手支着案，眼望着手，满面绯红，肩胸微微有些震动。

逸呆望着这幅活现的忸怩妙画，一时也分不清心里的反感，只觉得自己的颧骨耳根，也平增了不少的温度；此时春痕若然回头，定疑心是红玫瑰的朱颜，移上了少年的肤色。

临了这一阵缄默，这一阵色彩鲜明的缄默，这一阵意义深长的缄默，让窗外桂树上的小雀，吱的一声啄破。春痕转身说道：“我们上课罢。”她就坐下打开一本英文选，替他讲解。

功课完毕，逸起身告辞，春痕送他下楼，同出大门，此时斜照的阳光正落在桑抱的峰巅岩石上，像一片斑驳的琥珀，他看着称美一番，逸正要上路，春痕忽然说：

“你候一候，你有件东西忘了带走。”她就转身进屋去，过了一分钟，只见她红涨着脸，拿着一纸卷递给逸说：“这是你的，但不许此刻打开看！”接着匆匆说了声再会，就进门去了。逸左臂夹着书包，右手握着春痕给他的纸卷，想不清她为何如此慌促，禁不住把纸卷展开，这一展开，但觉遍体的纤微，顿时为感激欣喜悲切情绪的弹力撼动，原来纸卷的内容，就是方才那张水彩，春痕亲笔的画，她亲笔画的红玫瑰——他神魂又迷荡了。

三 茉莉花——秋

逸独坐在他房内，双手展着春痕从医院里来的信，两眼平望，面容淡白，眉峰间紧锁住三四缕愁纹；她病了。窗外的秋雨，不住地沥淅，他怜爱的思潮，也不住地起落。逸的联想力甚大，譬如他看花开花放就想起残红满地；身历繁花声色，便想起骷髅灰烬；临到欢会，便想惋别；听人病苦，便想暮祭。如今春痕病了，在院中割肠膜，她写的字也失了寻常的劲致，她明天得医生特许可以准客人见，要他一早就去。逸为了她病，已经几晚不安眠，但远近的思想不时涌入他的脑府。他此时所想的是人生老病死的苦痛，青春之短促。他悬想着春痕那样可爱的心影，疑问像这样一朵艳丽的鲜花，是否只要有恋爱的温润便可常葆美质；还是也同山谷里的茶花，篱上的藤花，也免不了受风摧雨虐，等到活力一衰，也免不了落地成泥，但他无论如何拉长缩短他的想象，总不能想出一个老而且丑的春痕来！他想圣母玛丽不会老，观世音大士不会老，理想的林黛玉不会老，青年理想中的爱人又如何会老呢；他不觉微笑了。转眼他又沉入了他整天整晚迷恋的梦境；他最恨想过去，最爱想将来，最恨回想，最爱前想，过去是死的丑的痛苦的枉费的；将来是活的美的幸福的创造的；过去像块不成形的顽石，满长着可厌的猬草和刺物；将来像初出山的小涧，只是在青林间舞蹈，只是在星光下歌唱，只是在精美的石梁上进行。他廿余年麻木的生活，只是个不可信，可厌的梦；他只求抛弃这个记忆；但记忆是富有粘性的，你愈想和他脱离，结果胶附得愈紧愈密切。他此时觉得记忆的压制愈重，理想的将来不过只是烟淡云稀，渺茫明灭，他就狠劲把头摇了几下，把春痕的信折了起来，披了雨衣，换上雨靴，夹了一把伞独自下楼出门。

他在雨中信步前行，心中杂念起灭，竟走了三里多路，到了一条河边。沿河有一列柳树，已感受秋运，枝条的翠色，渐转苍黄，此时仿佛不胜秋雨的重量，凝定地俯看流水，粒粒的泪珠，连着先凋的叶片，不时掉入波心悠然浮去。时已薄暮，河畔的颜色声音，只是凄凉的秋意，只是增添惆怅人的惆怅。天上绵般的云似乎提议来裹埋他心底的愁思，草里断续的虫吟，也似轻嘲他无聊的意绪。

逸踯躅了半晌，不觉秋雨满襟，但他的思想依旧缠绵在恋爱老死的意义，他忽然自言道："人是会变老变丑，会死会腐朽，但恋爱是长生的；因为精神的现象决不受物质法律的支配；是的，精神的事实，是永久不可毁灭的。"

他好像得了难题的答案，胸中解释了不少的积重，抖下了雨衣上的雨珠，就转身上归家的路。

他路上无意中走入一家花铺，看看初菊，看看迟桂，最后买了一束茉莉，因为她香幽色淡，春痕一定喜欢。

他那天夜间又不曾安眠，次日一早起来，修饰了一晌，用一张蓝纸把茉莉裹了，出门往医院去。

"你是探望第十七号的春痕姑娘吗？"

"是。"

"请这边走。"

逸跟着白衣灰色裙的下女，沿着明敞的走廊，一号二号，数到了第十七号。

浅蓝色的门上，钉着一张长方形的白片，写着很触目的英字：

“No.17 Admitting no visitors except the patient　s mother and Mr.Yi”

“第十七号。”

“除病人母亲及逸君外，他客不准入内。”

一阵感激的狂潮，将他的心府淹没；逸回复清醒时，只见房门已打开，透出一股酸辛的药味，里面恰丝毫不闻音息。逸脱了便帽，企着足尖，进了房门——依旧不闻音息。他先把房门掩上，回身看时，只见这间长形的室内，一体白色，白墙白床，一张白毛毡盖住的沙发，一张白漆的摇椅，一张小几，一个唾盂。床安在靠窗左侧，一头用矮屏围着。逸走近床前时，只觉灵魂底里发出一股寒流，冷澈了四肢全体。春痕卧在白布被中，头戴白色纱巾，垫着两个白枕，眼半合着，面色惨淡得一点颜色的痕迹都没有，几于和白枕白被不可辨认，床边站着一位白巾白衣态度严肃的看护妇，见了逸也只微颔示意，逸此时全身的冰流重复回入灵府，凝成一对重热的泪珠，突出眶帘。他定了定神俯身下去，小语道：“我的春痕，你……吃苦了！……”那两颗热泪早已跟着颤动的音波在他面上筑成了两条泪沟，后起的还频频涌出。

春痕听了他的声音，微微睁开她倦绝的双睫，一对铅似重钝的睛球正对着他热泪溶溶的湿眼；唇腮间的筋肉稍稍缓弛，露出一些勉强的笑意，但一转瞬她的腮边也湿了。

“我正想你来，逸。”她声音虽则细弱，但很清爽，“多谢天父，我的危险已经过了！你手里拿的不是给我的花吗？”说着笑了，她真笑了。

逸忙把纸包打开，将茉莉递入她已从被封里伸出的手，也笑说道：“真是，我倒忘了：你爱不爱这茉莉？”

春痕已将花按在口鼻间，合拢了眼，似乎经不住这强烈香味；点了点头，说：“好，正是我心爱的；多谢你。”

逸就在床前摇椅上坐下，问她这几日受苦的经过。

过了半点钟，逸已经出院，上路回家。那时的心影，只是病房的惨白颜，耳畔也只是春痕零落孱弱的音声。——但他从进房时起，便引起了一个奇异的幻想。他想见一个奇大的坟窟，沿边齐齐列着黑衣送葬的宾客，这窟内黑沉沉地不知有多少深浅，里面却埋着世上种种的幸福，种种青年的梦境，种种悲哀，种种美丽的希望，种种污染了残缺了的宝物，种种恩爱和怨艾，在这些形形色色的中间，又埋着春痕，和在病房一样的神情，和他自己——春痕和他自己！

逸——他的神魂又是一度迷荡。

四 桃花李花处处开——十年后春

此时正是清明时节，箱根一带满山满谷，尽是桃李花竞艳的盛会。这边是红锦，那边是白雪，这边是火焰山，那边是银涛海；春阳也大放骄矜艳丽的光辉来笼盖这骄矜艳丽的花园，万象都穿上最精美的袍服，一体的欢欣鼓舞，庆祝春明。整个世界只是一个妩媚的微笑；无数的生命，只是报告他们的幸福：到处是欢乐，到处是希望，到处是春风，到处是妙乐。

今天各报的正张上，都用大号字登着欢迎支那伟人的字样。那伟人在国内立了大功，做了大官，得了大名，如今到日本，他从前的留学国，来游历考察，一时哄动了全国注意，朝野一体欢迎，到处宴会演说，演说宴会，大家争求一睹丰采；尤其因为那伟人是个风流美丈夫。

那伟人就是十年前寄寓在省花家瑞香花院子里的少年；他就是每天上春痕姑娘家习英文的逸。

他那天记起了他学生时代的踪迹，忽发雅兴，坐了汽车，绕着桑抱山一带行驶游览，看了灿烂缤纷的自然，吸着香甜温柔的空气，甚觉舒畅愉快。

车经过一处乡村，前面被一辆载木料的大车拦住了进路，只得暂时停着等候。车中客正瞭望桑抱一带秀特的群峰，忽然春痕的爱影，十年来被事业尘埃所掩翳的爱影，忽然重复历历心中，自从那年匆匆被召回国，便不闻春痕消息，如今春色无恙，却不知春痕何往，一时动了人面桃花之感，连久干的眶睫也重复潮润起来。

但他的注意，却半在观察村街的陋况，不整齐的店铺，这里一块铁匠的招牌，那首一张头痛膏的广告，别饶风趣。

一家杂货铺里，走来一位生客，一个西装的胖妇人，她穿着蓝呢的冬服，肘下肩边都已霉烂，头戴褐色的绒帽，同样的破旧，左手抱着一个将近三岁的小孩，右臂套着一篮的杂物——两棵青菜，几枚蛤蜊，一枝蜡烛，几匣火柴，——方才从店里买的。手里还挽着一个四岁模样的女孩，穿得也和她母亲一样不整洁。那妇人蹒跚着从汽车背后的方向走来，见了这样一辆美丽的车和车里坐着的华服客，不觉停步注目。远远的看了一晌，她索性走近了，紧靠着车门，向逸上下打量，看得逸到烦腻起来，心想世上那有这样臃肿拳曲不识趣的妇人……

那妇人突然操英语道："请饶恕我，先生，但你不是中国人逸君吗？"

他想又逢到了一个看了报上照相崇拜英雄的下级妇女；但他还保留他绅士的态度，微微欠身答道："正是，夫人，"淡淡说道，漫不经意的模样。

但那妇人急接说道："果然是逸君！但是难道你真不认识我了？"

逸免不得凝眸向她辨认：只见丰眉高颧；鼻梁有些陷落，两腮肥突，像一对熟桃；就视那细小的眼眶，和她方才“逸君”那声称呼，给他一些似曾相识的模糊印象。

“我十分的抱歉，夫人！我近来的记忆力实在太差，但是我现在敢说我们确是曾经会过的。”

“逸君你的记忆真好！你难道真忘了十年前伴你读英文的人吗？”

逸跳了起来，说道：“难道你是春……”但他又顿住了，因为他万不能相信他脑海中一刻前活泼可爱的心影，会得幻术似的变形为眼前粗头乱服左男右女又肥又蠢的中年妇人。

但那妇人却丝毫不顾恋幻象的消散，丝毫不感觉哲理的怜悯；十年来做妻做母负担的专制，已经将她原有的浪漫根性，杀灭尽净：所以她宽弛的喉音替他补道：“春……痕，正是春痕，就是我，现在三……夫人。”

逸只觉得眼前一阵昏沉，也不曾听清她是三什么的夫人，只瞪着眼呆顿。

“三井夫人，我们家离此不远，你难得来此，何不乘便过去一坐呢？”

逸只微微的颔首，她已经将地址吩咐车夫，拉开车门，把那小女孩先送了上去，然后自己抱着孩子挽着筐子也挤了进来。那时拦路的大车也已经过去，他们的车，不上三分钟就到了三井夫人家。

一路逸神意迷惘之中，听她诉说当年如何嫁人，何时结婚，丈夫是何职业，今日如何凑巧相逢，请他不要介意她寒素嘈杂的家庭，以及种种等等，等等种种。

她家果然并不轩敞，并不恬静。车止门前时便有一个七八岁赤脚乱发的小孩，高喊着：“娘坐了汽车来了……”跳了出来。

那漆髹驳落的门前，站着一位满面皱纹，弯背驼腰的老妇人，她介绍给逸，说是她的姑；老太太只咳嗽了一声向来客和她媳妇，似乎很好奇似地溜了一眼。

逸一进门，便听得后房哇的一声婴儿哭：三井夫人抱怨她的大儿，说定是他顽皮又把小妹惊醒了。

逸随口酬答了几句话，也没有喝她紫色壶倒出来的茶，就伸出手来向三井夫人道别，勉强笑着说道：“三井夫人，我很羡慕你丰满的家庭生活，再见罢！”

等到汽车轮已经转动，三井夫人还手抱着襁褓的儿，身旁立着三个孩子，一齐殷勤地招手，送他的行。

那时桑抱山峰依旧沉浸在艳日的光流中，满谷的樱花桃李，依旧竞赛妖艳的颜色，逸的心中，依旧涵葆着春痕当年可爱的影像。但这心影，只似梦里的紫丝灰线所组成，只似远山的轻霭薄雾所形成，淡极了，微妙极了，只要蝇蚊的微嗡，便能刺碎，只要春风的指尖，便能挑破。……

两 姊 妹

三月。夜九时光景。客厅里只开着中间圆桌上一座大伞形红绸罩的台灯。柔荏的红辉散射在附近的陈设上，异样的恬静。靠窗一架黑檀几上那座二尺多高薇纳司的雕像，仿佛支不住她那矜持的姿态，想顺着软美的光流，在这温和的春夜，望左侧的沙发上，倦倚下去；她倦了。

安粟小姐自从二十一年前母亲死后承管这所住屋以来，不曾有一晚曾向这华丽、舒服的客厅告过假，缺过席。除了绒织、看小说、和玛各，她的妹妹，闲谈，她再没有别的事了。她连星期晚上的祈祷会，都很少去，虽则她们的教堂近在前街，每晚的钟声丁当个不绝，似乎专在提醒，央促她们的赴会。

今夜她依旧坐在她常坐的狼皮椅上，双眼半合着，似乎与她最珍爱的雕像，同被那私语似的灯光熏醉了。书本和线织物，都放在桌上；她想继续看她的小说，又想结束她的手工，但她的手像痉挛了似的，再也伸不出去。她忽然想起玛各还没回进房来，方才听得杯碟声响，也许她乘便在准备她们临睡前的可可茶。

玛各像半山里云影似的移了进来，一些不着声息，在她姊姊对面的椅上坐了。

她十三年前犯了一次痹症，此后左一半的躯体，总不十分自然。并且稍一劳动，便有些气喘，手足也常发震。

“啊，我差一些睡着了，你去了那么久……”说着将手承着口，打了小半个呵欠；玛各微喘的声息，已经将她惊觉。此时安粟的面容在灯光下隔着桌子望过去，只像一团干瘪了的海绵，那些复叠的横皱纹，使人疑心她在苦笑，又像忧愁。她常常自怜她的血弱，她面色确是半青不白的。她的声带，像是新鲜的芦管做成的，不自然的尖锐。她的笑响，像几枚新栗子同时在猛火里爆裂；但她妹子最怕最厌烦的，尤其是她发怒时带着鼻意的那声“扼衡”。

“扼衡！玛丽近来老是躲懒，昨天不到四点钟就走了，那两条饭巾，一床被单，今天还放着没有烫好，真不知道她在外面忙的是什么！”

“哼，她那儿还有工夫顾管饭巾……我全知道！每天她出了我们的门，走不到转角上——我常在窗口望她——就躲在那棵树下拿出她那粉拍来，对着小手镜，装扮她那贵重的鼻子——有一天我还见她在厨房里擦胭脂哪！前天不是那克莱妈妈说她一礼拜要看两次电影，说常碰到她和男子一起散步……”

“可不是，我早就说年轻的谁都靠不住，要不是找人不容易，我早就把她回了，我看了她那细小的腰身，就有气！扼衡！”

玛各幽幽的喟息了一声，站了起来，重复半山里云影似的移到窗前，伸出微颤的手指，揭开墨绿色绒的窗幔，仰起头望着天上，“天倒好了，”她自语着，“方才怪怕人的乌云现在倒变了可爱的月彩，外面空气一定很新鲜的，这个时候……哦，对门那家瑞士人又在那里跳舞了，前天他们才有过跳舞不是，安粟？他们真乐呀，真会享福，他们上面的窗帘没有放下，我这儿望得见他们跳舞呀，果然那位高高的美男子又在那儿了……啊唷，那位小姐今晚多乐呀，她又穿着她那件枣红的，安粟你也见过的不是，那件银丝镶边的礼服？我可不爱现在的式样，我看是太不成样儿了，我们从前出手稍微短一点子，昂姑母就不愿意，现在她们简直是裸体了——可是那位小姐长得真不错，肉彩多么匀净，身段又灵巧，她贴住在那美男子的胸前，就像一只花蝶儿歇在玉兰花瓣上的一样得意……她一对水一般的妙眼尽对着他看，他着了迷了……他着了迷了，这音乐也多趣呀，这是新出的，就是太艳一点，简直有点猥亵，可是多好听，真教人爱呀……”

安粟侧着一只眼望过来，只见她妹妹的身子有点儿摇动，一双手紧紧的拧住窗幔，口里在吁吁的响应对面跳舞家的乐音……

“扼衡！”

玛各吓的几乎发噤，也自觉有些忘情，赶快低着头回转身。在原先的椅上坐下，一双手还是震震的，震震的……

安粟在做她的针线，低着头，满面的皱纹叠得紧紧的，像秋收时的稻屯。玛各偷偷的瞟了她几眼，顺手把桌上的报纸，拿在手里……隔街的乐音，还不时零续地在静定的夜气中震荡。

“铛！”门铃。格托的一声，邮件从门上的信格里落在进门的鬃毡上。玛各说了声，让我去看去，出去把信检了进来。“昂姑母来的信。”

安粟已经把眼镜夹在鼻梁上，接过信来拆了。

野鸭叫一阵的笑，安粟稻屯似的面孔上，仿佛被阳光照着了，闪闪的在发亮。“真是！玛各，你听着。”

“汤麦的蜜月已经完了。他们夫妻俩现在住在我家里。新娘也很和气的，她的相片你们已经见过了不是？他们俩真是相爱，什么时候都挨得紧紧的，他们也不嫌我，我想他们火热的年轻人看了我们上年纪的，板板的像块木头，说的笑话也是几十年的老笑话，每星期总要背一次的老话，他们看了我一定很觉得可怜，——其实我们老人的快活，才是真快活。我眼也花了，前面本来望不见什么，乐得安心静意等候着上帝的旨意，我收拾收拾厨房，看看年轻人的快乐，说说干瘪的笑话，也就过了一天，还不是一样?

“间壁史太太家新收了一个寄宿的中国学生。前天我去吃晚饭看见了。一个矮矮的小小的顶好玩的小人，圆圆的头，一头蓬蓬的头发，像是好几个月没有剪过，一双小小的黑眼，一个短短的鼻子，一张小方的嘴，真怪，黄人真是黄人，他的面色就像他房东太太最爱的，蒸得稀烂的南瓜饼，真是蜡黄的。也亏他会说我们的话，一半懂得，一半懂不得。他也很自傲的，一开口就是我们的孔夫子怎么说，我们的孔夫子怎么说——总是我们的孔夫子。前天我们问起中国的妇女和婚姻，引起了他一大篇的议论。他说中国人最有理性，男的女的，到了年纪——我们孔夫子分付的——一定得成家成室，没有一个男子，不论多么穷，没有妻子。没有一个女人，不论多么丑，没有丈夫。他说所以中国有这样的太平，人人都很满意的。真是，怪不得从前的‘赖耶鸿章’见了格兰士顿的妹妹，介绍时听见是小姐，开头就问为什么还没有成亲！我顶喜欢那小黄人。我几时想请他吃饭，你们也来会会他好不好——他是个大学的学生哩！

“附。安粟不是想养一条狗吗？昨天晚报上有一条卖狗的广告，说是顶好的一条西伯利亚种，尖耳朵，灰色的，价钱也不贵，你们如其想看，可以查一查地址，我是不爱狗的，但也不厌恶。有的真懂事，你们养一条，解解闷儿也好。姑母。”

玛各坐着听他姐姐念信，出神似的，两眼汪汪的像要滴泪。安粟念完了打了一个呵欠，把信叠好了放在桌上对玛各说，“今晚太迟了，明天一早你写回信吧，好不好？伴‘镪那门’（Chinaman）吃饭我是不来的，你要去你可以答应姑母。我倒想请汤麦夫妻来吃饭——不过……也许你不愿意。随你吧。谢谢姑母替我们留心狗的广告，说我这一时买不买还没有决定。我就是这几句话。……时候已不早，我去拿可可茶来吃了去睡吧。”

两姊妹吃完了她们的可可茶，一前一后的上楼，玛各更不如她姊姊的轻捷，只是扶着楼梯半山里云影似的移，移，一直移进了卧室。她站在镜台前，怔怔的，自己也不知道在想的是什么，在愁的是什么，她总像落了什么重要的物品似的，像忘了一桩重要的事不曾做似的——她永远是这怔怔的，怔怔的。她想起了一件事，她要寻一点旧料子，打开了一只箱子，偻下身去检。她手在衣堆里碰着了一块硬硬的，她就顺手掏了出来，一包长方形的硬纸包，细绳拴得好好的。她手微震着，解了绳子，打开纸包看时，她手不由得震得更烈了。她对着包裹的内容发了一阵呆，像是小孩子在海砂里掏贝壳，掏出了一个蚂蟥似的。她此时已在地毯上坐着，呆呆的过了一晌，方才调和了喘息，把那纸包放在身上，一张一张的拿在手里，仔细的把玩。原来她的发现只是几张相片，自己和旁人早年的痕迹，也不知多少年前塞在旧衣箱的底里，早已忘却了。她此时手里擎着的一张是她自己七岁时的小影。一头绝美的黄发散披在肩旁，一双活泼的秀眼，一张似笑不笑的小口，两点口唇切得像荷叶边似的妩媚，……她拿到口边吻一下，笑着说："多可爱的孩子啊！"第二张相片是又隔了十年的她，正当她的妙年，一个绝美的影子。她的眉，她的眼，她的不丰不瘦的嫩颊，颊上的微笑，她的发，她的项颈，她的前胸，她的姿态——那时的她，她此时看着，觉得有说不出的可爱，但……这样的美貌，那一个不倾倒，那一个舍得不爱……罗勃脱，杰儿，汤麦……哦，汤麦。他如今……蜜月，请他们来吃饭……难道是梦吗，这二十几年怎样的过的……哦，她的痹症，恶毒的病症……；从此，从此……安粟，亲爱的母亲，昂姑母，自己的病，谁的不是，谁的不是……是梦吗？……真是一张雪白的纸，二十几年……玛丽和男子散步……对门的女子跳舞的快乐……哦，安粟说甚么，中国，黄人的乐土……太平洋的海水……照片里的少女，被他发痴似的看活了，真的活了！这不是她的鬈发在惺忪的颤动，这不是她象牙似的项颈在轻轻的扭动，她的口在说话了。……

这二十几年真是过的不可信！她现在已经老了，已经是废人了，是真的吗？生命，快乐，一切，没有她的份了，是真的吗？每天伴着她神经错乱的姐姐，厨房里煮菜，客厅里念日报，听秋天的雨声，叶声，听春天的鸟声，每晚喝一杯浓煎的可可茶，白天，黑夜，上楼，下楼……是真的吗？

是真的吗？二十几年的我，你说话呀！她的心脏在舂米似的跳响，自己的耳都震聋了。她发了一个寒噤，像得了热病似的。她无意的伸上手去，在身旁的镜台上，拖下了一把手镜来。她放下那只手里的照片，一双手恶狠狠的擒住那面手镜，像擒住了一个敌人，向着她自己的脸上照去。……

安粟的房正在她妹子房的间壁，此时隐隐的听得她在床上翻身，口鼻间哼出一声"扼衡"。

老 李

一

他有文才吗？不，他作文课学那平淮西碑的怪调子，又写的怪字，看了都叫人头痛。可是他的见解的确是不寻常？也就只一个怪字。他七十二天不剃发，不刮胡子；大冷天人家穿皮褂穿棉袄，他秃着头，单布裤子，顶多穿一件夹袍。他倒宝贝他那又黄又焦的牙齿，他可以不擦脸，可是擦牙漱口仿佛是他的情人，半天也舍不了，每天清早，扰我们好梦的是他那大排场的漱口，半夜里搅我们不睡的又是他那大排场的刷牙；你见过他的算草本子没有，那才好玩，代数、几何，全是一行行直写的，倒亏他自己看得清楚！总而言之，一个字，老李就是怪，怪就是老李。

这是老李同班的在背后讨论他的话，但是老李在班里虽则没有多大的磁力，虽则很少人真的爱他，他可不是让人招厌的人，他有他的品格，在班里很高的品格，他虽是怪，他可没有斑点，每天他在自修室的廊下独自低着头伸着一个手指走来走去的时候，在他心版上隐隐现现的不是巷口锡箔店里穿蓝竹布衫的，不是什么黄金台或是吊金龟，也不是湖上的风光，男女、名利、游戏、风雅，全不是他的份，这些花样在他的灵魂里没有根，没有种子。他整天整夜在想的就是两件事：算学是一件，还有一件是道德问题——怎样叫人不卑鄙有廉耻。他看来从校长起一直到听差，同学不必说，全是不够上流，全是少有廉耻。有时他要是下输了棋，他爱下的围棋，他就可以不吃饭不睡觉的想，想倘然他在那角上早应了一子，他的对手就没有办法，再不然他只要顾自己的活，也就不至于整条的大鱼让人家囫囵的吞去……他爱下围棋，也爱想围棋，他说想围棋是值得的，因为围棋有与数学互相发明的妙处，所以有时他怨自己下不好棋，他就打开了一章温德华斯的小代数，两个手指顶住了太阳穴，细细的研究了。

老李一翻开算学书，就是个活现的疯子，不信你去看他那书桌子，原来学堂里的用具全是一等的劣货，总是庶务攒钱，那里还经得起他那狠劲的拍，应天响的拍，拍得满屋子自修的，都转过身子来对着他笑。他可不在乎，他不是骂算数员胡乱教错了，就说温德华斯的方程式根本有疑问，他自己发明的强的多简便的多，并且中国人做算学直写也成了，他看过李壬叔的算学书全是直写的，他看得顶合式，为什么做学问这样高尚的事情都要学外洋，总是奴从的根性改不了！拍的又是一下桌子！

有一次他在演说会里报名演说，他登台的时候（那天他碰巧把胡子刮净了，倒反而看不惯），大家使劲的拍巴掌欢迎他，他把右手的点人指放在桌子边，他那一双离魂病似的眼睛，盯着他自己的指头看，尽看，像是大考时看夹带似的，他说话了。我最不愿意的，我最不赞成的，我最反对的，是——是拍巴掌。一阵更响亮的拍巴掌！他又说话了。兄弟今天要讲的是算学与品行的关系。又是打雷似的巴掌，坐在后背的叫好儿都有。他的眼睛还是盯住在他自己的一个指头上。我以为品行……一顿。我以学算学——又一顿。他的新修的鬓边，青皮里泛出红花来了。他又勉强讲了几句，但是除了算学与品行两个字，谁都听不清他说的是什么，他自己都不满意，单看他那眉眼的表情，就明白。最后一阵霹雳似的掌声，夹着笑声，他走下了讲台。向后面那扇门里出去了。散了会，以后人家见他还是亚里斯多德似的，独自在走廊下散步。

二

现在做他本乡的高小学堂校长了。在东阳县的李家村里，一个中学校的毕业生不是常有的事；老李那年得了优等文凭，他人还不曾回家，一张红纸黑字的报单，上面写着贵府某某大少爷毕业省立第一中学优等第几名等等，早已高高的贴在他们李家的祠堂里，他上首那张捷报，红纸已经变成黄纸，黑字已经变成白字，年份还依稀认得出，不是嘉庆八年便是六年。李家村茶店酒店里的客人，就有了闲谈的资料，一班人都懂不得中学堂，更懂不得优等卒业，有几位看报识时务的，就在那里打比喻讲解。高等小学卒业比如从前的进学，秀才。中学卒业算是贡生，优等就算是优贡。老李现在就有这样的身份了。看他不出，从小不很开口说话，性子又执拗，他的祖老人家常说单怕这孩子养不大，谁知他的笔下倒来得，又肯用功，将来他要是进了高等学堂再一毕业，那就算是中了举了！常言说的人不可以貌相不是？这一群人大都是自族，他的祖辈有，父辈也有，子辈有，孙辈也有，甚至叫他太公的都有。这一年的秋祭，李家族人聚会的时候，族长就提出了一个问题。他们公祠里有一份祭产，原定是归有功名的人收的，早出了缺，好几年没有人承当，现在老李已经有了中学文凭，这笔进款是否应该归他的，让大家公议公议，当场也没有人反对，就算是默认了。老李考了一个优等，到手一份祭产，也不能算是不公平。老李的母亲是个寡妇，听说儿子有了荣耀还有进益，当然是双份的欢喜。

老李回家来不到几天，东阳县的知事就派人来把他请进城去。这是老李第一次见官，他还是秃着头，穿着他的大布褂子，也不加马褂，老李一辈子从没有做个马褂，就有一件黑羽纱的校服，领口和两肘已经烂破了，所以他索性不穿。县知事倒是很客气，把他自己的大轿打了来接他，老李想不坐，可是也没有话推托，只得很不自在的钻进了轿门，三名壮健的轿夫，不到一个钟头就把老李抬进了知事的内宅。“官？”老李一路在想，“官也不一定全是坏的。官有时候也有用，像现在这样世界，盗贼，奸淫，没有廉耻的世界，只要做官的人不贪不枉，做个好榜样也就好得多不是。曾文正的原才里讲得顶透辟。但是循吏还不是酷吏，循吏只会享太平，现在时代就要酷吏，像汉朝那几个铁心辣手的酷吏，才对劲儿。看，那边不又是打架，那可怜的老头儿，头皮也让扎破了。这儿又是一群人围着赌钱。青天白日，当街赌钱。坏人只配恶对付。杀头，绞，凌迟，都不应该废的，像我们这样民风强悍的地方，更不能废，一废坏人更没有忌惮。更没有天地了。真要有酷吏才好。今天县知事请我不知道为什么。他信上说有要事面商，他怎么会知道我……”

下午老李还是坐了知事大老爷的轿子回乡。他初次见官的成绩很不坏，想不到他倒那样的开通，那样的直爽，那样的想认真办事。他要我帮忙——办开民高小？我做校长？他说话倒真是诚恳。孟甫叔父怎么能办教育？他自己就没有受什么教育。还有他的品格！抽大烟，外遇，侵吞学费；哼，不要说公民资格，人格都没有，怎么配当校长？怎么配教育青年子弟？难怪地方上看不起新开的学堂，应该赶走，应该赶跑。可是我来接他的手？我干不干？我不是预定考大学预科将来专修算学的吗？要是留在地方上办事，知事说的为“桑梓帮忙”，我的学问也就完事了。我妈倒是最愿意我留在乡里，也不怪她，她上了年纪，又没有女儿，常受邻房的怄气，气得肝胃脾肺肾轮流的作怪，我要是一出远门，她不是更没有主意，早晚要有什么病痛，叫她靠谁去？知事也这么说，这话倒是情真。况且到北京去念书，要几千里路的路费，大学不比中学，北京不是杭州，用费一定大得多，我那儿有钱使——就算考取了还是难，索性不去也罢。可是做校长？校长得兼教修身每星期训词——这都不相干，做一校之长，顶要紧就是品格，校长的品格，就是学堂的品格。我主张三育并重，德育、智育、体育，——德育尤其要紧，管理要从严，常言说的棒头上出孝子，好学生也不是天生的，认真来做一点社会事业也好，教育是万事的根本，知事说的不错。我们金华这样的赌风、淫风、械斗、抢劫，都为的群众不明白事理，没有相当的教育，教育，小学教育，尤其是根本，我不来办难道还是让孟甫叔父一般糊涂虫去假公济私不成，知事说的当仁不让……

三

“娘的话果然不错，”老李又在想心思，一天下午他在学校操场的后背林子里独自散步，“娘的话果然不错，”世道人心真是万分的险峻。娘说孟甫叔父混号叫做笑面老虎，不是好惹的，果然有他的把戏。整天的吃毒药，整天的想打人家的主意。真可笑，他把教育事业当作饭碗，知事把他撤了换我，他只当是我存心抢了他的饭碗——我不去问他的前任的清账，已经是他的便宜，他倒反而唆使猛三那大傻子来跟我捣乱。怎么，那份祭产不归念书的，倒归当兵的；一个连长就会比中学校的卒业生体面，真是笑话。幸亏知事明白，没有听信他们的胡说，还是把这份收入判给我。我到也不在乎这三四十担粗米，碰到年成坏，也许谷子都收不到，就是我妈到不肯放手，她话也不错，既是我们的名份，为什么要让人强抢去。孟甫叔父的说话真凶，真是笑里藏刀，句句话有尖刺儿的，他背后一定咒我，一定狠劲的毁谤我。猛三那大傻子，才上他的臭当，隔着省份奔回来替我争这份祭产，他准是一个大草包，他那样子一看就是个强盗，他是在广东当连长的，杀人放火本来是他正当的职业，怪不得他开口就想骂，动手就想打，我是不来和他们一般见识，把一百多的小学生管好已够我忙的，谁还有闲工夫吵架？可是猛三他那傻，想了真叫人要笑，跑了几千里地，祭产没有争着，自己倒赔了路费，听说他昨天又动身回广东去了。他自己家庭的肮脏，他倒满不知道，街坊谁不在他的背后笑呵，——真是可怜蠢奴才，他就配当兵杀人！那位孟甫老先生还是吃他的鸟烟，我倒不知道他还有什么好主意！

四

知事来了！知事来了！

操场上发生了惨剧，一大群人围着。

知事下了轿，挨进了人圈子。踏烂的草地上横躺着两具血污的尸体。一具斜侧着，胸口流着一大堆的浓血斑，右手里还擎着一柄半尺长铄亮的尖刀，上面沾着梅花瓣似的血点子，死人的脸上，也是一块块的血斑，他原来生相粗恶，如今看的更可怕了。他是猛三。老李在他的旁边躺着，仰着天，他的情形看的更可惨，太阳穴、下颏、脑壳、两肩、手背、下腹，全是尖刀的窟窿，有的伤处，血已经瘀住了，有鲜红还在直淌，他睁着一双大眼，口也大开着，像是受致命伤以前还在喊救命似的，他旁边伏着一个五六十岁的妇人，拉住他一只石灰色的手，在哽咽的痛哭。

知事问事了。

猛三分明是自杀的，他刺死了老李以后就把刀尖望他自己的心窝里一刺完事。有好几个学生也全看见的，现在他们都到知事跟前来做见证了。他们说今天一早七点半早操班，校长李先生站在那株白果树底下督操，我们正在行深呼吸，忽然听见李先生大叫救命，他向着这一头直奔，他头上已经冒着血，背后凶手他手里拿着这把明晃晃的刀（他们转身望猛三的尸体一指）狠命的追，李先生也慌了，他没有望我们排队那儿逃，否则王先生手里有指挥刀也许还可以救他的命，他走不到几十步，就被那凶手一把揪住了，那凶手真凶，一刀一刀的直刺，一直把李先生刺倒，李先生倒地的时候，我们还听见他大声的嚷救命，可是又有谁去救他呢，不要说我们，连王先生也吓呆了，本来要救，也来不及，那凶手把李先生弄死了，自己也就对准胸膛裁了一刀，他也完了。他几时进来，我们也不知道，他始终没有开一声口……

知事说够了够了，他就叫他带来的仵作去检查猛三的身上。猛三夹袄的口袋里有几块钱，一张撕过的船票，广东招商局的，一张相面先生的广告单，一个字纸团。打开看了，那是一封信。那猛三不就是四个月前和老李争祭产的那个连长吗？老李的母亲揩干了眼泪，走过来说，正是他，那是孟甫叔父怪嫌老李抢了他的校长，故意唆使他来捣乱的。我也听是这么说，知事说，孟甫真不应该，他把手里的字条扬了一扬，恐怕眼前的一场流血，也少不了他的份儿，猛三的妻子是上月死的吗？是的。她为什么死的？她为什么死的！知事难道不明白街坊上这一时沸沸扬扬的，还不是李猛三家小的话柄，真是话柄！

猛三那糊涂虫，才是糊涂虫，自己在外省当兵打仗，家里的门户倒没有关紧，也不避街坊的眼，朝朝晚晚，尽是她的发泼，吵得鸡犬不宁的。果然，自作自受，太阳挂在头顶，世界上也不能没有报应……好，就到种德堂去买生皮硝吸。千吸就闹血海发晕，请大夫也太迟了，白送了一条命，不怪自已，又怪谁去！

知事说冤有头，债有主，这两条新鲜的性命，死得真冤，更可惜，好容易一乡上有他一个正直的人，又叫人给毁了，真太冤了！眼看这一百多的学生，又变了失奶的孩子，又有谁能比老李那样热心，勤劳，又有谁能比他那高尚的品格？

孟甫真不应该，他那暗箭伤人，想了真叫人痛恨，也有猛三那傻子，听他说什么就信什么，叫他赶回来争祭产，他就回来争祭产，告他老李逼死了他的妻子，叫他回来报仇，也没有说明白为的是什么，他就赶了回来，也不问个红黑是非，船一到埠，天亮就赶来和老李拚命，见面也没有话说，动手就行凶，杀了人自己也抹脖子，现在死没有对证，叫办公事的又有什么主意。

五

老李没有娶亲，没有子息；没有弟兄，也没有姊妹；他就有一个娘，一个年老多病的娘。他让人扎了十几个大窟窿扎死了。他娘在鲜血堆里痛哭他；回头他家里狭小的客间里，设了灵座，早晚也就只他的娘哭他，现在的骨头已经埋在泥里，一年里有一次两次烧纸锭给他的——也就只他的老娘。

一个清清的早上

翻身？谁没有在床上翻过身来？不错，要是你一上枕就会打呼的话，那原来用不着翻什么身；就使在半夜里你的睡眠的姿态从朝里变成了朝外，那也无非是你从第一个梦跨进第二个梦的意思；或是你那天晚饭吃得太油腻了，你在枕上扭过头颈去的时候你的口舌间也许发生些唼喱的声响——可是你放心，就这也不能是梦话。

鄂先生年轻的时候从不知道什么叫做睡不着，往往第二只袜子还不曾剥下他的呼吸早就调匀了，到了早上还得他妈三四次大声的叫嚷才能叫他擦擦眼皮坐起身来的。近来可变得多了，不仅每晚上床去不能轻易睡着，就是在半夜里使劲的噙着枕头想“着”而偏不着的时候也很多。这还不碍，顶坏是一不小心就说梦话，先前他自己不信，后来连他的听差都带笑脸回说不错，先生您爱闭着眼睛说话，这来他吓了，再也不许朋友和他分床或是同房睡，怕人家听出他的心事。

鄂先生今天早上确在床上翻了身，而且不止一个，他早已醒过来，他眼看着稀淡的晓光在窗纱上一点点的添浓，一晃晃的转白，现在天已大亮了。他觉得很倦，不想起身，可是再也合不上眼，这时他朝外床屈着身子，一只手臂直挺挺的伸出在被窝外面，半张着口，半开着眼，——他实在有不少的话要对自己说，有不少的牢骚要对自己发泄，有不少的委屈要向自己清理。这大清清的早上正合式。白天太忙；咒他的，一起身就有麻烦，白天直到晚上，清早直到黄昏，没有错儿；那儿有容他自己想心事的空闲，有几回在洋车上伸着腿合着眼顶舒服的，正想搬出几个私下的意思出来盘桓盘桓，可又偏偏不争气洋车一拐弯他的心就像含羞草让人搔了一把似的裹得紧紧的再也不往外放；他顶恨是在洋车上打盹，有几位吃肥肉的歪着他们那原来不正的脑袋，口液一绞绞的简直像冰葫似的直往下挂，那样儿才叫寒伧！可是他自己一坐车也撑不住下巴往胸口沉，至多赌咒不让口液往下漏就是。这时候躺在自己的床上，横直也睡不着了，有心事尽管想，随你把心事说出口都不碍，这洋房子漏不了气。对！他也真该仔细的想一想了。

其实又何必想，这干想又有什么用？反正是这么一回事啵！一兜身他又往里床睡了，被窝漏了一个大窟窿，一阵冷空气攻了进来激得他直打寒噤。哼，火又灭了，老崔真该死！呒！好好一个男子，为什么甘愿受女人的气，真没出息！难道没了女人，这世界就不成世界？可是她那双眼，她那一双手——那怪男人们不拜倒——O，mouth of honcy with the thyme for fragrance，Who with heart in breast could deny your love? [①]这两性间的吸引是不可少的，男人要是不喜欢女人，老实说，这世界就不成世界！可是我真的爱她吗？这时候鄂先生伸在外面的一只手又回进被封里去了，仰面躺着。就剩一张脸露在被口上边，端端正正的像一个现制的木乃伊。爱她不爱她……这话就难说了；喜欢她，那是不成问题。她要是真做了我的……哈哈那可斗了，老孔准气得鼻孔里冒烟，小彭气得小肚子发胀，老王更不用说，一定把他那管铁锈了的白郎林拿出来不打我就毁他自己。咳，他真会干，你信不信？你看昨天他靠着墙的时候那神气，简直仿佛一只饿急了的野兽，我真有点儿怕他！鄂先生的身子又弯了起来，一只手臂又出现了。得了，别做梦吧，她是不会嫁我的，她能懂得我什么？她只认识我是一个比较漂亮的留学生，只当我是一个情急的求婚人，只把我看作跪在她跟前求布施的一个——她压根儿也没想到我肚子里究竟是青是黄，我脑袋里是水是浆——这那儿说得上了解，说得上爱？早着哪！可是……鄂先生又翻了一个身。可是要能有这样一位太太，也够受用了，说一句良心话。浓在跟前不讨厌，放在人前不着急。这不着急顶是紧。要像是杜国朴那位太太朋友们初见面总疑心是他的妈，那我可受不了，长得好自然便宜，每回出门的时候，她轻轻的软软的挂在你的臂弯上，这就好比你捧着一大把的百合花，又香又艳的，旁人见了羡慕，你自己心里舒服，你还要什么？还有到晚上看了戏或是跳过舞一同回家的时候，她的两靥让风刮得红村村的，口唇上还留着三分的胭脂味儿，那时候你拥着她一同走进你们又香又暖的卧房，在镜台前那盏鹅黄色的灯光下，仰着头，斜着脸，瞟你这么一眼，那是……那是……鄂先生这时候两只手已经一齐挣了出来，身体也反扑了过来，背仰着天花板，狠劲的死挤他那已经半瘪了的枕头。那枕头要是玻璃做的，早就让他挤一个粉碎！

唉！鄂先生喘了口长气，又回复了他那木乃伊的睡法。唉，不用想太远了；按昨儿那神气下回再见面她整个儿不理会我都难说哩！我为她心跳，为她吃不下

---

① 哦，醉人的芳香缭绕着你的红唇，凡是胸膛里有一颗心在跳动的人，如何才能够拒绝你的温情？

饭，为她睡不着，为她叫朋友笑话，她，她那里知道？就是知道了她也不得理会。女孩儿的心肠有时真会得硬，谁说的“冷酷”，一点也不错，你为她伤了风生病，她就说你自个儿不小心，活该，就是你为她吐出了鲜红的心血，她还会说你自己走道儿不谨慎叫鼻子碰了墙或是墙碰了你的鼻子，现在闹鼻血从口腔里哼出来吓呵人哪！咳，难，难，难，什么战争都有法子结束，就这男女性的战争永远闹不出一个道理来；凡人不中用，圣人也不中用，平民不成功，贵族也不成功。哼，反正就是这么回事，随你绕大弯儿小弯儿想去，回头还是在老地方，一步也没有移动。空想什么，咒他的——我也该起来了。老崔！老崔！打脸水。

船 上

“这草多青呀！”腴玉简直的一个大筋斗滚进了河边一株老榆树下的草里去了。她反扑在地上，直挺着身子，双手纠着一把青草，尖着她的小鼻子尽磨尽闻尽亲。“你疯了，腴腴！不怕人家笑话，多大的孩子，到了乡下来学叭儿狗打滚！”她妈嗔了。她要是真有一根矮矮的尾巴，她准会使劲的摇；这来其实是乐极了，她从没有这样乐过。现在她没有尾巴，她就摇着她的一双瘦小的脚踝，一面手支着地，扭过头来直嚷：“娘！你不知道我多乐，我活了二十来岁，就不知道地上的青草可以叫我乐得发疯；娘！你也不好，尽逼着我念书，要不然就骂我，也不叫我闻闻青草是什么味儿！”她声音都哑了，两只眼里绽出两朵大眼泪，在日光里亮着，像是一对水晶灯。

真的她自己想着也觉得可笑；怎么的二十来岁的一位大姑娘，连草味儿都没闻着过？还有这草的颜色青的多嫩呀，像是快往下掉的水滴似的。真可爱！她又亲了一口。比什么珠子宝贝都可爱，这青草准是活的，有灵性的；就可惜你不知道她的名字，要不然你叫她一声她准会甜甜的答应你，比阿秀那丫头的声音蜜甜的多。她简直的爱上了她手里捧着的草瓣儿，她心里一阵子的发酸，一颗粗粗的眼泪直掉了下来，真巧，恰好掉在那草瓣儿上，沾着一点儿，草儿微微的动着，对！她真懂得我，她也一定替我难受。这一想开，她也不哭了。她爬了起来，她的淡灰色的哔叽裙上沾着好几块的泥印，像是绣上了绣球花似的，顶好玩，她空举着一双手也不去拂拭，心里觉得顶痛快的，那半涩半香的青草味儿还是在她的鼻孔里轻轻的逗着，仿佛说别忘了我别忘了我。她妈看着她那傻劲儿，实在舍不得再随口骂，伸手拉一拉自己的衣襟走上一步，软着声音说，“腴腴，不要疯了，快走吧。”

腴玉那晚睡在船上，这小航船已经够好玩，一个大箱子似的船舱，上面盖着芦席，两边两块顶中间嵌小方玻璃的小木窗，左边一块破了一角，右边一块长着几块疙疤儿像是水泡疮；那船艄更好玩，翘得高高的像是乡下老太太梳的元宝髻。开船的时候，那赤腿赤脚的船家就把那支又笨又重的橹安上了船尾尖上的小铁榄儿，那磨得铄亮的小铁拳儿，船家的大脚拇指往前一扁一使劲，那橹就推着一股水叫一声“姓纪”，船家的脚跟向后一顿，身子一仰，那橹儿就扳着一股水叫一声“姓贾”，这一纪一贾，这只怪可怜的小航船儿就在水面上晃着她的黄鱼口似的船头直向前溜，底下托托的一阵水响怪招痒的。腴玉初下船时受不惯，真的打上了好几个寒噤，但要不了半个钟头就惯了。她倒不怕晕，她在垫褥上盘腿坐着，臂膀靠着窗，看一路的景致，什么都是从不曾见过似的，什么都好玩——那横肚里长出来的树根像老头儿脱尽了牙的下巴，在风里摇摆着的芦梗，在水边洗澡的老鸦，露出半个头，一条脊背的水牛，蹲在石渡上洗衣服的乡下女孩子，仰着她那一块黄糙布似的脸子呆呆的看船，旁边站着小男孩子，不满四岁光景，头顶笔竖着一根小尾巴，脸上画着泥花，手里拿着树条，他也呆呆的看船。这一路来腴玉不住的叫着妈：这多好玩，那多好玩；她恨不得自己也是个乡下孩子，整天去弄水弄泥没有人管，但是顶有趣的是那水车，活像是一条龙，一斑斑的龙鳞从水里往上爬；乡下人真聪明，她心里想，这一来河里的水就到了田里去，谁说乡下人不机灵？喔，你看女人也来踏水的，你看他们多乐呀，两个女的，一个男的，六条腿忙得什么似的尽踩，有一个长得顶秀气，头上还戴花哪，她看着我们船直笑。妈你听呀，这不是真正的山歌！什么李花儿、桃花儿的我听不清，好听，妈，谁说做乡下人苦，你看他们做工都是顶乐的，赶明儿我外国去了回来一定到乡下来做乡下人，踏水车儿唱山歌，我真干，妈，你信不信?

她妈领着她替她的祖母看坟地来的。看地不是她的事；她这来一半天的工夫见识可长了不少。真的，你平常不出门你永远不得知道你自个儿的见识多么浅陋得可怕，连一个七八岁的乡下姑娘都赶不上，你信不信？可不是我方才拿着麦子叫稻，点着珍珠米梗子叫芋头招人家笑话。难为情，芋头都认不清，那光头儿的大荷叶多美；榆钱儿也好玩，真像小钱，我书上念过，可从没有见过，我捡了十几个整圆的拿回去给妹妹看。还有那瓜蔓也有趣，像是葡萄藤，沿着棚匀匀的爬着，方才那红眼的小养媳妇告诉我那是南瓜，到了夏天长得顶大顶大的，有头二十斤重，挂在这细条子上，风吹雨打都不易掉，你说这天下的东西造的多灵巧多奇怪呀。这晚上她睡在船舱里怎么也睡不着。腿有点儿酸，白天路跑多了。眼也酸，可又合不紧，还是开着吧。舱间里黑沉沉的，妈已经睡着了，外舱老妈子丫头在那儿怪寒伧的打呼。她偏睡不着，脑筋里新来的影子真不少，像是家里有事情屋子里满了的全是外来的客，有的脸熟，有的不熟；又像是迎会，一道道的迎过去；又像是走马灯，转了去又回来了。一纪一贾的橹声，轧轧的水车，那水面露着的水牛鼻子，那一田的芋头叶，那小孩儿的赤腿，吃晚饭时乡下人拿进来那碗螺蛳肉，桃花李花的山歌，那座小木桥，那家带卖茶的财神庙，那河边青草的味儿……全在这儿，全在她的脑壳里挤着，也许他们从此不出去了。这新来客一多，原来的家里人倒像是躲起来了，腴玉，这天以前的腴玉，她的思想，她的生活，她的烦恼，她的忧愁，全躲起来了，全让这芋头水牛鼻子螺蛳肉挤跑了；她仿佛是另投了胎，换了一个人似的，就连睡在她身旁的妈都像是离得很远，简直不像是她亲娘，她仿佛变了那赤着腿脸上涂着泥手里拿着树条站在河边瞪着眼的小孩儿，不再是她原来的自己。哦，她的梦思风车似的转着，往外跳的谷皮全是这一天的新经验，与那二十年间在城市生长养大的她绝对的联不起来，这是怎么回事……

她翻过身去，那块长疙疤的小玻璃窗外天光望见了她。咦，她果然是在一只小航船里躺着，并不是做梦。窗外白白的是什么光呀，她一仰头正对着岸上那株老榆树顶上爬着的几条月亮，本来是个满月，现在让榆树叶子揉碎了。那边还有一颗顶亮的星，离着月亮不远，腴玉益发的清醒了。这时船身也微微的侧动，船尾那里隐隐的听出水声，像是虫咬什么似的响着，远远的风声、狗叫声也分明的听着，她们果然是在一个荒僻的乡下过夜，也不觉得害怕，多好玩呀！再看那榆树顶上的月亮，这月色多清，一条条的光亮直打到你眼里呀，叫你心窝里一阵阵的发冷，叫你什么不愿意想着的事情全想了起来，呀，这月光……

这一转身，一见月光，二十年的她就像孔雀开屏似的花斑斑的又支上了心来。满屋子的客人影子都不见了。她心里一阵子发冷，她还是她，她的忧愁，她的烦恼，压根儿就没有离着她——她妈也转了一个身，她的迟重的呼吸就在她的身旁。

“死 城”（北京的一晚）

廉枫站在前门大街上发怔。正当上灯的时候，西河沿的那一头还漏着一片焦黄。风算是刮过了，但一路来往的车辆总不能让道上的灰土安息。他们忙的是什么？翻着皮耳朵的巡警不仅得用手指，还得用口嚷，还得旋着身体向左右转。翻了车，碰了人，还不是他的事？声音是杂极了的，但你果然当心听的话，这匀匀的一片也未始没有它的节奏；有起伏，有波折，也有间歇。人海里的潮声。廉枫觉得他自己坐着一叶小艇从一个涛峰上颠渡到又一个涛峰上。他的脚尖在站着的地方不由的往下一按，仿佛信不过他站着的是坚实的地上。

在灰土狂舞的青空兀突着前门的城楼，像一个脑袋，像一个骷髅。青底白字的方块像是骷髅脸上的窟窿，显着无限的忧郁，廉枫从不曾想到前门会有这样的面目。它有什么忧郁？它能有什么忧郁。也可难说，明陵的石人石马，公园的公理战胜碑，有时不也看得发愁？总像是有满肚的话无从说起似的，这类东西果然有灵性，能说话，能冲着来往人们打哈哈，那多有意思！但前门现在只能沉默，只能忍受——忍受黑暗，忍受漫漫的长夜。它即使有话也得过些时候再说，况且它自己的脑壳都已让给蝙蝠们，耗子们做了家，这时候它们正在活动，——它即使能说话也不能说。这年头一座城门都有难言的隐衷，真是的！在黑夜的逼近中，它那壮伟，它那博大，看得多么远，多么孤寂，多么冷。

大街上的神情可是一点也不见孤寂，不见冷。这才是红尘，颜色与光亮的一个斗胜场，够好看的。你要是拿一块绸绢盖在你的脸上再望这一街的红艳，那完全另是一番景象。你没有见过威尼市大运河上的晚照不是？你没有见过纳尔逊大将在地中海口轰打拿破仑舰队不是？你也没有见过四川青城山的朝霞，英伦泰晤士河上雾景不是？好了，这来用手绢一护眼看前门大街——你全见着了。一转手解开了无穷的想象的境界，多巧！廉枫搓弄着他那方绸绢，不是不得意他的不期的发见，但他一转身又瞥见了前门城楼的一角，在灰苍中隐现着。

进城吧。大街有什么可看的，那外表的热闹正使人想起丧事人家的鼓吹，越喧阗越显得凄凉。况且他自己的心上又横着一大饼的凉，凉得发痛。仿佛他内心的世界也下了雪，路旁的树枝都蘸着银霜似的。道旁树上的冰花可真是美；直条的，横条的，肥的瘦的，梅花也欠他几分的晶莹，又是那恬静的神情，受苦还是含着笑。可不是受苦，小小的生命躲在枝干最中心的纤微里耐着风雪的侵凌——它们那心窝里也有一大饼的凉。但它们可不怨；它们明白，它们等着。春风一到它们就可以抬头。它们知道，荣华是不断的，生命是悠久的。

生命是悠久的。这大冷天，雪风在你的颈根上直刺，虫子潜伏在泥土里等打雷，心窝里带着一饼子的凉，你往那儿去？上城墙去望望不好吗？屋顶上满铺着银，僵白的树木上也不见恼人的春色，况且那东南角上亮亮的不是上弦的月正在升起吗？月与雪是有默契的。残破的城砖上停留着残雪的斑点，像是无名的伤痕，月光澹澹的斜着来，如同有手指似的抚摩着它的荒凉的伙伴。猎户星正从天边翻身起来，腰间翘着箭囊，卖弄着他的英勇。西山的屏峦竟许也望得到，青青的几条发丝勾勒着沉郁的暝色，这上悬照着太白星耀眼的宝光。灵光寺的木叶，秘魔岩的沉寂，香山的冻泉，碧云山的云气，山坳里间或有一星二星的火光，在雪意的惨淡里点缀着惨淡的人迹……这算计不错，上城墙去，犯着寒，冒着夜。黑黑的，孤零零的，看月光怎样把我的身影安置到雪地里去。廉枫正走近交民巷一边的城根，听着美国兵营的溜冰场里的一阵笑响，忽然记起这边是帝国主义的禁地，中国人怕不让上去。果然，那一个长六尺高一脸糟斑的守门兵只对他摇了摇脑袋，磨着他满口的橡皮，挺着胸脯来回走他的路。

不让进去，辜负了，这荒城，这凉月。这一地的银霜。心头那一饼还是不得疏散，郁得更凉了。不到一个适当的境地你就不敢拿你自己尽量的往外放，你不敢面对你自己；不敢自剖。仿佛也有个糟斑脸的把着门哪，他不让进去。有人得喝够了酒才敢打倒那糟斑脸的。有人得仰仗迷醉的月色。人是这么软弱。什么都怕，什么都不敢当面认一个清切；最怕看见自己，得！还有什么地方可去的？敢去吗？

廉枫抬头望了望星，疏疏的没有几颗，也不显亮。七姊妹倒看得见，挨得紧紧的，像一球珠花。顺着往东去不好吗？往东是顺的，地球也是这么走。但这陌生的胡同在夜晚觉得多深沉，多窈远，单这静就怕人。半天也不见一副卖萝卜或是卖杂吃的小担。他们那一个小火，照出红是红青是青的，在深巷里显得多可亲，多玲珑，还有他们那叫卖声，虽则有时曳长得叫人听了悲酸，也是深巷里不可少的点缀。就像是空白的墙壁上挂上了字画，不论精粗，多少添上一点人间的趣味。你看他们把担子歇在一家门口，站直了身子，昂着脑袋，咧着大口唱——唱得脖子里筋都暴起了。这来邻近那家都不能不听见。那调儿且在那空气里转着哪——他们自个儿的口鼻间蓬蓬的晃着一团的白云。

今晚什么都没有。狗都不见一只。家门全是关得紧紧的。墙壁上的油灯——一小米的火——活像是鬼给点上的，方便鬼的。骡马车碾烂的雪地，在这鬼火的影映下，都满是鬼意。鬼来跳舞过的。化子们叫雪给埋了。口袋有的是铜子，要见着化子，在这年头，还有不布施的？静：空虚的静，墓底的静。这胡同简直没有个底。方才拐了没有？廉枫望了望星知道方向没有变。总得有个尽头，赶着走吧。

走完了胡同看了一个旷场，白茫茫的，头顶星显得更多更亮了。猎户早就全身披挂的支起来了，狗在那一头领着路。大熊也见了。廉枫打了一个寒噤。他走到了一座坟山。外国人的，在这城根。也不知怎么的，门没有关上。他进了门。这儿地上的雪比道上的白得多，松松的满没有斑点。月光正照着。墓碑有不少，疏朗朗的排列着，一直到黑巍巍的城根。有高的，有矮的，也有雕镂着形象的。悄悄的全戴着雪帽，盖着雪被，悄悄的全躺着。这倒有意思，月下来拜会洋鬼子，廉枫叹了一口气。他走近一个墓墩，拂去了石上的雪，坐了下去。石上刻着字，许是金的，可不易辨认。廉枫拿手指去摸那字迹。冷极了！那雪掩过的石板吸墨纸似的猛收着他手指手上的体温。冷得发僵，感觉都失了。他哈了口气再摸，仿佛人家不愿意你非得请教姓名似的。摸着了，原来是一位姑娘，Fraulein eliza Berkson[①]。还得问几岁！这字小更费事，可总得知道。早三年死的。二十八减六是二十二；呀，一位妙年姑娘，才二十二岁的！廉枫感到一种奇异的战栗，从他的指尖上直通到发尖；仿佛身背有一个黑影子在晃动。但雪地上只有澹白的月光。黑影子是他自己的。

做梦也不易梦到这般境界。我陪着你哪，外国来的姑娘。廉枫的肢体在夜凉里冻得发了麻，就是胸潭里一颗心热热的跳着，应和着头顶明星的闪动。人是这么软弱，他非得要同情。盘踞在肝肠深处的那些非得要一个尽情倾吐的机会。活的时候得不着，临死，只要一口气不曾断，还非得招承。眼珠已经褪了光，发音都不得清楚，他一样非得忏悔。非得到永别生的时候人才有胆量，才没有顾忌。每一个灵魂里都安着一点谎。谎能进天堂吗？你不是也对那穿黑长袍胸前挂金十字的老先生说了你要说的话才安心到这石块底下躺着不是，贝克生姑娘？我还不死哪。但这静定的夜景是多大一个引诱！我觉得我的身子已经死了，就只一点子灵性在一个梦世界的浪花里浮萍似的飘着。空灵，安逸。梦世界是没有墙围的。没有涯涘的。你得宽恕我的无状，在昏夜里踞坐在你的寝次，姑娘，但我已然感到一种超凡的宁静，一种解放，一种莹澈的自由。这也许是你的灵感——你与雪

① 弗劳雪林·伊莱扎·伯克森。

地上的月影。

我不能承受你的智慧，但你却不能吝惜你的容忍，我不是你的谁，不是你的朋友，不是你的相知，但你不能不认识我现在向你诉说的忧愁，你——廉枫的手在石板的一头触到了冻僵的一束什么。一把萎谢了的花——玫瑰。有三朵，叫雪给掩僵了。他亲了亲花瓣上的冻雪。我羡慕你在人间还有未断的恩情，姑娘，但这也是个累赘，说到澈底的话。这三朵香艳的花放在你的头边——他或是你的亲属或是你的知已——你不能不生感动不是？我也曾经亲自到山谷里去采集野香去安放在我的她的头边。我的热泪滴上冰冷的石块时，我不能怀疑她在泥土里或在星天外也含着悲酸在体念我的情意。但她是远在天的又一方，我今晚只能借景来抒解我的苦辛。

人生是辛苦的。最辛苦是那些在黑茫茫的天地间寻求光热的生灵。可怜的秋蛾，他永远不能忘情于火焰。在泥草间化生，在黑暗里飞行，抖擞着翅羽上的金粉——它的愿望是在万万里外的一颗星。那是我。见着光就感到激奋，见着光就顾不得粉脆的躯体，见着光就满身充满着悲惨的神异，殉献的奇丽——到火焰的底里去实现生命的意义。那是我。天让我望见那一炷光！那一个灵异的时间！“也就一半句话，甘露活了枯芽。”我的生命顿时豁裂成一朵奇异的愿望的花。“生命是悠久的”，但花开只是朝露与晚霞间的一段插话。殷勤是夕阳的顾盼，为花事的荣悴关心。可怜这心头的一撮土，更有谁来凭吊？“你的烦恼我全知道，虽则你从不曾向我说破；你的忧愁我全明白，为你我也时常难受。”清丽的晨风，吹醒了大地的荣华！“你耐着吧，美不过这半绽的蓓蕾。”“我去了，你不必悲伤。珍重这一卷诗心，光彩常留在星月间。”她去了！光彩常在星月间。

陌生的朋友，你不嫌我话说得晦塞吧，我想你懂得。你一定懂。月光染白了我的发丝，这枯槁的形容正配与墓墟中人做伴；它也仿佛为我照出你长眠的宁静……那不是我那她的眉目？迷离的月影，你无妨为我认真来刻划个灵通？她的眉目；我如何能遗忘你那永诀时的神情！竟许就那一度，在生死的边沿，你容许我怀抱你那生命的本真；在生死的边沿，你容许我亲吻你那性灵的奥隐，在生死的边沿，你容许我餔啜你那妙眼的神辉。那眼，那眼！爱的纯粹的精灵迸裂在神异的刹那间！你去了，但你是永远留着。从你的死，我才初次会悟到生，会悟到生死间一种幽玄的丝缕。世界是黑暗的，但我却永久存储着你的不死的灵光。

廉枫抬头望着月，月也望着他，青空添深了沉默。城墙外仿佛有一声鸦啼，像是裂帛，像是鬼啸。墙边一枝树上抛下了一捧雪，亮得耀眼。这还是人间吗？她为什么不来，像那年在山中的一夜？

“我送别她归去，与她在此分离，

在青草里飘拂，她的洁白的裙衣。”

诡异的人生！什么古怪的梦！希望，在你擎上手掌估计分量时，已经从你的手指间消失，像是发珠光的青汞。什么都得变成灰，飞散，飞散，飞散……我不能不羡慕你的安逸，缄默的墓中人！我心头还有火在烧，我怀着我的宝；永没有人能探得我的痛苦的根源，永没有人知晓，到那天我也得瞑目时，我把我的宝交还给上帝：除了他更有谁能赐与，能承受这生命的生命？我是幸福的！你不羡慕我吗，朋友？

我是幸福的，因为我爱，因为我有爱。多伟大，多充实的一个字！提着它胸胁间就透着热，放着光，滋生着力量。多谢你的同情的倾听，长眠的朋友，这光阴在我是稀有的奢华。这又是北京的清静的一隅。在凉月下，在荒城边，在银霜满树时。但北京——廉枫眼前又扯亮着那狞恶的前门。像一个脑袋，像一个骷髅，丧事人家的鼓乐。北海的芦苇，荣叶能不死吗？在晚照的金黄中，有孤鹜在冰面上飞。销沉，销沉，更有谁眷念西山的紫气？她是死了——一堆灰。北京也快死了——准备一个钵盂，到枯木林中去安排它的葬事。有什么可说的？再会吧，朋友，还有什么可说的？

他正想站起身走，一回头见进门那路上仿佛又来了一个人影。肥黑的一团在雪地上移着，迟迟的移着，向着他的一边来。有树拦着，认不真是什么。是人吗？怪了，这是谁？在这大凉夜还有与我同志的吗？为什么不，就许你吗？可真是有些怪，它又不动了，那黑影子绞和着一棵树影，像一团大包袱，不能是鬼吧。为什么发噤，怕什么的？是人，许是又一个伤心人，是鬼，也说不定它也别有怀抱。竟许是个女子，谁知道！在凉月下，在荒冢间，在银霜满地时。它伛偻着身子哪，像是捡什么东西。不能是个化子——化子化不到墓园里来。唷，它转过来了！

它过来了，那一团的黑影。走近了，站定了，他也望着坐在坟墩上的那个发愣哪。是人，还是鬼，这月光下的一堆？他也在想。“谁？”粗糙的，沉浊的口音。廉枫站起了身，哈着一双冻手。“是我，你是谁？”他是一个矮老头儿，屈着肩背，手插在他的一件破旧制服的破袋里。“我是这儿看门的。”他也走到了月光下，活像哈姆雷特里一个掘坟的，廉枫觉得有趣，比一个妙年女子，不论是鬼是人，都更有趣。“先生，你什么时候进来的？我哼是睡着了，那门没有关严吗？”“我进来半天了。”“不凉吗，您坐在这石头上？”“就你一个人看着门的？”“除了我这样的苦小老儿，谁肯来当这苦差？”“你来有几年了？”“我怎么知道有几年了！反正老佛爷没有死，我早就来了。这该有不少年份了吧，先生？我是一个在旗吃粮的，您不看我的衣服？”“这儿常有人来不？”“倒是有，除了洋人拿花来上坟的，还有学生也有来的，多半是一男一女的。天凉了就少有来的了。你不也是学生吗？”他斜着一双老眼打量廉枫的衣服。“你一个看着这么多的洋鬼不害怕吗？”老头他乐了。这话问得多幼稚，准是个学生，年纪不大。“害怕？人老了，人穷了，还怕什么的！再说我这还不是靠鬼吃一口饭吗？靠鬼。先生！”“你有家不，老头儿！”“早就死完了。死干净了。”“你自己怕死不，老头儿？”老头又乐了。“先生，您又来了！人穷了，人老了，还怕死吗？你们年轻人爱玩儿，爱乐，活着有意思，咱们那说得上？”他在口袋里掏出一块黑绢子擤着他的冻鼻子。这声音听大了，城圈里又有回音，这来坟场上倒添了不少生气。那边树上有几只老鸦也给惊醒了，亮着他们半冻的翅膀。“老头，你想是生长在北京的罢？”“一辈子就没有离开过。”“那你爱不爱北京？”老头简直想咧个大嘴笑。这学生问的话多可乐！爱不爱北京？人穷了，人老了，有什么爱不爱的？“我说给您听听罢，”他有话说。

“就在这儿东城根，多的是穷人、苦人推土车的，推水车的，住闲的，残废的。全跟我一模一样的，生长在这城圈子里，一辈子没有离开过。一年就比一年苦，大米一年比一年贵。土堆里煤渣多检不着多少。谁生得起火？有几顿吃得饱的？夏天还可对付，冬天可不能含糊。冻了更饿，饿了更冻，又不能吃土。就这几天天下大雪，好，狗都瘪了不少！”老头又擤了擤鼻子。“听说有钱的人都搬走了，往南，往东南，发财的，升官的，全去了。穷人苦人那走得了？有钱人走了他们更苦了，一口冷饭都讨不着。北京就像个死城，没有气了，您知道！那年也没有本年的冷清。您听听，什么声音都没有，狗都不叫了！前儿个我还见着一家子夫妻俩带着三个孩子饿急了，又不能做贼，就商量商量借把刀子破肚子见阎王爷去。可怜着哪！那男的一刀子捅了他媳妇的肚子，肠子漏了，血直冒，算完了一个，等他抹回头拿刀子对自个儿的肚子撩，您说怎么了，那女的眼还睁着没有死透，眼看着她丈夫拿刀扎自己，一急就拚着她那血身体向刀口直推，您说怎么了，她那手正冲着刀锋，快着哪，一只手，四根手指，就让白萝卜似的给劈了下来，脆着哪！那男的一看这神儿，一心痛就痛偏了心，掷了刀回身就往外跑，满口疯嚷嚷的喊救命，这一跑谁知他往那儿去了，昨儿个盔甲厂派出所的巡警说起这件事都撑不住淌眼泪哪。同是人不是，人总是一条心，这苦年头谁受得了？苦人倒是爱面子，又不能偷人家的。真急了就吊，不吊就往水里淹。大雪天河沟冻了淹不了，就借把刀子抹脖子拉肚肠根，是穷末，有什么说的？好，话说回来了，您问我爱不爱北京。人穷了，人苦了，还有什么路走？爱什么！活不了，就得爱死！我不说北京就像个死城吗？我说它简直死定了！我还掏了二十个大子给那一家三小子买窝窝头吃。才可怜哪！好，爱不爱北京？北京就是这死定了，先生！还有什么说的？”

廉枫出了坟园低着头走，在月光下走了三四条老长的胡同才雇到一辆车。车往西北正顶着刀尖似的凉风。他裹紧了大衣，烤着自己的呼吸，心里什么念头都给冻僵了。有时他睁眼望望一街阴惨的街灯，又看着那上年纪的车夫在滑溜的雪道上顶着风一步一步的挨，他几回都想叫他停下来自己下去让他坐上车拉他，但总是说不出口。半圆的月在雪道上亮着它的银光。夜深了。

“浓得化不开” （星加坡）

大雨点打上芭蕉有铜盘的声音，怪。“红心蕉”，多美的字面。红得浓得好。要红，要热，要烈，就得浓，浓得化不开，橡胶似的才有意思，“我的心像芭蕉的心，红……”不成！“紧紧的卷着，我的红浓的芭蕉的心……”更不成。趁早别再诌什么诗了。自然的变化，只要你有眼随时随地都是绝妙的诗，完全天生的，白做就不成。看这骤雨，这万千雨点奔腾的气势，这迷濛，这渲染，看这一小方草地生受这暴雨的侵凌，鞭打，针刺，脚踹，可怜的小草，无辜的……可是慢着，你说小草要是会说话，它们会嚷痛，会叫冤不？难说他们就爱这门儿——出其不意的，使蛮劲的，太急一些，当然，可这正见情热，谁说这外表的凶狠不是变相的爱。有人就爱这急劲儿！

再说小草儿吃亏了没有，让急雨狼虎似的胡亲了这一阵子？别说了，它们这才真漏着喜色哪，绿得发亮，绿得生油，绿得放光。它们这才乐哪！

呒，一首淫诗。蕉心红得浓，绿草绿成油。本来末，自然就是淫，它那从来不知厌满的创化欲的表现还不是淫：淫，甚也。不说别的，这雨后的泥草间就是万千小生物的胎宫，蚊虫、甲虫、长脚虫、青跳虫、慕光明的小生灵，人类有大敌。热带的自然更显得浓厚，更显得猖狂，更显得淫，夜晚的星都显得玲珑些，像要向你说话半开的妙口似的。

可是这一个人躺在旅舍里看雨，够多凄凉。上街不知向那儿转，一只熟脸都看不见，话都说不通，天又快黑，胡湿的地，你上那儿去？得。“有孤王…”一个小声音从廉枫的嗓子里自己唱了出来。“坐至在梅……”怎么了！哼起京调来了？一想着单身就转着梅龙镇，再转就该是李凤姐了吧，哼！好，从高超的诗思堕落到腐败的戏腔！可是京戏也不一定是腐败，何必一定得跟着现代人学势利？正德皇帝在梅龙镇上，林廉枫在星加坡。他有凤姐，我——惭愧没有。廉枫的眼前晃着舞台上凤姐的倩影，曳着围巾，托着盘，踏着跷。“自幼儿”……去你的！可是这闷是真的。雨后的天黑得更快，黑影一幕幕的直盖下来，麻雀儿都回家了。干什么好呢？有什么可干的？这叫做孤单的况味。这叫做闷。怪不得唐明皇在斜谷口听着栈道中的雨声难过，良心发现，想着玉环……我负了卿，……转自忆荒茔，——呒，又是戏！又不是戏迷，左哼右哼哼什么的！出门吧。

廉枫跳上了一架厂车，也不向那带回子帽的马来人开口，就用手比了一个丢圈子的手势。那马来人完全了解，脑袋微微的一侧，车就开了。焦桃片似的店房，黑芝麻长条饼似的街，野兽似的汽车，磕头虫似的人力车，长人似的树，矮树似的人。廉枫在急掣的车上快镜似的收着模糊的影片，同时顶头风刮得他本来梳整齐的分边的头发直向后冲，有几根沾着他的眼皮痒痒的舐，掠上了又下来，怪难受的。这风可真凉爽，皮肤上，毛孔里，那儿都受用，像是在最温柔的水波里游泳。做鱼的快乐。气流似乎是密一点，显得沉。一只疏荡的胳膊压在你的心窝上……确是有肉糜的气息，浓得化不开。快，快，芭蕉的巨灵掌，椰子树的旗头，橡皮树的白鼓眼，棕榈树的毛大腿，合欢树的红花痢，无花果树的要饭腔，蹲着脖子，弯着臂膊……快，快：马来人的花棚，中国人家的氅灯，西洋人家的牛奶瓶，回子的回子帽，一脸的黑花活像一只煨灶的猫……

车忽然停住在那有名的潴水潭的时候，廉枫快活的心轮转得比车轮更显得快，这一顿才把他从幻想里锸了回来。这时候旅困是完全叫风给刮散了。风也刮散了天空的云，大狗星张着大眼霸占着东半天，猎户只看见两只腿，天马也只漏半身，吐鲁士牛大哥只翘着一支小尾。咦，居然有湖心亭。这是谁的主意？红毛人都雅化了，唉，不坏，黄昏未死的紫曛，湖边丛林的倒影，林树间艳艳的红灯，瘦玲玲的窄堤桥连通着湖亭，水面上若无若有的涟漪，天顶几颗疏散的星，真不坏。但他走上堤桥不到半路就发见那亭子里一齿齿的把柄，原来这是为安量水表的，可这也将就，反正轮廓是一座湖亭，平湖秋月……呒，有人在哪！这回他发见的是靠亭栏的一双人影，本来是糊成一饼的，他一走近打搅了他们。“道歉，有扰清兴，但我还不只是一朵游云，虑俺作甚。”廉枫默诵着他戏白的念头，粗粗望了望湖，转身走了回去。“苟……”他坐上车起首想，但他记起了烟卷，忙着在风尖上划火，下文如其有，也在他第一喷龙卷烟里没了。

廉枫回进旅店门仿佛又投进了昏沉的圈套，一阵热，一阵烦，又压上了他在晚凉中疏爽了来的心胸。他正想叹一口安命的气走上楼去，他忽然感到一股彩流的袭击从右首窗边的桌座上飞骠了过来。一种巧妙的敏锐的刺激，一种浓艳的警告，一种不是没有美感的迷惑。只有在巴黎晦盲的市街上走进新派的画店时，仿佛感到过相类的惊惧。一张佛拉明果的野景，一幅玛提斯的窗景，或是佛朗次马克的一方人头马面，或是马克夏高尔的一个卖菜老头。可这是怎么了，那窗边又没有挂什么未来派的画，廉枫最初感到的是一球大红，像是火焰；其次是一片乌黑，墨晶似的浓，可又花须似的轻柔；其次是一流蜜，金漾漾的一泻，再次是朱古律（chocolate），饱和着奶油最可口的朱古律。这些色感因为浓初来显得凌乱，但瞬息间线条和轮廓的辨认笼住色彩的蓬勃的波流。廉枫幽幽的喘了一口气。“一个黑女人，什么了！”可是多妖艳的一个黑女，这打扮真是绝了，艺术的手腕神化了天生的材料，好！乌黑的惺忪的是她的发，红的是一边鬓角上的插花，蜜色是她的玲巧的挂肩，朱古律是姑娘的肌肤的鲜艳，得儿朗打打，得儿铃丁丁……廉枫停步在楼梯边的欣赏不期然的流成了新韵。

“还漏了一点小小的却也不可少的点缀，她一只手腕上还带着一小支金环哪。”廉枫上楼进了房还是尽转着这绝妙的诗题——色香味俱全的奶油朱古律，耐宿儿老牌，两个辨士一厚块，拿铜子往轧缝里放，一，二，再拉那铁环，喂，一块印金字红纸包的耐宿儿奶油朱古律。可口！最早黑人上画的怕是孟内那张奥林比亚吧，有心机的画家，廉枫躺在床上在脑筋里翻着近代的画史。有心机有胆识的画家，他不但敢用黑来衬托黑，唉，那斜躺着的奥林比亚不是鬓上也插着一朵花吗？底下的那位很有点像奥林比亚的抄本，就是白的变黑了。但最早对朱古律的肉色表示敬意的可还得让还高根，对了，就是那味儿，浓得化不开，他为人间，发现了朱古律皮肉的色香味，他那本Noa，Noa是二十世纪的“新生命”——到半开化，全野蛮的风土间去发现文化的本真，开辟文艺的新感觉……

但底下那位朱古律姑娘倒是作什么的？作什么的，傻子！她是一个人道主义者，一筏普济的慈航，她是赈灾的特派员，她是来慰藉旅人的幽独的。可惜不曾看清她的眉目，望去只觉得浓，浓得化不开，谁知道她眉清还是目秀。眉清目秀！思想落后！唯美派的新字典上没有这类腐败的字眼。且不管她眉目，她那姿态确是动人，怯怜怜的，简直是秀丽，衣服也剪裁得好，一头蓬松的乌霞就耐人寻味。“好花儿出至在僻岛上！”廉枫闭着眼又哼上了。……

“谁，”悉索的门响将他从床上惊跳了起来，门慢慢的自己开着，廉枫的眼前一亮，红的！一朵花；是她！进来了！这怎么好！镇定，傻子，这怕什么。

她果然进来了，红的、蜜的、乌的、金的、朱古律、耐宿儿、奶油，全进来了。你不许我进来吗？朱古律笑口的低声的唱着，反手关上了门。这回眉目认得清楚了清秀，秀丽，韶丽；不成，实在得另翻一本字典，可是“妖艳”，总合得上。廉枫迷糊的脑筋里挂上了“妖”“艳”两个大字。朱古律姑娘也不等请，已经自己坐上了廉枫的床沿。你倒像是怕我似的，我又不是马来半岛上的老虎！朱古律的浓重的色浓重的香团团围裹住了半心跳的旅客。浓得化不开！李凤姐，李凤姐，这不是你要的好花儿自己来了！笼着金环的一支手腕放上了他的身，紫姜的一支小手把住了他的手。廉枫从没有知道他自己的手有那样的白。“等你家哥哥回来”……廉枫觉得他自己变了骤雨下的小草，不知道是好过，也不知道是难受。湖心亭上那一饼子黑影。大自然的创化欲。你不爱我吗？朱古律的声音也动人——脆，幽，媚。一只青蛙跳进了池潭，扑通！猎户该从林子里跑出来了吧？你不爱我吗？我知道你爱，方才你在楼梯边看我我就知道，对不对亲孩子？紫姜辣上了他的面庞，救驾！快辣上他的口唇了。可怜的孩子，一个人住着也不嫌冷清，你瞧，这胖胖的荷兰老婆都让你抱瘪了，你不害臊吗？廉枫一看果然那荷兰老婆让他给挤扁了，他不由的觉得脸有些发烧。我来做你的老婆好不好？朱古律的乌云都盖下来了。“有孤王……”使不是。朱古律，盖苏文，青面獠牙的……“干米一家的姑母”，血盆的大口高耸的颧骨，狼嚎的笑响……鞭打，针刺，脚踢——喜色，呸，见鬼！唷，闷死了，不好，茶房！

廉枫想叫可是嚷不出，身上油油的觉得全是汗。醒了醒了，可了不得，这心跳得多厉害。荷兰老婆[1]活该遭劫，夹成了一个破烂的葫芦。廉枫觉得口里直发腻，紫姜，朱古律，也不知是什么，浓得化不开。

---

① 荷兰老婆，南洋人用的长枕，又称“竹夫人”。

“浓得化不开”之二（香港）

廉枫到了香港，他见的九龙是几条盘错的运货车的浅轨，似乎有头，有尾，有中段，也似乎有隐现的爪牙，甚至在火车头穿度那栅门时似乎有迷漫的云气。中原的念头，虽则有广九车站上高标的大钟的暗示，当然是不能在九龙的云气中幸存。这在事实上也省了许多无谓的感慨。因此眼看着对岸，屋宇像樱花似盛开着的一座山头，如同对着希望的化身，竟然欣欣的上了渡船。从妖龙的脊背上过渡到希望的化身去。

富庶，真富庶，从街角上的水果摊看到中环乃至上环大街的珠宝店；从悬挂得如同Banyan树一般繁衍的腊食及海味铺看到穿着钉阔花边艳色新装走街的粤女；从石子街的花市看到饭店门口陈列着“时鲜”的花狸金钱豹以及在浑水盂内倦卧着的海狗鱼，唯一的印象是一个不容分析的印象：浓密，琳琅，琳琅，琳琅，廉枫似乎听得到钟罄相击的声响。富庶，真富庶。

但看香港，至少玩香港，少不了坐吊盘车上山去一趟。这吊着上去是有些好玩。海面、海港、海边，都在轴辘声中继续的往下沉。对岸的山，龙蛇似盘旋着的山脉，也往下沉。但单是直落的往下沉还不奇，妙的是一边你自身凭空的往上提，一边绿的一角海，灰的一垅山，白的方的房屋，高直的树，都怪相的一头吊了起来，结果是像一幅画斜提着看似的。同时这边的山头从平放的馒头变成侧竖的，山腰里的屋子从横刺里倾斜了去，相近的树木也跟着平行的来。怪极了。原来一个人从来不想到他自己的地位也有不端正的时候；你坐在吊盆车里只觉得眼前的事物都发了疯，倒竖了起来。

但吊盘车的车里也有可注意的。一个女性在廉枫的前几行椅座上坐着。她满不管车外拿大鼎的世界，她有她的世界。她坐着，屈着一支腿，脑袋有时枕着椅背，眼向着车顶望，一个手指含在唇齿间。这不由人不注意。她是一个少妇与少女间的年轻女子。这不由人不注意，虽则车外的世界都在那里倒竖着玩。

她在前面走，上山，左转弯，右转弯，宕一个山腰的弧线，她在前面走。沿着山堤，靠着岩壁，转入Aleo丛中，绕着一所房舍，抄一摺小径，拾几级石磴，她在前面走。如其山路的姿态是婀娜，她的也是的。灵活的山的腰身，灵活的女人的腰身。浓浓的折叠着，融融的松散着。肌肉的神奇！动的神奇！

廉枫心目中的山景，一幅幅的舒展着，有的山背海，有的山套山，有的浓荫，有的巉岩，但不论精粗，每幅的中点总是她，她的动，她的中段的摆动。但当她转入一个比较深奥的山坳时廉枫猛然记起了Tanhauser的幸运与命运——吃灵魂的薇纳丝。一样的肥满。前面别是她的洞府，吒，危险，小心了！

她果然进了她的洞府，她居然也回头看来。她竟然似乎在回头时露着微哂的瓠犀。孩子，你敢吗？那洞府径直的石级，竟像直通上天。她进了洞了，但这时候路旁又发生一个新现象，惊醒了廉枫"邓浩然"的遐想。一个老婆子操着最破烂的粤音问他要钱。她不是化子，至少不是职业的，因为她现成有她体面的职业。她是一个劳工，她是一个挑砖瓦的。挑砖瓦上山因红毛人要造房子。新鲜的是她同时挑着不止一副重担，她的是局段的回复的运输。挑上一担，走上一节路，空身下来再挑一担上去，如此再下再上，再下再上。她不但有了年纪，她并且是个病人。她的喘是哮喘，不仅是登高的喘，她也咳嗽，她有时全身都咳嗽。但她可解释错了，她以为廉枫停步在路中是对她发生了哀怜的趣味；以为看上了她！她实在没有注意到这位年轻人的眼光曾经飞注到云端里的天梯上。她实想不到在这寂寞的山道上会有与她利益相冲突的现象。她当然不能使她失望，当得成全他的慈悲心。她向他伸直了她的一只焦枯得像贝壳似的手，口里呢喃着在她是最软柔的语调整。但"她"已经进洞府了。

往更高处去。往顶峰的顶上去。头顶着天，脚踏着地尖，放眼到寥廓的天边，这次的凭眺不是寻常的凭眺。这不是香港，这简直是蓬莱仙岛。廉枫的全身，他的全人，他的全心神，都感到了酣醉，觉得震荡。宇宙的肉身的神奇。动在静中，静在动中的神奇。在一刹那间，在他的眼内，在他的全生命的眼内，这当前的景象幻化成一个神灵的微笑，一折完美的歌调，一朵宇宙的琼花。一朵宇宙的琼花在时空不容分仳的仙掌上俄然的擎出了它全盘的灵异。山的起伏，海的起伏，光的起伏；山的颜色，水的颜色，光的颜色——形成了一种不可比况的空灵，一种不可比况的节奏，一种不可比况的谐和。一方宝石，一球纯晶，一颗珠，一个水泡。

但这只是一刹那，也许只许一刹那。在这刹那间廉枫觉得他的脉搏都止息了跳动。他化入了宇宙的脉搏。在这刹那间一切都融合了，一切都消纳了，一切都停止了它本体的现象的动作来参加这"刹那的神奇"的伟大的化生。在这刹那间他上山来，心头累聚着的杂格的印象与思绪梦似的消失了踪影。倒挂的一角海，龙的爪牙，少妇的腰身，老妇人的手与乞讨的碎琐，薇纳丝的洞府，全没了。但转瞬间现象的世界重复回返。一层纱幕，适才睁眼纵觉时顿然揭去的那一层纱幕，重复不容商榷的盖上了大地。在你也回复了各自的辨认的感觉。这景色，是美，美极了的，但不再是方才那整个的灵异。另一种文法，另一种关键，另一种意义也许，但不再是那个。它的来与它的去，正如恋爱，正如信仰，不是意力可以支配，可以做主的。他这时候可以分别的赏识这一峰是一个秀挺的莲苞，那一屿像一只雄蹲的海豹，或是那湾海像一钩的眉月；他也能欣赏这幅天然画图的色彩与线条的配置，透视的匀整或是别的什么，但他见的只是一座山峰，一湾海，或是一幅画图。他尤其惊讶那波光的灵秀，有的是绿玉，有的是紫晶，有的是琥珀，有的是翡翠，这波光接连着山岚的晴霭，化成一种异样的珠光，扫荡着无际的青空，但就这也是可以指点，可以比况给你身旁的友伴的一类诗意，也不再是初起那回事。这层遮隔的纱幕是盖定的了。

因此廉枫拾步下山时心胸的舒爽与恬适不是不和杂着，虽则是隐隐的，一些无名的惆怅。过山腰时他又飞眼望了望那“洞府”，也向路侧寻觅那挑砖瓦的老妇，她还是忙着搬运着她那搬运不完的重担，但他对她，犹是对“她”，兴趣远不如上山时的那样馥郁了。他到半山的凉座地方坐下来休息时，他的思想几乎完全中止了活动。

轮　盘

好冷！倪三小姐从暖屋里出来站在廊前等车的时候觉着风来得尖厉。她一手揝着皮领护着脸，脚在地上微微的点着。“有几点了，阿姚？”三点都过了。

三点都过了，三点……这念头在她的心上盘着，有一粒白丸在那里运命似的跳。就不会跳进二十三的，偏来三十五，差那么一点，我还当是二十三哪。要有一只鬼手拿它一拨，叫那小丸子乖乖的坐上二十三，那分别多大！我本来是想要三十五的，也不知怎么的当时心里那么一迷糊——又给下错了。这车里怎么老是透风，阿姚？阿姚很愿意为主人替风或是替车道歉，他知道主人又是不顺手，但他正忙着大拐弯，马路太滑，红绿灯光又耀着眼，那不能不留意，这一岔就把答话的时机给岔过了。实在他的思想也不显简单，他正有不少的话想对小姐说，谁家的当差不为主人打算，况且听昨晚阿宝的话这事情正不是玩儿——好，房契都抵了，钻戒，钻镯，连那串精圆的珍珠项圈都给换了红片儿白片儿整数零数的全望庄上送！打不倒吃不厌的庄！

三小姐觉得冷。是那儿透风，那天也没有今天冷。最觉得异样，最觉得空虚，最觉得冷是在颈根和前胸那一圈。精圆的珍珠——谁家都比不上的那一串，带了整整一年多，有时上床都不舍得摘了放回匣子去，叫那脸上刮着刀疤那丑洋鬼端在一双黑毛手里左轮右轮的看，生怕是吃了假的上当似的，还非得让我签字，才给换了那一摊圆片子，要不了一半点钟那些片子还不是白鸽似的又往回飞；我的脖子上，胸前，可是没了，跑了，化了，冷了，眼看那黑毛手抢了我的心爱的宝贝去，这冤……三小姐心窝里觉着一块冰凉，眼眶里热剌剌的，不由的拿手绢给掩住了。“三儿，东西总是你的，你看了也舍不得放手不是？可是娘给你放着不更好，这年头又不能常戴，一来太耀眼，二来你老是那拉拖的脾气改不过来，说不定你一不小心那怎么好？”老太太咳嗽了一声。“还是让娘给你放着吧，反正东西总是你的。”三小姐心都裂缝儿了。娘说话不到一年就死了，我还说我天天贴胸带着表示纪念她老人家的意思，谁知不到半年……

车到了家了。三小姐上了楼，进了房，开亮了大灯，拿皮大衣向沙发上一扔，也不答阿宝赔着笑问她输赢的话，站定在衣柜的玻镜前对着自己的映影呆住了。这算个什么相儿？这还能是我吗？两脸红的冒得出火，颧骨亮的像透明的琥珀，一鼻子的油，口唇叫烟卷烧得透紫，像煨白薯的焦皮，一对眼更看得怕人，像是有一个恶鬼躲在里面似的。三小姐一手掠着额前的散发，一手扶着柜子，觉得头脑里一阵的昏，眼前一黑，差一点不曾叫脑壳子正对着镜里的那个碰一个脆。你累了吧，小姐？阿宝站在窗口叠着大衣说的话，她听来像是隔两间屋子或是一层雾叫过来似的，但这却帮助她定了定神，重复睁大了眼对着镜子里痴痴的望。这还能是我——是倪秋雁吗？鬼附上了身也不能有这相儿！但这时候她眼内的凶光——那是整六个钟头轮盘和压码条格的煎迫的余威——已然渐渐移让给另一种意态：一种疲倦，一种呆顿，一种空虚。她忽然想起马路中的红灯照着道旁的树干使她记起不少早已遗忘了的片段的梦境——但她疲倦是真的。她觉得她早已睡着了。她是绝无知觉的一堆灰，一排木料，在清晨树梢上浮挂着的一团烟雾。她做过一个极幽深的梦，这梦使得她因为过分兴奋而陷入一种最沉酣的睡。她决不能是醒着。她的珍珠当然是好好的在首饰匣子里放着。“我替你放着不更好，三儿？”娘的话没有一句不充满着怜爱，个个字都听得甜。那小白丸子真可恶，他为什么不跳进二十三？三小姐扶着柜子那只手的手指摸着了玻璃，极纤微的一点凉感从指尖上直透到心口，这使她形影相对的那两双眼内顿时剥去了一翳梦意。小姐，喝口茶吧，你真是累了，该睡了，有多少天你没有睡好，睡不好最伤神，先喝口茶吧。她从阿宝的手里接过了一片殷勤，热茶沾上口唇才觉得口渴得津液都干了。但她还是梦梦的不能相信这不是梦。我何至于堕落到如此——我倪秋雁？你不是倪秋雁吗？她责问着镜里的秋雁。那一个的手里也擎着一个金边蓝花的茶杯，口边描着惨澹的苦笑。荒唐也不能到这个田地。为着赌几于拿身子给鬼似的男子——“你抽一口的好，赌钱就赌一个精神，你看你眼里的红丝，闹病了那犯得着？”小俞最会说那一套体已话，细着一双有黑圈的眼瞅着你，不提有多么关切，他就会那一套！那天他对老五也是说一样的话！他还得用手来搀着你非得你养息他才安心似的。呸，男人，那有什么好心眼的？老五早就上了他的当。哼，也不是上当，还不是老五自己说的，“进了三十六，谁还管得了美，管得了丑？”“过一天是一天，”她又说，“堵死你的心，别让它有机会想，要想就活该你受！”那天我摘下我胸前那串珠子递给那脸上刻着刀疤的黑毛鬼，老五还带着笑——她那笑！——赶过来拍着我的肩膀说“好，这才够一个豪字！要赌就得拼一个精光。有什么可恋的？上不了梁山，咱们就落太湖！你就输在你的良心上，老三。”老五说话一上劲，眼里就放出一股邪光，我看了真害怕。“你非得拿你小姐的身份，一点也不肯凑合。说实话，你来得三十六门，就由不得你拿什么身份。”人真会变；五年前，就是三年前的老五，那有一点子俗气，说话举止，满是够斯文的。谁想她在上海混不到几年，就会变成这鬼相，这妖气。她也满不在意，成天发疯似的混着，倒像真是一个快活人！我初次跟着她跑，心上总有些低哆、话听不惯，样儿看不惯，可是现在……老三与老五能有多大分别？我的行为还不是她的行为？我有时还觉得她爽荡得有趣，倒恨我自已老是免不了腼腼腆腆的，早晚躲不了一个“良心”，老五说的。可还是的，你自己还不够变的，你看看你自己的眼看，说人家鬼相，妖气，你自己呢？原先的我，在母亲身边的孩子，在学校时代的倪秋雁，多美多响亮的一个名字，现在那还有一点点的影子？这变，喔，鬼——三小姐打了一个寒噤。地狱怕是没有底的，我这一往下沉，沉，沉，我那天再能向上爬？她觉得身子飘飘的，心也飘飘的，直往下坠——一个无底的深潭，一个魔鬼的大口。“三儿，你什么都好，”老太太又说话了，“你什么都好，就差拿不稳主意。你非得有人管，领着你向上。可是你总得自己留意，娘又不能老看着你，你又是那傲气，谁你都不服，真叫我不放心。”娘在病中喘着气还说这话。现在娘能放心不？想起真可恨！小俞，小张，老五，老八，全不是东西！可是我自己又何尝有主意，有了主意，有一点子主意，就不会有今天的狼狈。真气人！……镜里的秋雁现出无限的愤慨，恨不得把手里的茶杯掷一个粉碎，表示和丑恶的引诱绝交。但她又呷了一口。这是虹口买来的真铁观音不？明儿再买一点去，味儿真浓真香。说起，小姐，厨子说了好几次要领钱哪，他说他自己的钱都垫完了。镜里的眉梢又深深的皱上了。唷——她忽然记起了——那小黄呢，阿宝？小黄在笼子里睡着了。毛抖得松松的，小脑袋挨着小翅膀底下窝着。它今天叫了没有？我真是昏，准有十几天不自己喂它了，可怜的小黄！小黄也真知趣，仿佛装着睡成心逗它主人似的，她们正说着话它醒了，刷着它的翅膀，吱的一声跳上了笼丝，又纵过去低头到小瓷罐里捡了一口凉水，歪着一只小眼呆呆的直瞅着它的主人。也不知是为主人记起了它乐了，还不知是见了大灯亮当是天光，它简直的放开嗓子整套的唱上了。

它这一唱就没有个完。它卖弄着它所有擅长的好腔。唱完了一支，忙着抢一口面包屑，啄一口水，再来一支，又来一支，直唱得一屋子满是它的音乐，又亮，又艳，一团快乐的迸裂，一腔情热的横流，一个诗魂的奔放。倪秋雁听呆了，镜里的秋雁也听呆了；阿宝听呆了；一屋子的家具，壁上的画，全听呆了。

三小姐对着小黄的小嗓子呆呆的看着。多精致的一张嘴，多灵巧的一个小脖子，多淘气的一双小脚，拳拳的抓住笼里那根横条，多美的一身羽毛，黄得发光，像是金丝给编的。稀小的一个鸟会有这么多的灵性？三小姐直怕它那小嗓子受不住狂唱的汹涌，你看它那小喉管的急迫的颤动，简直是一颗颗的珍珠往外接连着吐，哽住了怎么好？它不会炸吧！阿宝的口张得宽宽的，手扶着窗阑，眼里亮着水。什么都消灭了除了这头小鸟的歌唱。但在它的歌唱中却展开了一个新的世界。在这世界里一切都沾上了异样的音乐的光。

三小姐的心头展开了一个新的光亮的世界。仿佛是在一座凌空的虹桥下站着，光彩花雨似的错落在她的衣袖间，鬓发上。她一展手，光在她的胸怀里；她一张口，一球晶亮的光滑下了她的咽喉。火热的，在她的心窝里烧着。热匀匀的散布给她的肢体；美极了的一种快感。她觉得身子轻盈得像一只蝴蝶，一阵不可制止的欣快蓦地推逗着她腾空去飞舞。

虹桥上洒下了一个声音，艳阳似的正款着她的黄金的粉翅。多熟多甜的一个声音！唷是娘呀，你在那儿了？娘在廊前坐在她那湘妃竹的椅子上做着针线，带着一个玳瑁眼镜。我快活极了，娘，我要飞，飞到云端里去。从云端里望下来，娘，咱们这院子怕还没有爹爹书台上那方砚台那么大？还有娘呢，你坐在这儿做针线，那就够一个猫那么大——哈哈，娘就像是偎太阳的小阿米！那小阿米还看得见吗？她顶多也不过一颗芝麻大，哈哈，小阿米，小芝麻。疯孩子！老太太笑着对不知门口站着的一个谁说话。这孩子疯得像什么了，成天跳跳唱唱的？你今天起来做了事没有？我有什么事做，娘？她呆呆的侧着一只小圆脸。唉，怎么好，又忘了，就知道玩！你不是自己讨差使每天院子里浇花，爹给你那个青玉花浇做什么的？要什么不给你就呆着一张脸扁着一张嘴要哭，给了你又不肯做事，你看那盆西方莲干得都快对你哭了。娘别骂，我就去！四个粉嫩的小手指鹰爪似的抓住了花浇的镂空的把手，一个小拇指翘着，她兴匆匆的从后院舀了水跑下院子去。“小心点儿，花没有浇，先浇了自己的衣服。”樱红色大朵的西方莲已经沾到了小姑娘的恩情，精圆的水珠极轻快的从这花瓣跳荡那花瓣，全沉入了盆里的泥。娘！她高声叫。娘，我要喝凉茶娘老不让，说喝了凉的要肚子疼，这花就能喝凉水吗？花要是肚子疼了怎么好？她鼓着她的小嘴唇问。花又不会嚷嚷。“傻孩子算你能干，会说话，”娘乐了。

每回她一使她的小机灵娘就乐。“傻孩子，算你会说话，”娘总说。这孩子实在是透老实的，在座有姑妈或是姨妈或是别的客人娘就说，你别看她说话机灵，我总愁她没有主意，小时候有我看着，将来大了怎么好？可是谁也没有娘那样疼她。过来，三，你不冷吧？她最爱靠在娘的身上，有时娘还握着她的小手，替她拉齐她的衣襟，或是拿手帕替她擦去脸上的土。一个女孩子总得干干净净的，娘常说。谁的声音也没有娘的好听。谁的手也没有娘的软。

这不是娘的手吗？她已经坐在一张软凳上，一手托着脸，一手捻着身上的海青丝绒的衣角。阿宝记起了楼下的事已经轻轻的出了房去。小黄唱完了它的大套，还在那里发疑问似的零星的吱喳。“咦。”“咦。”“接理。”她听来是娘在叫她：“三，”“小三，”“秋雁。”她同时也望见了壁上挂着的那只芙蓉，只是她见着的另是一只芙蓉，在她回忆的繁花村上翘尾豁翅的跳踉着。“三，”又是娘的声音，她自己在病床上躺着。“三，”娘在门口说，“你猜爹给你买回什么来了？”“你看！”娘已经走到床前，手提着一个精致的鸟笼，里面呆着一只黄毛的小鸟。“小三简直是迷了，”隔一天她听娘对爹说，“病都忘了有了这头鸟。这鸟是她的性命，非得自己喂。鸟一开口唱她就发愣，你没有见她那样儿，成仙也没有她那样快活，鸟一唱谁都不许说话，都得陪着她静心听。”“这孩子是有点儿慧根，”爹就说。爹常说三儿有慧根。“什么叫慧根，我不懂，”她不止一回问。爹就拉着她的小手说，“爹在恭维你哪，说你比别的孩子聪明。”真的她自己也说不上，为什么鸟一唱她就觉得快活，心头热火火的不知怎么才好；可又像是难受，心头有时酸酸的眼里直流泪。她恨不得把小鸟窝在她的胸前，用口去亲他。她爱极了他。“再唱一支吧，小鸟，我再给你吃，”她常常央着它。

可是阿宝又进房来了，“小姐，想什么了，”她笑着说，“天不早，上床睡不好吗？”

秋雁站了起来。她从她的微妙的深沉的梦境里站了起来，手按上眼觉得潮潮的沾手。她深深的呼了一口气。“二十三，二十三，为什么偏不二十三？”一个愤怒的声音在她一边耳朵里响着。小俞那有黑圈的一双眼，老五的笑，那黑毛鬼脸上的刀疤，那小白丸子，运命似跳着的，又一瞥瞥的在她眼前扯过。“怎么了？”她摇了摇头，还是没有完全清醒。但她已经让阿宝扶着她，帮着她脱了衣服上床睡下。“小姐，你明天怎么也不能出门了。你累极了，非得好好的养几天。”阿宝看了小姐恍惚的样子心里也明白，着实替她难受。“唷阿宝，”她又从被里坐起身说，“你把我首饰匣子里老太太给我那串珠项圈拿给我看看。”

一九二九年二月三日作完

家 德

家德住在我们家已有十多年了，他初来的时候嘴上光光的还算是个壮夫，头上不见一茎白毛，挑着重担到车站去不觉到乏。逢着什么吃重的工作他总是说“我来！”他实在是来得的。现在可不同了，谁问他“家德，你怎么了，头发都白了？”他就回答“人总要老的，我今年五十八，头发不白几时白？”他不但发白，他上唇疏朗朗的两披八字胡也见花了。

他算是我们家的“做生活”，但他，据我娘说，除了吃饭住，却不拿工钱。不是我们家不给他，是他自己不要。打头儿就不要。“我就要吃饭住，”他说。我记得有一两回我因为他替我挑行李上车站给他钱，他就瞪大了眼说，“给我钱做什么？”我以为他嫌少，拿几毛换一块圆钱再给他。可是他还是“给我钱做什么？”更高声的抗议。你再说也是白费，因为他有他的理性，吃谁家的饭就该为谁家做事。给我钱做什么?

但他并不是主义的不收钱。镇上别人家有丧事、喜事来叫他去帮忙的，做完了有赏封什么给他，他受。“我今天又‘摸了’钱了，”他一回家就欣欣的报告他的伙伴。他另有一种能耐，几乎是专门的，那叫做“赞神歌”。谁家许了愿请神，就非得他去使开了他那不是不圆润的粗嗓子唱一种有节奏有顿挫的诗句赞美各种神道。奎星、纯阳祖师、关帝、梨山老母，都得他来赞美。小孩儿时候我们最爱看请神：一来热闹，厅上摆得花绿绿点得亮亮的；二来可以借口到深夜不回房去睡；三来可以听家德的神歌。乐器停了他唱，唱完乐又作。他唱什么听不清，分得清的只“浪溜圆”三个字，因为他几乎每开口必有浪溜圆，他那唱的音调就像是在厅的顶梁上绕着，又像是暖天细雨似的在你身上匀匀的洒，反正听着心里就觉得舒服，心一舒服小眼就闭上，这样极容易在妈或是阿妈的身上靠着甜甜的睡了。到明天在床里醒过来时耳边还绕着家德那圆圆的甜甜的浪溜圆。家德唱了神歌想来一定到手钱，这他也不辞，但他更看重的是他应分到手的一块祭肉。肉太肥或太瘦都不能使他满意：“肉总得像一块肉，”他说。

“家德，唱一点神歌听听。”我们在家时常常央着他唱，但他总是板着脸回说：“神歌是唱给神听的。”虽则他有时心里一高兴或是低着头做什么手工，他口里往往低声在那里浪溜他的圆。听说他近几年来不唱了。他推说忘了，但他实在以为自己嗓子干了，唱起来不能原先那样圆转如意，所以决意不再去神前献丑了。

他在我家实在也做不少的事。每天天一亮他就从他的破烂被窝里爬起身。一重重的门是归他开的，晚上也是他关的时候多。有时老妈子不凑手他就帮着煮粥烧饭。挑行李是他的事，送礼是他的事，劈柴是他的事。最近因为父亲常自己烧檀香，他就少劈柴，多劈檀香。我时常见他跨坐在一条长凳上戴着一副白铜边老花眼镜伛着背细细的劈。“你的镜子多少钱买的，家德？”“两只角子，”他头也不抬的说。

我们家后面那个“花园”也是他管的。蔬菜，各样的，是他种的。每天浇，摘去焦枯叶子，厨房要用时采，都是他的事。花也他种的，有月季，有山茶，有玫瑰，有红梅与腊梅，有美人蕉，有桃，有李，有不开花的兰，有葵花，有蟹爪菊，有可以染指甲的风仙，有比鸡冠大到好几倍的鸡冠。关于每一种花他都有不少话讲：花的脾，花的胃，花的颜色，花的这样那样。梅花有单瓣、双瓣，兰有荤心、素心，山茶有家有野，这些简单，但在小孩儿时听来有趣的知识，都是他教给我们的。他是博学得可佩服，他不仅能看书能写，还能讲书，讲得比学堂里先生上课时讲的有趣味得多。我们最喜欢他讲岳传里的岳老爷。岳老爷出世，岳老爷归天，东窗事发，莫须有三字构成冤狱，岳雷上坟，诸仙镇八大槌——唷，那热闹就不用提了。他讲得我们笑，他讲得我们哭，他讲得我们着急，但他再不能讲得使我们瞌睡，那是学堂里所有的先生们比他强的地方。

也不知是谁给他传的，我们都相信家德曾经在乡村里教过书。也许是实有的事，像他那样的学问在乡里还不是数一数二的。可是他自己不认。我新近又问他，他还是不认。我问他当初念些什么书，他回一句话使我吃惊。他说我念的书是你们念不到的。那更得请教，长长见识也好。他不说念书，他说读书。他当初读的是百家姓、千字文、神童诗，——还有呢？还有酒书。什么？“酒书，”他说。什么叫酒书？酒书你不知道，他仰头笑着说，酒书是叫人吃酒的书。真的有这样一部书吗？他不骗人。但教师他可从不曾做过。他现在口授人念经。他会念不少的经，从心经到金刚经全部，背得溜熟的。

他学念佛念经是新近的事。早三年他病了，发寒热。他一天对人说怕好不了，身子像是在大海里浮着，脑袋也发散得没有个边，他说。他死一点也不愁，不说怕。家里就有一个老娘，他不放心，此外妻子他都不在意。一个人总要死的，他说他果然昏晕了一阵子，他床前站着三四个他的伙伴。他苏醒时自己说，

“就可惜这一生一世没有念过佛，吃过斋，想来只可等待来世的了，”说完这话他又闭上了眼仿佛是隐隐念着佛。事后他自以为这一句话救了他的命，因为他竟然又好起了。从此起他就吃上了净素，开始念经，现在他早晚都得做他的功课。

我不说他到我们家有十几年了吗？原先他在一个小学校里做当差，我做学生的时候他已经在。他的一个同事我也记得，叫矮子小二，矮得出奇，而且天生是一个小二的嘴脸。家德是校长先生用他进去的。他初起工钱每月八百文，后来每年按加二百文，一直加到两千文的正薪，那不算小。矮子小二想来没有读过什么酒书，但他可爱喝一杯两杯的，不比家德读了酒书倒反而不喝。小二喝醉了回校不发脾气就倒上床，他的一份事就得家德兼做。后来矮子小二因为偷了学校的用品到外边去换钱使发觉了被斥退。家德不久也离开学校，但他是为另一种理由。他的是自动辞职，因为用他进去的校长不做校长了，所以他也不愿再做下去。有一天他托一个乡绅到我们家来说要到我们家住，也不说别的话。从那时起家德就长住我们家了。

他自己乡里有家。有一个娘，有一个妻，有三个儿子，好的两个死了，剩下一个是不好的。他对妻的感情，按我妈对我说，是极坏。但早先他过一时还得回家去，不是为妻，是为娘，也为娘他不能不对他妻多少耐着性子。但是谢谢天，现在他不用再耐，因为他娘已经死了。他再也不回家去，积了一些钱也不再往家寄。妻不成材，儿子也没有淘成，他养家已有三十多年，儿子也近三十，该得担当家，他现在不管也没有什么亏心的了。他恨他妻多半是为她不孝顺他的娘，这最使他痛心。他妻有时到镇上来看他，问他要钱，他一见她的影子都觉得头痛，她一到他就跑，她说话他做哑巴，她闹，他到庭心里去伏在地上劈柴。有一回他接他娘出来看迎灯，让她睡他自己的床，盖他自己的棉被，他自己在灶边铺些稻柴不脱衣服睡。下一天他妻也赶来了，从厨房的门缝里张见他开着笑口用筷捡一块肥肉给他脱尽了牙翘着个下巴的老娘吃，她就在门外大声哭闹。他过去拿门给堵上了，捡更肥的肉给娘，更高声的说他的笑话，逗他娘和厨下别人的乐。晚上他妻上楼见他娘睡家德自己的床，盖他自己的被，回下来又和他哭闹——他从后门往外跑了。

他一见他娘就开口笑，说话没有一句不逗人乐。他娘见他乐也乐，翘着一个干瘪下巴眯着一双皱皮眼不住的笑，厨房里顿时添了无穷的生趣。晚上在门口看灯，家德忙着招呼他娘，端着一条长凳或是一只方板凳，半抱着她站上去，连声的问看得见了不，自己躲在后背，双手扶着她防她闪。看完了灯他拿一只碗到巷口去买一碗大肉面烫一两烧酒给他娘吃，吃完了送她上楼睡去。“又要你用钱，家德，”他娘说。“喔，这算什么，我有的是钱！”家德就对他妈背他最近的进益，黄家的丧事到手三百六，李家的喜事到手五角小洋，还有这样那样的，尽他娘用都用不完，这一点点算什么的！

家德的娘来了，是一件大新闻。家德自己起劲不必说，我们上下一家子都觉得高兴。谁都爱看家德跟他娘在一起的神情，谁都爱听他母子俩甜甜的谈话。又有趣，又使人感动。那位乡下老太太，穿紫棉绸衫梳元宝髻的，看着他那头发已经斑白的儿子心里不知有多么得意。就算家德做了皇帝，她也不能更开心。“家德！”她时常尖声的叫，但等得家德赶忙回过头问“娘，要啥？”她又就只眯着一双皱皮的眼甜甜的笑，再没有话说。她也许是忘了她想着要说的话，也许她就爱那么叫她儿子一声。这来屋子里人就笑，家德也笑，她也笑。家德在她娘的跟前拖着早过半百的年岁，身体活灵得像一只小松鼠，忙着为她张罗这样那样的，口齿伶俐得像一只小八哥，娘长娘短的叫个不住。如果家德是个皇帝，世界上决没有第二个皇太后有他娘那样的好福气。这是家德的伙伴们的思想。看看家德跟他娘，我妈比方一句有诗意的话，就比是到山楼上去看太阳——满眼都是亮。看看家德跟他娘，一个老妈子说，我总是出眼泪，我从来不知道做人会得这样的有意思。家德的娘一定是几世前修得来的。有一回家德脚上发流火，走路一颠一颠的不方便，但一走到他娘的跟前，他立即忍了痛强直了身了放着腿走路，就像没有病一样。家德你今年胡须也白了，他娘说。“人老的好，须白的好：娘你是越老越清，我是胡须越白越健。”他这一插科，他娘忘了年岁忘了愁。

他娘已在两年前死了。寿衣，有绸有缎的，都是家德早在镇上替她预备好了的。老太太进棺材还带了一支重足八钱的金押发去，这当然也是家德孝敬的。他自从娘死过，再也不回家，他妻出来他也永不理睬她。他现在吃素，念经，每天每晚都念——也是念给他娘的。他一辈子难得花一个闲钱，就有一次因为妻儿的不贤良叫他太伤心了，他一气就“看开”了。他竟然连着有三五天上茶店，另买烧饼当点心吃，一共花了足足有五百钱光景，此外再没有荒唐过。前几天他上楼去见我妈，手筒着手，兴冲冲的说，“太太，我要到乡下去一趟。”“好的，”我妈说，“你有两年多不回去了。”“我积下了一百多块钱，我要去看一块地葬我娘去，”他说。

玶 女 士

玶女士在前房已扣好了大衣，揿上了手提包，预备出门到车站，忽然又跑回亭子间去，一边解着衣扣，从床上抱起啼得不住声的两个月孩子，急匆匆的把他向胸口偎。孩子含上了自己母亲的奶就不哭，摇着一支紫姜似的小手，仿佛表示快活。但这样不到一分钟她又听到前房有脚步声，她知道是黑来了。她想往外跑，但孩子那一张小口使劲的噙住了娘的奶头除非她也使很大的劲就摆脱不了这可爱又可怜的累赘。黑准有消息，听他那急促的脚步声就知道。他不说他再想法到崔那里去探问口气吗？要是有希望倒是最简捷，目前也省得出远门撞木钟去。但如果这一边没有转机，她这回去，正怕是黑说的，尽我们有本分，希冀是绝无仅有的了。她觉得太阳心里又来了一阵剧烈的抽痛，她一双手机械的想往上伸，这一松劲几于把怀抱着的孩子掉下了地。她趁势缩退了胸口，把孩子又放在床上，一转身跑回了前房去。

黑站在火早已完了仅剩一些热气的壁炉前低着头，她走进房也没有注意。玶女士先见到他的一只往下无力的挂着的手，分明冻得连舒展都不能自由了的。又见到他的侧脸，紫灰的颜色，像是死；她觉得眼前一暗，一颗心又虑虑的掉了下去。她再没有能力开口，手脚都是瘫软了的。她在房门口停着，一手按着一个不曾扣上的衣纽。

还是黑的身子先动，他转过脸望着她。她觉得他的笑容，也是死灰的——死灰的微笑散布在死灰的脸上，像是一阵阴凉的风吹过冻滞的云空。惨极了！我懂得那笑容，我懂，她心头在急转，你意思是不论消息多么坏，不论我们到什么绝境，你不要怕，你至少还有我一个朋友，你不要愁，即使临到一切的死与一切的绝，我还能笑，我要你从我这惨淡的笑得到安慰，鼓起勇气。

勇气果然回来了一些。她走近了一步。“你冷了吧，黑？”

“外面雪下得有棉花样大，我走了三条街，见不到一辆车。我脖子里都是雪花水。”

他又笑了。这回他笑得有些暖气。因为他说的时候想起做孩子时的恶作剧，把雪块塞进人家有衣领，看他浑身的扭劲发笑。

“你也饿了吧？”

“一天水都没有喝一口。但不是你说起我想都想不着。”

“现在你该想着了。后房有点心，我去拿给你。”但她转不到半个身子，脚又停住了，有一句话在她的嗓子里冲着要出来。她没有走进房那句话已经梗着她的咽喉。“怎么样了？”怎么样了？她觉得不仅她口里含着这句话要吐，就她那通身筋肉的紧张，心脏的急跳，仿佛都是在要迸出那一句问。怎么样了？这一晌是她忍着话，还是话忍着她，她不知道。实情是她想能躲姑且躲。她不问了他冷吗？她不问了他能吗？她现在不是要回后房取点心去吗？黑为了朋友，为了一点义气，为了她们母子，在这大冷天不顾一切整日整夜的到处跑，她能不问他的饥寒吗？也许他身上又是一个子儿都没了。他本就在病，果然一病倒，那她唯一的一支膀臂都不能支使了，叫她怎么办？他的饥寒是不能不管的，但同时她自己明白她实在是在躲。因为一看他的脸就知道他带来的消息该是那一路的。就像是你非得接见一个你极不愿见面的人，而多挨一忽儿不见也是好的。不，也不定是怕。她打从最早就准备大不了也不过怎么样。大不了也不过怎么样！比方说前天黑一跑进来就是事情的尽头；如果他低着声音说“他已经没了”，那倒也是完事一宗，以后她的思想，她的一切，可以从一个新的基础出发。她可以完全知道她的责任，可以按步的做她应分做的事，痛苦又艰难当然，但怎么也比这一切都还悬挂在半空里的光景好些，爽快些。可怜胸口那一颗热跳的心，一下子往上升，一下子往下掉，再不然就像是一个皮球在水面上不自主的飘着浮着，那虽难受竟许比死都更促狭。再加那孩子……

但她这一踌躇，黑似乎已经猜到她心里的纠纷，因为她听他说：——

“肚子饿倒不忙，我们先——”

但她不等他往下说急转过身问：还用着我出门不？

“你说赶火车？”“是的。”

“暂时不用去，我想，因为我看问题还在这边。”他说。

她知道希望还没有绝。一个黑，一个她，还得绷紧了来，做他们的事。奶孩子终究是个累赘。黑前天不说某家要领孩子吗？简直给了他们不好吗？蘩即使回来也不会怪我。他不常说我的怀孕是一个极大的错误吗？他不早主张社会养育孩童吗？很多母亲把不能养育的一点骨肉放到育婴场所或是甚至遗弃在路旁。那些母子们到分别时也无非是母的眼泪泡着孩子的脸，再有最后一次的喂奶！方才那一张小口紧含着乳头微微生痛的感觉又在她的前胸可爱的逗着，同时鼻子里有一阵酸——喔，我的苦孩子——

但她不能不听黑的消息。

怎么样了呢？她问。

话是说出了口，但她再不能支持全身的虚软，她在近边一张椅子上坐下了。

她听他的报告，她用心的听；但因为连日失眠以及种种的忧烦，她的耳鼓里总浮动着一种摇晃不去的烦响，听话有些不清明。黑的话虽则说得低而且常有断续，论理她应得每个字都听得分明；但她听着的说至多只是抓总的一点意思，至于单独的字她等于一个都不曾听着。这一半也因为提到了崔，她的黑黝黝的记忆的流波里重复浮起不少早经沉淀了的碎屑，不成形的当然，但一样有力量妨碍她注意的集中。她从不曾看起过崔，虽则那年他为她颠倒的时候她也曾经感到一些微弱的怜意。他，是她打开始就看透了的。论品，先就不高，意志的不坚定正如他的感情的轻浮。同时她也从他偶尔为小事发怒的凶恶的目光中看出他内蕴的狠毒与残暴。蘗有好些地方不如崔；他从不为自己打算，不能丝毫隐藏或矫柔他的喜怒；不会对付人，他是乡下人说的一条“直头老虎”。但她正从他的固执里看出他本性的正直与精神的真挚，看出他是一个可以到底的朋友。这三四年来虽则因为嫁给了蘗遭受到无穷的艰苦，她不曾知道过一整天的安宁；虽则他们结婚的生活本身也不能说是满意，她却从不曾一时间反悔过她的步骤。在思想上，在意见上，在性情上，她想不起有和蘗完全能一致的地方，但她对他总存着一些敬意，觉得为这样的人受苦牺牲决不是无意义的。她看到崔那样无耻的卖身，卖灵魂，最后卖朋友，虽然得到了权，发到了财，她只是格外夸奖她当初准确的眼力。不曾被他半造作的热情所诱惑。每回她独自啃着铁硬的面包，她还是觉得她满口含着合理的高傲。可怜的黑。他也不知倒了那辈子的霉，为了朋友不得不卑微的去伺候崔那样一个人。她想见他踞坐在一张虎皮上，手里拿着生杀无辜的威权，眼里和口边露着他那报复的凶恶与骄傲，接见手指僵成紫姜嗓音干得发沙的黑。黑有一句话他有十句话。而且他的没有一字不是冠冕，没有一句不是堂皇。铁铮铮的理满是他的。但更怄人的是他那假惺惺！说什么他未尝不想护回老朋友，谁不知道我崔某是讲交情的，但蘗的事情实在是太严重了，他的责任和良心都告知他只能顾义不顾亲，那有什么法子？除非蘗肯立刻自首，把他的伙伴全给说出来，自己从此回头，拿那一边的秘密献作进身的礼物——果然他肯那么来的话，他做朋友的一来为公家收罗人才，二来藉此帮忙朋友，或许可以拼一个重大的肩仔，向上峰去为他求情，说不定有几分希望。好，他自己卖了朋友就以为人人都会得他那样的无耻！他认错了人了，恶鬼！果然蘗可以转到那一路的念头，那还像个人吗？还值得她的情爱，还值得朋友们为他费事吗？简直是放屁！喔他那得意的神气！但这还不管他。他的官话本是在意料中；最可恼的是他未了的几句话，那是说到她的。什么同情，什么哀怜，他整个的是在狠毒的报复那！说什么他早就看到她走上那条绝路，他这几年没有一天不可惜她的刚愎，现在果然出了乱子，她追悔也已太迟不是，但——这句话珰女士是听分明了的，很分明——但“珰女士何妨她自己请过来谈谈呢”？还有一句：“我这里有的是清静的房间”！这是他瞄准了她的高傲发了最劲的一支箭！

珰女士觉得身子一阵发软，像要晕。够高明的，这报复的手段！

…………

珰女士独自在黄昏的街边上走着。雪下得正密，风也刮得紧，花朵在半空里狂舞，满眼白茫茫的，街边的事物都认不清楚了。街上没有车，也没有人。她只听得她自己的橡皮鞋在半泥泞的雪地里接哑的声响。她的左手护着一件薄呢大衣的领口，（那件有皮领的已到了押店里去，）右手拿着一瓶牛奶。奶汁在纸盖的不泯缝处往外点点的溢出，流过手背往下滴，风吹上来像是细绳子缚紧了似的隐隐生痛，手指是早已冻木了的，孩子昨晚上整整的哭闹了一夜，因为她的奶也不知怎么的忽然的干了，孩子的小口再使劲也不中用，孩子一恼就咬，恨不得把这干枯的奶头给咬去，同时小手脚四散的乱动，再就放开口急声的哭，小脸小脖子全涨红了的。因为疼孩子就顾不得自己痛，她还得把一个已咬肿了的奶头去哄它含着，希望他哭累了可以睡，因此她今晚又冒大雪出来多添一瓶奶。

她一个人在晦暝到了极度的市街上走着。雪花飘落在她的发上，打上她的脸；糊着她的眼眉。顶着一阵阵吼动的劲风她向前挪，一颗心在单薄的衣衫里火杂的跳。这是一个什么世界，砭骨的冷，昏沉，泥泞，压得人倒的风雪，她一张口呼出一团白云似的热气，冲进雪的氛围，打一个转，一阵风来卷跑了。冷气顿时像毒心的抢入她的咽喉，向着心窝里直划，像一把锋利的刀。她眼前有三个影子，三道微弱的光芒在无边的昏瞀中闪动。一个是她的孩子，花朵似的一张小脸在绿叶堆里向着她笑。仿佛在说“妈妈你来！”但一转眼它又变了不满两月的一块肉在虚空的屋子里急声的哭。她自己的眼里也站起了两大颗热泪。又一个是虁，在黑暗的深处，在一条长极了的甬道的底里他站着，头是蓬的，脚是光的，眼里烧着火。他还是在叫喊，虽则声音已经细弱得像游丝，他还是在斗争，虽则毒蛇似的缭练已经盘绕上他的肢体……“珰，你怎么还不来？”她听他说，那两颗热泪笔直的淌了下来。再有一个是黑。她望着他的瘦小的身子在黑刺刺的荆棘丛里猛闯，满脸满手都扎得血酽酽的，但他还是向前胡钻，仿佛定了主意非得用血肉去拼出一条路来！再一瞥眼他已经转身来站在她的跟前，一个血人，堆着一脸的笑，他那独有的微弱的悱恻的笑，对她说：“藥，真的我一点也不累！”

珰女士打了一个寒噤，像是从梦里挣醒了回来，一辆汽车咆哮了过去，泥水直溅到她的身上，眼前只见昏暗。她一手还是抓紧着那冰冷的奶瓶。两支腿则还在移动，但早已僵得不留一些知觉。她一只手护紧她的胸口，护住她的急舂着的心。这时候只要她一放松她自己，她立即可以坐落在路边，像一捆货物，像一团土，飞出了最后的一星意识，达到了极乐的世界。但是她不，她猛一摇晃，手臂向上一抬，像是一只鸟豁动它的翅膀，抬起了头。加紧了步，向着黑暗与风雪冲去——一个新的决心照亮了她的灵府，她不愁没有路走，不怕没有归宿。最后的更高的酬报是在黑暗与风雪的那一边候着，她不停顿的走着。

…………

她不停顿的走着。风越刮得紧，雪越下得密，她觉得她内心的一团火烧得更旺，多量的热气散布到四肢百骸，直到毫发的顶尖。“你们尽来好了，”一个声音在叫响。一种异常的精神的激昂占住了她的全人。你们尽来好了。可爱的风，可爱的雪，可爱的寒冷，可爱的一切的灾难与苦痛，我知道你们都是为了我才有的；我不怕；我有我的泼旺的火，可以克制你们一切的伎俩。你们不要妄想可以吓得我倒，压得我倒！我是不怕的，我告诉你们：她觉得胸膛里汹汹的嗓子里毛毛的有一股粗壮的笑要往外冲，要带了她的身子望高空里提。这笑就可以叫一切的鬼魅抖战，她想，心头一闪一闪的亮。

她将近走到寓所时，忽然瞥见乌黑一堆在家门口雪泥揉泞的石级上寓着。她心里一动，但脚步已经迈过。“不要是人吧，”她飞快的转念。更不犹豫，她缩回三两步转向那一堆黑黑的留神的察看。可不是人吗？一块青布蒙脑袋，一身的褴褛刺猬似的寓着，雪片斜里飞来，不经意的在点染这无名的一堆。“喂！你怎么了？”她俯身问。从梦里惊醒似的，一个破烂的头面在那块青布底下探了出来。她看出是一个妇人。“坐在这儿你不要冻死吗？”她又问。那妇人还是梦梦的不做声，在冥盲中珰女士咬紧了牙辨认那苦人的没人样的脸。喔，她那一双眼！可怜她简直不能相信在这样天时除了凶狠的巡捕以外还有人会来关心她的生死。她那眼里有恐惧，有极度的饿寒，有一切都已绝望了的一种惨淡的空虚。珰女士一口牙咬得更紧了。“你还能说话吗？”她问。那苦人点点头，眼里爆出粗大的水。她手臂一松开，露出她怀抱里——珰女士再也不曾意料到的——一个小孩。稀小的一个脸，口眼都闭着的。“孩子？——睡着了吗？”她小声问，心里觉得别样的柔软与悲酸。忽然张大了眼，那女人——脸上说不清是哭是笑——“好小姐，他死了。”

一阵恶心，珰女士觉得浑身都在发噤，再也支撑不住，心跳得像发疯。她急忙回过脸。把口袋所有的洋钱毛钱铜子一起掏出来，丢在那苦人坐着的身旁，匆匆的一挥手，咬紧了牙急步的向前走她自己的路。

…………

“人生，人生，这是人生，”她反复的在心里说着。但她走不到十多步忽然感到一种惊慌；那口眼紧闭着像一块黄蜡似的死孩的脸已经占住她的浮乱的意识，激起一瞬息迷离的幻想。她自己的孩子呢？没有死吧？那苦女人抱着的小尸体不就是她自己一块肉吧？她急得更加紧了脚步，仿佛再迟一点她就要见不到她那宝贝孩子似的。又一转念间，她的孩子似乎不但是已死，并且已经埋到了不留影踪的去处，她再也想不起它，她得到了解放。还有虁也死了，一子弹穿透他的胸脯打死了，也埋了，她再也想不起他，他得到了更大的解放。还有黑——

但她已经走到了她寓处的门口，她本能的停住了。她先不打门，身子靠着墙角，定一定神，然后无力的举起一支手在门上啄了两下。“黑也许在家，”她想，她想见他出来开门，低声带笑的向她说，“孩子还没有醒。”谁也没有像他那样会疼孩子。大些的更不说，三两个月大的他都有耐心看管。他真会哄。黑是真可爱。义气有黄金一样重，性情又是那样的柔和。他是一个天生的好兄弟。但珰女士第二次举手打门的时候——已经开始觉得兴奋过度的反响。手脚全没了力，脑筋里的抽痛又在那里发动。黑要是够做一个哥哥兼弟弟，那才是理想的朋友。天为什么不让他长得更高大些，她在哀痛或极倦时可以把脑袋靠着他的肩膀，享受一种只有小孩与女人享受得到的舒适。他现在长得不比她高。她只能把他看作一个弟弟，不是哥哥，虽则一样是极亲爱的。

但出来开门的不是黑。是房东家的人。珰女士急步走上楼。隐隐的有些失望。孩子倒是睡得好好的，捏紧了两个小拳头在深深的做它的小梦。她放下了买来的奶瓶，望着堆绣着冰花的玻璃，站在床前呆了一阵子。“黑怎么还不来？”她正在想，一眼看见了桌上一个字条，她急急的拿起看，上面铅笔纵横的写着：——

来你不在。孩子睡得美，不惊它。跑了一整天，想得到的朋友处都去过。有的怕事。有的敷衍，有的只能给不主动的帮助。崔是无可动摇，传来的话只能叫你生气。他是那样的无礼。我这班车去××，希望能见到更伟大的上峰，看机会说个情讲个理，或许比小鬼们的脸面好看些也说不定。你耐心看着孩子，不必无谓躁急，只坏精神，无补益。我明晚许能赶回。黑。

她在床前的一张椅上坐下了，心头空洞的也不知在忖些什么。穷人手抱中那死孩的脸赶不去的在她的眼前晃着。她机械的伸手向台上移过水瓶来倒了一口水喝。她又拿起黑的字条。从头看了又看，直到每一个字都看成极生疏的面目，再看竟成了些怕人的尸体，有暴着眼的，有耸着枯骨的肩架的，有开着血口的，在这群鬼相的中间，方才那死孩的脸在那里梭似的飞快的泅着。同时金铁击撞和无数男女笑喊的繁响在她的耳内忽然开始了沸腾。

她觉得她的前额滋生着惊悸的汗点，但她向上举起的手摸着的只是鬓发上雪花化了水的一搭阴凉。她叹了一口气，摇了摇头："我这是疯了还是傻了？"她大声的说。"就说现在还没有。"她想，"照这样子下去要不了三五天我准得炸！"这是一个什么世界。那儿都是死的胜利？听到的是死的欢呼，见到的是死的狂舞。一切都指向死，一切都引向死。什么时代的推移，什么维新，什么革命，只是愚蠢的人类在那里用自己骨肉堆造纪念死的胜利的高塔。高顶着云天，它那全身飞满的不是金，不是银，是人类自己的血，尤其是无辜的鲜艳的血！时间是一条不可丈量的无厌的毒蟒，它就是爱哺啜人类的血肉。

这世界，这年头，谁有头脑谁遭殃，谁有心肠谁遭殃。就说蘩吧，他倒是犯了什么法，作了什么恶，就该叫人直拉横扯的只当猪羊看待？还不是因为他有一副比较活动的头脑，一副比较热烈的心肠？他因为能思想所以多思想，却不料思想是一种干犯人条的罪案。他因为有感情所以多情感，却不知这又是一种可以成立罪案的不道。自从那年爱开张了他的生命的眼，他就开始发动了一种在别的地方或别的时间叫作救世的婆心。见到穷，见到苦，他就自己难受；见到不平，见到冤屈，他就愤恨。这不是最平常的一点人情吗？他因为年轻，不懂世故，不甘心用金玉的文章来张扬虚伪，又不有能按住他的热心，躲在家里安守他的"本分"；他愈见到穷的苦的，他对于穷的苦的愈感到同情与趣味，他在城市里就非得接近城市的穷苦部分，在乡间也如此，他一个人伏处在没有光亮四壁发霉的小屋里不住的写，写他眼里见到的，心里感到的，写到更深，写到天光，眼泪和着墨。文字和着心肠一致的热跳，直写到身体成病，肺叶上长窟窿，口里吐血，他还不断的写——他为什么了？他见到种种的不平，他要追究出一些造成这不平世界的主因，追究着了又想尽他一个人的力量来设法消除，同时他对于他认为这主因的造成者或助长者不能忍禁他的义愤，他白眼看着他们正如他们是他私己的仇敌——这也许是因为他的心太热血太旺了的缘故，但他确是一个年青人，而且心地是那样的不卑琐，动机又是那样的不杂，你能怪着他吗？好，可是这样的人这世界就不能容忍；就因为他在思想上不能做奴隶，在感情上不能强制，在言论上不作为一己安他的检点，又因为他甘愿在穷苦无告的人群中去体验人生，外加结识少数与他在思想与感情上有相当融洽的朋友，他就遭了忌讳，轻易荣膺了一个十恶不赦的头衔，叫人整个的无从声辩，张不到一个正当的告诉的门缝儿，这样送了命也是白来，如同一个蚂蚁被人在地上踏死，有谁来问信——哼！这倒是一个什么世界！

瑙女士一头想，在悲苦与恚愤中出了神，手里的那个字条已经被挤捻成细小的末屑散落在身上都没有觉得。"当然，"她又继续想，"当然"各人有各人的见解；蘩的过错是他的径直，思想是直的，感情，行为，全是直的，他沿着逻辑的墙围走路，再也不顾这头里去是什么方向，有没有危险。但我说他"直"是因为我是深知他的，在有的人断章取义的看也许要说他固执，说他激烈，说他愚笨。也许这些案语都是相当对的，现在果然有飞来横祸惹上了身，要是没有救，惋惜他的人自然有，同时也尽有从苟全性命的观点来引以为戒的。且不说别人，就我也何尝在某一件事上曾经和他完全一致过？也许一半因为我是女性，凡事容易趋向温和，又没有坚强的理智能运用铁一般的逻辑律法取定一个对待人生的态度，也是铁一般物坚实。记得我每回和他辩论，失败的总是我，承认了他的前提就不能推翻他的结论，虽则在我的心里的心里我从没有被他折服过。他见到穷苦，比方说，我也见到穷苦，但彼此的感想可就不同。我承认穷人的苦恼，但我不能说人不穷苦恼就会没有。种类不同吧，在我看来苦恼是与生俱来不论贫富都有份儿的；方才那抱着死孩的穷人当然，但谁敢说在风车里咆哮过去的男女们就能完全脱离苦恼；再有物质上的苦恼固然不容否认，精神上的苦恼也一样是实在。我所以只感到生的不幸，自认是一个弱者，我只有一个恻隐的心；自己没有什么救世的方案，我也不肯轻易接受他人的。我把我自己口袋里的钱尽数给了我眼见的穷苦，那怕自己也穷得连一口饭都发生问题，我自分也算尽了一个有同情心的生物的心，再有我只能在思索体念这些人们的无告，更深一层认识人生的面目，也就完了。他可不然：第一他把人生的物质的条件认是有无上的重要，所谓精神的现象十九是根据物质生活的；第二他把贫富的界限划的极度的严；第三他有那份辩才可以把人间百分中九十九的不幸与蹊跷堆放到财富支配不得均匀与不合公道的一个现象上去。他多见一份穷苦，他愈同情于穷苦；他愈同情于穷苦，他愈恨穷苦；愈要铲除穷苦；跟着穷苦的铲除，他以为人类就可以升到幸福的山腰，即便还不到山顶。这来他的刀口就瞄准了方向。我不服他的理解，但我知道他的心是热的。我不信他的福音，但我确信他的动机是纯洁的。如今他为了他的一份热心，为了他的思想的勇往，在遭受了不白的冤枉！

我心里真害怕，这预兆不好。可怜的黑，为朋友害折了腿怕也是白费。最可恨是崔，他这回的威福我怕是作定的了。他还饶不过我。竟想借此同时收拾我。哼，你做梦，恶鬼！我总有那一天睁大了眼看你也乖乖的栽跟斗，栽你自己都不相信！蘩，我几乎愿意你死，愿意你牺牲，愿意你做一只洁白的羔羊，把你全身一滴滴无辜的血液灌入淫恶的饕餮的时间的口！……

珰女士这样想着觉得身子飘飘的仿佛在蔓草路上缓步的走着，一身的黑纱在风中沙沙的吹响。还有一个人和她相并的走着，那是黑。手抱一束憔悴的野花——他们是走向蘩的埋葬处。她眼前显出一块墓碑，上面有一行漆色未干的红字：这里埋着一只被牺牲的羔羊。她在草堆向那块碑石和身伏了下去，眼泪像是夏雨似的狂泻，全身顿时激成了一堆不留棱缝的坚冰，

她全身顿时激成了堆不留棱缝的坚冰，眼泪像是夏雨似的狂泻；一阵痛彻心脾的悲伤使她陷入了迷恍。她直挺在坐椅上有好一晌。耳内听得远处有羔羊的稚嫩的急促的啼声……啼的是床上睡醒了要奶吃的她两个月的孩子。等到她从迷恍中惊起匆匆解开了胸衣去喂的时候，那孩子已经哭得紫涨了一只小脸，声音都抽噎了。

…………

这一晚珰女士做了一个梦。

她坐在一个类似运动场的围圈的高座上，乌魆魆的挤满了看客。场子中间是一片荒土。有不少累累的小丘，有长着黄草，有长着青草的。风吹动着草根发出一种幽响，如同细乐。这样过了一晌，她望见高台的那一边发动了热闹。一长列穿着艳色短服的人在台影中鱼贯的走出，沿着围阑复步的过来。她看出这些人肩头抗着一根肥大的铁锄。蘩是这中间的一个，这发见并不使她讶异，她仿佛本是专来看他表演的；但使她奇怪的是黑也在里面，一个瘦弱的肩胛被笨重的铁锄压成了倾——她奇怪因为她分明黑是和她不仅同来并且同在看座上坐着的。这行列绕这围场走成了一个圆圈，然后在不知那一边发出的吆喝声中他们都止了步，然后各自向场中心走去。再过一晌，这一些人各自站定了一个地位，擎起了锄头，在又一声吆喝的喊响中，各自在身前的一块土上用力的垦，同时齐声开始了一种异样的歌唱，音调是悲壮如同战场上的金鼓，初起还是低缓，像是在远方的涛声，再来是渐次高翻的激昂，排山倒海似的，和着铁锄斗着坚土的铮铮，把整个的空间震成了不分涯际的澎湃。锄头的起落也是渐次的袖舞成了耀眼的一片。初起蘩和黑的身影，还可勉强的辨认，随后逐渐的模糊直到再也分不清楚，她望

得眼珠发酸都是无用。这样绵延了不知有多少时间，忽然一切声响和动作都一齐止息了，场中间每人的跟前都裂着一个乌黑的坑口，每人身上的衣服全都变了黑色。这时候全场上静极了，只听得风轻轻的掠过无数新掘的土坑口，发出怡神的细乐，在半空里回旋。这时候她正想转身问她同看的人这耍的算是什么玩艺，猛然又听得一声震耳的吆喝，在这异响的激震中，场围中各个人都把锄头向空一撒手，轪的一声叫响，各自纵身向各自垦开的坑口里跳了下去。同时整个的天也黑压压的扑盖了下来……（未完）。①

① 本文初载于《新月》1931年9月第3卷11号。虽在文末注“未完”，但此后各期再未刊登。

书　信

致张幼仪[①]

1926年12月14日

幼仪:

爸爸来，知道你们都好，尤其是欢进步得快，欣慰得很。你们那一小家虽是新组织，听来倒是热闹而且有精神，我们避难人听了十分羡慕。你的信收到，万分感谢你。幼仪。妈在你那里各事都舒适，比在家里还好些，真的，年内还不如晋京的好，一则路上不变，二则回来还不免时时提心吊胆。我们不瞒你说，早想回京，只是走不动，没有办法，我们在上海的生活是无可说的，第一是曼同母亲行后就病，直到今天还不见好，我也闷得慌，破客栈里困守着，还有什么生活可言。日内搬去宋春舫家，梅白格路六四三号，总可以舒泰些。

阿欢[②]的字真有进步，他的自治力尤其可惊，我老子自愧不如也!

丽琳寄一笔杆来“钝”我，但我还不动手，她一定骂我了!

老八生活如何。盼通信。此候

炉安

志摩　十二月十四日

① 张幼仪（1900—1989），江苏宝山人。1915年10月与徐志摩在硖石成婚，1922年3月在德国柏林离婚。

② 即张幼仪于1918年3月12日所生的徐志摩之长子徐积锴，乳名阿欢。

致陆小曼

1925年3月4日

小龙：你知道我这次想出去也不是十二分心愿的，假定老翁的信早六个星期来时，我一定绝无顾恋的想法走了完事；但我的胸坎间不幸也有一个心，这个脆弱的心又不幸容易受伤，这回的伤不瞒你说又是受定的了，所以我即使走也不免咬一咬牙齿忍着些心痛的。这还是关于我自己的话；你一方面我委实有些不放心，不是别的，单怕你有限的勇气敌不过环境的压迫力，结果你竟许多少不免明知故犯，该走一百里路也只能走满三四十里，这是可虑的。

小龙呀，你不知道我怎样深刻的期望你勇猛的上进，怎样的相信你确有能力发展潜在的天赋，怎样的私下祷祝有那一天叫这浅薄的恶俗的势利的“一般人”开着眼惊讶，闭着眼惭愧——等到那一天实现时，那不仅你的胜利也是我的荣耀哩！聪明的小曼：千万争这口气才是！我常在身旁自然多少于你有些帮助，但暂时分别也有绝大的好处，我人去了，我的思想还是在着，只要你能容受我的思想。我这回去是补足我自己的教育，我一定加倍的努力吸收可能的滋养，我可以答应你我决不枉费我的光阴与金钱，同时我当然也期望你加倍的勤奋，认清应走的方向，做一番认真的工夫试试，我们总要隔了半年再见时彼此无愧才好。你的情形固然不同，但你如其真有深澈的觉悟时，你的生活习惯自然会得改变的，我信F也能多少帮助你。

我并不愿意做你的专制皇帝，落后叫你害怕讨厌，但我真想相当的笃饬着你，如其你过分顽皮时，我是要打的吓！有一件事不知你能否做到，如能倒是件有益而且有趣的事，我想要你写信给我，不是平常的写法，我要你当作日记写，不仅记你的起居等等，并且记你的思想情感——能寄给我当然最好，就是不寄也好，留着等我回来时一总看，先生再批分数，你如其能做到这点意思，那我就高兴而且放心了。同时我当然有信给你，不能怎样的密，因为我在旅行时怕不能多写，但我答应选我一路感到的一部分真纯思想给你，总叫你得到了我的消息，至少暂时可以不感觉寂寞，好不好，曼？关于游历方面，我已经答应做《现代评论》的特约通讯员，大概我人到眼到的事物多少总有报告，使我这里的朋友都能分沾我经验的利益。

顶要紧是你得拉紧你自己，别让不健康的引诱摇动你，别让消极的意念过分压迫你，你要知道我们一辈子果然能真相知真了解，我们的牺牲，苦恼与努力，也就不算是枉费的了。

摩　三月四日

1925年3月10日

龙龙：我的肝肠寸寸地断了。今晚再不好好地给你一封信，再不把我的心给你看，我就不配爱你，就不配受你的爱。我的小龙呀，这实在是太难受了，我现在不愿别的，只愿我伴着你一同吃苦——你方才心头一阵阵的绞痛，我在旁边只是咬紧牙关闭着眼替你熬着。龙呀，让你血液里的讨命鬼来找着我吧，叫我眼看你这样生生地受罪，我什么意念都变了灰了！你吃现鲜的苦是真的，叫我怨谁去？离别当然是你今晚纵酒的大原因，我先前只怪我自己不留意，害你吃成这样。但转想你的苦分明不全是酒醉的苦，假如今晚你不喝酒，我到了相当的时刻，得硬着头皮对你说再会，那时你就会舒服了吗？再回头受逼迫的时候就会比醉酒的病苦强吗？咳！你自己说得对，顶好是醉死了完事，不死也得醉，醉了多少可以自由发泄，不比死闷在心窝里好吗？所以我一想到你横竖吃苦，我的心就硬了。我只恨你不该留这许多人在一起喝，这人一多就糟；要是单是你与我对喝，那时要醉就同醉，要死也死在我们热烈情焰上；醉也是一体，死也是一体；要哭让眼泪和成一起，要心跳让你我的胸膛贴紧在一起；这不是在极苦里实现了我们想望的极乐，从醉的大门走进了大解脱的境界；只要我们的灵魂合成了一体，这就满足了我们最高的想望？

啊我的龙，这时候你睡熟了没有？你的呼吸调匀了没有？你的灵魂暂时平安了没有？你知不知道你的爱正在含着两眼热泪，在这深夜里和你说话，想你，疼你，安慰你，爱你？我好恨呀，这一层层的隔膜，真的全是隔膜；这仿佛是你淹在水里挣扎着要命，他们却掷下瓦片石块来，算是救渡你！我好恨呀，这酒的力量还不够大，方才我站在旁边，我是完全准备了的，我知道我的龙儿的心坎儿只嚷着："我冷呀，我要他的热胸膛偎着我；我痛呀，我要我的他搂着我；我倦呀，我要在他的手臂内得到我最想望的安息与舒服！"——但实际上只能在旁边站着看，我稍微一帮助，就受人干涉，意思说：“不劳费心，这不关你的事，请你早去休息吧，她不用你管。”哼，你不用我管！我这难受，你大约也有些觉着吧。方才你接连了叫着：“我不是醉，只是难受，只是心里苦。”你那话一出，像钢铁锥子刺着我的心：愤、慨、恨、急的各种情绪就像潮水似的涌上胸头。那时我就觉得什么都不怕，勇气像天一般的高，只要你一句话出口，什么事我都干！为你，我抛弃了一切只是本分；为你，我还顾得什么性命与名誉？——真的，假如你方才说出了一半句着边际着颜色的话，此刻你我的命运早已变定了方向都难说哩！

你多美呀，我醉后的小龙！你那惨白的颜色与静定的眉目使我想象起你最后解脱时的形容，使我觉得一种逼迫赞美崇拜的激震，使我觉着一种美满的和谐。——龙，我的至爱，将来你永诀尘俗的俄顷，不能没有我在你的最近的边旁；你最近的呼吸一定得明白报告这世间你的心是谁的，你的爱是谁的，你的灵魂是谁的。龙呀，你应当知道我是怎样的爱你；你占有我的爱，我的灵，我的肉，我的“整个儿”。永远在我爱的身旁旋转着，永久地缠绕着。真的，龙龙！你已经激动了我的痴情，我说出来你不要怕，我有时真想拉你一同死去，去到绝对的死的寂灭里去实现完全的爱，去到普通的黑暗里去寻求唯一的光明。——咳！今晚要是你有一杯毒药在近旁，此时你我竟许早已在极乐世界了。说也怪，我真不沾恋这形式的生命，我只求一个同伴，有了同伴我就情愿欣欣的瞑目。龙龙，你不是已经答应做我永久的同伴了吗？我再不能放松你，我的心肝你是我的，你是我这一辈子唯一的成就，你是我的生命，我的诗，完全是我的，一个个细胞都是我的。——你要说半个不字叫天雷打死我完事！

我在十几个钟头内就要走了，丢开你走了，你怨我忍心不是？我也自认我这回不得不硬一硬心肠，你也明白我这回去是我精神的与知识的“散拿吐瑾”，我受益就是你受益。我此去得加倍的用心，你在这时期内也得加倍的奋斗。我信你的勇气，这回就是试验你，实证你勇气的机会。我人虽走，我的心不离开你；要知道在我与你的中间有的是无形的精神线，彼此的悲欢喜怒此后是相通的，你信不信？（身无彩凤双飞翼，心有灵犀一点通。）我再也不必嘱咐，你已经有努力方向，我预知你一定成功。你这回冲锋上去，死了也是成功，有我在这里，阿龙，放大胆子上前去吧！彼此不要辜负了，再会！

摩　三月十日早三时

我不愿意替你规定生活，但我要你注意缰子一次拉紧了是松不得了，你得咬紧牙齿暂时对一切的游戏娱乐应酬说一声再会，你干脆的得谢绝一切的朋友。你得彻底的刻苦，你不能纵容你的Whims，再不能管闲事，管闲事空惹一身骚；也再不能发脾气。记住，只要你耐得住半年，只要你决意等我，回来时一定使你满意欢喜，这都是可能的；天下没有不可能的事——只要你有信心，有勇气，腔子里有热血，灵魂里有真爱。龙呀！我的孤注就押在你的身上了！

再如失望，我的生机也该灭绝了。

最后一句话，只有S是唯一有益的真朋友。

三月十日早

1925年3月11日

方才无数美丽的雅致的信笺都叫你们抢了去，害我一片纸都找不着，此刻过西北时写一个字条给丁在君是撕下一张报纸角来写的，你看这多窘；幸亏这位先生是丁老夫子的同事，说来也是熟人，承他作成，翻了满箱子替我寻出这几张纸来，要不然我到奉天前只好搁笔，笔倒有，左边小口袋内就是一排三支。

方才那百子放得恼人，害得我这铁心汉也觉着又些心酸，你们送客的有掉眼泪的没有？（啊啊臭美！）小曼，我只见你双手掩着耳朵，满面的惊慌，惊了就不悲，所以我推想你也没掉眼泪。但在满月夜分别，咳！我孤孤单单的一挥手，你们全站着看我走，也不伸手来拉一拉，样儿也不装装，真可气。我想送我的里面，至少有一半是巴不得我走的，还有一半是“你走也好，走吧”。车出了站，我独自的晃着脑袋，看天看夜，稍微有些难受，小停也就好了。

我倒想起去年五月间那晚我离京向西时的情景，那时更凄怆些，简直的悲，我站在车尾巴上，大半个黄澄澄的月亮在东南角上升起，车轮阁的阁的响着，W还大声的叫“徐志摩哭了”（不确）；但我那时虽则不曾失声，眼泪可是有的。怪不得我，你知道我那时怎样的心理，仿佛一个在俄国吃了大败仗往后退的拿破仑，天茫茫，地茫茫，心更茫茫，叫我不掉眼泪怎么着？但今夜可不同，上次是向西，向西是追落日，你碰破了脑袋都追不着；今晚是向东，向东是迎朝日，只要你认定方向，伸着手膀迎上去，迟早一轮旭红的朝日会得涌入你的怀中的。这一有希望，心头就痛快，暂时的小悱恻也就上口有味。半酸不甜的，生滋滋的像是啃；鲜果，有味！

娘那里真得替我磕脑袋道歉，我不但存心去恭恭敬敬的辞行，我还预备了一番话要对她说哪，谁知道下午六神无主的把她忘了，难怪令尊大人相信我是荒唐，这还不够荒唐吗？你替我告罪去，我真不应该，你有什么神通，小曼，可以替我“包荒”？

天津已经过了，（以上是昨晚写的，写至此，倦不可支，闭目就睡，睡醒便坐着发呆的想，再隔一两点钟就过奉天了。）韩所长现在车上，真巧，这一路有他同行，不怕了。方才我想打电话，我的确打了，你没有接着吗？往窗外望，左边黄澄澄的土直到天边，右边黄澄澄的地直到天边；这半天，天色也不清明，叫人看着生闷。方才遥望锦州城那座塔，有些像西湖上那座雷峰，像那倒坍了的雷峰，这又增添了我无限的惆怅。但我这独自的吁嗟，有谁听着来？

你今天上我的屋子里去过没有？希望沈先生已经把我的东西收拾起来，一切零星小件可以塞在那两个手提箱里，没有钥匙，贴上张封条也好，存在社里楼上我想够妥当了。还有我的书顶好也想法子点一点。你知道我怎样的爱书，我最恨叫人随便拖散，除了一两个我准许随便拿的（你自己一个）之外，一概不许借出，这你得告诉沈先生。至少得过一个多月才能盼望看你的信，这还不是刑罚！你快写了寄吧，别忘Via Siberia[①]要不是一信就得走两个月。

志摩　星二奉天

1925年3月18日

小曼：好几天没信寄你，但我这几天真是想家的厉害。每晚（白天也是的）一闭上眼就回北京，什么奇怪的花样都会在梦里变出来。曼，这西伯利亚的充军，真有些儿苦，我又晕车，看书不舒服，写东西更烦，车上空气又坏，东西也难吃，这真是何苦来。同车的人不是带着家眷便是回家去的；他们在车上多过一天便离家近一天，就只我这傻瓜甘心抛去暖和热闹的北京，到这荒凉境界里来叫苦！

再隔一个星期到柏林，又得对付她了；小曼，你懂得不是？这一来柏林又变了一个无趣味的难关，所以总要到意大利等着老头以后，我才能鼓起游兴来玩；但这单身的玩，兴趣终是有限的，我要是一年前出来，我的心里就不同，那时倒是破釜沉舟的决绝，不比这一次身心两处，梦魂都不得安稳。

但是曼，你们放心，我决不颓丧，更不追悔，这次欧游的教育是不可少的，

① 英文，意为通过西伯利亚。

稍微吃点子苦算什么，那还不是应该的。你知道我并没有多么不可动摇的大天才，我这两年的文字生活差不多是逼出来的，要不是私下里吃苦，命途上颠仆，谁知道我灵魂里有没有音乐？安乐是害人的，像我最近在北京的生活是不可以为常的，假如我新月社的生活继续下去，要不了两年，徐志摩不堕落也堕落了，我的笔尖上再也没有光芒，我的心上再没有新鲜的跳动，那我就完了——“泯然众人矣”！到那时候我一定自惭形秽，再也不敢谬托谁的知己，竟许在政治场中鬼混，涂上满面的窑煤——咳，那才叫做出丑哩！要知道堕落也得有天才，许多人连堕落都不够资格。我自信我够，所以更危险。因此我力自振拔，这回出来清一清头脑，补足了我的教育再说——爱我的，期望我成才的，都好像是我的恩主，又像债主，我真的又感激又怕他们！小曼，你也得尽你的力量帮助我望清明的天空上腾，谨防我一滑足陷入泥深潭，从此不得救度。小曼，你知道我绝对不慕荣华，不羡名利，——我只求对得起我自己。

将来我回国后的生活，的确是问题，照我自己理想，简直想丢开北京，你不知道我多么爱山林的清静。前年我在家乡山中，去年在庐山时，我的性灵是天天新鲜天天活动的。创作是一种无上的快乐，何况这自然而然像山溪似的流着——我只要一天出产一首短诗，我就满意。所以我很想望欧洲回去后到西湖山里（离家近些）去住几时。但须有一个条件，至少得有一个人陪着我；在山林清幽处与一如意友人共处——是我理想的幸福，也是培养，保全一个诗人性灵的必要生活，你说是否，小曼？

朋友像S、M他们，固然他们也很爱我器重我，但他们却不了解我——他们期望我做一点事业，譬如要我办报等等，但他们那能知道我灵魂的想望？我真的志愿，他们永远端详不到的。男朋友里真望我的，怕只有B一个，女友里S是我一个同志，但我现在只想望“她”能做我的伴侣，给我安慰，给我快乐，除了“她”，这茫茫大地上叫我更问谁要去？

这类话暂且不提，我来讲些车上的情形给你听听。——我上一封信上不是说在这国际车上我独占一大间卧室舒服极了不是？好，乐极生悲，昨晚就来了报应！昨夜到一个大站，那地名不知有多长，我怎样也念不上来。未到以前就有人来警告我说前站有两个客人上前，你的独占得满期了。我就起了恐慌，去问那和善的老车役，他张着口对我笑笑说，“不错，有两个客人要到你房里，而且是两位老太太！”（此地是男女同房的，不管是谁！）我说你不要开玩笑，他说“那你看着，要是老太太还算是你的幸气，在这样荒凉的地方，那里有好客人来。”过了一程，车到了站。我下去散步回来，果然，房间里有了新来的行李，一只帆布提箱，两大铺盖，一只篾篮装食物的，我看这情形不对，就问间壁房里人来了些什么客人，间壁住了肥美的德国太太，回答我“来人不是好对付的，先生这回怕要受苦了！”不像是好对付的，唉？来了，两位，一矮，一高，矮的青脸，高的黑脸，青的穿黑，，黑的穿青，一个像老母鸭，一个像猫头鹰，衣襟上都戴着列宁小照的御章，分明是红党里的将军！

我马上赔笑脸，凑上去说话，不成，高的那位只会三句英语，青脸的那位一字不提，说了半天，不得要领。再过一歇，他们在饭厅里，我回房，老车役进来铺床，他就笑着问我，“那两位老太太好不好？”我恨恨的说，“别趣了，我真着急，不知来人是什么路道？”正说时，他掀起一个垫子，露出两柄明晃晃上足子弹的手枪，他就拿在手里，一头笑着说：“你看，他们就是这个路道！”

今天早上醒来，恭喜我的头还是好好的在我的脖子上安着。小曼，你要看了他们两位好汉的尊容，准吓得你心跳，浑身抖擞！俄国的东西贵死了，可恨！车里饭坏的不成话，贵的更不成话，一杯可可五毫钱像泥水，还得看葸者大爷们的嘴脸！地方是真冷，绝不是人住的！一路风景可真美，我想专写一封《晨报》通信，讲西伯利亚。

小曼，现在我这里下午六时，北京约在八时半，你许正在吃饭，同谁？讲些什么？为什么我听不见？咳！我恨不得——不写了。一心只想到狄更生那里看信去！

志摩　三月十八日Omsk

1925年5月26日

小曼：W的回电来后，又是四五天了，我早晚忧巴巴的只是盼着信，偏偏信影子都不见，难道你从四月十三写信以后，就没有力量提笔？W的信是二十三，正是你进协和的第二天，他说等“明天”医生报告病情，再给我写信，只要他或你自己上月寄出信，此时也该到了，真闷煞人！

回电当然是个安慰，否则我这几天那有安静日子过？电文只说“一切平安”，至少你没有危险了是可以断定的，但你的病情究竟怎样？进院后医治见效否？此时已否出院？已能照常行动否？我都急得要知道，但急偏不得知道，这多别扭！

小曼：这回苦了你，我想你病中一定格外的想念我，你哭了没有？我想一定有的，因为我在这里只要上床一时睡不着，就叫曼，曼不答应我，就有些心酸，何况你在病中呢？早知你有这场病，我就不应离京，我老是怕你病倒，但是总希望你可以逃过，谁知你还是一样吃苦，为什么你不等着我在你身边的时候生病?

这话问的没理，我知道我也不一定会得侍候病人，但是我真想倘如有机会伴着你养病，就是乐趣。你枕头歪了，我可以替你理正，你要水喝，我可以拿给你，你不厌烦我念书给你听，你睡着了我轻轻的掩上了门，有人送花来我给你装进瓶子去；现在我没福享受这种想象中的逸趣，将来或许我病倒了，你来伴我也是一样的。你此番病中有谁侍候着你？娘总常常在你身边，但她也得管家，朋友中大约有些人是常来的，你病中感念一定很多，但不想也就忘了。

近来不说功课，不说日记，连信都没有，可见你病得真乏了。你最后倚病勉强写的那两封信，字迹潦草，看出你腕劲一些也没有，真可怜，曼呀，我那时真着急，简直怕你死，你可不死，你答应为我活着。你现在又多了一个仇敌——病，那也得你用意志力来奋斗的，你究竟年轻，你的伤损容易养得过来的，千万不要过于伤感。病中面色是总不好看的，那也没法，你就少照镜子，等精神回来的时候，再自己看自己也不迟。你现在虽则瘦，还是可以回复你的丰腴的，只要你生活根本的改样。我月初连着寄的长信，应该连续的到了，但你的回信不知要到什么时候才来？想着真急。据有人说娘疑心我的信激成你的病的，所以常在那里查问我；我的信不会丢漏的么？我盼望寄你的信只有你看见再没有第二人看，不是看不得，是不愿意叫人家随便讲闲话，是真的。但你这回可真得坚决了，我上封信要你跟W来欧，你仔细想过没有？这是你一生的一个大关键。俗语说的快刀斩乱丝，再痛快不过的。我不愿意你再有踌躇，上帝帮助能自助的人，只要你站起来就有人在你前面领路。W真是“解人”，要不是他，岂不是我你在两地着急，叫天天不应的多苦；现在有他做你的红娘，你也够放心，我真盼望你们俩一共到欧洲来，我一定请你们喝香槟接风，有好消息时，最好打电报来就可以。B在瑞士，月初或到翡冷翠来，我们许同游欧洲再报告你。盼望你早已健全，我永远在你的身边，我的曼。

摩　五月二十六日

1926年2月19日

眉眉我亲亲：今天我无聊极了，上海这多的朋友，谁都不愿见，独自躲在机房里耐闷。下午几个内地朋友拉住了打牌，直到此刻，已经更深，人也不舒服，老是这要呕心的。心想着的只眉眉的一个倩影，慰我孤独；此外都只是烦心事。唐有壬本已替我定好初十的日本船，十二就可到津，那多快！不是不到一星期就可重在眉眉的左右，同过元宵，是多么一件快心事？但为北京来人杳无消息，我为亲命又不能不等，只得把定住回了，真恨人！适之今天才来；方才到机房里来，两眼红红的，不知是哭了还是少睡，也许两样全有！他为英国赔款委员快到，急得又不能走。本说与我同行，这来怕又不成。其实他压根儿就不热心回京；不比我。我觉得不好受，想上床了，明儿再接写吧！

1926年2月26日

眉眉乖乖：今天托沈久之带京网篮一只，内有火腿茶菊，以及家用托买的两包。你一双鞋也带去，看适用否，缎鞋年前已卖完，这双尺寸恰好，但不怎么好。茶菊你替我留下一点，我要送别人，今天我又替你买了一双我自以为极得意的鞋，你一定喜欢，北京一定买不到，是外国做来的，价钱可不小。你的大衣料顶麻烦，我看过，也问过，但始终没有买，也许不买，到北京再说。你说要厚呢夹大衣，那还不是冬天用的，薄的倒有好看的，怕又买不合式。天台橘子倒有，临走时再买，早买要坏。火腿恐不十分好，包头裹的好，我还想去买些，自己带。

适之真可恶，他又不走了！赔款委员会仍在上海开，他得在此接洽，他不久搬去沧洲别墅。

昨晚有人请我妈听戏，我也陪了去，听的你说是什么？就是上次你想听没听着的《新玉堂春》。尚小云唱的真不坏，下回再有，一定请眉眉听去。

朱素云也配得好，昨晚戏园里挤得简直是水泄不通。戏情虽则简单，却是情形有趣，三堂会审后，穿蓝的官与王金龙作对。他知道王三一定去监牢里会苏三，故意守他们正在监牢里绸缪的时候，带了衙役去查监，吓得王三涂了满面窑煤，装疯混了出去。后来穿红的官做好人，调和了他们，审清了案子，苏三挂红出狱。苏三到客店里去梳妆一节，小云做得极好，结局拜天地团圆，成全了一对恩爱夫妻。这戏不坏。但我看时只想着眉眉，她说不定几时候怎样坐立不安的等着我哩！眉眉，我真的心烦，什么事也做不成，今天想写一点给副刊，提了笔直发愣，什么也没有写成。大约我在见眉之前，什么事都不用想了，这几十天就算是白活的，真坑人！思想也乱得很，一时高飞，一时沉低，像在梦里似的，与人谈话也是心不在焉的慌。眉眉，不知道你怎样？我没有你简直不能做人过日子。什么繁华，什么声色，都是甘蔗渣，前天有人很热心的要介绍电影明星，我一点也没兴趣，一概婉辞谢绝。上海可不了，这班所谓明星，简直是“火腿”的变相，哪里还是干净的职业，眉眉，你想上银幕的意思趁早打消了罢！我看你还是往文学美术方面，耐心的做去。不要贪快，以你的聪明，只要耐心，什么事不成，你真的争口气，羞羞这势利世界也好！你近来身体怎样，没有信来真急人。昨天有船到，今天还是没有信，大概你压根儿就没有写。我本该明天赶到京和我的爱眉宝贝同过元宵的，谁知我们还得磨折，天罚我们冷清清的一个在南，一个在北，冷眼看人家热闹，自己伤心！新月社一定什么举动也没有，风景煞尽的了！你今晚一定特别的难过，满望摩摩元宵回京，谁知还是这形单影只的！你也只能自己譬解譬解，将来我们温柔的福分厚着，蜜甜的日子多着；名分定了，谁还抢得了？我今晚仍伴妈睡，爸在杭未回。昨晚在第一台见一女，长得真美，妈都看呆了，那一双大眼真惊人，少有得见的。见时再详说。

堂上请安。

摩问候　元宵前夜

1926年7月21日

眉儿：在深山中与世隔绝，无从通问，最令鬲鬲。三日来由杭而临安，行数百里，纡道登山。旅中颇不少可纪事，皆愿为眉一一言之；恨邮传不达，只得暂纪于此，归时再当畅述也。

前日发函后，即与旅伴（韵海、老七及李藻孙）出游湖，以为晚凉有可乐者；岂意湖水尚热如汤，风来烘人，益增烦懑。舟过锦华桥，便访春润庐，适值蔡鹤卿先生驻踪焉。因遂谒谈有顷。蔡氏容貌甚癯，然肤色如棕如铜，若经髹然，意态故蔼婉恂恂，所谓“婴儿”者非欤？谈京中学业，甚愤慨，言下甚坚绝，决不合作：“既然要死就应该让他死一个透；这样时局，如何可以混在一起？适之倒是乐观，我很感念他；但事情还是没有办法的，我无论如何不去。”

平湖秋月已设酒肆，稍近即闻汗臭。晚间更有猥歌声，湖上风流更不可问矣。移棹向楼外楼，满拟一棹幽静，稍远尘嚣，桢此楼亦经改作，三层楼房，金漆辉煌，有屋顶，有电扇，昔日闲逸风趣竟不可复得。因即楼下便餐，菜亦视前劣甚。柳梢头明月依然，仰对能毋愧煞！

仁圃蟠桃味甘乃无伦，新莲亦冽香激齿。眉此时想亦在莲瓢中讨生活也。

夜间旅客房中有一趣闻：一土妓伴客即宿矣，忽遁迹不见。遍觅无有，而前后门固早扃。迨日向晨。始于楼上便室中发现，殊可噱。

十九日早六时起，六时二十分汽车开行，约八时到临安，修道甚佳，一路风色尤媚绝，此后更不虞路难矣。临安登轿，父亲体重，舆夫三名不胜，增至四；四犹不任，增至六。上山时簇拥邪许而前，态至狼狈。十时半抵螺丝岭，新筑有屋，住僧为备饭。十二时又前行，及四时乃抵山麓。小憩龙泉寺，啖粥点心。乃盘道上山，幸云阻日光，山风稍动，不过热。轿夫皆称老爷福量大。登山一里一凉亭，及第五亭乃见瀑，猥泻石罅间，殊不庄严。近人为筑亭，颜天琴，坐此听瀑，远瞰群冈，亦一小休。到此东天目钟声霹空而来，山林震荡，意致非常。

今寓保福楼，窗前山色林吞，别有天地。左一峦顶，松竹丛中，钟楼在焉。昨晚月色朦胧，忽复明爽；约藻孙与七步行入林，坐石上听泉，有顷乃归，所思邈矣。夜凉甚重，厚衾裹卧，犹有寒意。

二十日早上山，去昭明太子分经台，欲上寻龙潭，不成，悻悻折回。登山不到顶，此第一次也。又去寺右侧洗眼池。山中风色描写不易。杉佳，竹佳，钟声佳；外此则远眺群山，最使怡旷。

二十一日早下山。十时到西天目。地当山麓，寺在胜间，胜地也。

1928年6月17日

亲爱的，离开了你又是整一天过去了。我来报告你船上的日子是怎么过的。我好久没有甜甜的睡了，这一时尤其是累，昨天起可有了休息了；所以我想以后生活觉得太倦了的时候，只要坐船，就可以养过来。长江船实在是好，我回国后至少我得同你来回汉口坐一次。你是城里长大的孩子，不知道乡居水居的风味，更不知道海上河上的风光，这样的生活实在是太窄了，你身体坏一半也是离天然健康的生活太远的原故。你坐船或许怕晕，但走长江乃至走太平洋决不至于。因为这样的海程其实说不上是航海，尤其在房间里，要不是海水和机轮的声响，你简直可以疑心这船是停着的。昨晚给你写了信，就洗澡上床睡，一睡就着，因为太倦了，一直睡到今早上十点钟才起来。早饭已吃不着，只喝一杯奶茶，穿衣服最是一个问题，昨晚上吃饭，我穿新做那件米色华丝纱，外罩春舫式的坎肩，照照镜子，还不至于难看。文伯也穿了一件艳绿色的绸衫子，两个人联袂而行，趾高气扬的进餐堂去，我倒懊恼中国衣带太少了，尤其那件新做蓝的夹衫，我想你给我寄纽约去。只消挂号寄，不会遗失的；也许有张单子得填，你就给我寄吧，用得着的。还有人和里我看中了一种料子，只要去信给田先生，他知道给染什么颜色。染得了，让拿出来叫云裳按新做那件尺寸做，安一个嫩黄色的极薄绸里子最好；因为我那件旧的黄夹衫已经褪色，宴会时不能穿了。你给我去信给爸爸，或是他还在上海。让老高去通知关照人和要那料子。我想你可以替我办吧。还有衬里的绸裤褂（扎脚管的）最好也给做一套，料子也可以到人和要去，只是你得说明白材料及颜色。你每回寄信的时候不妨加上“Via Vancouver”也许可以快些。

今天早上我换了洋服，白哔叽裤，灰法兰绒褂子，费了我好多时候，才给打扮上了，真费事，最糟是我的脖子确先从十四吋半长到了十五，而我的衣领等等都还是十四吋半结果是受罪，尤其是瑞午送我那件特别shirt，领子特别小，正怕不能穿，那真可惜。穿洋服是真不舒服，脖子、腰、脚全上了镣铐，行动都感到拘束，哪有我们的服装合理，西洋就是这件事情欠通，晚上还是中装。

饭食也还要得，我胃口也有渐次增加的趋向。最好一样东西是桔子，真正的金山桔子，那个儿的大，味道之好，同上海卖的是没有比的。吃了中饭到甲板上散步，走七转合一哩，我们是宽袍大袖，走路斯文得很。有两个牙齿雪白的英国女人走得快极了，我们走小半转，她们走一转。船上是静极了的，因为这是英国船，客人都是些老头儿，文伯管他们叫做retired burglars，因为他们全是在东方赚饱了钱回家去的。年轻女人虽则也有几个，但都看不上眼，倒是一位似乎福建人的中国女人长得还不坏，可惜她身边永远有两个年轻人拥护着，说的话也是我们没法懂的所以也只能看看。到现在为止，我们跟谁都没有交谈过，除了房间里的boy，看情形我们在船上结识朋友的机会是少得很，英国人本来是难得开口，我们也不一定要认识他们。船上的设备和布置真是不坏；今天下午我们到各处去走了一圈，最上层的甲板是叫Sundeck可以太阳浴。那三个烟囱之粗，晚上看见真吓人。一个游泳池真不坏，碧清的水逗人得很，我可惜不会游水，否则天热了，一天浸在里面都可以。健身房也不坏，小孩子另有陈设玩具的屋子，图书室也好，只是书少而不好。音乐也还要得，晚上可以跳舞，但没人跳。电影也有，没有映过。我们也到三等烟舱里去参观了，那真叫我骇住了，简直是一个China town的变相，都是赤膊赤脚的，横七竖八的躺着，此外摆有十几只长方的桌子，每桌上都有一两人坐着，许多人围着。我先不懂，文伯说了，我才知道是“摊”，赌是用一大把棋子合在碗下，你可以放注，庄家手拿一根竹条，四颗四颗的拨着数，到最后剩下的几颗定输赢。看情形进出也不小，因为每家跟前都是有一厚叠的钞票，这真是非凡，赌风之盛，一至于此！还有一件奇事，你随便什么时候可以叫广东女人来陪，乌呼！中华的文明。

下午望见有名的鸟山，但海上看不见飞鸟。方才望见一列的灯火，那是长崎，我们经过不停。明日可到神户，有济远来接我们，文伯或许不上岸。我大概去东京，再到横滨，可以给你寄些小玩意儿，只是得买日本货，不爱国了，不碍吗?

我方才随笔写了一短篇《卞昆冈》的小跋，寄给你，看过交给上沅付印，你可以改动，你自己有话的时候不妨另写一段或是附在后面都可以。只是得快些，因为正文早已印齐，等我们的序跋和小鹏的图案了，这你也得马上逼着他动手，再迟不行了！再伯生他们如果真演，来请你参观批评的话，你非得去，标准也不可太高了，现在先求有人演，那才看出戏的可能性，将来我回来，自然还得演过。不要忘了我的话。同时这夏天我真想你能写一两个短戏试试，有什么结构想到的就写信给我，我可以帮你想想。我对于话剧是有无穷愿望的，你非得大大的帮我的忙，乖囡！

你身体怎样，昨天早起了不太累吗？冷东西千万少吃，多多保重，省得我在外提心吊胆的！

妈那里你去信了没有？如未，马上就写。她一个人在也是怪可怜的。爸爸娘大概是得等竞武信，再定搬不搬。你一人在家各事都得警醒留神，晚上早睡，白天早起，各事也有个接洽，否则你迟睡，淑秀也不早起，一家子就没有管事的人了，那可不好。

文伯方才说美国汉玉不容易卖，因为他们不承认汉玉，且看怎样。明儿再写了，亲爱的，哥哥亲吻你一百次，祝你健安。

摩摩　十七日夜

1928年10月4日

爱眉：久久不写中国字，写来反而觉得不顺手。我有一个怪癖，总不喜欢用外国笔墨写中国字，说不出的一种别扭，其实还不是一样的。昨天是十月三号按阳历是我俩的大喜纪念日，但我想不用它，还是从旧历以八月二十七孔老先生生日那天作为我们纪念的好；因为我们当初挑的本来是孔诞日而不是十月三日，那你有什么意味？昨晚与老李喝了一杯cocktail，再吃饭倒觉得脸烘热了一两个钟头。同船一班英国鬼子都是粗俗到万分，每晚不是赌钱赛马，就是跳舞闹，酒间里当然永远是满座的。这班人一无可谈，真是怪，一出国的英国鬼子都是这样的粗伧可鄙。那群舞女（Bawoard Company）不必说，都是那一套，成天光着大腿子，打着红脸红嘴赶男鬼胡闹，淫骚粗丑的应有尽有。此外的女人大半都是印度或缅甸去传教的一群干瘪老太婆，年纪轻些的，比如那牛津姑娘（要算她还有几分清气），说也真妙，大都是送上门去结婚的，我最初只发现那位牛津姑娘（她名字叫Sidebottom多难听！）是新嫁娘，谁知接连又发现至九个之多，全是准备流血去的！单是一张饭桌上，就有六个大新娘你说多妙！这班新娘子，按东方人看来也真看不惯，除了真丑的，否则每人也都有一个临时朋友，成天成晚的拥在一起，分明她们良心上也不觉得什么不自然，这真是洋人洋气！

我在船上饭量倒是特别好，菜单上的名色总得要过半，这两星期除了看书

（也看了十来本书），多半时候就在上层甲板看天看海。我的眼望得极远的天边，我的心也飞去天的那一边。眉你不觉得吗，我每每凭栏远眺的时候，我的思绪总是紧绕在我爱的左右，有时想起你的病态可怜，就不禁心酸滴泪，每晚的星月是我的良伴。

自从开船以来，每晚我都见到月，不是送她西没，就是迎她东升。有时老李伴着我，我们就看着海天也谈着海天，满不管下层船客的闹，我们别有胸襟，别有怀抱，别有天地!

乖眉，我想你极了，一离马赛，就觉到归心如箭，恨不能一脚就往回赶。此去印度真是没法子，为还几年来的一个愿心，在老头升天以前再见他一次，也算尽我的心。像这样抛弃了我爱，远涉重洋来访友，也可以对得住他的了。所以我完全无意留连，放着中印度无数的名胜异迹，我全不管，一到孟买（Bombay）就赶去Calcutta见了老头，再顺路到大吉岭，瞻仰喜马拉雅的风采，就上船迳行回沪。眉眉我心肝，你身体见好否？半月来又无消息，叫我如何放心得下，这信不知能否如期赶到？但是快了，再一个月你我又可交抱相慰的了！香港电到时，盼知照我父。

摩的热吻

1931年5月12日

眉眉我爱：你又犯老毛病了，不写信。现在北京上海间有飞机信，当天可到。我离家已一星期，你如何一字未来，你难道不知道我出门人无时不惦着家念着你吗？我这几日苦极了，忙是一件事，身体又不大好。一路来受了凉，就此咳嗽，出痰甚多。前两晚简直呛得不停，不能睡；胡家一家子都让我咳醒了。我吃很多鸭梨，胡太太又做金银花、贝母等药给我吃，昨晚稍好些。今日天雨，忽然变凉。我出门时是大太阳，北大下课到奚若家中饭时，冻得直抖。恐怕今晚又不得安宁。我那封英文信好像寄航空的。到了没有？那一晚我有些发疯。所以写信也有些疯头疯脑的，你可不许把信随手丢。我想到你那乱，我就没有勇气写好信给你。前三年我去欧美印度时，那九十多封信都到那里去了？那是我周游的唯一成绩，如今亦散失无存，你总得改良改良脾气才好。我的太太，否则将来竟许连老爷都会被你放丢了的。你难道我走了一点也不想我？现在弄到我和你在一起倒是例外，你一天就是吃，从起身到上床，到合眼，就是吃，也许你想芒果或是想外国白果倒要比想老爷更亲热更急。老爷是一只牛，他的唯一用处是做工赚钱，——也有些可怜：这两星期不但要上课还得补课，夜晚又不得睡！心里也不舒泰。天时再一坏，竟是一肚子的灰了！太太！你忍心字儿都不寄一个来？大概你们到杭州去了，恕我不能奉陪，希望天时好，但终得早起一些才赶得上阳光。北京花事极阑珊，明后天许陪歆海他们去明陵长城，但也许不去。娘身体可好？甚念！这回要等你来信再写了。

照片一包，已找到，在小箱。

摩 星期四

1931年7月4日

爱眉：你昨天的信更见你的气愤，结果也把我气病了。我愁得如同见鬼，昨晚整宵不得睡。乖！你再不能和我生气，我近几日来已为家事气得肝火常旺一来就心烦意躁，这是我素来没有的现象。在这大热天，处境已然不顺，彼此再要生气，气成了病，那有什么趣味？去年夏天我病了有三星期，今年再不能病了。你第一不可生气，你是更气不动。我的愁大半是为你在愁，只要你说一句达观话，说不生我气，我心里就可舒服。

乖！至少让我们俩心平意和的过日子，老话说得好，逆来要顺受。我们今年运道似乎格外不佳。我们更当谨慎，别带坏了感情和身体。我先几信也无非说几句牢骚话，你又何必认真，我历年来还不是处处都顺着你的。我也只求你身体好，那是最要紧的。其次，你能安心做些工作。现在好在你已在画一门寻得门径，我何尝不愿你竿头日进。你能成名，不论那一项都是我的荣耀。即如此次我带了你的卷子到处给人看，有人夸，我心里就喜，还不是吗？一切等我到上海再定夺。天无绝人之路，我也这么想，我计算到上海怕得要七月十三四，因为亚东等我一篇醒世姻缘的序，有一百元酬报，我也已答应，不能不赶成，还有另一篇文章也得这几天内赶好。

文伯事我有一函怪你，也错怪了。慰慈去传了话，吓得文伯长篇累牍的来说你对他一番好意的感激话。适之请他来住。我现在住的西楼。

老金他们七月二十离北平，他们极抱憾，行前不能见你。小叶婚事才过，陈雪屏后天又要结婚，我又得相当帮忙。上函问向少蝶帮借五百成否？

竞处如何？至念。我要你这样来电，好叫我安心（北平电报挂号）。“董胡摩慰即回眉”七个字，化大洋七毛耳。祝你好。

摩亲吻 四日

致周作人

1925年12月20日

启明兄:

我真该长长的答你一个信，一来致谢你这细心的读者替我们校阅的厚意，二来在我们接到你的来件是一种异样的欣慰。因为本刊的读者们都应该觉出时候已经很久的了自从作人先生因为主政语丝不再为本刊撰文；我接手编辑以来也快三个月了，但这还是第一次作人先生给我们机会接近他温驯的文体，这虽只是简短的校阅，我们也可以看出作人为学的勤慎与不苟，我前天偶然翻看上年的副刊，那时的篇幅不仅比现在的着实有分量，有“淘成”，并且有生动的光彩。那光彩便是作人先生的幽默与“爱伦内”[①]——正像是镂空西瓜里点上了蜡烛发出来的光彩，亮晶晶，绿滟滟的讨人欢喜。啊，但是《晨报副刊》的漂亮的日子是过去的了，怕是永远过去的了。现在的本刊是另外一回事了：原轻灵的变了笨重，原来快爽的变了迂滞，原来甜的变了——我说不出是什么味儿的了。也许一半是时代的关系：正如十九世纪因为自我意识与阶级意识发动以来，十八世纪清平的听得见笑响的日子便不可多得。我们言论界自从人妖们当道叫孤桐先生的“大道”翻跟斗以来也就不得不带上丑怪的面具，帮着这丑怪的时期，唱完这一出丑怪的大戏。原来清白的本相正不知到几时才能复辟哩！不好，我竟写出感慨一类的废话来了。这是最冒犯幽默的，我得向作人先生道歉才是。话说回来，我们恳切盼望的是作人先生以及原先常在副刊露面的作者们不要完全忘了交情，不要因为暂时的不长进就永远弃绝了它，它还得仰仗你们的爱护，培植，滋润，好叫它将来的光彩（如其能有那一天）是你们的欢喜，正如现时的憔悴应分是你们的忧愁。

志摩　附复

① 英语“冷嘲”的音译。

1927年8月3日

启明兄:

在北京有朋友纷纷南下，老兄似乎是硕果仅存的了。我倒是羡慕你，在这年头还能冷笃笃的自顾自己的园地！《戇〔赣〕第德》已经印得，老兄或已见过。但我不能不亲自奉呈一本给你。因为我曾经意外的得到你的奖励。那给我不少的欢喜。我南来以后，真叫是“无善足述”，单说我的砚田已经荒了整十个月了，怎好！近来也颇想自勉。但生活的习惯仿佛已经结成一张顽硬的畸形的壳，急切要打破它正费事得很哩。新办两家店铺，新月书店想老兄有得听到，还有一爿云裳公司。专为小姐娘们出主意。老兄不笑话吗？新月初试。能站住否不可知。老兄有何赐教？如蒙光赐敝店承印大作，那真是不胜荣幸之至了！

志摩敬候　八月三日

致 胡 适

1926年4月26日

适之:

长江舟中、客利、西湖的信都到，因为乱糟糟，又不知确定行踪，迟未作复。这次盼望你能回京，我们真想念你，快来罢。

先谈私事。你预告好消息的信，真使我快活，我恨不得亲你一口，你这样为我们尽力！将来总得想法子纪念你的功劳，好兄长!

你的信还不来，我猜不着他们的“条件”，想来不至于过分苛刻，好在只要他们意转，事情就有商量。百里你究竟见着了没有？何以信上总不提及，他有否对爸表示过意见。曼总还嫌幼仪的地位，为我们，为她自己，总得有一个公布的声明，才不至惹人误会，以为是否？我此次回京，此间（陆氏眷属相知）盛传父子决裂，调和无望，我也不作声，随他们爱说不说。这次如果能圆和过来，我爸妈果能释然，那我的快活还用说吗？我还是盼望爸爸来京，作为解除成见的表示，以后一切实际办法，悉听老人主张。妈能同来北京玩一次（当然等大局定后）更妙，但这怕不易。我巴巴的等着你再来信。

曼近来身体又大不好，北京最恐慌的几日，她去北京饭店躲着，回家后天天不舒服，不是胃，就是肝，又闹眼，归根是本原太弱，理想的医法，当然是到山里去，但如何做得到，照目前情形。她极想望你回来，你其实离太久了。北京这一时简直是不堪，也不用提了。最近的消息，是邵飘萍大主笔归天，方才有人说梦麟也躲了。我知道大学几位大领袖早就合伙了在交民巷里住家——暂时不进行他们“打倒帝国主义”的工作。何苦来，这发寒热似的做人!

我极盼望你腾出工夫来写你自述的书。世界的名著里不少几星期甚至几天（如福禄特尔的《赣第德》）写起的，你为什么不?

我最近热心契诃甫，你一定喜欢。

等你信来再写，你太太甚健，勿念。

摩　四月二十六日

日　记

西　湖　记（选五）

一九二三年九月七日——十月廿八日
硖石——杭州——上海

九月七日

方才又来了一位丫姑太太，手里抱着一个半岁的女孩，身边跟着一个五六岁的男孩。男的是她亲生的，女的是育婴堂里抱来的；他们是一对小夫妻！小媳妇在她婆婆的胸前吃奶，手舞足蹈的很快活。

明天祖母回神，良房里的病人立刻就要倒下来似的。积年的肺痨，外加风症，外加一家老小的一团乌糟——简直是一家毒菌的工厂，和他们同住真是危险。若然在今晚明朝倒了下来，免不得在大厅上收殓，夹着我家的二通，那才是糟！她一去，他们一房剩下的是一个黑藉的老子，一窍不通，一群瘦骨如柴肺病种的小孩！

为一讣闻上的继字，听说镇上一群人在沸沸的议论，说若然不加继字，真是蔑社孙太夫人。他们的口舌原来姑丈只比作他家里海棠树上的雀噪，一般的无意识，一般的招人烦厌。我们出信去请教名家以后，适之已有回信，他说古礼原配与继室，原没有分别，继妣的俗例，一定是后人歧视后母所定的；据他所知，古书上绝无根据。

九月廿九日

这一时骤然的生活改变了态度，虽则不能说是从忧愁变到快乐，至少却也是从沉闷转成活泼。最初是父亲自己也闷慌了，有一天居然把那只游船收拾个干净，找了叔薇兄弟等一群人，一直开到东山背后，过榆桥转到横头景转桥，末了还看了电灯厂方才回家。那天很愉快！塔影河的两岸居然被我寻出了一爿两片经霜的枫叶。我从水面上捞到了两片，不曾红透的，但着色糯净得可爱。寻红叶是一件韵事，（早几天我同绎莪阿六带了水果月饼玫瑰酒到东山背后去寻红叶，站在俞家桥上张皇的回望，非但一些红的颜色都找不到，连枫树都不易寻得出来，失望得很。后来翻山上去，到宝塔边去痛快的吐纳了一番。那时已经暝色渐深，西方只剩有几条青白色，月亮已经升起，我们慢慢的绕着塔院的外面下去，歇在问松亭里喝酒，三兄弟喝完了一瓶烧酒，方才回家。山脚下又布施了上月月下结识的丐友，他还问起我们答应他的冬衣那！）菱塘里去买菱吃，又是一件趣事。那钵盂峰的下面，都是菱塘，我们船过时，见鲜翠的菱塘里，有人坐着圆圆的菱桶在采摘。我们就嚷着买菱。买了一桌子的菱，青的红的，满满的一桌子。“树头鲜”真是好吃，怪不得人家这么说。我选了几只嫩青，带回家给妈吃，她也说好。

这是我们第一次称心的活动。

八月十五那天，原来约定到适之那里去赏月的，后来因为去得太晚了，又同着绎莪，所以不曾到烟霞去。那晚在湖上也玩得很畅，虽则月儿只是若隐若现的。我们在路上的时候，满天堆紧了乌云，密层层的，不见中秋的些微消息。我那时很动了感兴——我想起了去年印度洋上的中秋！一年的差别！我心酸得比哭更难过。一天的乌云，是的，什么光明的消息都莫有!

我们在清华开了房间以后，立即坐车到楼外楼去。吃得很饱，喝得很畅。桂花栗子已经过时，香味与糯性都没有了。到九点模样，她到底从云阵里奋战了出来，满身挂着胜利的霞彩，我在楼窗上靠出去望见湖光渐渐的由黑转青，青中透白，东南角上已经开朗，喜得我大叫起来。我的欢喜不仅为是月出；最使我痛快的，是在于这失望中的满意。满天的乌云，我原来已经抵拼拿雨来换月，拿抑塞来换光明，我抵拼喝他一个醉，回头到梦里去访中秋，寻团圆——梦里是什么都有的。

我们站在白堤上看月望湖，月有三大圈的彩晕，大概这就算是月华的了。

月出来不到一点钟又被乌云吞没了，但我却盼望，她还有扫荡廓清的能力，盼望她能在一半个时辰内，把掩盖住青天的妖魔，一齐赶到天的那边去，盼望她能尽量的开放她的清辉，给我们爱月的一个尽量的陶醉——那时我便在三个印月潭和一座雷峰塔的媚影中做一个小鬼，做一个永远不上岸的小鬼，都情愿，都愿意!

“贼相”不在家，末了抓到了蛮子仲坚，高兴中买了许多好吃的东西——有广东夹沙月饼——雇了船，一直望湖心里进发。

三潭印月上岸买栗子吃，买莲子吃；坐在九曲桥上谈天，讲起湖上的对联，骂了康圣人一顿。后来走过去在桥上发现有三个人坐着谈话，几上放有茶碗。我正想对仲坚说他们倒有意思，那位老翁涩重的语音听来很熟，定睛看时，原来他就是康大圣人!

下一天我们起身已不早，绎莪同意到烟霞洞去，路上我们逛了雷峰塔，我从不曾去过，这塔的形与色与地位，真有说不出的神秘的庄严与美。塔里面四大根砖柱已被拆成倒置圆锥体形，看看危险极了。轿夫说：“白状元的坟就在塔前的湖边，左首草丛里也有一个坟，前面一个石碣，说是白娘娘的坟。”我想过去，不料满径都是荆棘，过不去。雷峰塔的下面，有七八个鹄形鸠面的丐僧，见了我们一齐张起他们的破袈裟，念佛要钱。这倒颇有诗意。

我们要上桥时，有个人手里握着一条一丈余长的蛇，叫着放生，说是小青蛇。我忽然动心，出了两角钱，看他把那蛇扔在下面的荷花池里，我就怕等不到夜她又落在他的手里了。

进石屋洞初闻桂子香——这香味好几年不闻到了。

到烟霞洞时上门不见土地，适之和高梦旦他们一早游花坞去了。我们只喝了一碗茶，捡了几张大红叶——疑是香樟——就急急的下山。香蕉月饼代饭。

到龙井，看了看泉水就走。

前天在车里想起雷峰塔做了一首诗用杭白。

那首是白娘娘的古墓，
（划船的手指着蔓草深处）
客人，你知道西湖上的佳话，
白娘娘是个多情的妖魔。
她为了多情，反而受苦——
爱了个没出息的许仙，她的情夫；
他听信一个和尚，一时的糊涂，
拿一个钵盂，把她妻子的原形罩住。

到今朝已有千把年的光景，
可怜她被镇压在雷峰塔底——
这座残败的古塔，凄凉地，
庄严地，永远在南屏的晚钟声里!

十月十五日　回国周年纪念

今天是我回国的周年纪念。恰好冠来了信，一封六页的长信，多么难得的，可珍的点缀啊！去年的十月十五日，天将晚时，我在三岛丸船上拿着望远镜望碇泊处的接客者，渐次的望着了这个亲、那个友，与我最爱的父亲，五年别后，似乎苍老了不少，那时我在狂跳的心头，突然迸出一股不辨是悲是喜的寒流，腮边便觉着两行急流的热泪。后来回三泰栈，我可怜的娘，生生的隔绝了五年，也只有两行热泪迎接她唯一的不孝娇儿。但久别初会的悲感，毕竟是暂时的，久离重逢的欢怀，毕竟是实现了。那时老祖母的不减的清键，给我不少的安慰，虽则母亲也着实见老。

今年的十月十五日——今天呢？老祖母已做了天上的仙神，再不能亲见她钟爱孙儿生命里命定非命定的一切——今天已是她离人间的第四十九日！这是个不可补的缺陷，长驻的悲伤。我最爱的母亲，一生只是痛苦与烦劳与不怿，往时还盼望我学成后补偿她的慰藉，如今却只是病更深，烦更剧，愁思益结，我既不能消解她的愁源，又不能长侍她的左右，多少给她些温慰。父亲也是一样的失望，我不能代替他一分一息的烦劳，却反增添了他无数的白发。我是天壤间怎样的一个负罪、内疚的人啊！

一年，三百六十有五日，容易的过去了。我的原来的活泼的性情与容貌，自此亦永受了“年纪”的印痕——又是个不可补的缺陷，一个长驻的悲伤！

我最敬爱的友人呀！我只能独自地思索，独自地想象，独自地抚摩时间遗下的印痕，独自地感觉内心的隐痛，独自地呼嗟，独自地流泪……方才我读了你的来信，江潮般的感触，横塞了我的胸臆，我竟忍不住啜泣了。我只是个乞儿，轻拍着人道与同情紧闭着的大门，妄想门内或许有一念的慈悲，赐给一方便——但我在门外站久了，门内不闻声响，门外劲刻的凉风，却反向着我褴褛的躯骸狂扑——我好冷呀，大门内慈悲的人们呀！

前日沫若请在美丽川，楼石庵适自南京来，故亦列席。饮者皆醉，适之说诚恳话，沫若遽抱而吻之——卒飞拳投詈而散——骂美丽川也。

今晚与适之回请，有田汉夫妇与叔永夫妇，及振飞。大谈神话。出门时见腴庐——振飞言其姊妹为“上海社会之花”。

十月二十三日

昨天（二十二日）是一个纪念日，我们下午三人出去到壶春楼，在门外路边摆桌子喝酒，适之对着西山，夕晖留在波面上的余影，一条直长的金链似的，与山后渐次泯灭的琥珀光；经农坐在中间，自以为两面都看得到，也许他一面也不曾看见；我的座位正对着东方初升在晚霭里渐渐皎洁的明月，银辉渗着的湖面，仿佛听着了爱人的裾响似的，霎时的呼吸紧迫，心头狂跳。城南电灯厂的煤烟，那时顺着风向，一直吹到北高峰，在空中仿佛是一条漆黑的巨蟒，荫没了半湖的波光，益发衬托出受月光处的明粹。这时缓缓的从月下过来一条异样的船，大约是砖瓦船，长的，平底的。没有船舱，也没有篷帐，静静的从月光中过来，船头上站着一个不透明的人影，手里拿着一支长竿，左向右向的撑着，在银波上缓缓的过来——一幅精妙的“雪罗蔼”，镶嵌在万顷金波里，悄悄的悄悄的移着：上帝不应受赞美吗？我疯癫似的醉了，醉了！

饭后我们到湖心亭去，横卧在湖边石板上，论世间不平事，我愤怒极了，呼嗷，咒诅，顿足，都不够发泄。后来独自划船，绕湖心亭一周，听桨破小波声，听风动芦叶声，方才勉强把无明火压了下去。

十月二十八日

完了，西湖这一段游记也完了。经农已经走了，今天一早走的，但像是已经去了几百年似的。适之已定后天回上海，我想明天，迟至后天早上走。方才我们三个人在杏花村吃饭吃蟹，我喝了几杯酒。冬笋真好吃。

一天的繁星，我放平在船上看星。沉沉的宇宙，我们的生命究竟是个什么东西？我又摸住了我的伤痕。星光呀，仁善些，不要张着这样讥讽的眼，倍增我的难受！

爱眉小札（选七）

一九二五年八月九日——九月十七日
北京——上海

八月九日

“幸福还不是不可能的”，这是我最近的发现。

今天早上的时刻，过得甜极了。我只要你；有你我就忘却一切，我什么都不想什么都不要了，因为我什么都有了。与你在一起没有第三人时，我最乐。坐着谈也好，走道也好，上街买东西也好。厂甸我何尝没有去过，但那有今天那样的甜法；爱是甘草，这苦的世界有了它就好上口了。眉，你真玲珑，你真活泼，你真像一条小龙。

我爱你朴素，不爱你奢华。你穿上一件蓝布袍，你的眉目间就有一种特异的光彩，我看了心里就觉着不可名状的欢喜。朴素是真的高贵。你穿戴齐整的时候当然是好看，但那好看是寻常的，人人都认得的，素服时的眉，有我独到的领略。

“玩人丧德，玩物丧志”，这话确有道理。

我恨的是庸凡，平常，琐细，俗；我爱个性的表现。

我的胸膛并不大，决计装不下整个或是甚至部分的宇宙。我的心河也不够深，常常有露底的忧愁。我即使小有才，决计不是天生的，我信是勉强来的；所以每回我写什么多少总是难产，我唯一的靠傍是刹那间的灵通。我不能没有心的平安，眉，只有你能给我心的平安。在你完全的蜜甜的高贵的爱里，我享受无上的心与灵的平安。

凡事开不得头，开了头便有重复，甚至成习惯的倾向。在恋中人也得提防小漏缝儿，小缝儿会变大窟窿，那就糟了。我见过两相爱的人因为小事情误会斗口，结果只有损失，没有利益。我们家乡俗谚有：“一天相骂十八头，夜夜睡在一横头”，意思说是好夫妻也免不了吵。我可不信，我信合理的生活动机是爱，知识是南针；爱的生活也不能纯粹靠感情，彼此的了解是不可少的。爱是帮助了解的力，了解是爱的成熟，最高的了解是灵魂的化合，那是爱的圆满功德。

没有一个灵性不是深奥的，要懂得真认识一个灵性，是一辈子的工作。这工夫愈下愈有味，像逛山似的，惟恐进得不深。

眉，你今天说想到乡间去过活，我听了顶欢喜，可是你得准备吃苦。总有一天我引你到一个地方，使你完全转变你的思想与生活的习惯。你这孩子其实是太娇养惯了！我今天想起丹农雪乌的《死的胜利》的结局；但中国人，那配！眉，你我从今起对爱的生活负有做到它十全的义务。我们应得努力。眉，你怕死吗？眉，你怕活吗？活比死难得多！眉，老实说，你的生活一天不改变，我一天不得放心。但北京就是阻碍你新生命的一个大原因，因此我不免发愁。

我从前的束缚是完全靠理性解开的；我不信你的就不能用同样的方法。万事只要自己决心：决心与成功间的是最短的距离。

往往一个人最不愿意听的话，是他最应得听的话。

八月十四日

昨晚不知那儿来的兴致，十一点钟跑到东花厅，本想与奚若谈天，他买了新鲜合桃、葡萄、沙果、莲蓬请我，谁知讲不到几句话，太太回来了，那就是完事，接着慈、绿也来了，一同在天井里坐着闲话，大家嚷饿，就吃蛋炒饭，我吃了两碗，饭后就嚷打牌，我说那我就得住夜，住夜就得与慈夫妇同床，绿连骂："要死快哩，疯头疯脑！"但结果打完了八圈牌，我的要求居然做到，三个人一头睡下，息了灯，绿躲紧在慈的胸前，格支支的笑个不住，我假装睡着，其实他们说话等等我全听分明，到天亮都不曾落睦。

眉，娘真是何苦来。她是聪明，就该聪明到底，她既然看出我们俩都是痴情人容易钟情，她就该得想法大处落墨，比如说禁止你与我往来，不许你我见面，也是一个办法；否则就该承认我们的情分，给我们一条活路才是道理，像这样小鹡鹡的溜着眼珠当着人前提防，多说一句话该，多看一眼该，多动一手该，这可不是真该，实际毫无干系，只叫人不舒服，强迫人装假，真是何苦来！眉，我总说有真爱就有勇气，你爱我的一片血诚我身体磨成了粉都不能怀疑，但同时你娘那里既不肯冒险，他那里又不肯下决断，生活上也没有改向，单叫我含糊的等着，你说我心上那能有平安，这神魂不定又那能做事，因此我不由的不私下盼望你能进一步爱我，早晚想一个坚决的办法出来，使我早一天定心，早一天能堂皇的做人，早一天实现我一辈子理想中的新生活。眉，你爱我究竟是怎样的爱法？

我不在时你想我，有时很热烈的想我，那我信，但我不在时你依旧有你的生活，并不是怎样的过不去：我在你当然更高兴，但我所最要知道的是，眉呀，我是否你“完全的必要”，我是否能给你一些世界上再没有第二人能给你的东西，是否在我的爱你的爱里你得到了你一生最圆满，最无遗憾的满足？这问题是最重要不过的，因为恋爱之所以为恋爱，就在他那绝对不可改变，不可替代的一点；罗米欧爱朱丽叶，愿为她死，世上再没有第二个女子能动他的心，朱丽叶爱罗米欧，愿为他死，世上再没有第二个男子能占她一点子的情，他们那恋爱之所以不朽，又高尚，又美，就在这里。他们俩死的时候，彼此都是无遗憾的，因为死成全他们的恋爱到最完全最圆满的程度，所以这“Die upon a kiss”（一吻而亡）是真钟情人理想的结局，再不要别的。反面说，假如恋爱是可以替代的，像一支牙刷烂了可以另买，皮服破了可以另制，它那价值也就可想。“定情”——the spiritual engagement，the great mutual giving up（神圣的婚约，彼此的献身）——是一件伟大的事情，两个灵魂在上帝的眼前自愿的结合，人间再没有更美的时刻——恋爱神圣就在这绝对性，这完全性，这不变性，所以诗人说：

……the light of a whole life dies

When love is done，（恋爱的失败，也是整个生命之火为之熄灭的开始。）

恋爱是生命的中心与精华；恋爱的成功是生命的成功，恋爱的失败是生命的失败，这是不容疑义的。

眉，我感谢上苍，因为你已经接受我了；这来我的灵性有了永久的寄托，我的生命有了最光荣的起点，我这一辈子再不能想望关于我自身更大的事情发现，我一天有你的爱，我的命就有根，我就是精神上的大富翁。因此我不能不切实的认明这基础究竟是多深，多坚实，有多少抵抗侵凌的实力——这生命里多的是狂风暴雨！

所以我不怕你厌烦我要问你究竟爱我到什么程度？有了我的爱你是否可以自慰已经得到了生命与生命中的一切？反面说，要没有我的爱，是否你的一生就没有光彩？我再来打譬喻，你爱吃莲肉，爱吃鸡豆肉；你也爱我的爱；在这几天我信莲肉，鸡豆，爱都是你的需要；在这情形下爱只像是一个“加添的必要”the additional necessity，不是绝对的必要，比如空气，比如饮食，没了一样就没有命的。有莲时吃莲，有鸡豆时吃鸡豆；有爱时“吃”爱。好，再过几时时新就换样，你又该吃蜜桃，吃大石榴了，那时假定我给你的爱也跟着莲与鸡豆完了，但另有与石榴同时的爱现成可以“吃”——你是否能照样过你的活，照样生活里有跳有笑的？再说明白的，眉呀，我祈望我的爱是你的空气，你的饮食，有了就活，缺了就没有命的一样东西；不是鸡豆或是莲肉，有时吃固然痛快，过了时也没有多大交关，石榴、柿子、青果跟着来替口味多着呢！眉你知道我怎样的爱你，你的爱现在已是我的空气与饮食，到了一半天不可少的程度。因此我要知道在你的世界里我的爱占一个什么地位？

May，I miss your passionately appealing gazings and soul communicating glances which once so overwhelmed and ingratiated me. Suppose I die suddenly tomorrow morning. Suppose I come to contract an incurable disease. Suppose I cease to love you . Suppose I change my heart and love someloody else，what then would you feel and what would you do? These are very cruel supposition I know，but all the same I can help making them，such being the lover' s psychology.

Do you know what would I have done if in my coming hack，I should have found my love no longer mine! Try to imagine the situation and tell me what you think.

（眉，我失去你多情而感染人的凝视和心灵交融的一瞥，这些曾使我一度如此神魂颠倒和祈求。如果我明天早晨突然死去，如果得了不治之症，如果我不再爱你，如果我负心去爱了别人，那么你会有怎样的感受，会做些什么？我知道，这些是非常残酷的设想，但是我同样不能不这样想，这就是恋人的心理吧。

你知道我会怎样做的，如果我回来，发现我的爱不再是我的，试着想象这样的境遇，告诉我你的想法。）

日记已经第六天了，我写上了一二十页，不管写的是什么，你一个字都还没有出世哪！但我却不怪你，因为你真是贵忙；我自己就负你空忙大部分的责。但我盼望你及早开始你的日记，纪念我们同玩厂甸那一个蜜甜的早上。我上面一大段问你的话，确是我每天郁在心里的一点意思，眉你不该答复我一两个字吗？眉，我写日记的时候我的意绪益发蚕丝似的绕着你；我笔下多写一个眉字，我口里低呼一声我的爱，我的心为你多跳了一下，你从前给我写的时候也是同样的情形我知道，因此益发盼望你继续你的日记，也使我多得一点欢喜，多添几分安慰。

八月十六日

真怪，此刻我的手也直抖擞，从没有过的，眉，我的心，你说怪不怪，跟你的抖擞一样？想是你传给我的，好，让我们同病，叫这剧烈的心震死了岂不是完事一宗？事情的确是到门了，眉，是往东走或往西走你赶快得定主意才是，再要含糊时大事就变成了顽笑，那可真不是玩！他那口气是最分明没有的了；那位京友我想一定是双心（手震好了），决不会第二个人。他现在的口气似乎比从前有主意的多，他已经准备“依法办理”，你听他的话“今年决不拦阻你”，好，这回像人了！他像人，我们还不争气吗？眉，这事情清楚极了，只要你的决心，娘，别说一个，十个也不能拦阻你。我的意思是我们回到南边去（你不愿我的名字混入第一步，固然是你的好意，但你知道那是不成功的，所以与其拖泥带浆还不如走大方的路，来一个干脆，只是情是真的。我们有什么见不得人面的地方？）找着里做中间人，解决你与他的事情，第二步当然不用提及，虽则谁不明白？眉，你这回真不能再做小孩了，你得硬一硬心，一下解决了这大事，免得成天怀鬼胎过不自然的痛苦的日子。要知道你一天在这尴尬的境地里嵌着，我也心理上一天站不直，那能真心去做事，害得谁都不舒服，真是何苦来？眉，救人就是自救，自救就是救人。我最恨的是苟且，因循，懦怯，在这上面无论什么事都是找不到基础的。有志事竟成，没有错儿。奋勇上前吧，眉，你用不怕，有我整个儿在你旁边站着，谁要动你分毫，有我拚着性命保护你，你还怕什么？

今晚我认账心上有点不舒服，但我有解释，理由很长，明天见面再说吧。我的心怀里，除了挚爱你的一片热情外，我决不容留任何夹杂的感想；这册爱眉小札里，除了登记因爱而流出的思想外，我也决不愿夹杂一些不值得的成分。眉，我是太痴了，自顶至踵全是爱，你得明白我，你得永远用你的柔情包住我这一团的热情，决不可有一丝的漏缝，因为那时就有爆烈的危险。

八月二十二日

眉，今儿下午我实在是饿荒了，压不住上冲的肝气，就这么说吧，倒叫你笑话我酸劲儿大，我想想是觉着有些过分的不自持。但同时你当然也懂得我的意思，我盼望，聪明的眉呀，你知道我的心胸不能算不坦白，度量也不能说是过分的窄，我最恨是琐碎地方认真。但大处要分明，名分与了解有了就好办，否则就比如一盘不分疆界的棋，叫人无从下手了。很多事情是庸人自扰，头脑清明所以是不能少的。

你方才跳舞说一句话很使我自觉难为情，你说“我们还有什么客气？”难道我真的气度不宽，我得好好的反省才是。眉，我没有怪你的地方，我只要你的思想与我的合并成一体，绝对的泯缝，那就不易见错儿了，

我们得互相体谅；在你我间的一切都得从一个爱字里流出。

我一定听你的话；你叫我几时回南我就回南，你叫我几时往北我就几时往北。

今天本想当人前对你说一句小小的怨语，可没有机会，我想说，“小眉真对

不起人，把人家万里路外叫了回来，可连一个清静谈话的机会都没给人家！”下星期去西山一定可以有机会了。我想着就起劲，你呢，眉？

我较深的思想一定得写成诗才能感动你，眉，有时我想就只你一个人真的懂我的诗，爱我的诗，真的我有时恨不得拿自己血管里的血写一首诗给你，叫你知道我爱你是怎样的深。

眉，我的诗魂的资养全得靠你，你得抱着我的诗魂像母亲抱孩子似的，他冷了你得给他穿，他饿了你得喂他食——有你的爱，他就不愁饿不怕冻，有你的爱他就有命！

眉，你得引我的思想往更高更大更美处走；假如有一天我思想堕落或是衰败时就是你的羞耻。记着了眉！

已经三点了，但我不对你说几句活我就别想睡。这时你大概早着了，明儿九时半能起吗？我怕还是问题。

你不快活时我最受罪，我应当是第一个有特权义务给你慰安的人不是？下回无论你怎样受了谁的气不受用时，只要我在你旁边看你一眼或是轻轻的对你说一两个小字，你就应得宽解。你永远不能对我说“Shut up”（当然你决不会说的，我是说笑话），叫我心里受刀伤。

我们男人，尤其是像我这样的痴子，真也是怪。我们的想头不知是那样转的。比如说去秋那“一双海电”为什么这一来就叫一万两千度的热顿时变成了冰，烧得着天的火立刻变成了灰，也许我是太痴了，人间绝对的事情本是少有的。All or nothing——到如今还是我做人的标准。

眉，你真是孩子，你知道你的情感的转向来的多快； 一会儿气的话都说不出，一会儿又嚷吃面包夹肉了！

今晚与你跳的那一个舞，在我是最Enjoy不过了，我觉得从没有经验过那样浓艳的趣味——你要知道你偶尔唤我时我的心身就化了！

八月二十四日

这来你真的很不听话，眉，你知道不？也许我不会说话，你不爱听；也许你心烦听不进，今晚在真光我问你记否去年第一次在剧场觉得你的发卷擦着我的脸，（我在海拉尔寄回一首诗来纪念那初度尖锐的官感，在我是不可忘的，）你理都没有理会我，许是你看电影出了神，我不能过分怪你。

今晚北海真好，天上的双星那样的晶清，隔着一条天河含情的互睇着；满池的荷叶在微风里透着清馨；一弯黄玉似的初月在西天挂着；无数的小虫相应的叫着；我们的小舫在荷叶丛中刺着，我就想你，要是你我俩坐着一只船在湖心里荡着，看星，听虫，嗅荷馨，忘却了一切，多幸福的事，我就怨你这一时心不静，思想不清，我要你到山里去也就为此。你一到山里心胸自然开豁的多，我敢说你多忘了一件杂事，你就多一分心思留给你的爱：你看看地上的草色，看看天上的星光，摸摸自己的胸膛，自问究竟你的灵魂得到了寄托没有，你的爱得到了代价没有，你的一生寻出了意义没有？你在北京城里是不会有清明思想的——大自然提醒我们内心的愿望。

我想我以后写下的不拿给你看了，眉，一则因为天天看烦得很，反正是这一路的话，这爱长爱短老听也是怪腻烦的；二则我有些不甘愿因为分明这来你并不怎样看重我的“心声”。我每天的写，有工夫就写，倒像是我唯一的功课，很多是夜阑人静半夜三更写的，可是你看也就翻过算数，到今天你那本子还是白白的，我问你劝你的话你也从不提及，可见你并不曾看进去，我写当然还是写，但我想这来不每天缴卷似的送过去了，我也得装装马虎，等你自己想起时问起时真的要看时再给你不迟。我记得（你记得吗，眉？）才几个月前你最初与我秘密通讯时，你那时的诚恳，焦急，需要，怎样抱怨我不给你多写，你要看我的字就比掉在岸上的鱼想水似的急，——咳，那时间我的肝肠都叫你摇动了，眉！难道这几个月来你已经看够了不成？我的话准没有先前的动听，所以你也不再着急要，虽则我自问我对你一往的深情真是一天深似一天，我想看你的字，想听你的话，想搂抱你的思想，正比你几个月前想要我的有增无减——眉，这是什么道理？我知道我如其尽说这一套带怨意的话，你一定看得更不耐烦：你真是愈来愈蠢了，什么新鲜的念头，讨人欢喜招人乐的俏皮话一句也想不着。这本子一页又一页只是板着脸子说的郑重话，那能怪你不爱看——我自个儿活该不是？下回我想来一个你给我的信的一个研究——我要重新接近你那时的真与挚，热烈与深刻。眉，你知道你那时偶尔看一眼，那一眼里含着多少的深情呀！现在你快正眼都不爱觑我了，眉，这是什么道理？你说你心烦，所以连面都不愿见我——我懂得，我不怪你，假如我再跑了一次看看——我不在跟前时也许你的思想倒会分给我一些——你说人在身边，何必再想，真是！这样来我愿意我立即死了，那时我倒可以希望占有你一部分纯洁的思想的快乐。眉，你几时才能不心烦？你一天心烦，我也一天不心安，因为我们俩的思想镶不到一起，随我怎样的用力用心——

眉，假如我逼着你跟我走，那是说到和平办法真没有希望时，你将怎样发付我？不，我情愿收回这问句，因为你也许忍心拿一把刀插在爱你的摩的心里！

咳，“以不了了之”，什么话！我倒不信，徐志摩不是懦夫，到相当时候我有我的颜色，无耻的社会你们看着吧！

眉，只要你有一个日本女子一半的痴情与侠气——你早跟我飞了，什么事都解决了。乱丝总得快刀斩，眉，你怎的想不通呀！

上海有时症，天又热，我也有些怕去。

九月八日

风波，恶风波。

眉，方才听说你在先施吃冰其林剪发，我也放心了；昨晚我说——“The absolute way out is the best way out.”（唯一的选择亦是最好的出路）

我意思是要你死；你既不能死，那你就活；现在情形大概你也活得过去，你也不须我的保护；我为你已经在我的灵魂上涂上一大塔的窑煤，我等于说了谎，我想我至少是对得住你的；这也是种气使然，有行动时只是往下爬，永远不能向上争，我只能暂时洒一滴创心的悲泪，拿一块冷笑的毛氈包起我那流血的心，等着再看随后的变化罢。

我此时竟想立刻跑开，远着你们，至少让“你们”的几位安安心；我也不写信给你，也没法写信；我也不想报复，虽则你娘的横蛮真叫人发指；我也不要安慰，我自己会骗自己的，罢了，罢了，真罢了！

一切人的生活都是说谎打底的，志摩，你这个痴子妄想拿真去代谎，结果你自己轮着双层的大谎，罢了，罢了，真罢了！

眉，难着这就是你我的下场头？难道老婆婆的一条命就活活的吓倒了我们，真的蛮横压得倒真情吗？

眉，我现在只想在什么时候再有机会抱着你痛哭一场——我此时忍不住悲泪直流，你是弱者，眉，我更是弱者的弱者，我还有什么面目见朋友去，还有什么心肠做事情去——罢了，罢了，真罢了！

眉，留着你半夜惊醒时一颗凄凉的眼泪给我吧，你不幸的爱人！

眉，你镜子里照照，你眼珠里有我的泪水没有？

唉，再见吧！

九月十六日

你今晚终究来不来？你不来时我明天走怕不得相见了；你来了又待怎样？我现在至多的想望是与你临行一诀，但看来百分里没一分机会！你娘不来时许还有法想；她若来时什么都完了。想着真叫人气；但转想即使见面又待怎生，你还是在无情的石壁里嵌着，我没法挖你出来，多见只多尝锐利的痛苦，虽则我不怕痛苦。眉，我这来完全变了个“宿命论者”，我信人事会合有命有缘，绝对不容什么自由与意志；我现在只妄想你常说那句话早些应验——我总有一天报答你，是的我也信，前世不论，今生是你欠我债的；你受了我的礼还不曾回答；你的盟言——“完全是你的，我的身体，我的灵魂”——还不曾实践，眉，你决不能随便堕落了，你不能负我，你的唯一的摩！固然这辈子除了你没有受过女人的爱，同时我自信你也该觉着我给你的爱也不是寻常的，眉，真的到几时才能清账，我不是急，你要我耐我不是不能耐，但怕的是华年不驻，热情难再，到那天彼此都离朽木不远的时候再交抱，岂不是“何苦”？

我怕我的话说不到你耳边，我不知你不见我时心里想的是什么，我不能自由见你，更不能勉强你想我；但你真的能忘我吗？真的能忍心随我去休吗？眉，我真不信为什么我的运蹇如此！

我的心想不望那一方向走，碰着的总是你，我的甜；你呢？

在家里伴娘睡两晚，可怜，只是在梦阵里颠倒，连白天都是这怔怔的。昨天上车时，怕你在车上，初到打电时怕你已到；到春润庐时怕你就到——这心头的回折，这无端的狂跳，有谁知道?

方才送花去，踌躇了半晌，不忍不送，却没有附信去，我想你够懂得。

昨天在楼外楼上微醺时那凄凉味，眉呀，你何苦爱我来！

方才在烟霞洞与复之闲谈，他说今天红蓼红蕉都死了，紫薇也叫虫咬了，我听了又怅触，随诌四句：

红蕉烂死紫薇病，
秋雨横斜秋风紧。
山前山后乱鸣泉，
有人独立怅空溟。

眉轩琐语（选四）

一九二六年八月——一九二七年四月
北京——上海——杭州

九月十日

国民饭店三十七号房：眉去息游别墅了，仲述一忽儿就来。方才念着莎士比亚Like as the waves make toward the pebbled shore那首叹光阴的《桑内德》，尤其是末尾那两行，使我憬然有所动于中，姑且翻开这册久经疏忽的日记来，给收上点儿糟粕的糟粕吧。小德小惠，不论多么小，只要是德是惠，总是有着落的；华茨华斯所谓Little Kindnesses别轻视它们，它们各自都替你分担着一部分，不论多微细，人生压迫性的重量。“我替你拿一点吧，你那儿太沉了”；他即使在事实上并没有替你分劳，（不是他不，也不是你不让：就为这劳是不能分的。）他说这话就够你感激。

昨天离北京，感想比往常的迥然不同。身边从此有了一个人——究竟是一件大事情，一个大分别；向车外望望，一群带笑容往上仰的可爱的朋友们的脸盘，回身看看，挨着你坐着的是你这一辈子的成绩，归宿。这该你得意，也该你出眼泪，——前途是自由吧？为什么不？

九月十九日

今天是观音生日，也是我眉儿的生日，回头家里几个人小叙，吃斋吃面。眉因昨夜车险吃吓，今朝还有些怔怔的，现在正睡着，歇忽儿也该好了。昨晚菱清说的话要是对，那眉儿你且有得，不舒泰那。

这年头大彻大悟是不会有的，能有的是平旦之气发动的时候的一点子“内不得于已”。德生看相后又有所憬惕于中，在戏院中就发议论，一夜也没有睡好。清早起来就写信给他忘年老友霍尔姆士，他那诚挚激奋的态度，着实使我感动。“我喜欢德生，”老金说，“因为他里面有火。”霍尔姆士一次信上也这么说来。

德生说我们现在都在堕落中，这样的朋友只能叫做酒肉交，彼此一无灵感，一无新生机，还谈什么“作为”，什么事业。

蜜月已经过去，此后是做人家的日子了。回家去没有别的希冀，除了清闲，译书来还债是第一件事，此外就想做到一个养字。在上养父母（精神的，不是物质的）与眉，养我们的爱，自己养我的身与心。

首次在沪杭道上看见黄熟的稻田与错落的村舍在一碧无际的天空下静着，不由的思想上感着一种解放：何妨赤了足，做个乡下人去，我自己想。但这暂时是做不到的，将来也许真有“退隐”的那一天。现在重要的事情是，前面说过的养字，对人对己的尽职，我身体也不见佳，像这样下去决没有余力可以做事，我着实有了觉悟，此去乡下，我想找点儿事做。我家后面那园，现在糟得不堪，我想去收拾它，好在有老高与家麟帮忙，每天化它至少两个钟头，不是自己动手就督饬他们弄干净那块地，爱种什么就种什么，明年春天可以看自己手种的花，明年秋天也许可以吃到自己手植的果，那不有意思？至于我的译书工作我也不奢望，每天只想出产三千字左右，只要有恒，三两月下来一定很可观的。三千字可也不容易，至少也得化上五六个钟头，这样下来已经连念书的时候都叫侵了。

十二月二十八日

投资到“美的理想”上去，它的利息是性灵的光彩，爱是建设在相互的忍耐与牺牲上面的。

送曼年礼——曼殊斐儿的日记，上面写着“一本纯粹性灵所产生，亦是为纯粹灵而产生的书”。——一九二七：一个年头你我都着急要它早些完。

读高尔士华绥的《西班牙的古堡》。

麦雷的Adelphi月刊已由九月起改成季刊。他的还是不懈的精神，我怎不愧愤？

再过三天是新年，生活有更新的希望不？

一月六日

小病三日，拔牙一根，吃药三煎。睡昏昏不计钟点，亦不问昼夜。乍起怕冷贪懒，东偎西靠，被小曼逼下楼来，穿大皮袍，戴德生有耳大毛帽，一手托腮，勉强提笔，笔重千钧，新年如此，亦苦矣哉。

适之今天又说这年是个大转机的机会。为什么？

各地停止民众运动，我说政府要请你出山，他说谁说的，果然的话，我得想法不让他们发表。

轻易希冀轻易失望同是浅薄。

费了半个钟头才洗净了一支笔。

男子只有一件事不知厌倦的。

女人心眼儿多，心眼儿小，男人听不惯她们的说话。

对不对像是分一个糖塔饼，永远分不净匀。

爱的出发点不定是身体，但爱到了身体就到了顶点。厌恶的出发点，也不一定是身体，但厌恶到了身体也就到了顶点。

梅勒狄斯写Egoist[①]，但这五十年内，该有一个女性的Sir Willoughby[②]出现。

最容易化最难化的是一样东西——女人的心。

朋友走进你屋子东张西望时，他不是诚意来看你的。

怀疑你的一到就说事情忙赶快得走的朋友。

老傅来说我下回再有诗集他给作序。

过去的日子只当得一堆灰，烧完的灰，字迹都见不出一个。

我唯一的引诱是佛，它比我大得多，我怕它。

今年我要出一本文集一本诗集一本小说两篇戏剧。

正月初七称重一百卅六磅（连长毛皮袍），曼重九十。

昨夜大雪，瑞午家初次生火。

顷立窗前，看邻家园地雪意。转瞬间忆起贝加尔湖雄踞群峰。小瑞士岩稿梨梦湖上的少女和苏格兰的雾态。

---

① 英文，意为利己主义者。

② 英文，意为威洛比先生。